U0451033

忧愁河上的桥

章珺 著

作家出版社

图书在版编目（CIP）数据

忧愁河上的桥 / 章珺著 . -- 北京：作家出版社，2024.6
ISBN 978-7-5212-2813-7

Ⅰ．①忧… Ⅱ．①章… Ⅲ．①长篇小说 – 中国 – 当代 Ⅳ．①I247.5

中国国家版本馆CIP数据核字（2024）第089059号

忧愁河上的桥

作　　者：章　珺
责任编辑：宋辰辰
装帧设计：意匠文化·丁奔亮
插　　画：刘星移
出版发行：作家出版社有限公司
社　　址：北京农展馆南里10号　　邮　　编：100125
电话传真：86-10-65067186（发行中心及邮购部）
　　　　　86-10-65004079（总编室）
E-mail:zuojia@zuojia.net.cn
http://www.zuojiachubanshe.com
印　　刷：北京中科印刷有限公司
成品尺寸：152×230
字　　数：329千
印　　张：27.25
版　　次：2024年6月第1版
印　　次：2024年6月第1次印刷
ISBN 978-7-5212-2813-7
定　　价：52.00元

作家版图书，版权所有，侵权必究。
作家版图书，印装错误可随时退换。

章 珺，祖籍江苏苏州，生于山东曲阜，中国作家协会会员。已出版《三次别离》《此岸，彼岸》等长篇小说，以及《回家·四代人的老照片》《天鹅邀我去散步》《电影之外的美国》等散文随笔集，参与多种影视作品的创作，编剧的电影《家园》获得中国电视电影百合奖。章珺的作品以情感类题材著称，《忧愁河上的桥》更是一部架构在浩浩荡荡的情感上的作品。那些深厚、细腻的情感，又承载了当代中国从 1974 到 1994 年间的沧海桑田。

谨以此书献给明姐和我的朋友们,

献给所有用真情慰藉、帮助过别人的人。

第一章

柳茗又看到了那座小桥,春暖花开的季节里,到处都是新鲜的色彩,那座在岁月中已经凋谢斑驳的小桥就显得有些落寞。视线要越过一簇簇的梨花才能落到桥上,梨花开得正盛,大片的白色多少破坏了她的心情,让她感觉到一丝淡淡的忧伤。幸好夕阳这时候浮出了云海,落日的余晖落到梨花上,大团大团的白色上就有了一层温暖的金黄。清风吹过,带出了一片梨花雨,在风中飞舞,又静悄悄地落在旁边的小河里。

柳茗看见她和林凯飞坐在小河边的山坡上,他们各怀心事,却一起望向那座小桥,漂着梨花瓣的河水正朝那座小桥流去。河水被夕阳染成了紫红色,那座小桥也被照亮,好像刚被粉刷过,闪耀着明媚的光芒。

两个人默默地望着小桥,她听见林凯飞说了一句,今天会是二十年前的一天吧?她记不清林凯飞当时的语气,是一句问话还是在自言自语。她当时什么都没说,等她想起这句话时,已经过去了二十年,那一天已经是二十年前的一天了。

那时候我们会在哪里呢？我们还能这样在一起吗？

柳茗又听到了这两句话，不是林凯飞问的，也不是她自己问的，至少，在那一天，他们都没有说过这两句话，可她分明听到了这些话。

等她已经有了答案后，她听到了这两句话。或许那些话浸泡在林凯飞的心里，过去了二十年，破土发芽，柳茗才能听到。她也明白了林凯飞彼时的心情，此时的她，也是同样地忧伤满怀。

梨花雨又纷纷扬扬地洒落下来，这一次落进了柳茗的眼睛，很快浸满了她的眼眶。她使劲闭上眼睛，忍住了泪水。她抬起头，微笑着告诉林凯飞，我们还在一起，那条小河那座桥都还在，我们很快会回到那里，一起回到那里。

柳茗回到了二十年前，那是1974年的4月初，安徽的那座小城正沉浸在盎然的春意中。

柳茗走到教室门口时，林凯飞出现在走廊的拐口，正匆匆奔向教室。柳茗犹豫了一下，有意停下脚步，等着林凯飞走到她跟前。

林凯飞望向柳茗时，柳茗小声问道："下课后能不能去后山坡等我？"

柳茗说这话时面色潮红，眼睛里闪动着羞涩和期待。林凯飞愣怔中，下意识地点了下头。两个人一前一后进了教室。

柳茗和林凯飞都是1972年入校的江皖大学的工农兵大学生，他们同在外语系，同为英语专业，而且都来自上海，不过这倒不是他们熟络起来的直接原因。柳茗和林凯飞都喜欢去学校后面的那片丘陵散步，或者朗读英语。开始时他们是独自去的，碰到对方时只是礼貌地打声招呼。几次巧遇后，他们再见面时就会一起走走。再后来，他们有的时候会在某个小土坡上坐下来聊天，有时会在一起朗读课文，一人读上一段。一上来两个人都有些拘谨，慢慢就放开了，感觉越来越好。两个人默契起来，都觉得这种双读模式更好。更熟一些后，他们听到对方读得不太准的地方，还会帮着指出来。

不过他们从来没有主动邀约过对方，今天是第一次，还是柳茗主动的。

这堂课上，林凯飞一直在走神儿，他猜想着各种可能性，柳茗不会无缘无故地邀约他，一定有什么很重要的事情。柳茗问他时显然有些害羞，她的娇羞让林凯飞想到了那种最美好的东西。最美好的一定是爱情了，他向往着，却从来不敢说出口，甚至不敢提"爱"或"爱情"之类的字眼。他周围的人都跟他一样，学校明令禁止学生谈恋爱，很多人的心里即使有这个念想也会拼命压制下去。他们中间有将近一半的人是从农村来的，知青又在这部分人中占了相当大的比例，跟他们一起下乡的不少同伴还在农村，没有几个人能上大学，上了大学的人自然万分珍惜这个机会，学校不让做的事他们是不敢做的。可在文学课中又绕不开"爱情"这个话题，他们是英文专业的学生，总要读些外国小说，爱情是文学作品中最重要的主题之一。因为有忌讳，教文学欣赏课的老师很少选爱情题材的作品，讲到莎士比亚时，是不会碰《罗密欧与朱丽叶》的。就是偶尔讲到跟爱情有关的作品，他们也多是一副坐怀不乱的样子，给人不食人间烟火的感觉。这个时候的教室里很规矩，除了老师发出的声音，听不到任何的声响。学生们都是正襟危坐，就是在那些热烈的桥段里，他们也始终保持冷静，至少从表面上看，他们是无动于衷的，可他们心里已起了波澜。

课后的他们更多了些自由，图书馆里能借到爱情小说或歌唱爱情的诗歌，要写阅读报告的他们有着光明正大的理由去借阅。尽管这样，他们去做这件事时还是有些底气不足，好像是在偷偷摸摸地做着什么见不得人的事情。林凯飞上个星期借来了高尔斯华绥的《苹果树》，怕被同学看到，等到宿舍里其他的人都入睡后，他打着手电筒看完了这个中篇。那天他一夜未眠，一口气读完了小说。看完最后一行字，他的心绪更加起伏难平。爱情的模样若隐若现，又迅速消失在清晨的第一道霞光里。

很长的时间里，林凯飞自觉不自觉地躲避着爱情，可这会儿爱情突然出现在他的面前，无遮无拦地露出了真实的容颜。这是一个妙龄女孩的面孔，不是《苹果树》里的梅根，是年龄相仿的柳茗。这一次，林凯飞清晰地看到了爱情的模样，爱情的样子，就是柳茗望向他时的样子。

林凯飞的眼角有些湿润，心里是一片汹涌澎湃的潮水。那块坚冰原来这么脆弱，柳茗那一缕轻柔的注视就能把它击得粉碎，他不得不承认他是喜欢柳茗的。柳茗很漂亮，见到她的人很难忽视她的美丽。柳茗的美还是超凡脱俗的，在尘世里，这是一种不真实的美，近在眼前，又远在天边。林凯飞只是默默地喜欢着柳茗，默默地望着飘在天上的那片云朵。他们一起散步一起朗读课文时，他能清晰地感觉到柳茗的气息，就是在这种时候，他也没想过他会爱上柳茗。他不敢爱上柳茗，外部的环境和内心的羞怯都让他止步不前。可是现在，柳茗在主动邀约他，这激发出他内心的勇气，虚无缥缈的爱恋一下子落到了实处。他朝那个方向大胆地想象着，如果柳茗愿意，他绝对不会再自欺欺人地躲避下去。

林凯飞的脸上渗出了汗水，他的这个决定让他面红耳赤，他忐忑不安地望了眼课堂上的老师，老师的目光正好从他身上扫过，无意的一瞥让林凯飞慌乱地低下了头，心里怦怦乱跳。他觉得他做了错事，一个安分守己的好学生不该有这些念想，他怎么可以无所顾忌地向往爱情呢？

老师的目光并没有在林凯飞这里停留，林凯飞的心跳却更加激烈，他努力掩饰着自己的窘态，老师背转身在黑板上写重点时，他才敢喘出那一口憋着的气。他赶紧铺开笔记本，准备把老师的板书抄写下来。当他望向黑板时，眼睛的余光落在了柳茗的身上。柳茗的座位在他的斜前方，隔着几个人，他还是能清楚地看到柳茗的侧脸。柳茗时而看下黑板，时而低头记笔记，她完全沉浸在这堂课里，有些枯燥的政治经济学倒让她听出了滋味。柳茗的聚精会神让林凯飞有些惘然，上课前的那一幕飘忽起来，或许那一个邀约只是他的幻想，并不是真的。

后半堂课里，林凯飞是安静的，努力捕捉着老师说的每一句话。他很认真地把老师的话都收进了耳朵，可脑子里什么也没留住，一片空白。旁边的同学陆陆续续站起身来，林凯飞这才意识到下课了。他不自觉地望向柳茗，柳茗正在收拾东西，然后朝教室门口走去。刚走出去两步，她转身在人群中搜寻着林凯飞的身影，四目相对时，她朝林凯飞微微一笑。

林凯飞醒过神来，他把课桌上的纸笔胡乱地划进自己的书包，迅速冲出了教室。柳茗没在门口等他，这并没让他感到失望，他朝后山坡走去，眼角和嘴角都跳动着明快的笑意。

林凯飞在后山坡见到了柳茗，柳茗坐在那个他们常坐的小山坡上，背对着他，望着山坡那边的风景。柳茗听见了脚步声，转过身来，四目再次相对时，她又是微微一笑，然后扭回头去，继续望着前方。

林凯飞走过去，坐到柳茗的身边，中间空出一个人的位置，他们每次都是保持着这样的距离。两个人安静地坐着，好像是去看电影，电影开场前，突然安静下来，心里却是满怀期待。

柳茗先开口说道："有件事想听下你的意见。"

周围太静谧，林凯飞听到了自己的心跳声。他偏了下脑袋，朝柳茗轻轻点了下头，等着她说下去。

柳茗没有看他，眼睛依旧望着前方，轻声说："我收到了一封……信，是陈正宏写的。"

柳茗原来是想说"求爱信"的，话到嘴边又把那两个字咽了回去，可林凯飞马上明白了。对于那些禁忌，有的人会越发愚钝，慢慢成了绝缘体；有的人反倒更加清醒，可以敏锐地感受到细微的起伏，林凯飞属于后者。

果然，柳茗又补充了一句："我知道学校不允许。"

林凯飞紧绷着的那根心弦松弛下来，他先是松了口气，很快就被深深的失落淹没。柳茗约他过来，真的跟爱情有关，只是跟他无关。

陈正宏是他们的同班同学，还是林凯飞的朋友。陈正宏长得很帅，英气逼人，少了南方男人的柔和，多了些硬朗的棱角，像他这样从内心到形象都散发着骄傲之气的人不太可能向另外一个男人示好，林凯飞几乎是唯一的例外。刚进学校他们就成了朋友，他们俩的宿舍紧挨着，去同一间公共盥洗室洗漱。他们是在盥洗室碰上的，是个晚上，大部分同学已睡下，盥洗室里只剩下陈正宏和林凯飞两个人，一个在刷牙，另外一个在洗脸。林凯飞出于礼貌跟陈正宏打了声招呼，陈正宏就随口问林凯飞从哪里来的。听到林凯飞来自上海，陈正宏立马热情起来，改用上海话跟他聊了起来。原来陈正宏也是上海人，不过他是在安徽长大的，他在五岁时跟着父母哥哥从上海搬迁到了安徽。家里的其他人都在上海，有时候陈正宏会去上海的外公外婆家过暑假或寒假。

细聊下去，陈正宏的外公外婆家离林凯飞家不算远，陈正宏每次去上海又像海绵吸水般去感受和吸收周围的一切，对那一带，他几乎跟林凯飞一样熟悉。他们兴奋地聊着那些街道、商店、食物、租界特色的建筑，还有那里上演过的电影和文艺节目，说起《大李小李和老李》《今天我休息》等电影时，两个人笑得前仰后合，双方的距离一下子拉得很近。

陈正宏喜欢林凯飞的忠厚善良，林凯飞佩服陈正宏的才华横溢，两个人很快熟络起来。陈正宏组织或参加任何活动都会邀请下林凯飞，外婆寄来上海特产他也会分一些给林凯飞，当然林凯飞收到家里的包裹也不会忘了陈正宏。对于陈正宏搞的那些活动，大多数事情林凯飞并不积极，如果人头不够，他肯定会去凑数。陈正宏心里很明白，哪些事情林凯飞真的有兴趣，哪些事情他纯粹是为了帮朋友的忙。林凯飞并不在乎这两者的区别，他没觉得这两者有多少不同，陈正宏却都在心里掂量过，并且一一记在心里。他把这两类回应放在不同的两个单子里，他不会让其中的一个单子拉得太长，更不能允许一个太长一个太短，他得拿捏好分寸，他也能拿捏好分寸，任何事情他都可以拿捏得很好。对待朋友，他更得拿捏好，他几乎没有朋友，他不会随随便便地交友，在这所大学里，陈正宏看作是自己朋友的，只有林凯飞一个人。

陈正宏和柳茗的共同爱好倒是很多，他们同在学校的运动队和文艺宣传队，是文艺活动和体育活动中的积极分子，他们就是在文艺宣传队里开始了密切的接触。外语系有两个专业，俄语专业和英语专业，他们都是英语专业。可学生们在课堂里几乎没有什么互动，远不如文艺宣传队里的近距离的交往，一起唱歌跳舞排练节目，什么距离都没了。加上陈正宏是那个最帅气的男生，柳茗是那个最漂亮的女生，两个人又都多才多艺，他俩的组合就特别多，自然而然地成了所有节目的中心。他们照亮了别人的时候，也照亮了彼此。在运动上他们也有交集，陈正宏作为代理教练指导过学校女子乒乓球队的训练，他手把手地教过柳茗打乒乓。

林凯飞看过陈正宏和柳茗一起表演过的所有的节目，除了那些全校组织的活动人人都要到场，其他的演出他也是一场不落。他是去给陈正宏捧场，真正的吸引力来自柳茗。他想看到舞台上的柳茗，喜欢看她跳舞，喜欢听她唱歌，他把那些合唱都听成了柳茗的独唱。舞台上的柳茗光彩照人，她的举手投足都是灵动的，千娇百媚。而且，他的目光可以自始至终追随着柳茗，他的所有的喜爱可以完全落在柳茗身上。柳茗不会知道，他身边的观众也不会知道，他不用遮掩什么，他可以随心所欲地释放出他所有的热情。

柳茗说出陈正宏的名字时，林凯飞最先想到的也是舞台上的陈正宏。虽然每次看演出时他的注意力都在柳茗身上，但陈正宏是那个无需关注也不会被忽视的人。林凯飞想起了去年国庆节的那场文艺晚会，全校师生都在场。陈正宏和柳茗所在的宣传队一共表演了三个节目，柳茗在这三个节目中表演的都是歌舞，陈正宏却表演了三种不同的才艺。他吹葫芦丝为《阿佤人民唱新歌》伴奏，表演《我爱祖国的蓝天》时，他的伴奏乐器换成了手风琴。吹葫芦丝的陈正宏是沉静的，只有乐声在流淌，温润如玉。拉起手风琴的陈正宏似乎全身都在动，不是那么明显的动作，可是从悠扬的琴声中可以感受到那种奔放的洒脱。很快他又在最后一个节目《洗衣歌》中展示出另外一种潇洒，这次陈正宏扮演那个解放军班长，柳茗和其他十几个女生扮演藏族姑娘。没有了乐器的束缚，陈正宏的整个身体完全放开，身高一米八几的他舒展开身体时，每个动作都飞了起来。他让每一个动作都伸展到了极致，也把那十几个"藏族姑娘"牢牢地吸进了他的磁场中。

陈正宏的才华并不仅仅展现在才艺上,他还是那个永远的第一名。期中考试和期末考试的总成绩出来,陈正宏都排在首位。柳茗和林凯飞也是成绩优秀的学生,却最多只能偶尔在单科成绩中超过陈正宏。陈正宏是出类拔萃的,他的优异多少拉开了他跟其他人的距离,同样优秀的柳茗更受大家的欢迎和喜爱,她的美好是自然而然绽放出来的,没有人为的雕琢。不管怎么说,陈正宏和柳茗都是这所大学里最出众的男生和最出众的女生。林凯飞之前从没把他们两个连到一起,当他得知柳茗收到了陈正宏的求爱信后,他发自内心地感叹道,陈正宏和柳茗真的太般配了。林凯飞好像回到了那晚的文艺演出中,他在观众席中默默地看着舞台上比翼双飞的陈正宏和柳茗,心里隐隐作痛。随着心跳的加速,心脏上爆出了密密的裂痕,先是细小的裂纹,又迅速地裂开,忧伤的情绪像是一层细盐覆盖了这些裂口,让他感觉到难以忍受的疼痛。他望向远方,努力克制着自己,压抑住这种疼痛。模糊混沌中,他的脑海中冒出的第一个清晰的念头是他应该祝福陈正宏和柳茗,一个是他的朋友,一个是他爱着的姑娘,他愿意祝福他们,他必须祝福他们。

林凯飞的心里在翻江倒海,柳茗并没觉察出来,她开口问道:"你觉得我们两个合适吗?"没等林凯飞吱声,柳茗轻叹了口气,又问了句:"学校不准谈恋爱,我该怎么办?"

林凯飞迟疑了片刻,反问道:"你想跟他谈吗?"

柳茗的脸上浮起一片红晕,她肯定地点了下头。

"那就接受他,他喜欢你,你喜欢他,为什么不呢?面对选择,你可以深思熟虑权衡再三,面对自己心里发出的声音,你只能不假思索地去追随。人这一辈子会听到太多外部世界的声音,可是极少能听到从心里发出的声音。"林凯飞说完这些话有些惘然,这些话怎么会是从他嘴里出来的呢?他什么时候变得这么勇敢?也许他只有在柳茗面前才这么真实，面对柳茗的率真和信任，他很难做到装模作样口是心非。

柳茗先是有些惊诧地望着林凯飞，那个人人顾忌的禁锢就这么被他轻描淡写地带了过去。柳茗脸上的表情很快转成了惊喜，好像林凯飞的这句话可以消除那些让她烦恼的清规戒律，得到了这样的鼓励，她就可以无所畏惧地往前走了。其实柳茗并不真的在乎那些规定，即使林凯飞不赞成，她也会大胆地追求爱情。可是逆风而立的她何尝不想有人跟她站在一起呢，特别是她信赖和认可的人。

柳茗不知道她怎么会这么信赖林凯飞，他们刚在这后山坡遇到不久她就对林凯飞产生了一种特殊的好感。那是一种很奇妙的感觉，林凯飞就是不说什么不做什么，柳茗也能从他这里感受到一种由内而外的踏实和安宁。去年国庆晚会后，她的心情很不好，她在《洗衣歌》中的表现遭到了诟病和批评。排练这个节目时，柳茗认为"藏族姑娘们"的脸上应该有不同的表情，她们望着解放军班长时，有几个女孩子可以表现出少女的娇羞，"班长"对她们来说不仅仅是一个解放军，他还是一个男人，有的女孩可能对他暗生情愫。柳茗的这个建议把大家吓了一跳，虽然这样的处理可以让这个舞蹈更加真实生动，可这么一来调子就变了，谁也不敢在一个表现军民鱼水情的舞蹈中加进去男欢女爱的东西。柳茗没再造次，排练和彩排时她都按统一要求去表现，可到了正式演出时她完全跟着角色走了，这个角色是她认定的角色。她脸上的欢喜如水波荡漾，不光有为解放军洗衣的欢愉，还有着青春少女对一个帅气的年轻男子的爱恋和倾慕。柳茗在台上表演时，她的室友和最要好的朋友叶虹就紧张起来，担心招来非议。果然，柳茗的表现逃不出很多人的眼睛，有些人对她的攻击带了敌意，有些人跟叶虹一样，是为柳茗着想。叶虹在安慰柳茗的同时，也提醒她以后要注意，要跟大家一样。"

沮丧的柳茗第二天去后山坡时正好碰上了林凯飞。柳茗没跟林凯飞提前一天晚上发生的事情，偏偏林凯飞提到了柳茗在晚会中的表现。他说他喜欢柳茗的表演，柳茗随口问了句："你为什么喜欢？"

林凯飞说："我喜欢你的表情，大部分人在唱歌跳舞时都是一样的表情，还有不少人没有表情，只有你脸上的表情很生动很丰富。唱不同的歌跳不同的舞，你脸上会有不同的表情，就是在同一个节目中，你的表情也会随着内容的变化而变化。"

林凯飞的回答很出乎柳茗的意料，她本来以为林凯飞只是客套，就是喜欢，也并不知道为什么喜欢，或者只是喜欢一些表层的东西。她想不到林凯飞跟其他的人不一样，林凯飞看懂了舞者在舞蹈中的倾诉，台上的人和台下的人就有了息息相通的心灵的交流。柳茗是个近视眼，平时眼神总有些恍惚，迷雾一般若梦若醒。可是她一上舞台就像变了个人，两眼炯炯有神，举手投足间顾盼生辉。林凯飞喜欢柳茗跳跃时的轻盈，弯腰时的柔美，舒展时的高雅，旋转时的流畅，不仅仅舞姿优美，她的每一个动作都是有内容的，她脸上的表情也就跟着不同的故事生动起来，随着舞蹈情节的转换时笑时颦亦喜亦忧。

柳茗寻思了一下，说道："你这么一说，我才意识到我在表演不同的节目时，我脸上的表情是不一样的。"

"这说明你是在用心表演，跟着你的心走。每个人对每一件事的感受都是不一样的，在表演时，有些东西是共同的，有些东西就应该是不一样的。可惜好多人都藏起了自己的情感，只有你把情感表现了出来，我们这些看表演的人才能跟你有共鸣。"

"可这样我就跟别人不一样了。"

"本来大家就是不一样的，为什么要千人一面？你问我为什么喜欢，这就是原因，就是因为你跟别人不一样。"

一片非议声中，林凯飞是那个唯一为柳茗喝彩的人。林凯飞喜欢的，正是柳茗最真实的表现，这也是柳茗最希望别人能理解她的地方。她并没有想着突出自己，她只是太投入，自然而然地流露出她的真实感受和情感。

从那以后，柳茗在林凯飞这里就更加放松。她可以向林凯飞袒露她的想法，她不用担心哪句话说得不对或说得不好，她不用装样子，不用掩藏自己的心思，不用编排自己脸上的表情。她相信林凯飞能理解她，也值得她信赖。所以她才会把陈正宏给她写信的事告诉林凯飞，按说她为这事征求意见的话，她更应该去问叶虹，两个人之间几乎没有什么秘密，可她还是把这么大的一个秘密先告诉了林凯飞。

这一次，林凯飞又一次托起了她。她渴望成为天空中的飞鸟，自由地飞去她向往的山巅。可是她起飞的地方荆棘丛生，林凯飞的支持就像荆棘中的一双平稳的大手，托着她张开了飞翔的翅膀。

柳茗朝林凯飞莞尔一笑，感激和喜悦如潮水般冲开了刚才因为羞怯挤到了一起的五官，一双水汪汪的眼睛笑成了两个弯弯的月牙，嘴巴也笑成了一道弯月。林凯飞被这毫无遮拦的喜悦打动了，那种疼痛感渐渐消散，他为柳茗高兴，也为陈正宏高兴，他甚至对陈正宏的行动产生了一些敬意。这么美好的爱情，谁都无法抗拒，可是没有几个人敢去追求，而陈正宏大胆地做了这件事情。

林凯飞嘱咐了一句："既然学校有规定，你们就注意点，尽可能别搞出什么动静。"

"嗯，我会注意的。"柳茗又点了下头，她没有收敛她的兴奋，她在林凯飞这里无需隐藏什么。她继续说道："我知道这样不好，可他的信打动了我……"柳茗说到这把右手伸到了书包里，手指碰到了陈正宏写给她的求爱信,她想把那封信拿给林凯飞看,又觉得不妥,她犹豫了一下,把手抽了出来。

沉静中,两个人望向远方,他们的目光在远处的那座小桥上交汇到一起。后山坡的梨花正盛开着,一条小河环绕着后山坡,一树树的梨花倒映在水中。小河上漂着一些被风吹下的花瓣,这些花瓣被河水带着,漂向不远处的那座简陋的小桥。林凯飞和柳茗从这里走不到小桥上,只可以坐在山坡上远远地望着。漂浮着梨花瓣的河水流过小桥,流向更远的地方。柳茗说:"我们给这里起个名字吧,要不就叫梨花坡?或者梨花河?梨花桥?"

林凯飞专注地望着眼前的景致,想了一会儿后才开口道:"我想到了另外一个名字,梨花渡,渡船的渡,也是渡过的渡。"

柳茗的眼睛一亮:"我喜欢这个名字,漂着梨花的河水让人觉得有些忧伤,像是一条忧愁河,前面的那座小桥就像忧愁河上的桥,无论有怎样的苦难,有那座桥在,再多的苦难我们也可以渡过。有了这个'渡'字,心里就多出了很多的底气。"

林凯飞心头一动:"这么说,前面的那座小桥也有了名字,就叫……"

林凯飞正在说小桥的名字,"梨花渡桥",他听到的却是两个人的声音,他和柳茗两个人的声音,两个人异口同声地说出了同一个名字。

柳茗和林凯飞彼此对望了一眼,心领神会地相视一笑。

柳茗突然想跟林凯飞好好聊聊,人在开心时本来就有说话的欲望,遇到一个懂她的人,那些压在心底的话就到了说出来的时候。柳茗是个外向的人,可她心里有道门始终关闭着,眼前的风景和身边的这个人都让她觉得特别地敞亮,她愿意向他敞开那扇紧闭的门。

柳茗的室友叶虹在宿舍里等着柳茗回来,已到吃晚饭的时间,不知道柳茗去了哪里。在大学校园里,来自同一个地方的人更容易走近。叶虹也是上海人,跟柳茗又在同一间宿舍,睡上下铺,两个人很快就成了要好的朋友。

学生食堂下午五点开门,每天差不多有三个菜一个汤供学生选择。叶虹又多等了五分钟,赶紧朝食堂奔去,去晚了很可能最中意的那道菜就没了。两个人一直在一起吃饭,柳茗喜欢吃什么叶虹都是有数的。

幸好来得还不是太晚,马上就要见底的柳茗喜欢的豇豆红烧肉还能凑出来最后的一份。叶虹又要了一份青菜豆腐,两个人都是南方人,主食她们向来吃米饭。今天的例汤是西红柿鸡蛋汤,叶虹也要了一份。两菜一汤一共花了一毛五分钱,她要的都是一份的量。大部分同学都是各吃各的,一般一菜一汤或者只要一个菜。如果一个人要两菜一汤的话,饭票就有些吃紧。工农兵大学生每月有十八块钱的生活费,其中十二块钱是饭票。柳茗和叶虹的饭票是放在一起的,她俩一起打饭,不光省了钱还多了选择。差不多每个月她们都能有点结余,她们就把余下的饭票送给那些没到月底就把饭票用光了的同学。

食堂里有几张大圆饭桌,每张能挤下十二个人,吃饭的高峰期不够用,不少同学打好饭后会拿到宿舍、教室或图书馆吃。天气转暖后,很多人会在室外吃。这段时间,柳茗和叶虹常在学校的大操场吃饭,操场边有些石桌石凳,没位置的话可以坐在草坪上吃,也很惬意。叶虹这次没去操场,柳茗回来后一定会先回宿舍,这是她俩的习惯,每次哪个人回来晚了,另外一个人打好饭后就会带回宿舍。

叶虹出了食堂朝宿舍楼走去。走出没多远,她听到身后有跑步声,她朝路边挪了一步,给那跑步的人让出路来。那人还没跑到她身旁,就开口叫了两声"叶虹"。叶虹扭头时,那人正好跑到了她跟前,原来是她的同学陈正宏。

叶虹比陈正宏年长一岁,已经二十四岁。工农兵大学生的年龄参差不齐,入学时刚十九岁的柳茗属于年龄小的,这会儿还不到二十一岁。林凯飞跟叶虹同岁,都是二十四,陈正宏二十三,外语系大部分同学的年龄跟这几个人差不多,也有三十多岁的。叶虹在班里不是年龄最大的,但成熟沉稳对大家都很照顾的她很像是全班同学的大姐。叶虹是老红军的女儿,一直是班干部,在同学间很有威望。叶虹的学习成绩也排在前面,"文革"之前,上海不少初中有英语课,叶虹是上外附中的高材生,有很好的英语基础。只是遇上了尖子中的尖子陈正宏,她的成绩无缘第一了。

陈正宏看了眼叶虹手上捧着的两个人的饭菜,问道:"你去哪里吃饭?柳茗怎么没跟你一起来?"

认识柳茗和叶虹的人都知道她俩常常形影不离,这个问题并不唐突,叶虹边走边说:"柳茗大概读书忘了时间,她喜欢去外边人少的地方练习朗读,我回宿舍等她。"

叶虹看到陈正宏手里的饭盒是空的,不知道他是已经在食堂里吃完了还是刚刚过来。叶虹停下了脚步,问陈正宏:"你吃过饭了?"

陈正宏说:"还没有,我在找柳茗,下课后她转眼就不见了,我以为在食堂能碰上她。"

叶虹又问:"你找她有事吗?要不要我帮你捎话?"

"嗯,明天晚上七点在112教室有一个跳舞活动,一定让柳茗来啊,要不你也过来?"陈正宏稍稍犹豫,还是把想说的话说了出来。今天是星期五,明天只有半天课,他怕没机会跟柳茗说这事。跟班里的其他同学一样,陈正宏也把叶虹当大姐对待,只是除了尊敬之外,他在叶虹这里还有着一些小放肆,他真的像弟弟那样在叶虹这里讨来些特别的娇纵。

"什么活动啊?我又不会跳舞。"叶虹说。

陈正宏看看四周没有别人,略显神秘地低语道:"是交谊舞,很容易学会。"

"交谊舞?"叶虹一惊,"学校允许跳交谊舞吗?"

陈正宏赶紧摆摆手,示意叶虹别声张:"学校没说可以跳交谊舞,也没有明文规定不可以跳,你只能跟柳茗说是交谊舞,别告诉别人,我跟大家都是说文艺活动,去为学校的演出编舞、排练。"

陈正宏紧接着像个弟弟一般央求道:"你和柳茗一定要去啊。"

"大家都去吗?"

"当然不是。"

"那都是些什么人去呢?"

"你们去了就知道了,一定要来。"陈正宏说完这话笑着跑开了。

柳茗和林凯飞还在梨花渡,他们开始聊他们的过往,聊他们在上海的日子。未曾相识的日子里,一些共同或相似的生活细节让他们年少时的时光渐渐地有了交融和重叠。大部分时候是林凯飞在倾听,柳茗这会儿特别有表达的愿望,而且柳茗的生活经历比林凯飞丰富许多。柳茗十六岁时离开上海去安徽插队,林凯飞二十二岁来安徽上大学时才离开上海。

柳茗有过一个很幸福的童年。她的父亲柳尚民是安徽人,早年参加了新四军,跟随陈毅的部队过了长江后进军上海,在上海,他遇到了另外一支部队里的唐亚楠,两个人暗生情愫。上海欢庆解放时,柳尚民和唐亚楠的关系更加明朗,很快喜结连理。他们都是转业干部,住在市政府的宿舍大院,毗邻黄浦江,柳茗的童年就是在那里度过的。他们家住着三室一厅的房子，每个房间都很大，大到一帮孩子可以在房间里玩跳长绳。地板都是打蜡的，一天二十四小时有热水供应。家里还有两个阿姨，她们帮着看小孩做家务，倒是很少做饭。食堂的供应非常丰富，一家老小平时都是吃食堂，只有周末在家吃饭，两个阿姨会做些比较特别的饭菜。这里住的都是高干，市政府在这里配备了一个警卫连。警卫连的人特别怕首长家的那些小孩子，一帮毛孩子很淘气，在自己家里受管束，他们就到警卫员这里搞恶作剧。警卫员们逮着机会也会"教训"下这帮来捣乱的孩子，假揍他们一顿，被揍的孩子故意鬼哭狼嚎，两边都玩得不亦乐乎，柳茗的童年生活里就多了很多欢笑。她自己家里也热闹，妹妹和弟弟出生后，常居人口增长到至少七人，她的外婆和家里的其他亲戚也常年跟他们住在一起。在一个大家庭长大又有一大帮童年玩伴的柳茗从小就很外向活泼。

柳茗想到童年趣事时忍不住咯咯笑了起来，那些快乐的时光又回到她的身边。她好久没去想那些日子了，她离那些留在黄浦江边的日子已太远，不仅仅是时间上的流转，她的生活境况后来也发生了太多太大的改变。

"上初中后，我开始住校，只在周末回家，住在学校和住在家里都让我觉得开心，我那时候就有了双倍的快乐。"柳茗回忆道，"66年我在上初二，开始时我稀里糊涂地参加了一个叫'红后代'的组织，都是干部子弟和工人子弟。经历了一些事情后，我变得消极，很少再去参加他们的活动，我阻止不了别人，我可以阻止自己不去做我认为不该做的事情，也许我是个落后分子。"

说到这里，柳茗苦笑，林凯飞安慰她说："其实不少人并不积极，开始时大家都热情高涨，慢慢就有了逃兵，我也成了逃兵。"

林凯飞轻叹了口气，他听到柳茗也发出一声叹息。

"我没再跟着他们去做我不想做的事情,大串联我倒是去了。"柳茗继续说道,"我还去了天安门广场,跟全国各地来的年轻人一起接受接见。"

"你是说66年10月那次吗?我当时也在。"林凯飞说,"我们还跑了好几家大学,我如愿以偿地去了趟北大。我当时上高中,我想考北大,可很快高考就被取消,我高中都没读完。"

"我也去过北大,我们会不会在那里遇到过?"柳茗说着朝林凯飞粲然一笑。

是啊,他们的第一次见面是不是发生在很多年前?就是没同时出现在某个大学校园,他俩可都在同一时间怀着同样的心情挤在天安门广场的人群中。他们还很有可能是坐着同一列火车去的北京,又坐着同一列火车回的上海。林凯飞揣测着各种可能性,嘴上却没说什么。

柳茗没在这个假设上多停留,她接着说道:"出去走走看看总能有些收获,一度消沉的我重新振作起来,甚至生出些豪情,我觉得我也可以去解放全世界。可我刚回到上海就被一盆冷水浇醒。到了上海,我先回的学校,我最要好的同学郦华没去参加串联,她把我拉到一边,塞给我一张纸条。我打开一看,是个我不认识的地址,笔迹是我熟悉的,是我妈妈的笔迹。郦华悄悄告诉我,我妈妈来学校找过我,说我们要搬家,这是新家的地址。我有种不祥的预感,看到过那么多人家出事,我感觉我们家也出了事。"

说到这里,柳茗停了下来,林凯飞的思绪跟着她停在了1966年。他们都属于老三届,柳茗是初中老三届,林凯飞是高中老三届,他们的生活都在那一年发生了天翻地覆的变化。柳茗去北京时,她的父母都受到了冲击,不仅靠边站了,还被收回了市政府的宿舍,他们家搬到了西郊。柳茗一路问了好几个人,转了几次车,从她寄宿的中学到她的新家花了两个多小时。

妈妈唐亚楠来给柳茗开的门,带她走进那个很小的房子。依旧是三室一厅,不过整个房子的面积加起来最多抵得上原来那套房子的一个房间。房子的窗户都很小,幽暗的光线下,柳茗的双眸越发明亮起来。她的眼睛里迸发出喜悦的光芒,这里比她原来想象的要好,好很多。刚才从71路公交车走下来时,她因为腿软绊了个趔趄,离家越近她就越紧张。在这个简陋的新家里,柳茗提着的心放回了原处。

"郦华要陪我过来,我说我想自己去,不管发生了什么,我总是要面对的。那一路,我真的很担心很害怕,所以进了新家以后我真的很开心。我还有个家,我到家时,爸爸妈妈和弟弟妹妹都在家,见到他们,我特别开心,他们也很开心。"柳茗说,"家里几乎没什么家具,老房子里那些家具都是公家的,不可能再让我们使用。我看见家里多了煤炉和木盆,不再有热水和煤气,煤炉可以烧水做饭,大木盆是洗澡用的。原来的两个阿姨都走了,妈妈赶紧给我做了饭,我以前从没见过她做饭,做得还不错,我吃了不少。也可能是太饿,加上心情不错。虽然失去了很多东西,可最重要的都在,家人都平平安安的,这比什么都重要。"

"那年你才十四岁吧?"林凯飞插了一句话。

"嗯,是十四岁,我是在十四岁长大成人的。我很快发现我最喜欢的几本书和笔记本都丢了,还有我最宝贝的发卡。我难过了好久,可我一点没跟妈妈抱怨。妈妈去学校找我时,我去了北京,所以搬家时我不在,又很匆忙,大部分东西都赶紧送了人。那是一个蓝色的飞鸟形状的发卡,宝蓝色,翅膀上有紫色的纹路。蓝色和紫色,我最喜欢的颜色。而且是一只飞鸟,很多女孩子喜欢蝴蝶结或蝴蝶形状的发卡,我最喜欢的是飞鸟,奔放,自由自在,几乎遇不上这种形状的发卡，对我来说特别珍贵。我不敢把它带到学校，怕丢了。我以为家是最安全的地方，可还是丢了。一起失去的，是那些快乐的日子。"柳茗的声音渐渐低沉下去。

林凯飞说："也许那只鸟儿只是飞去了另外一个地方，有一天它会飞回来的。"

"也许吧。"柳茗知道林凯飞是在安慰她，她清了下嗓子，低落下去的声音又有了些生气，"那段时间我都是在家里，帮妈妈做家务。我父母以前工作忙，难得跟自己的孩子在一起。我能看出他们的心情不好，只是强颜欢笑，可我挺开心的，我每天早上睁开眼都能看到他们呀。只是这段时光很短暂，他们开始经常失踪，有时是其中的一个人不见了，我爸爸或我妈妈，有时是两个人同时失踪。我不知道去哪里打听他们的消息，我唯一能做的就是担起做姐姐的责任，照顾好弟弟妹妹，爸妈回来时看到我们都好，再走的时候就不用担心我们了。"

林凯飞吃惊地看了眼柳茗，以前他们两个也聊过天，可从来没聊到父母家人，他从未想到过柳茗年少时就有了这些坎坷。柳茗的脸上总是挂着明媚的笑意，跟迎面吹来的和煦的春风一样温暖，这样的微笑应该只属于风平浪静的生活。

"再后来，我也要离开家了，去安徽上山下乡。"柳茗的语气依然是平静的，"我离开上海时幸好爸爸在家，我还想见一眼妈妈，她已经半年没回家了。我鼓起勇气去了趟妈妈原来的工作单位，提出这个请求。我这一走不知道什么时候能回来，我想跟妈妈见上一面，可一直到我走的前一天，妈妈仍然没有回来。"

柳茗自己收拾好行李，又把家里打扫干净，离开家的前一晚，她尽其所能为爸爸和弟弟妹妹准备了一顿还算丰盛的晚餐。吃饭时，他们多摆出一副碗筷，柳茗想象着妈妈也在，可每次她的目光扫到那副碗筷，她心里就更加空落。吃饭时，几个人很少说话，离别在即，几个人已无力装出欢喜的样子。可口的饭菜也没了其他的味道，他们默默咽下去的只是一些苦涩。吃过饭后，弟弟妹妹帮着爸爸洗碗收拾，柳茗悄悄去妈妈的床上躺了会儿。妈妈好几个月没在这里出现过，被褥又是前两天刚洗过的，柳茗还是嗅到了妈妈的气息。若有若无，她还是捕捉到了。几行泪水滑过柳茗的脸颊，落到枕头上，柳茗哭着跟妈妈道别。

"我正要去火车站时，妈妈突然出现在我们的面前，她被允许回家给我送行，只给了半天时间。"柳茗接着说下去，"见到妈妈，我真是悲喜交加，又想笑又想哭。本来爸爸要去送我，妈妈回来了，就改成了妈妈。我有好多的话想跟妈妈说，可一路上我们几乎没说什么话。妈妈只说过一句话，她说，你才十六岁，又是女孩子，我不放心。我就安慰她说，我能照顾好自己，你不也是十六七岁离开家的吗？"

柳茗和她妈妈赶到火车站时，那里已有很多人，柳茗最要好的同学郦华已在那里等她。郦华也要去下乡，很可能是在第二批。郦华是来给柳茗送行的，见到柳茗抱住她就哭了起来。

柳茗上车前跟妈妈说了声"妈妈你要多保重"，妈妈没有任何反应，在一片哭声中，唐亚楠呆若木鸡地站在那里，苍白的脸上没有任何表情，死人一般寂静。柳茗又拉了下妈妈的手，手是冰凉的，也没有任何的反应。柳茗忍住泪水，扭头上了火车。妈妈仍是一动不动地站着，没有眼泪，没有悲伤，两眼像盲人一般空洞。

"我还记得那一天，可能永远都忘不了。"柳茗说，"整列火车上全都是上海知青，那是上海的第一批下乡知青，我是其中的一个。"

"那一天我也在那里。"林凯飞说。

"你不是进了工厂没下过乡吗？"柳茗知道林凯飞曾是上海造船

厂的翻砂工。

"我那天去送我的一个朋友,他父母身体不好,我们不想让他们受刺激,我去送的朋友。"

"我爸爸那天也没去,开始时我有些遗憾,到了火车站,我很庆幸他没来。"

柳茗曾以为她爸爸对她这样离开家并不在意,打过好多仗的人,见过太多的生离死别,对和平年代的离别早就可以做到泰然处之。柳茗也以为爸爸不喜欢去火车站之类的地方,他不喜欢这些小情小调。柳茗后来才知道,爸爸是不敢去火车站,扛过枪的人,却不敢看着自己的女儿离去。几个月后,柳茗收到妹妹偷偷写来的一封信,妹妹告诉她那天她走了以后,爸爸拿起扫帚在家里扫地,挨个房间扫,在柳茗和妹妹住的房间里扫了好几遍。后来妹妹听到扫帚落到地上的声音,跑去一看,爸爸也歪倒在地,神志不清。妹妹和弟弟把爸爸架到床上,爸爸醒过来后,让妹妹去给他拿条毛巾,他把毛巾盖在脸上,一遍遍地说,我的活蹦乱跳的女儿就这样被送走了……十二岁的妹妹模仿大人的语气叙述着这件事,接着补充了一句,爸爸哭了,她以前从来没见过爸爸哭。妹妹还是太小了,她是想让姐姐知道家里的人都很想念她很在乎她,妹妹是想让她开心,没想到这封信让柳茗哭了好几天。

"车窗边都是人,我进了火车没顾上找座位,先找到一个没有太多人的窗户,我挤进去,把头伸出车厢,我想再看一眼妈妈和郦华。我看见妈妈还站在原地,木头人一样一动不动。郦华正挨个窗户跑着,看到我后,她挤过来,紧紧抓住我的手。火车启动了,我们还不想分开。火车的速度越来越快,郦华还是不想松手,我怕郦华卷到车轮下,哭着强行把手挣脱出来。我看见郦华追着火车跑,她的身影越来越小……她就那样永远地消失了。"柳茗的声音又低了下去，肩膀微微抖动起来。

就在同一天同一时刻，站在站台上的林凯飞看到一个女孩在追着火车跑，她最后摔倒在地，后面的人想扶她起来，她拒绝了，趴在地上失声痛哭。林凯飞不知道他见到的那个女孩是不是就是郦华。

"郦华现在在哪里？你们总能团聚的。"林凯飞说。

"不会了。"柳茗的声音很虚弱，"郦华去了北大荒，我收到过不少从北大荒发出的信，都是郦华寄给我的。郦华喜欢写诗，那片黑土地在她的诗里好美。可她后来没消息了，杳无音信。我到处托人打听她的下落，过去了将近两年我才得知，一场大火夺去了十多个知青的生命，郦华是其中的一个。"

过去了很多年，林凯飞又听到了那撕心裂肺的哭声，从那个摔倒在站台的女孩那里传来的哭声。从哭声中他还感觉到了柳茗的颤抖，他想搂住柳茗，让柳茗把头靠在他的肩膀上。他抬起了他的左手，他想给她最有力的抚慰，可他的左臂越来越无力，上下几次后，他只是轻轻拍了一下柳茗的后背。他的左手落回原地时，刚才消失了的疼痛又开始一阵阵地袭来。

柳茗先控制住了自己的情绪，一股温暖的力量阻止了她的哀痛。林凯飞轻拍她的后背时，那股即将奔泻出来的悲伤被拽了回来。那只是很轻微的触碰，只有轻轻的一下，柳茗却感觉到了力量。悲伤的色彩渐渐变淡，渐渐西下的太阳散发着温暖的余晖，暖融融的阳光轻拂在她的脸上，一层暖色遮掩住了最后的那抹哀伤。

柳茗开始在安徽农村插队落户。她去的那个生产队一共有五个知青，四个是从上海来的。村里没有房子给他们住，几个知青就住在用废弃的牛圈改造的宿舍里。当时是最冷的1月，这么简陋的住处根本抵挡不住数九寒冬。可柳茗对这样的寒冷是迟钝和麻木的，她还能有力气做些什么的时候，她会想念她的爸爸妈妈弟弟妹妹，还有她的好朋友郦华。想念家人朋友的时间并不多，并不是她不想他们，身体到了极度疲乏的时候，思维也停滞了。各种农活她从未干过，要想马上上手她必须拼尽全力。知青的口粮要自己去挣，不够的话要交钱买粮。父母的生活费已少得可怜，弟弟妹妹正在长身体，想给他们多买点吃的就要多花钱。柳茗不想再让父母为她花钱，她一定要自己养活自己，最好还能多挣点钱寄回家里。

"我学到了好多本事，我种过水稻、棉花、小麦、红花草……我会插秧拔秧也会打谷脱粒，我也知道怎样保养田地。我挑过秧把子挑过肥料，还要去水利工地把河里的淤泥挑出来，我可以挑着很重的扁担走很远的路。我们待的地方地多人少，可我们没让哪块地闲着，除了双季稻，我们间隔着种各种粮食作物。第一年就是一个大丰收，我挣来了全部的口粮，还有额外的三块钱。"落日正在收起它的光亮，柳茗的脸上却散发出喜悦的亮光，她用有些调皮的语气问了句，"你没想到我这么能干吧？"

林凯飞是没想到柳茗这么能干，可柳茗的欣喜让林凯飞更加难过。林凯飞心疼地看了眼柳茗，说："我没下过乡，没想到你们要干这么多的农活，你一定吃过很多苦。"

"也没什么，大家不都是这样吗？"柳茗感叹道，"你也吃过很多苦。"

"我还好，留在上海当工人，不能算吃过苦。"林凯飞的父亲是个老工人，他根红苗正，加上他是长子，下面有个妹妹，家中第一个等待分配的孩子可以留在上海的工矿企业。柳茗也是家中的第一个孩子，只是因为父母的原因她不可能留下来。柳茗去安徽插队时，林凯飞进了上海造船厂。

"你说过你是翻砂工,那可是最苦最累的工种。"柳茗说,"我后来从农村招工进了帆布厂,成了纺织工人。我们三班倒,每班干八个小时,八个小时里要紧盯着机器,不停地走,手也不能停下来的,要把线绕到机器上,动作还要快。我们都成了连续运转的机器,并不比干农活轻松。我们都有些吃不消,有一个工人却说这没什么,他做过一年的翻砂工,那才是真苦真累。每天要一次次地把滚烫的钢水灌进模具中,那是高强度的体力活,又很危险。"

柳茗这么一说,林凯飞第一次意识到他也吃过不少苦。他当翻砂工的那些年里,从没有任何人想到他有多苦多累。大家都觉得他很幸运,他留在了上海,成了一个拿工资的工人,有一份旱涝保收的稳定的工作,跟他的同龄人相比,他好像过于幸运了。

柳茗轻轻拍了下林凯飞的左手,问道:"这是不是被钢水烫伤的?"

林凯飞被滚烫的钢水烫伤过几次,左手背上留下的就是其中的一条伤疤。这条伤疤很长,从手背到半条小臂。他穿着长袖衬衫,只能看到手背上的伤疤。

林凯飞轻点了下头。

"所以你吃过的苦比我还多。"柳茗轻轻抚过那条伤疤,"一千多摄氏度的钢水,肯定很疼。"

"还好。"林凯飞感动地看了眼柳茗,这是第一次有人这样关心他。对翻砂工来说,被钢水烫伤,只要不是太严重,算是件正常的事情。每次被烫伤,伤没痊愈他就会回去上班,要不他觉得他对不起留在上海进了工厂的幸运。

柳茗从林凯飞的手上挪开自己的右手时,轻微地叹了口气。

林凯飞赶紧说:"真的没什么,大家都这样。要不是我特别想上大学,我很可能会一直留在那里。上大学的指标到了我们厂子,没有几个人申请。71年那次都是委培生,人还多些,我没申请上。72年这次是全国分配,外地大学的名额没几个人争,怕毕业后回不了上海。"

柳茗问道:"你不担心回不了上海吗?"

林凯飞说:"我没多想,能上大学已经很好了。"

"是啊,我们能上大学,真的好幸运。那些艰难都过去了,一切都好了起来。"欢喜浮现在柳茗的脸上,犹如一颗落入湖中的小石子,一层层荡漾开来。柳茗如释重负地舒了口气,那些艰难的日子在她心里压了很多年,她从未跟别人提及。她曾试着把那些记忆倾倒出来,可那种倾吐的愿望并不是那么强烈,她也一直没有遇到一个合适的人和一个合适的契机。郦华还在的话,她和郦华会聊到这些事情,她也就可以把压在心里的苦水都滗倒出来。还有一个她愿意倾心而谈的人是叶虹。当她得知叶虹也在北大荒待过,她特别想问问叶虹是否在北大荒遇到过郦华。可话到嘴边她又停了下来,她没敢开口。划在心头的那条伤口结出疤来,她没有勇气再去触碰。后来的她跟叶虹更加亲近,她却始终没迈出最后一步。她从不去问叶虹在北大荒的经历,她也就很少谈及自己的过往。她也不可能跟父母或妹妹说什么,她在他们那里总是报喜不报忧,她不会让他们知道,二十岁的她已经经历了很多苦难。

"今天跟你聊得很开心,我好像从来没像这样梳理过自己的过去。"柳茗感激地看着林凯飞,"谢谢你听我说了这么多。"

"谢谢你信任我。"林凯飞不好意思地目光躲闪,但最终也望向柳茗。

柳茗感觉到一种脱胎换骨的轻松,当她把闷在心里的话都说了出来,她的生活像是翻开了新的篇章。新的篇章已然开始,只是在等她跟过去告别后,她才能真正开始全新的生活,而现在的她终于站在了新生活的起点。

柳茗用欢快的语调说:"我们实现了上大学的梦想,我最想学医,我想当个军医,我最想上的是上海二军大,不过能来这里也很不错。如果去了二军大,我很可能永远遇不上陈正宏。"

柳茗的双眸如清澈的河水,辉映着梨花的灿烂。可林凯飞在柳茗的眼睛里看到的不是梨花,更像是桃花,一样的花瓣和花蕊,只是有着不同的色彩。那更像是明媚的桃花,一如柳茗此时的心情,开满了灿烂的桃花。

柳茗的心里流淌着喜悦,林凯飞的心里却在流泪。他爱上的女孩,爱上了他的朋友。可是爱一个人,不就是想让她成为那个最幸福的人吗?即使她的爱情跟他无关,他还是应该为她高兴。特别是当他知道了柳茗吃过很多苦,他更加应该为她现在的幸福高兴。林凯飞朝柳茗笑了笑,眼睛里残留着一些忧伤,嘴角却是上扬的。

柳茗看到了林凯飞脸上的笑容,她问道:"我们是不是把一辈子的苦难都经历完了?剩下的是不是都是好的了?"

林凯飞略有迟疑,说:"有人说人这一辈子会遇上差不多的好事坏事,你经历了那么多不好的事情,以后一定会有很多的好事。"

沉浸在幸福中的柳茗没有听出林凯飞话里的犹疑,她真的相信未来的日子有如这眼前的春景,风和日丽,莺歌燕舞。眼前蓬勃的春意也驱散了林凯飞心里的阴霾,也许冬天的风雪真的有可能一去不返。可这样的怡悦一闪而过,世事难料,他们才二十出头,林凯飞也不知道等待他们的会是什么。林凯飞的心里冒出一个强烈的愿望,他特别希望陈正宏能好好爱柳茗,他希望他们能永远幸福。

厚厚的云层遮住了几乎完全落下的夕阳,眼前的景色瞬间黯淡下来,柳茗脸上绽放出的喜悦被衬托得更加明亮。林凯飞的心情却无法明亮起来,他望着远处的梨花渡桥,苍茫的暮色中,他和那座小桥都是落寞的。漂着梨花瓣的河水依旧向小桥流去,流去的是无以诉说的忧伤。一片寂静中传来一阵雁鸣,林凯飞和柳茗同时望向天空,很快,他们看到了一排南飞的大雁,唱着欢快的歌从他们的头顶飞过。林凯飞无意识地朝那排雁群吹了声口哨,长长的哨音清亮辽远。

柳茗惊喜地看着林凯飞:"你会吹口哨?真好听!"

"不太会,以前在工厂跟一个老师傅学过一点,休息时,大家无事可做,又做不了其他的事情。"林凯飞的脸倏地涨红了,他不知道他是怎么吹响了口哨,可能只是想平静一下自己惆怅的心绪。

"真好听!"柳茗又说了一遍,"你会吹什么歌?"

林凯飞想了想,说:"好像没有哪首歌能完整地吹下来,跟着老师傅吹过几首歌,上大学后反而退步了。"

"那你真该捡回来,以后我们跳舞,你可以用口哨为我们伴舞。"柳茗建议道。

"上台表演就算了,你喜欢的话,我可以吹给你听。"

柳茗目不转睛地看着林凯飞,很认真地说:"我喜欢,真的很喜欢。"

"那我以后会好好练习。"林凯飞没有躲避柳茗的目光,也定睛看着柳茗,郑重地承诺道。他相信柳茗真的喜欢这口哨声,这是他能为她做的事情。只要她喜欢,他愿意为她做任何事情。他不会任何乐器,可他可以为她吹口哨。他也能在她的生命中加些糖,让她的生命少些苦涩。他不能名正言顺地去爱她,可他还是可以用另外的方式去呵护她。他不能成为那个跟她最亲近的人,可他还是可以陪伴她。无论世事有多艰难,他都会陪她走下去,并且倾尽全力去保护她。

林凯飞开心地吹起了口哨，时断时续的口哨声在青山绿水间流转。夕阳跳出了云层，在最后落下的那一刻喷发出夺目的光彩，白色的梨花和寂静的小桥都被嵌上了一层金黄，林凯飞和柳茗的身影也沉浸在这片温暖明亮的金黄中。

柳茗回到宿舍时饭菜早就凉了，叶虹也还没吃晚饭，一直在宿舍等她。其他室友都不在，叶虹正靠在床头读小说。柳茗和叶虹都特别喜欢读文学作品，能找来的书她俩一定不会错过，一起读过同样的书，聊起天来总有很多共同语言。

"你去哪里了？"叶虹说着起身去热晚饭，她们有个小电炉，两个人偶尔用它煮点东西。

"我去了后山坡，碰上林凯飞，跟他聊了会儿天。"柳茗大大方方地说，她跟林凯飞之间没有让她害羞的情愫，说到林凯飞时她也就不用遮掩什么。

叶虹的表情却有些不自然，她等着柳茗再多说些什么，嘴上嘟哝了一句："怎么聊了这么久？我都要饿死了。"

"我们给那里起了个名字，梨花渡，三点水旁的渡，你觉得怎样？"

"嗯，是吗？"叶虹应了一声，她用筷子搅动着正在加热的饭菜，心思并没全在这上面。

柳茗的注意力转移到了饭菜上。"今天有豇豆红烧肉，好香呀！"她陶醉地吸了下鼻子。

天气已回暖，两菜一汤加米饭稍微一热就可以。叶虹手脚麻利，加上柳茗帮着打下手，两人很快就吃上了饭。吃饭时，叶虹很少去碰那份豇豆红烧肉，她发现收尾的最后一份不太够量。柳茗看在眼里，干脆端起那份菜，往叶虹的碗里拨了一多半，叶虹又死活拨回去一些。

"梨花渡这个名字不错,挺适合那里。"吃饭时叶虹又主动聊起这个话题,"那里的梨花很美,数量也多,简直是一片花海,不过我不太喜欢梨花。"

"为什么?"柳茗问道。

"梨跟离别的'离'字谐音,我只是不喜欢离别。"叶虹说。

"那你喜欢苹果花吗?"柳茗笑着问道。

叶虹想了下,说:"苹果让人想到平平安安,我喜欢。苹果花看着也比梨花喜庆。"

"苹果花的花语可是陷阱呀。"柳茗调皮地朝叶虹眨了下眼睛,"再说了,《苹果树》里的艾舍斯特和梅根刚刚一见钟情就分别了,再也没有团聚。"柳茗顺手把叶虹正在看的《苹果树》摆在叶虹面前。

叶虹又想了想,有些释然:"那就叫梨花渡吧,反正那里也没有苹果树。"

话音刚落,叶虹又说:"为什么叫梨花渡呢?那里都是山坡,还不如叫梨花坡顺口呢。为什么用那个'渡'字,是因为那里有水吗?"

柳茗一时语塞,当林凯飞说出那个"渡"字,她就觉得特别有感觉,可那种感觉只可意会不可言传。

"我原来也想到过梨花坡,梨花渡是林凯飞起的名字。"柳茗强调说,"我更喜欢这个名字。"

"喔。"叶虹淡淡地说了句,"叫梨花渡好像更好。"

柳茗看了眼叶虹,叶虹慌乱地提起另外一件事:"我差点了忘了,刚才去食堂时碰上陈正宏……"

听到陈正宏的名字,柳茗心里打了个激灵,好在叶虹没有注意到柳茗脸上瞬间飘出的红晕，继续说下去："陈正宏说明天晚上有一个交谊舞会，让我们一定去，但不能告诉别人是去跳交谊舞，我怎么觉得我们还是别去了。"

柳茗心想，不知道谁这么大胆，敢搞这种资产阶级的东西。不过她马上做了去参加舞会的决定，既然这事是陈正宏跟叶虹说的，那他十有八九会出现在舞会上。

"为什么不去呢？"柳茗跟叶虹说，"我们俩都去。"

叶虹有些为难，柳茗搂住她的肩膀晃了两下，亲昵地说："我想去，求求你，你就陪我去吧。"

叶虹心里已经答应了，嘴巴上故意说："那得看你今晚的表现。"

柳茗笑嘻嘻地说道："吃过饭，我来收拾，收拾完了，我给你捶背，今晚我给你打洗脚水，洗完脚，我给你捏脚。"

吃完了饭，柳茗很积极地起身收拾桌子，叶虹也就装模作样地当起了甩手掌柜。她说她吃撑了，要出去走走，回来后要好好检查柳茗的工作。

"别忘了扫地。"出门前，叶虹又加了一项要求。

"请首长放心，我保证圆满完成任务。"柳茗朝叶虹敬了个军礼。

叶虹走后，柳茗边收拾边哼起了歌，兴致勃勃地把几首歌拼成了一首。她先把吃饭用过的东西收拾停当，叠放在一边，一会儿去盥洗室清洗。接着，她把宿舍地面打扫了一遍，犄角旮旯也没落下。宿舍里只有两张书桌，六个人共享，每个人分到书桌的一角，堆放自己的东西，这是每个人的专属小天地。柳茗看到叶虹的小天地有些凌乱，扫完地后就顺手帮她规整好。那本敞开的《苹果树》反扣在桌子上，柳茗想合上书，又怕叶虹找不到正在看的那一页，应该在那里夹点什么。桌子上都是书和笔记本，太厚了，很快，柳茗看到两本书间有一个信封，她抽了出来，可以当书签用。那不是一个空白信封，是一封已经开封的寄给叶虹的信。

柳茗把那封信夹进书里时，信下方的那行地址刺痛了她的眼睛。她并没有去看地址，可那个地址她太过熟悉，哪怕只是在她的眼前轻轻一晃，就能像雷电一样击中她，并且迅速攫住她的全部身心。

这是郦华的地址，郦华给她的最后一封信用的就是这个地址。

恍惚间，柳茗以为这封信是写给她的，她仔细地看了几遍信封上的字，才确定这是叶虹的信。来上大学前，叶虹在北大荒生产建设兵团待了几年，这封信应该是她的战友写来的。最后的连队也是不同的，郦华在二连，这封信上写的是四连。可前面的地址是完全一样的。

柳茗握着信的手抖了起来，呼吸也急促起来，整个人像是掉进了水里，她感觉她快要窒息了。"溺水"的她拼命挣扎了几下，挣扎着伸出头来，大口呼吸了几下，才喘出那口气来。

柳茗放下那封信，走到窗口边，打开了窗户，新鲜的空气让她慢慢缓过劲来。柳茗望向窗外，黑夜已覆盖大地，遮盖住那无限春光。柳茗闭了下眼睛，睁开眼时，她发现外面并不是那么黑，应该是有月亮的。柳茗的眼睛开始在黑夜中寻找，她先看到了对面的宿舍楼，那里闪烁着一些灯火，昏黄的光晕若隐若现。柳茗的眼睛越过宿舍楼，望向夜空，四处寻觅后，她终于看到了月亮。只有半个月亮，还被云层遮住了一些边角，远远望着，只能看到半轮残月。

那轮残月无法照亮柳茗的心情，倒平添了一些忧伤。

今年寒假，柳茗回上海过春节，有一天吃晚饭时，她妈妈突然提到了郦华。妈妈说那年去火车站送柳茗，不知道火车开走多久后她才醒过神来。她往外走时看见一个女孩还站在站台上哭，她一动不动地站在那里，只有眼睛里的泪水是动的。

那个女孩就是郦华。

柳茗的妈妈上前拉住了郦华的手，拉着郦华往外走。两个伤心的人谁也安慰不了谁，她们什么都没说，手牵着手，默默地走出了站台。

妈妈说好久没见到郦华了，以前郦华来他们家串过门，柳茗也常去郦华家。

柳茗说了句"郦华去了北大荒"，没再继续说下去。

妈妈就说下次郦华和柳茗都回上海的话，一定要请郦华来家里坐坐。

柳茗没吭声，低下头往嘴里扒饭，一起咽下去的，还有她的泪水。

柳茗不是一个喜欢逃避的人，可是每次面对郦华的死亡，她都会逃避。今天下午跟林凯飞在一起时，她第一次提及此事。

站在窗户边的柳茗扭头看了眼那个信封，那封从北大荒寄来的信也在望着她。柳茗努力躲避着那个念头：叶虹很有可能在北大荒遇到过郦华，至少，叶虹知道那场大火是怎么回事。柳茗很想知道郦华是怎么死的，她又很害怕知道。如果她不知道那天究竟发生了什么，如果她不能确定郦华真的死了，真的死于一场火灾，她或许可以继续安慰自己，郦华还在北大荒，她们只是断了联系。

柳茗走回桌边，把信封放回原处，夹在两本书的中间，上面的那本教科书完全盖住了那封信。

第二天，叶虹陪柳茗去了那个隐秘而简陋的舞场。112教室比一般的教室都大，但这间教室在地下室，平时很少有人用。叶虹临出门时又想打退堂鼓，柳茗好歹把她拉了过来，她俩几乎是最后到场的。她们到的时候,那里已经聚集了二十几个同学,教室里的桌椅也被搬到了两边,中间留出足够大的跳舞的场地。柳茗有些失望,陈正宏不在这里,她倒是看到了林凯飞,林凯飞也看到了柳茗。见到柳茗后,林凯飞把一盘准备好的磁带放进那台砖头大的收录机,这是他们上听力课用的收录机。林凯飞按下了启动键,美妙的音乐随即流淌出来。

教室里的人全都愣在了原地,他们从来没听过这么好听的乐曲,极少数的人听过,那也是好久以前的事情了。柳茗心想,这就是圆舞曲吧?柳茗也有些意外,林凯飞从哪里找到这样的磁带?难道这场舞会是林凯飞张罗的?可昨天他怎么什么都没向她透露呢?

行云流水般的乐声中大家都按捺不住,脚步都动了起来。先是踌躇着迈出一小步,步子很快大了起来,也越来越密。他们中的大部分人原以为是来这里为文艺宣传队排舞的,听到圆舞曲立马有了不同的感觉,自然而然地转到了交谊舞上。有两个知道点交谊舞门道的同学自愿跑了出来,热情地教授大家如何起步如何旋转。交谊舞好像是这些人与生俱来的本领,稍加点拨和揣摩,这二十多个人很快就进入了角色。开始阶段是同性结伴而舞,后来终于有人提议大家分别邀约异性舞伴。没人附和,也没人反对,所有的人都退到两边,男同学一排女同学一排,柳茗和叶虹紧挨着站在一起。

又一支舞曲响起,男生们陆陆续续地朝这边的女生走来。林凯飞朝柳茗走来,可是在最后一秒钟,他把手伸向了柳茗身边的叶虹。

柳茗失落地站在那里,林凯飞没有请她跳舞,其他的男同学也都有了各自的舞伴。也许是柳茗太漂亮,那些暗恋她的男同学们在最后一刻都失去了邀约她一起跳舞的勇气。

林凯飞并不是因为这个,他知道柳茗最想一起跳舞的那个人很快就会出现在这里。

陈正宏正疾步朝112教室奔来。

下午他洗了澡,换上他最中意的那身白衬衫黑西裤。他正收拾他的头发,他们班的辅导员郑良老师突然出现在宿舍门口。

"小陈你这是要去哪里?"郑良打量了一眼一身正装的陈正宏。

"没要去哪。"陈正宏解释道,"我趁着天气好晾下箱子里的衣服,这身衣服好久没穿,我试试还合身不。"

"那就好,我们家分到一些蜂窝煤,我借好了地板车,你能不能帮我拉回家,再帮忙搬进家去?"郑良说。他家里有需要时他就会来叫学生搭把手,其他的教职工也是这样。学生们也喜欢去老师家里帮忙,谁都愿意跟老师搞好关系,特别是他们的辅导员。

郑良一般会来找陈正宏,这拨儿学生中,他跟陈正宏最熟。陈正宏入校前他的父亲陈平康就带着陈正宏专门来学校拜访过郑良。陈平康是远近闻名的胸外科医生,虽然他在安徽的一家二线城市的医院工作,但他常去外地出诊,甚至出过国,是中国援外医疗队的一员。医术精湛的陈平康救治过不少人,不少被他医治的人对他心存感激,日后少不了回报。有些人手上有一定的权力,对陈家自然会有得力的帮助。按照政策,陈正宏应该下乡,他的哥哥进了工厂,按说他不能再留城,可他还是当上了工人,而且是酒精厂的工人,劳动强度不大。招收工农兵大学生的政策没正式出台陈平康就得到了消息,陈正宏如愿以偿地进了大学。上大学对陈正宏来说是一个最好的跳板,他希望毕业后能分到上海。跟柳茗、林凯飞那些同学不同的是,外语系是陈正宏自己的选择,他主动选择了英语专业。上海有不少涉外单位,学好外语就更有可能去上海,还没入学的陈正宏就开始为这一切做准备。辅导员在毕业分配时能起上不小的作用,陈平康托关系认识了郑良。第一次跟郑良见面时,陈氏父子就向郑良表达了陈正宏大学毕业后分配进上海的愿望。

  回上海是陈正宏最大的心愿,他很小就有了这个心愿。随着年龄的增长,这个愿望越来越强烈。他不理解他的父母,为什么会离开上海来了安徽,还没有落脚在省会城市。陈平康的解释是为了支援内地建设,组织上有这样的安排,他们必须服从。陈正宏信以为真,直到十三岁他才知道另有原因。那年他回上海过暑假,有次他的外公外婆躲在他们的房间里说悄悄话,他们平时说悄悄话并不避讳他们的外孙,房门是敞开的,最多虚掩一下,那次他们完全带上了房门,正在玩耍的陈正宏觉出有些不对劲,外公外婆该是有什么不想让他知道的秘密。陈正宏蹑手蹑脚地溜进隔壁房间,把耳朵贴在墙上偷听外公外婆的谈话。虽然听得不是很清楚,陈正宏还是听出了一个大概,他这才知道他的父亲是因为作风问题被下放到安徽的。

  陈正宏的父母原来都在上海的一家大医院工作,陈平康是最受欢迎的医生之一,陈正宏的妈妈是护士长。他们在医院里是被大家仰视的,若不是陈平康跟一个年轻漂亮的护士的偷情被人发现,这对明星夫妻头顶的光环可以一直闪耀下去。医院院长当时正为派谁去外省头疼,上面要求医院必须选派有经验,医术高的医生,可这样的人谁也不想离开上海,作为院长,他也舍不得他们走。如果陈平康不出状况,院长绝对不会去动陈平康。陈平康跟那个护士的事情被人举报后,院长召集医院里的几个领导开了一个紧急会议,院长提出把陈平康夫妇派往外地,这样既处罚了陈平康,又完成了支援三线的任务。大家都觉得这是个不错的方案,没人提出异议。陈正宏的妈妈开始时想跟他爸爸离婚,这样她可以留下来。可她在这家医院已经抬不起头来，离婚对两个孩子的影响也会很大。陈正宏当时才五岁，他哥哥七岁，她权衡再三，最终决定带着儿子跟丈夫一起离开上海去安徽。在她看来，去到一个谁也不认识他们的地方反倒是安全的。

陈正宏的外公说起这事就难掩愤怒，声调也高了起来，外婆赶紧让他压低声音，也没压下来多少。外公说陈平康害了他的女儿和外孙，外婆很中立地替女婿说了几句好话。陈平康后来的表现一直很好，没再犯错误。而且躲在安徽的那个小地方反倒风平浪静，外婆觉得这也算是坏事变好事。外公仍然很生气，他愤愤地说，他的女儿和外孙就是因为陈平康都成了乡下人。

陈正宏听到这里没再听下去。他知道外公把人分成了两类，上海人和乡下人，他也知道外公是瞧不上乡下人的。陈正宏自诩为上海人，可以说一口正宗的上海话，但是常年在外地生活，他的行为举止并不是那么上海。陈正宏难过地想，肯定是他在外公面前露了怯，才会勾起外公的伤心事。让他更加难过的是他指望父母带他回上海的愿望可能永远无法实现了。他以前一直以为父母以后可以调回上海，他们是来支援外地建设的，他们还属于上海，早晚要回去。

陈正宏从未跟任何人说起这事，他的父母和外公外婆自然继续瞒着他。那个谎言重复了无数遍后，连他们自己都信以为真，特别是陈正宏的父母，真的以为他们是因为这个原因来的安徽。支援二、三线城市建设成了陈平康的一个招牌，他甚至说他来安徽是他主动请求的。而陈正宏的妈妈自欺欺人地过了很多年后，她自己也几乎忘了曾经发生过的那件事。只有外公和陈正宏还清楚地记得这件事，外公时不时地会跟外婆唠叨下，陈正宏则把这一切藏在心里，并且想方设法寻找回上海的另外的机会。外公光动嘴巴是没用的，抱怨也没用，当父母指望不上时，陈正宏要靠自己重回上海。

抓住了上大学的这个机会，陈正宏心花怒放，他知道他离上海近了一大步。他当然晓得郑良能起到什么样的作用，所以他对郑良向来言听计从，即使他心里再不情愿，他的脸上和言语上也绝对不会露出破绽。

陈正宏今晚有重要的安排，可他想都没想就答应去拉蜂窝煤，他爽快地对郑良说："没问题，我换下衣服马上过来。"

郑良刚离开，陈正宏赶紧去找了林凯飞，把他准备好的收录机和磁带交给林凯飞，又很仔细地多嘱咐了几句。陈正宏原打算以文艺宣传队排练舞蹈的名义组织这场舞会，他们以前干过类似的事情，对外说一起练习唱歌，开始时唱的也确实是宣传队经常唱的歌，唱着唱着就拐了弯，偷偷唱一些"靡靡之音"。有次他们斗胆请来他们的俄语老师，老师用俄语演唱《莫斯科郊外的晚上》，陈正宏为他手风琴伴奏。不少同学私下里会一个人哼哼那些"靡靡之音"，只是一个人哼唱比一群人一起唱的感觉差远了，没有什么气氛。可一群人聚众唱"靡靡之音"是不被允许的，跳交谊舞的风险更大一些，所以陈正宏跟他邀请的大部分同学说的是去为文艺宣传队排练舞蹈，只有少数几个同学知道他要搞的是交谊舞会。郑良的出现打乱了陈正宏原来的计划，他只能让林凯飞直接以交谊舞开场。

陈正宏换了衣服后马上赶去郑良家，跟郑良几乎前后脚进的家门。郑良对陈正宏的表现一直很满意，每次他指派什么事情，陈正宏都是二话不说招之即来，并且把每件事都做得很好。班里有什么风吹草动陈正宏也会及时报告给郑良，在学生中有这么个得力干将让郑良省了不少心。郑良也不会亏待陈正宏，他没忘了要帮陈正宏回上海。虽然毕业分配更倾向于哪里来哪里去，从上海来的学生更有可能分回上海，但陈正宏跟上海也能沾上边，加上他各方面的表现都很优秀，只要不出意外，他去上海的可能性是很大的。

陈正宏匆匆赶路时，112教室里的二十多个人渐渐找到了感觉，只有林凯飞没进入角色，好几次踩了他的舞伴叶虹的脚。叶虹为了减少林凯飞的尴尬，主动引领着他走出正确的舞步。林凯飞感觉到了叶虹的好意，羞涩又抱歉地笑了下。可他的心思还是没有专注在跳舞上，他一会儿望一眼孤零零站在一边的柳茗，一会儿望一眼教室门口。叶虹心里也在嘀咕，陈正宏叫她和柳茗过来，他自己怎么没来？而且这里的人数是单数，跳交谊舞该是双数，每个人都能有个舞伴。

"下支舞你能不能请柳茗跳？"叶虹轻声问道。

林凯飞正不知该如何回答，教室门被人推开，陈正宏出现在门口。

林凯飞轻吁了口气。

陈正宏已换回那身白衬衫黑西裤，他大步走向柳茗，有力又温柔地拉住柳茗的手，很优雅地把她带进舞池。

最后进场的陈正宏和柳茗很快成了全场的中心。他俩都是文艺队的骨干，很容易踩对舞步，一旦起步就神形兼备韵味十足。陈正宏事先又听过这盒磁带里的全部舞曲，听了好几遍，他能很到位地掌握好节奏和起伏。美妙灵动的舞曲中，陈正宏无所顾忌地带着柳茗在其他人的目光中穿梭旋转。

这盒磁带是陈平康出国公干时给陈正宏带回来的。他家总有些别人没见识过的东西，有的是直接从国外来的，有的是舶来品。陈平康有时会去浙江温州出诊，那里已有了一些获取洋货的地下渠道。陈正宏对好的东西美的东西有种天生的敏感和向往，他的父母也有意纵容他的这种特质。他们并不担心陈正宏为此惹出麻烦，陈正宏从小就很有分寸，他知道如何掩藏自己的本性。以前陈正宏在舞台上绽放过，但那是表演，是演给别人看的。这一次却完全不同，这是他第一次在众目睽睽之下如此张扬地放纵自己。

潇洒的陈正宏和漂亮的柳茗吸引住了几乎所有人的目光，其他的人在跳舞时大都不会望向自己的舞伴，他们拘谨地挪动着步子，眼神也是躲闪的，现在场上出现的这一对这么光彩夺目，大家正好把无处安放的目光都投给了陈正宏和柳茗，只是有的人偷偷瞄一眼他们，有的人一直追随着他们的身影。

林凯飞只是望了一眼陈正宏和柳茗，他的目光在柳茗那张落满幸福的脸上蜻蜓点水般扫过，就迅速地收了回来，落在叶虹的脸上。心怀歉意的林凯飞又一次朝叶虹羞涩地一笑，此时的他已把全部的注意力放在叶虹身上。他猛然意识到他这是第一次握着一个女同学的手，第一次跟一个女孩跳舞。林凯飞臊红了脸，更加专注于他跟叶虹的共舞。叶虹也羞涩地一笑，刚才的紧张都烟消云散。她发现林凯飞是一个很不错的舞伴，舞步轻盈，还很体贴地照顾着舞伴的感受。叶虹也很体贴地回应着，他们很快就有了默契。

一道道目光像一道道光束照亮了这间简陋的教室，光影交错中，陈正宏的目光只属于柳茗，他含情脉脉地望着柳茗，无所顾忌。柳茗也大胆地望向陈正宏，她喜欢陈正宏的勇敢和霸气，她喜欢这样的恣意妄为不顾一切。柳茗开心地跳着，陈正宏的灼热融化了她心里所有的忧伤，在这个她爱上的男人的怀抱中，她忘记了她所经历过的所有的艰难。她多么希望此时此刻可以成为永远，他们两个就这样跳下去，一直跳下去，跳到天涯海角，跳到地老天荒。

陈正宏也无法自拔，他的每一支舞都是跟柳茗跳的。最后一支舞曲落在最后一个音符时，他们不得不停下舞步，柔情蜜意却更加汹涌。

陈正宏望着不想离去的柳茗，开口问道："你知道是谁组织的这场舞会吗？"

柳茗摇了摇头。

"是我。"陈正宏得意地说。

还没等柳茗说什么，陈正宏接着说："我是为你，为我们举办的这场舞会。"

第二章

舞会结束后，柳茗跟叶虹一起回到宿舍。一路上柳茗几乎没说什么话，叶虹也是沉默不语。两个人挽着胳膊，默默地走回宿舍。她们的大脑似乎停止了运转，身体机械地做着重复过千百遍的动作。

等到同宿舍的人都差不多睡着后，柳茗才慢慢清醒过来。她记起了舞会上发生的一切，所有的细节都清晰起来。她又回到了112教室，她看见陈正宏朝她走来。陈正宏牵起她的手，他们一起走进舞池。他们望向对方时，眼睛里的柔情流淌出来，流进了如水的舞曲中，他们就在这柔情蜜意中翩翩起舞。众人投向他们的目光像是舞台上的灯光，他们在这明亮的注视中快乐地旋转。当最后一支舞曲谢幕时，她难舍难分地望着他，她听见了陈正宏对她说的最后那句话。说完那句话后，他微笑着转身离去，她还站在原地，眼睛里有了泪光。那是甜蜜的泪水，她不再为曲终人散而悲伤，她知道他们的爱情才刚刚开始。

陈正宏以一种惊世骇俗的方式出现在柳茗的生命中。

柳茗无法入睡，夜色越深，她就越发清醒。她干脆抬起头来，翻转身体，从枕头下摸出小手电筒和她的日记本，陈正宏写给她的那封信夹在日记本里。柳茗翻出了那封信，平摊在枕头上，一行行小字在手电筒的照射下蹦跳出来。

小茗：

信是这样开头的。陈正宏称呼她"小茗"，没有叫她"柳茗"，更没有称她"柳茗同志"或"柳茗同学"。这封信从一开始就让柳茗难以逃脱，刚才在舞会上，当陈正宏出现时，她也是无处可逃，陈正宏也是从一开始就拽走了她的全部身心。

柳茗接着读下去——

我不得不给你写这封信，我不得不告诉你我的感受。我变成了另外一个我，你让我变成了另外一个我。

我们刚入校我就特别注意到你。那天你翩然而至，走进我们宿舍，我不敢相信我们学校有这么漂亮的女同学。后来我们都进了文艺宣传队，我们经常一起排练节目；我们又同时被选中参加乒乓球校队，有了更多接触的机会。你优美的舞姿、打球时的姿态、在图书馆看书时的投入、课堂发言时的表现无不吸引着我，我在不知不觉中喜欢上了你。

上个星期，我从学校的大宣传栏前走过，我看到你正站在高高的梯子上画宣传画。你是从什么时候开始画宣传画的？看你挥洒自如，我想我们入校后的每一期宣传栏有可能都是你画的。我喜欢你画的画，我更喜欢画画的你，亭亭玉立，曼妙窈窕。我呆呆地望着你，我想我是爱上了你。

我已经是全校那个最幸运的人了，我跟你在一个班里，我们也在一起搞活动，我比其他男同学有更多的机会接触到你。可我还是觉得遗憾，我们能有更多的时间在一起该有多好。有很多事情我想跟你去做，只跟你一个人。如果你愿意，我们开始吧！

这个星期天的中午我会在教室等你，我想见到你，我会一直等着你。

正宏

陈正宏在写自己的名字时去掉了他的姓，如同他在信的开始称柳茗为"小茗"，这让柳茗再一次怦然心动，这些很容易被人忽视的细节迅速拉近了两个人之间的距离。柳茗喜欢这样的亲昵，这个世界上只有她的家人叫她"小茗"，现在陈正宏向她伸开了一个温暖的怀抱，高阔如山，温柔如水，她怎么能抗拒呢？

这封信柳茗已经读了很多遍，每一次她都像第一次读到这封信那样呼吸急促，面红耳热。她的怀里好像揣了只小鹿，嘣嘣乱跳，怎么也控制不住。只有等那只小鹿自己累了，她才可以停下无谓的努力。可是当那只小鹿安静下来，她又忍不住去逗弄小鹿。她就这样反反复复地折腾着自己，年轻的身体也经得起这样的折腾。大把的幸福燃起了熊熊烈火，她并不想扑灭这场火，她由着这场大火漫山遍野地烧了起来。

反正睡不着觉，柳茗干脆坐了起来，回忆起她跟陈正宏的所有的交集。陈正宏信上所提的宿舍里的相遇是他们第一次见面。新生到校后，正式开始上课前要开个动员大会，系里需要一张工农兵学员形象的宣传画做背景,柳茗和另外一个男同学自告奋勇接下了这个任务。他们需要从2B到6B的整套素描铅笔,但两个人的手里只有2B的。那个男同学说:"我们宿舍的陈正宏好像有很多笔,要不去问问他有没有?"柳茗跟着这个男同学来到他们宿舍,推开门,陈正宏正坐在桌前看书,听见有人进来,他转过头,目光正好落在柳茗的脸上。他不自觉地站起身来,柳茗也不自觉地多看了他几眼。这个男人给柳茗的第一印象是很高大,一件普通的白衬衫,扎在普通的军裤里,却散发着玉树临风般的飘逸儒雅。他留着很短的头发,眼神坚定,鼻梁笔直,棱角分明的嘴唇带着一股不服输的执拗。

那个男同学说明来意,陈正宏蹲下身,从床底下拖出他的小书箱,轻手打开,柳茗看到了排列得很整齐的纸和笔。陈正宏抬头对柳茗说:"你自己找吧。"柳茗也蹲下身来,很快找到了她需要的东西。柳茗和陈正宏同时站起身来,又彼此对望了一眼。

那一天陈正宏给柳茗留下了很好的印象,只是那些铅笔多少分散了她对陈正宏的注意力。

柳茗第一次特别注意到陈正宏应该是在入学不久的秋季运动会上。男子撑竿跳最后还剩两个人时,主席台上的播音员激动地宣布,男子撑竿跳即将决出冠军,学校运动会的撑竿跳的纪录也很有可能被打破。原来的纪录是1961年的秋季运动会上创造的。全场的目光几乎都转向撑竿跳场地,柳茗坐的位置正对着这块场地,她可以很清楚地看到这激动人心的场面。运动会播音员在播报这条消息之前她就在观看这场比赛。比赛刚开始时,她跟身边的几个女同学发现她们的同班同学陈正宏参加这项比赛后,她们自发组成了陈正宏的啦啦队,每次轮到陈正宏,她们就一起喊"加油"。她们更想喊"陈正宏,加油",怕动静太大,她们只好去掉了陈正宏的名字。不过她们只为陈正宏加油,陈正宏肯定能知道她们是他的啦啦队。

陈正宏也不负所望,一路过关斩将冲到了最后的决赛。工作人员将高度升高了一格,柳茗猜想那就是学校纪录的高度了。另外那个运动员先跳,他的身体还没越过横杆就碰到了横杆,他和横杆一起落下,全场一片遗憾的声音。紧接着陈正宏出场,场上很安静,大家都屏声静气地望着他。广播出来后,几个为陈正宏加油的女同学反倒不出声了。陈正宏握住跳杆开始起跑,然后腾空跃起,在众人紧张的注视中,他的身体越过了横杆,全场正要欢呼时,陈正宏的右手不小心碰到了横杆,横杆晃了几下,从上面落了下来。落到垫子上的陈正宏失望地摇了下头,观看比赛的那些人更是替他惋惜。第二轮中,两个人再次挑战失败,陈正宏这一次的表现还不如第一次。到了第三轮,还是另外那位选手先上场,大概是太紧张,他起跳后身体重重地撞到了横杆上,这一撞撞掉了更多人的信心。

陈正宏在场地上做了些准备动作,努力放松着自己。场外观众的气氛倒缓和了一些,不像刚才那样急迫,他们中的很多人不再抱什么希望。陈正宏拿起了跳杆,握在手里,正准备起跑时,坐在柳茗身边的一个叫孙红艳的女同学突然大喊了一声"陈正宏,加油",有这么一声吆喝,刚才那些偃旗息鼓的啦啦队队员们不再顾及别人怎么想,一起用力喊道:"陈正宏,加油。"一些不认识陈正宏的人也跟着喊了起来,一起为他助阵。柳茗没有跟着喊,她觉得这么一喊反倒给陈正宏添了更多的压力。陈正宏在这一阵阵"加油"声中冲向前方,柳茗看到陈正宏起跳后,她紧张地闭上了眼睛。很快,她听到了热烈的欢叫声,她赶紧睁开眼,看到那条横杆纹丝不动地横在那里,陈正宏已从横杆下的垫子上站了起来,挥舞双臂向场外的观众致意。柳茗身边的孙红艳从座位上跳了起来,手舞足蹈。

孙红艳外号"瓜子脸"。工农兵大学生入校时，大家都要填写跟着个人档案走的表格，其中一栏是"政治面貌"，应该填"党员""团员"或"群众"，孙红艳却填上个"瓜子脸"，她以为这是问她的面貌。孙红艳长相一般，不过她的脸型很好看，是标准的瓜子脸，从小到大有好几个人夸奖过她的瓜子脸。孙红艳的"政治面貌"让辅导员郑良哭笑不得，当成个笑话说给别人听，结果一传十十传百，大家背地里都叫她"瓜子脸"。后来这个外号传到了孙红艳的耳朵里，她不仅不生气反而挺高兴，这下大家都知道她长了个瓜子脸了。

一个连自己的政治面貌都搞不清的人自然政治觉悟也不是太高，不过郑良和其他人对她总是网开一面。孙红艳从农村来，跟那些去农村上山下乡的知青不同，她就是一个农村孩子，没正儿八经读过书，最多能算是小学毕业。好在工农兵大学生入校是不需要考试的，学校招生时对孙红艳这类的学生更是降低标准，既然招的是工农兵大学生，就得正儿八经地招些农民的孩子。招她进来的人很周到地让她进了外语系的英语专业，他们认为大部分学生没有学过英语，反正好多人是从头开始，不像其他专业，很多人是有些底子的。跟大部分人同时起步的孙红艳还是成了那个垫底的，而且越拉越远。不过考试成绩没那么重要，这帮学生的年龄参差不齐，成绩也注定参差不齐。孙红艳的老师同学不会因为她的成绩不好就看不起她，她时不时冒出的一些傻气让有些人觉得她挺可爱。简单朴实的孙红艳不太会见风使舵，也不懂那些条条框框，她在很多时候的表现反倒比绝大多数人更本真。

孙红艳成了场外的最大亮点，她学着陈正宏挥舞起双臂，整个身体都跟着晃了起来，她尽情表达着自己的兴奋。柳茗也想站起来跟着"瓜子脸"欢舞，她起了半个身子，看看四周没有第二个人站起来，她又知趣地坐了回去，按捺住自己的激动。过去了一年多，柳茗再一次体验到那个时候的兴奋，应该说此时的她更加兴奋，激动得心醉神迷。那一次她纯粹是为陈正宏的优异表现激动，这一次是又惊又喜，那个万众瞩目才貌双绝的男人竟然爱上了她。

架在空中的撑竿跳横杆虚幻成一匹骏马，陈正宏手上的跳杆变成了一柄锐利的长矛，他紧握长矛敏捷地跃上马背，即将驰骋疆场的他深情地望了眼柳茗，一个风神俊朗的男人还有着万般柔情。男人的柔情似火，燃烧起来可以烧尽他爱上的女人的所有的矜持和娇羞。柳茗想她也爱上了陈正宏，狂热地爱上了陈正宏。她记不起来她是什么时候爱上他的，反正她已经爱上了他。陈正宏满足了柳茗对爱情的所有想象，陈正宏带给她的感受比她原来的想象还要美妙。

柳茗在床上辗转反侧时，睡在她下铺的叶虹也无法入睡。倒不是因为柳茗吵了她，柳茗翻身或坐起来时并没弄出多少动静，叶虹听到的是从她自己心里发出的动静，也是从那场舞会上带回来的动静。她安静地躺在床上，双眼紧闭，可林凯飞的身影却一次次地出现在她的面前。叶虹对林凯飞很有好感，她对林凯飞的好感是渐渐生发出来的，跟林凯飞也是上海人无关。叶虹和林凯飞都是班干部，叶虹是组织委员，林凯飞是生活委员，每次班委开会时，遇上有分歧的地方，叶虹和林凯飞的意见和想法总是很一致，每次都是不谋而合。遇上难题时，林凯飞不会躲着走，不会人云亦云瞻前顾后，有些事情之所以能做成，跟林凯飞的态度有很大的关系，叶虹喜欢这种敢于直言敢于担当的人。她不知道林凯飞也正是因为这点对叶虹一直有好感，他们早就有了默契，不过昨天跳舞时他们才算是第一次有了单独的接触。叶虹一直心静如水，像是一片恬淡温柔的湖水，几乎处在一种静止的状态。林凯飞触动了这片湖水，平静的湖面起了波澜。舞会的间隙，他们聊了几句，叶虹发现林凯飞也喜欢阅读，他们约好以后互相交换他们能找到的书。

叶虹正想着，对面那张床上传来了一阵呼噜声，还夹杂着开心的笑声。"瓜子脸"孙红艳又在做美梦了。柳茗和叶虹都听到了这笑声，她们也跟着咧开了嘴，无声地笑了起来。在这间宿舍里，每天第一个进入梦乡的肯定是孙红艳，早上最后一个睁开眼的也是她。她没有什么心事，成绩再不好也不会影响到她的心情。有些同学会在背后拿她取乐，有的会当面逗她，她从没跟谁计较过，还会帮着再加些笑料。她就那么没心没肺地活着，开开心心地活着。

孙红艳在睡梦中发出的声响拉回了柳茗和叶虹的思绪，那些飘飞的思绪落回她们的宿舍，她们在"瓜子脸"的呼噜声中渐渐平静下来，安然睡去。

第二天中午，柳茗提前吃了午饭，匆匆吃完后她就去了教室。平时她在午饭后会睡个二三十分钟的午觉，这样下午和晚上更有精神。虽然昨晚很晚才睡着，她却起了个大早，一直处在一种亢奋状态，中午本该有些疲乏的时候，她仍是精神抖擞、睡意全无。

陈正宏在信上没有说具体的时间，中午的时间不长也不短，究竟该什么时候到就得让人琢磨琢磨了。第一次约会，女方应该装下样子，可以耍些小计谋，故意迟到，至少不能早到。柳茗没有这样的心机，她迫不及待地想见到陈正宏，她不在乎谁先到谁后到，她可以去等陈正宏。

柳茗以前没在午休时间去过教学楼，中午时分的教学楼十分安静，柳茗从一楼走到三楼没见到一个人影。不少人有午睡的习惯，特别是女同学。很多男同学喜欢躲在宿舍里打扑克，即使不打牌不午睡，也很少有人来教室，星期天中午的教学楼就更加清静。上晚自习的人倒很多，有的人还会待到很晚。

柳茗走在静谧的楼道里，她可以听到自己的脚步声，还隐约听到了她的心跳声，离教室越近，这心跳声就越明显。到了教室门口，她没有停下来喘口气，她没做任何多余的事情就直接推开了教室门。空旷的教室里坐着一个人，柳茗推开的是后面那扇门，她只能看到这个人的背影，可她一眼就认出那是陈正宏。

陈正宏听到开门声扭过头来，柳茗向他走来时，他赶紧站了起来，迎着柳茗走来。走到两三步之遥时，两个人都停下了脚步，互相朝对方笑了一下。

柳茗笑着说了句："我以为你还没来呢。"

陈正宏笑着回了句："我要先过来等你，这是必需的。"

柳茗心里暖暖的，她并不要求陈正宏早到，可陈正宏有心这样做，她还是被暖到了。

喜悦在柳茗的心里弥漫开来，陈正宏的欢喜都写在脸上，他兴奋地说："期中考试的总成绩刚出来，我保住了第一名，你排在第四，也不错。"

柳茗愣了下神儿，陈正宏这么开心，难道是为期中考的成绩和排名？柳茗稍微有些失望，好心情受到些许影响。但她很快有了另外一个想法，陈正宏应该是因为她的到来表现出了这样的激动。考试成绩只是一个话题，他们总得聊些什么。刚才她还在想他们能聊些什么，正没有主意呢，陈正宏已经开了头。想到这里，柳茗的情绪又高涨起来，她顺着这个话题说了下去："你每次都是第一，你在中学学过几年的英语？"

班上大部分同学入校前没有学过英语，只有一小部分同学在初中或高中上过英语课，成绩名列前茅的基本上是这些有英语基础的同学。柳茗在初中学过两年英语,她想成绩如此优异的陈正宏应该学过更多。

陈正宏说:"我在中学学的是俄语。"

"你来上大学前没有学过英语?"柳茗睁大了眼睛。

陈正宏很肯定地说:"我只学过俄语。"

"真不敢相信,你的英语这么好,我以为你以前学过好几年呢。"柳茗赞叹道。

陈正宏学习特别刻苦,他比班上其他同学都起得早,每天很早就开始晨读。他中午从不休息,都躲在教室里读书,所以他知道午休时间教室里一般没有别人。大学学制缩短到三年,加上各种政治学习和活动,真正用来教学的时间打了不少折扣。而且,工农兵学员很多只有小学或初中的教育程度,大学教育只好放缓速度,降低水平。陈正宏和别人不一样,借助图书馆和老师们的学术资源,他用更多的时间自学。入校不到两年,他已经自修了四册《许国璋英语》中的三册,数遍通读《张道真英语语法》,他的英语水平远超其他同学。每学期的总成绩出来,陈正宏自然会排在首位。每次重要测验或考试之后,陈正宏总要去系里查阅分科和总平均成绩的排名,检省自己的强项和弱处,以求再拔头筹,永列榜首。

陈正宏不会把这些告诉任何人,包括柳茗。柳茗的话让他飘飘然起来,他却谦虚地回应道:"不是很难的事情,学习认真些就能学好。"

柳茗马上说:"嗯,撑竿跳更难,而且你在那么多人的注视下还能有那么好的发挥。"柳茗不光佩服陈正宏的水平,也很佩服他的心理素质。

陈正宏知道柳茗在说前年的那场比赛,他在那次运动会上"放了颗卫星",成了全校的红人。这是他的又一个正确的选择,陈正宏在心里为自己竖了下大拇指。当初在中学选择运动项目时，他很认真地考察了一番，最后决定选排球和撑竿跳高。他有这样的身体条件，只要刻苦练习就很有可能脱颖而出，成为全场关注的焦点，那场撑竿跳比赛就是一个很好的验证。他也曾试过篮球，当他发现他的投篮准确率不是那么高时，他迅速放弃了篮球。玩篮球的话他一定要做中锋或大前锋，他可不想只做个传球手。

"你是看那场比赛时注意到我的吗？"陈正宏在昨天晚上的那场舞会上就断定柳茗已坠入爱河，他很想知道柳茗什么时候喜欢上的他。

"是啊。"柳茗大方地承认了。

陈正宏有些沮丧，他们是1972年8月底入校的，他在他们刚入校时就对柳茗有了很不一样的感觉。秋季运动会是在10月举行的，柳茗滞后一两个月才真正注意到他，这对他的自信心是个小小的打击。不过不管怎么说，此时的柳茗显然爱上了他，不仅仅是喜欢。

"当时的压力很大，只剩最后一次机会，广播员播出那条消息后，估计场上有很多人在望着我。"

"我们都在望着你，紧张死了。"

"我一遍遍地告诉自己，一定要越过那条横杆。我绝对不能接受失败，特别是众目睽睽之下的失败，跳不过去太丢脸了。"

"那是保持了许多年的校纪录，你真跳不过去大家也可以理解。"

"那可不行，那条横杆不仅放在了校纪录的高度上，我还把它看作是人生中的一条横杆，我想做到的事情就一定要做到。"

"你对自己的要求好高，跟你比起来，我差远了。"

"你很聪明，再多做些努力，就可以不得了。"

柳茗却说："为什么要不得了？"

陈正宏笑了笑,半开玩笑半认真地说:"你也不用太不得了,我可不想跟你争第一。不过,人总要有些抱负,那是前进的动力。"

"什么样的抱负?"柳茗问道。

"譬如,毕业后一定要回上海。侬也是上海人吧?"后面这句话陈正宏是用上海话问的。

"是呀。"柳茗点了下头,却不明白这跟抱负有什么关系。

"我也是上海人。"陈正宏说话时脸上带了明显的骄傲,"我爸爸是个很有名的胸外科医生,为了支援内地建设把我们家搬到了安徽。不过我们在家都是说上海话,我认为自己是上海人。"陈正宏又换回说普通话。他在安徽长大,他的上海话多多少少带了点外地口音。一般人听不出来,可是在上海出生长大的柳茗很有可能能听出来。陈正宏不允许自己在柳茗这里暴露出这样的纰漏,哪怕是极小的瑕疵。

"你的抱负就是回上海吗?"柳茗有些不解地看着陈正宏。

"当然了,上海是中国最好的城市。"

"那你最喜欢上海的什么?"

"上海什么都好,什么都是排在第一位的,毕业后能分到上海,去中国的第一大城市,就说明你是一个很优秀的毕业生。优秀的学生一定要去顶尖的城市,才能有优秀的作为、成功的事业。"

柳茗原以为上海有什么特别让陈正宏心心念念的东西,应该是那种骨子里的东西,是一座城市的风骨,而陈正宏喜欢上海的理由和其他想去上海的人的理由没多大区别,这是大部分人都能想到的。

柳茗说:"不去上海就不能事业有成做贡献吗?有些优秀的毕业生不一定想去上海呢。"

"怎么可能?大上海机会更多啊。"这次换作陈正宏不解地看着柳茗，他接着问道，"你们家在上海的什么地方？"

"在西郊。"柳茗说。

"西郊？具体是什么样子的？"

柳茗回想了下，认真地回答道："是在一片菜地和公墓边上开发出来的公房小区，临街建了九栋五层的水泥预制板公寓楼。还算方便，公车能通到那里，九栋楼房间有个卖烟酒糖果肥皂这些生活日用品的便利店，叫红卫兵小店。楼房的背后是棚户区，住在那里的都是从苏北来到上海讨生活的人们的后代，几代人都生活在低矮的棚户房，代代相传的职业多为裁缝、厨师和理发师。"

陈正宏没想到柳茗家在这样的地方，怪不得当他说起上海时柳茗的热情不是那么高。他等着柳茗问他家住在什么地方，柳茗并没有开口，陈正宏猛然想起他家已搬离了上海。

"我的外公外婆住在徐汇区衡山路，是一条靠近淮海路的安静的街道，那是我在上海的家。"陈正宏主动回答起柳茗并没有问他的问题，"我的外公是民族资本家，家业很大，以前在淮海路开过很有名的西点店。后来公私合营，他们不做什么也能拿不菲的工资，家里的房子交公了一些，比原来小了，但跟绝大多数人家比还是大很多，地段也好。你知道的，那是上海最好的地方之一。"

"确实是上海最好的地方，我小时候常去那里。"柳茗若有所思，那里曾是她最喜欢去的地方。郦华的家在那一带，她和郦华没少在淮海路上购物，想要安静时，就拐进附近那些梧桐遮天的街道。两旁的大树在她们的头顶交汇在一起，她们走在颇有欧洲风情的林荫大道上，热烈地讨论她们刚刚看过的文学作品。

陈正宏好奇地问道："你小时候也住在西郊吗？西郊离徐汇区挺远啊。"

"不是，我们原来住在四川中路的市政府的宿舍大院，在黄浦江边,是老汇丰银行大楼。我们家是66年搬到西郊的。"

陈正宏有些尴尬地"喔"了一声。柳茗原来出身于一个高干家庭,虽然后来出了变故,但柳茗从小到大生活在一个显然比他优越的环境里。陈正宏感到一阵心虚,刚才他提到他在上海的家时太自以为是。他悄悄观察了一下柳茗脸上的表情,并没有什么异样,这才让他松了口气,心里越发高兴起来。柳茗并不属于棚户区,她也不是小家碧玉,家庭背景和教养陈正宏是在意的。这个波折让陈正宏有些惊讶,一向行事缜密的他这次竟然贸然行事,没做任何调查就写了那封求爱信。好在他的眼光和直觉没有出现偏差,这个结果让他很满意。

陈正宏带了些讨好的语气说:"你们家有可能以后搬回原来的地方。"

"我没往这上面想过。"柳茗如实说道。

陈正宏也不再往这方面多想,不管怎么说,柳茗落落大方气质不凡,这跟她早年的生活环境肯定有关系。陈正宏自己谨小慎微,但他喜欢高雅大气的女孩。

陈正宏望着柳茗的眼睛里多了些爱意,也很自觉地把话题转向柳茗这里。他很关心地问道:"你后来怎么不打乒乓球了?"

"就是不太想打了,有些犯懒。是不是应该坚持下去?"柳茗不好意思地一笑,心里是甜蜜的,她停下打乒乓球的时间并不长,陈正宏已注意到了,这说明他在关注她。

在体育方面,陈正宏的主攻方向不是乒乓球,他的身高不占优势,打乒乓的话有些过于高大。不过他有这方面的天赋和谋略,在学校的乒乓男队中也是数一数二的高手。他曾来学校的乒乓女队做过一段时间的教练,手把手地指导过柳茗。柳茗还记得陈正宏跟她说过的那些话。陈正宏说柳茗的推挡功夫很不错,发球和扣球的能力也很强,但柳茗打球太老实,不够刁钻。他让柳茗一定要学会对对手察言观色,还要善于伪装迷惑对方,要用长球短球忽左忽右吊球,让对方疲于奔命。这和赢得人生一样,不要光"以技取人",也要"以计取人",仅仅靠球技打得太辛苦,会让对手更有发挥的余地,技计双行才是巧宗。在女队中,陈正宏对柳茗最上心,这些计谋他只跟柳茗一个人说过,柳茗也记住了这些要点,可她一上场就把陈正宏的秘籍忘了一大半。就是能想起来,她也很难贯彻下去,在打乒乓上,她和陈正宏有些南辕北辙。

"不打也好,你打球时不会讨巧,这样很吃亏。"陈正宏发自内心地说,接着他用更加温柔的语调问道,"那你现在喜欢做些什么?"

柳茗想了想,说:"我还是喜欢看书,还有就是胡思乱想,神游。"

"你读了哪些书?"

"读过雨果的《九三年》《悲惨世界》,狄更斯的《双城记》《大卫·科波菲尔》,也读过不少巴尔扎克的小说,还有杰克·伦敦和欧·亨利的小说,美国作家里我最喜欢海明威。我也喜欢读诗歌,普希金的《叶甫盖尼·奥涅金》,海涅、拜伦、莱蒙托夫的诗……"说到文学作品,柳茗的兴致立马高涨起来。

陈正宏不经意地皱了下眉头:"大部分书我在图书馆没有看到呀。"

"这些书都在省作协。我在工厂时有个很要好的工友,她爸爸是个作家,在作协大院上班,内部的人有办法找到这些书,我这个书虫也跟着沾了光。我在工厂时就开始去那里淘宝,每次借个两三本,看完后再去换其他的。"柳茗兴高采烈地说出了她的宝藏之地,对陈正宏她不仅不想隐瞒,还很愿意跟他一起分享这些宝物。

"你想不想看?"柳茗热切地望着陈正宏。

陈正宏有些犹豫。他是喜欢文学作品的,他在工厂上班时读过不少书,柳茗刚才提到的《九三年》是他读过也喜欢的书。他突然间有些冲动,如果柳茗能找来《九三年》,他想再读一遍。可是这样的话,柳茗肯定会跟他交流读后感,开了这个头他不知道日后如何收场。他不能让这些课外读物影响他的学业,人的精力和时间是有限的,这些文学作品对考试和作业没有帮助,读它们就是浪费他的时间。他更不能让这件事影响到他的毕业分配,他不想给自己找这个麻烦。

陈正宏支吾着说:"怎么都是外国文学?虽然读的是外语系,我还是更喜欢中国作家的作品。"

陈正宏推断那里几乎没有什么中国作家的作品,外国文学作品或许是因为不太被很多人熟知反而留存下来,要不柳茗不会只青睐外国作家的作品。

"喔,我怎么没看到中国作家的作品呢?"柳茗猛然意识到这个欠缺,"下次我去好好找找。"

陈正宏只好搪塞道:"你别费劲了,宿舍里人多手杂,万一弄丢了哪本,你不好跟人家交代,以后你就不好意思再去借书了。"

柳茗想想是这么回事,每次她把这些宝贝带回学校,她都要小心翼翼地藏好。除了叶虹,她从没把这些书借给其他任何人,她确实怕把它们弄丢了。柳茗感激地看了眼陈正宏,陈正宏的细致让柳茗感到很舒坦,她觉得陈正宏这是为她着想。

刚放下这个话题,柳茗又想起另外一件事。陈正宏有各种画笔,可她从未见过陈正宏画画。

"对了,你记得刚入校时我去你宿舍借铅笔吗?"柳茗问道。

陈正宏心里一抖:"记得。"

"你也喜欢画画吗?我怎么没有看到你画画?"

陈正宏很是失望，他以为柳茗想起来什么，要告诉他那一次她就喜欢上了他。陈正宏确实喜欢画画，上大学前他画过不少画，只是进了大学后他一门心思考第一，画画是不会给他加分的，何况他画得并不是很好，不如柳茗画得好。

"喔，我有个爱好，喜欢收集画笔。"陈正宏不置可否，"你需要的话可以去挑些，我送给你。"

"好呀。"柳茗喜滋滋地答应下来。

柳茗离开教学楼时，午后的太阳正是最浓烈的时候，明晃晃的阳光照得柳茗眼睛发花，整个人也有些晕眩，像是刚喝了陈年老酿，有种恰到好处的醉意。

陈正宏没有跟柳茗一起出来，两个人一起走目标太大，可柳茗感觉到陈正宏的气息始终伴随着她。她不再是一个人了，想到这点，柳茗自顾自地笑了起来，春天的阳光洒在大地上，也洒在了她的脸上和心里。

也许是醉意使然，柳茗有些忘了她刚才跟陈正宏聊了些什么。她就是觉得很开心，聊什么不重要，重要的是跟谁聊。这是她跟陈正宏的第一次约会，这也是她第一次跟一个男人约会。爱情就这样驾着彩云飘到了她的身边，比春光还要斑斓明媚。

柳茗朝每一个迎面走来的人点头微笑，有的人她认识，大多数人她不认识，她忍不住跟每一个人分享她的喜悦。她的脚步轻盈明快，像小女那样蹦蹦跳跳地进了宿舍楼。午休时间已过，宿舍里还是很安静，其他室友都不在宿舍里，只有"瓜子脸"孙红艳在收拾自己的东西。

"杨冯刚才来找过你。"孙红艳告诉刚进门的柳茗，"他在楼下叫你的名字，我告诉他你不在宿舍。"

"我这就去找他。"柳茗说着给自己倒了杯凉开水,一口气喝下去。

柳茗正要出门,孙红艳叫住了她,扭捏着问道:"柳茗,你哪天能跟我一起录音吗?"

"你是说口语作业吗?"柳茗问道。在听说读写的作业中,因为要用到录音机和磁带这些辅助工具,口语作业占的比重最小,对孙红艳来说却是最难应付的。这次的作业是录一段自己的英文朗读,想到自己的声音可以录到磁带上,孙红艳开始时很亢奋,但她很快就不知所措起来,那篇要朗读的英文让她根本无从下手。

孙红艳难为情地点了下头。

"好呀,我陪你录音。"柳茗爽快地答应道,"今天就可以,我先去找下杨冯,很快回来。"

"今天不行,我还是先把不认识的生词查出来吧,怎么会有这么多问题?我是不是太笨了?"

"谁都有搞不明白的地方,要不我们就不用来读书了。"柳茗说,"我们可以一起学习一起进步。"

"真的吗?那就是说我可以经常问你?"

"当然,随时都可以。"

"我以前谁也不羡慕,现在我羡慕你,你什么都会。"

"我有好多不会的呢。"柳茗说,"我也羡慕你。"

"我有什么可以让你羡慕的?"

"我羡慕你整天乐呵呵的,开开心心,不为任何事发愁。"柳茗实心实意地说道,"这是一个很大的优点。"

"我从不发愁。"孙红艳看着柳茗,乐呵呵地咧嘴笑了,"我以为这样不好呢,看来这不是坏事。"

柳茗去了男生宿舍楼，没有进去，也是站在楼下，对着杨冯的宿舍喊他的名字。杨冯很快出现在窗口，示意柳茗他马上下来。

柳茗的父亲柳尚民在安徽有一些老战友，这些人大多没有转业到地方，留在部队里。得知老战友的女儿在安徽，他们对柳茗都很照顾，过段时间就让柳茗来家里做客。除了嘘寒问暖关心她，也借机给她改善下伙食。柳茗叫他们叔叔阿姨，在他们那里能感觉到父母般的关爱和依托。合肥有好几所大学，每一所大学里都有几个老战友的孩子，这些叔叔阿姨请客时就会把他们都叫来。他们多半在军中身居高位，家里的住房很宽敞，加上他们家都有炊事员管着做饭，有警卫员和通信员帮着张罗，一次请来一二十个孩子绝对没什么问题。

柳茗刚入校就去了野战部队的司令王昭翼叔叔家吃饭，在这里遇上了杨冯。那时候刚进学校，柳茗只是觉得杨冯有些脸熟，好像在学校见过。杨冯也打量了一眼柳茗，也是看着柳茗脸熟，又不知道是在哪里见过。因为不确定，两个人互相没搭话。

回到学校不久，柳茗发现杨冯是自己的同学，也在外语系的英语专业。英语专业分了两个班，杨冯在另外一个班里，他们不在一起上课。偶尔在楼道里遇上，他们只是互相点下头。

过了段时间，柳茗又被叫去吃饭，这次是在警备区的政委方继德叔叔家。柳茗在帆布厂当工人时就认识了方叔叔一家人，跟方叔叔的爱人洪若梅阿姨走得特别近。

柳茗一进门又看到了杨冯，杨冯也惊讶地望着柳茗，两个人同时问道："你怎么也在这里？"

洪阿姨正好来门口迎柳茗，她笑道："你们的父母跟方叔叔都是老战友啊，你们是不是早就见过？"

柳茗说："我们是同学，都是外语系的。"

"原来是这样，我还以为你们是因为你们爸妈认识的呢。"洪阿姨兴奋地嚷嚷着，"你俩真是太有缘分了。"

柳茗和杨冯面面相觑，他俩都没在父母那里听说过对方。不过他们后来都在父母那里印证了洪阿姨的话，柳茗的父亲柳尚民跟杨冯的父母确实是老战友。杨冯的父亲杨培永是柳尚民的老首长，杨培永当团长时，柳尚民是他手下的连长，他们同属新四军的三野。新四军渡过长江后，柳尚民跟随部队挺进上海，杨冯的父母留在了南京，之后他们就断了联系。五十年代初，柳尚民在南京工作过一段时间，只是他那时候做的是军工工作，不便于跟更多的人联系，加上他那时并不知道他的老团长杨培永就在南京。之后他回了上海，找人打听过，一直没有确切的消息。没有想到老团长的儿子和他的女儿进了同一所大学，还成了同一专业的同学。柳尚民从女儿这里得来杨冯的父母的消息激动万分心潮澎湃，失散多年的老战友终于又联系上了。

从那以后柳茗和杨冯就会约着一起去那些叔叔阿姨家，他们的父母的老战友请他们过来时只要通知其中的一个就可以了。柳茗也跟杨冯的那帮朋友熟悉起来，他们都是部队学员，平时都穿军装，这是大家最羡慕的着装，柳茗也不例外。柳茗的父母都曾当过兵，她对军人有种特殊的好感，参军曾是她最大的梦想，所以她很愿意跟那帮部队学员一起玩。这帮学员的领军人物是从北京来的张向林，张向林很喜欢长相秀气却带了些男孩子的泼辣劲儿的柳茗，但他们并没有往爱情上走，两个人更像是哥们关系。张向林的女朋友夏天也是他们的同学，张向林和夏天都是北京人，他俩一起入伍，又一起来上大学，自然而然地发展成恋人关系。他们的恋人关系众人皆知，作为辅导员的郑良也从来没出来拦阻过。

杨冯的父母都在南京身居高位，他凭着父母的关系进了部队，穿着一身军装的他带着明显的优越感，不过他从未像张向林那样霸气侧漏。一个人走在街上时，杨冯也能收获不少关注。他最吸引人的地方是那身军装，身边都是穿军装的人时他就不再显山露水。杨冯对此并不失落，他不想当头不想冒尖，他享受这种无欲无求随大流的状态，从小到大顺风顺水的生活让杨冯养成了对什么都不用争抢的性格。当然作为部队学员，他所属的这个群体自带别人无法企及的光环。

那些叔叔阿姨，特别是那些阿姨们有意撮合杨冯和柳茗。柳茗很为自己的父亲找到了杨冯的父母感到开心，对杨冯并没有其他的想法，阿姨们提及此事时她总是敷衍过去。杨冯也不太积极，他心里多少动了这个念头，但他一直过着什么都不用自己主动的生活，也就有一搭没一搭地对待他和柳茗的关系，这反而让柳茗跟他还能和平共处，可以约着一起去叔叔阿姨那里串串门。

杨冯很快出现在柳茗面前，这次他也是来约柳茗周末去方叔叔和洪阿姨家。

"方叔叔派警卫员来叫我们这个星期天去吃饭，还给我们带来一个新疆哈密瓜。"杨冯说着把那个哈密瓜塞给柳茗。

"你还有没有？"柳茗问道，她猜想只有这一个哈密瓜，这么稀罕的东西，方叔叔和洪阿姨家不会有几个，再加上洪阿姨一直创造机会把她和杨冯拉到一起，只有一个哈密瓜的话，他俩就得一起吃。

柳茗猜得没错，警卫员走时专门嘱咐过杨冯，让他和柳茗找个地方一起吃这哈密瓜，这是洪阿姨特别交代的。杨冯没好意思提这茬，干脆把这话给贪污了。他挠了下脑袋，笑笑说："我不喜欢吃，你一个人吃吧。"

柳茗没再说什么，默默地收下了这份心意。

杨冯问道:"你下个星期天能去吧?说是吃午饭,我上午十点去叫你?"

柳茗迟疑片刻,陷入热恋中的她首先想到的是这个时间跟她的约会有没有冲突。中午离开教室前陈正宏跟她提过,以后每个星期的一、三、五的中午他们都来教室见面,周末见面的话另约时间和地点。好在下个周末还没有安排,柳茗很快决定去方叔叔和洪阿姨家。有段时间没去他们家了,她应该去看看他们,陪他们聊聊天,特别是陪下洪阿姨。另外她买好了毛线,想给洪阿姨织件毛衣,她要去量一下洪阿姨的身材尺寸。从洪阿姨家出来后,她可以顺道去一下作协大院,上次借的两本书她和叶虹都已看完,正好去换几本。她想为陈正宏找到中国作家的书,如果她能找到陈正宏想看的书,陈正宏一定会很开心。柳茗面露喜色,她跟杨冯说:"我们十点钟见,我就在这里等你。"

杨冯略感意外,还是回了声"行"。

柳茗对自己的这个改变也有些诧异。以前她和杨冯有什么事情要见面的话,他们都会跑到对方的宿舍楼前叫几声名字,其他同学多半也是这个路数。如果他们要找的人不在,同宿舍的人会跑到窗口告诉一声。虽然女生宿舍楼下没有把门的,男生可以自由出入,但绝大多数男生不好意思进女生宿舍楼,在那里晃荡一圈太招人眼,在楼下喊人出来最省事。只是在楼下这么一喊,好多人就会知道这两个人有些关联,不过他们敢在公众面前暴露他们的关联,说明他们之间没什么怕别人知道的秘密。柳茗突然顾忌起这样的联系方式是因为陈正宏,她不在乎其他人怎么想,她怕陈正宏有误解,一男一女的交往总能给人留出想象的空间。

柳茗第一次在杨冯面前脸红了,她红着脸说:"要是宿舍楼里有电话就好了。"

杨冯愣了下,不太明白柳茗的意思,柳茗更觉得尴尬。好在杨冯很快离开了,柳茗也扭头往回走,可她的心思还停留在那个拐点上,她发现她现在做什么事情都会先想到陈正宏。柳茗低头看了眼手上的哈密瓜,又是很不争气地想到了陈正宏。以前她会带回宿舍跟大家一起吃,这次她想留给陈正宏,明天中午就可以带给他。柳茗开始想象陈正宏拿到哈密瓜的样子,一想到陈正宏的样子,柳茗甜甜地笑了,心里也是甜滋滋的,最甜的哈密瓜也比不过的甜蜜。

快到宿舍楼时柳茗又有些犹豫,她想把整个哈密瓜都留给那个她爱上的男人,这样她把哈密瓜带进宿舍就不能让任何人看到。做事一向大大方方的她没做过这种事,这个哈密瓜不是她偷来的,可还是给人一种偷偷摸摸的感觉。柳茗也觉得有些对不起同宿舍的室友,把好东西藏起来,不能跟她们分享。"我怎么也会重色轻友呢?"柳茗一边自觉羞愧,一边脱下了身上的外套,用外套裹起那个哈密瓜,宿舍里即使有人,也不会有谁看到这个哈密瓜。

柳茗抱着裹了哈密瓜的外套进了宿舍,大部分室友都在,只是大家都在忙自己的事情,没人注意到柳茗的异常。只有一个同学看到柳茗只穿着短袖衫,随口问了句:"外面很热吗?"

"喔,还好。"柳茗慌乱地搪塞道,边说边把外套放到自己的床上。

叶虹也在,她正心神不定地收拾东西。等柳茗走近后,她小声说:"我们今天早点去食堂吧。"

柳茗本来想去盥洗室洗衣服,她感觉叶虹有些不对劲,叶虹一定想跟她说什么,碍于宿舍里有其他人不好说。柳茗马上答应道:

"好呀,你想什么时候走?"

"要不现在就去?今天天气这么好,可以先走走。"叶虹在柳茗进门前就看过手表,离开饭时间也就剩半小时了。

"好啊。"柳茗说着把哈密瓜从外套里掏出来,迅速藏到了自己的被子里。她穿上外套,拿上饭盒,跟叶虹出了门。

走出宿舍楼,柳茗笑着问叶虹:"什么事这么神秘?"

"就是想问问你,能不能把我们看完的海涅和拜伦的诗选借给林凯飞看?"叶虹害羞地低下了头。

柳茗原想星期天去方叔叔家时顺道去还这两本书,再借其他的书,她急着去找些陈正宏喜欢看的作品。借给林凯飞的话他不一定能在一个星期里看完,柳茗有些为难。

"他说他一定会很小心,不会弄坏弄丢。"叶虹急急地说,"他也喜欢诗歌,他专门有个抄诗的本子。"

如果林凯飞还要把一些诗歌抄下来的话,那他更不可能在一个星期里看完。柳茗瞥了眼叶虹热切的双眸,加上这是借给林凯飞,柳茗答应下来:"没问题,那就借给他看吧。"

叶虹喘了口气,说:"我一会儿就给他,他在食堂门口等我们。"

叶虹拍了拍背着的书包,柳茗这才注意到叶虹背了书包,两本诗集应该都在书包里。柳茗笑道:"你这是先斩后奏啊,哎,你什么时候跟他约好的?"

叶虹老实交代说:"昨晚跳舞时聊过几句,今天在路上碰巧碰到他,又多聊了几句,他也很喜欢读文学作品,我就说问问你……"

"他以前从没跟我提过他喜欢阅读。"柳茗假装生气道,"他为什么要通过你来跟我借书?"

"我们就是瞎聊聊到这上面了,你以前就没问过他喜不喜欢读书。"

"嗯，还是有些区别对待，你俩什么时候这么熟的?"

"不就是昨晚一起跳舞时聊了几句，哪有那么熟。"叶虹嘴上这么说，心里明白她跟林凯飞是熟悉的，她只是不能确定她跟林凯飞是什么时候熟起来的，那是一种不需要多少交集就能有的亲近。柳茗有时会说起她在后山坡又见到了林凯飞，这时候叶虹总是很希望柳茗多说几句，有关林凯飞的任何话题都能马上调动起叶虹的热情，不过柳茗不再继续那些话题时叶虹不会追问。叶虹也没有跟着柳茗去后山坡，虽然她想见到林凯飞，她甚至渴望见到林凯飞。叶虹知道柳茗去后山坡并不是为了去见林凯飞，他们在那里的相遇都是偶遇。

柳茗和叶虹说笑着往前走，快到食堂门口时，她们看到门口站了个人。食堂还没有开门，门口只有一个人，特别显眼，眼睛近视的柳茗远远地猜到那个人就是林凯飞。

看到柳茗和叶虹走到跟前，林凯飞先朝她俩笑了笑。三个人一时都不知道该说什么好，叶虹赶紧从书包里拿出那两本诗集，交给林凯飞。林凯飞欣喜地捧着这两本书，连着说了两声"谢谢"。

"要谢谢柳茗。"叶虹说。

林凯飞又说了两声"谢谢"。

柳茗扑哧笑道："你们怎么这么客气，你喜欢的话，以后我们能找到的书都会给你看。"

"太好了，真的很感激。"林凯飞说，"在上海时还能有些办法找到这类书，在这里只有学校的图书馆。"

"别弄丢了。"叶虹嘱咐了一句。

"我一定好好保管。"林凯飞轻轻抚摸了一下两本书，上面的那本是海涅诗集，这本书在很多人手上辗转过，封面快被翻烂了。林凯飞把翻卷起来的右上角使劲往里压了压，压平后才放进书包。他怕碰到右上角，有意把这本书调到了下面。

林凯飞也背了书包，对这些书也是极为爱惜。叶虹心里一动，忍不住问林凯飞："你说在上海也能借到文学书？"

"我的一个高中同学有办法，我以前都是找他借。我没什么要求，他给我什么我就看什么，不过都是好书。"

柳茗兴致勃勃地问道："那你看完后能不能也借给我和叶虹看？"

叶虹补充了一句："我们放假后都回上海，我们可以见面交换书。"

"我们这几个在上海的同学可以在暑假组织一个读书小组呀。"柳茗眼睛一亮，兴奋地提议道。陈正宏说过他在寒暑假常去他在上海的外公外婆家，有个读书小组，她跟陈正宏就有了更多的见面的机会和理由。

林凯飞看了眼欢天喜地的柳茗，他能猜到柳茗的兴奋不光是因为能找到更多的书，还有一起读书的人。柳茗想召集的读书小组不会有太多的人，除了他们三个，柳茗应该只会再邀约陈正宏。看来柳茗和陈正宏的恋爱进展顺利，林凯飞很为柳茗高兴，又无可遏止地伤心难过起来，还夹杂着一些他从未体验过的感觉，甜酸苦辣塞满了他的心思。他想搞清是怎么回事时，所有的味道和感觉又在突然间消失得无影无踪。他跌进了一个无边无际的空洞，心里完全空落下来。

柳茗和叶虹都望着林凯飞，林凯飞回过神来，他点了下头，说："这是个好主意，我们这个暑假就可以开始。"

柳茗和叶虹都开心地笑了，叶虹的笑里还多了些羞涩。柳茗看到叶虹的脸上飘出两朵红云，眼睛里水波荡漾，搅动着百转千回的柔情。柳茗吓了一跳，她感觉不认识叶虹了。叶虹平时多少有些严肃，表情也不丰富，柳茗跟叶虹朝夕相处，从没在叶虹的脸上看到过这样的柔媚痴情。惊诧之时，柳茗恍若看到了自己的脸，她望着陈正宏时，她脸上会不会就是这样的表情？

林凯飞也多望了眼叶虹。叶虹算不上美女，很难跟漂亮沾上边，她的五官都有些普通，没有哪一样特别出彩。可是把五官放到一起看，她给人一种很舒服的感觉。这张脸舒展开来像一片静谧的田野，望向这片田野时，心里会觉得很安宁。现在这片田野上开出了无数的花朵，清风吹来，花枝乱颤，枝头上摇曳着迷人的光彩。

沉静平淡之处盛开的花朵格外耀眼格外娇艳，林凯飞意识到叶虹散发出的妩媚跟他有关，他的脸红了，刚才空落下来的心里涌进一股暖流。

柳茗改掉了中午午休的习惯，每个星期的一、三、五去教室跟陈正宏约会。陈正宏听说柳茗要跟杨冯一起外出有些不悦，等他知道了方叔叔的身份后又很支持柳茗常去方叔叔家走动。

柳茗能上大学跟方叔叔和洪阿姨有很大的关系。

柳茗来安徽插队后，虽然很想家，但忙于农耕农作的她一直没有机会回趟上海，其他的知青也是这样，从春耕一直忙到秋收。到了冬季也没闲下来，知青们跟老乡们一起去水利工地挑淤泥，他们把这叫作"挑河"，还要保养田地，这个叫"肥田"。相对于另外三个季节，冬季要忙的事情没那么多。特别是临近过年时，忙了一年的老乡和知青都放松下来，大部分知青决定用这个空当回趟家，跟家人一起过春节。

第二年的春节前，柳茗回到了上海。

柳茗事先没有告诉父母她可以回家过年，她的突然出现让一家人喜出望外，极度的兴奋让他们一时说不出话来，她妈妈唐亚楠更是喜极而泣。柳茗看到全家人都在,也差点哭出来。柳尚民恢复了一部分工作,待在上海的时间就多了些。唐亚楠还要去干校,春节期间得以回趟家。柳茗的妹妹没到下乡的年龄,暂时留在家里。弟弟妹妹都比柳茗高了,特别是十二岁的弟弟蹿高了不少,有了些大小伙子的架势。弟弟的脸上还没脱掉稚气,他羞答答地望着自己的大姐,满脸通红。

柳茗感慨万千,为了掩饰自己的心情,她慌忙打开行李,掏出带给一家人的礼物。她的主要行李是一个大包袱,包袱皮是她的被里子,里面包着她亲手种出来的棉花。跟老乡的待遇一样,每个知青也分到了一小块自留地,可以种些蔬菜或其他的农作物。初来乍到的知青们没这方面的经验,听说种棉花相对容易上手和料理,所以不少知青决定第一年先种棉花。上海的冬天很阴冷,柳茗想用这些棉花给父母和弟弟妹妹每人做件棉袄。买车票花掉了她的一半积蓄,她很想给家人买些当地的土特产,不过剩下的钱有限,她没敢再动用,她想用这些钱在上海买些便宜的布料,自己学着剪裁,再去同学家借用下缝纫机,自己做的话可以省些钱,速度也能加快,这样在上海期间她有可能实现让家人都穿上棉袄的愿望。

弟弟和妹妹都伸长了脖子,好奇地打量着这一堆白棉花,他们不敢相信这棉花是他们的大姐种出来的,正想打探她是怎么种出来的,唐亚楠发现了不对劲的地方。

"这棉花上怎么会有血呢?"唐亚楠问道。

其他人这才注意到棉花里散落的那些红点,很黯淡的红色,还是能看出这是一些血迹。

柳茗也觉得奇怪,她打包时没看到这些红点呀。柳茗翻看了一下,又翻了下被里,很快明白是怎么回事了。

"水田里有蚂蟥,被蚂蟥咬过的地方会痒痒,挠痒痒时把皮肤抓破了，会在被褥上留下些血渍，这棉花上的红点大概是从被罩上蹭来的。"柳茗轻描淡写地解释道，没有多说细节。她去了那里水土不服，皮肤上起了红疹，抓破后皮肤上留了些沾着血迹的小创口。对血渍很敏感的蚂蟥特别好这一口，柳茗和其他几个知青就成了它们的主攻对象，柳茗在水稻田里没少被蚂蟥叮咬。被蚂蟥叮过的皮肤更加瘙痒，特别是到了晚上，有时候奇痒难耐，只能不断抓挠。皮肤破损的地方越多，第二天就会招来更多的蚂蟥，有次柳茗从水田里拔出一条腿，上面赫然扒着十一条蚂蟥。

"你从没洗过被罩吗？"唐亚楠追问道。

"洗过，在河里洗的，洗得不是太干净。"

"那也是洗过呀，可见这被罩上的血渍太多了。"唐亚楠说着又一次落下了眼泪。

柳尚民赶紧安慰她说："你看小茗健健康康的，比走的时候壮实，还长了不少本事。"

唐亚楠没接这话，扭头去了厨房。她给柳茗做了碗热气腾腾的面条，在里面打了个荷包蛋。那是家里唯一的一个鸡蛋，柳茗没有推让，她知道她吃下这个荷包蛋能让妈妈的心情好一些。

柳茗在上海期间，家里来了一位不速之客。他叫王育升，自报家门后，柳尚民想起很多年前他们曾在南京见过一面，王育升当时是柳尚民在南京军区的一个老首长谢政委的秘书。王育升是个非常能干的人，很受谢政委的器重。他刚刚转业，经谢政委推荐，正在安徽为警备区筹备一家军用帆布厂。柳尚民在纺织行业工作过许多年，王育升专程来上海向他请教。上海是纺织业的龙头，帆布厂的机器和原材料基本上要从上海采购，王育生也迫切需要技术支持。万事开头难，他不知道从何做起。柳尚民热情相助，把自己多年积累下的经验一一传授给王育升。纺织器械当时是紧俏物资，柳尚民准备亲自带王育升去做采购，同时答应从各个工厂抽调技术老工人组成支援安徽工作组，传授设备安装维修和织布工艺技术。

起身告辞前，王育升说还有一件重要的事情，他问柳尚民是不是有孩子在农村插队，如果孩子愿意来帆布厂，他可以做安排。王育升强调说："这是谢政委专门嘱咐我做的事情。"

柳尚民半张着嘴，一下子不知道该说什么。去帆布厂当工人是一份难求的工作，他在位多年，从未让自己的朋友为他个人谋私利，而他过去的战友们大多数都被停职，自身难保。进工厂的难度一定很大，他不想给谢政委和王育升惹麻烦。可是，女儿一个人在农村，不怕生活艰难，柳尚民时时担忧的是怕她碰到坏人，不能保护自己。这种担忧几乎每晚都在啃噬他的心，他太想让女儿回城当工人了。柳尚民正在迟疑，为招待客人在厨房做饭的唐亚楠跑了过来，急急地说："我们女儿若是能进工厂那就太好了！"

"那我们就这样定了。"王育升笑了笑，看柳尚民还有顾虑，王育升又说，"实不相瞒，谢政委没少往我这里塞人，都是他的老战友老部下的孩子，现在不是在下乡就是在城里待业。他本来就打算来问问您的，正好我过来，他让我把这事也办了。这些孩子参军的可能性几乎没有，进工厂是有些障碍，但我正在招兵买马，需要人，这是正当的理由。孩子们是去那里工作，又不是去那儿吃闲饭。您肯定知道，新建的厂子有好多事情要忙，不一定比在农村插队轻松，只是心里踏实些，帆布厂是份正儿八经的工作，还是警备区的军工厂，跟部队沾边。"

正在里屋做棉袄的柳茗听到了父母和王育升的对话，她也跑了过来，激动地问王育升："那里的人是不是都穿军装？我要是能去的话也能穿上军装吗？"

"我们要招的是工人不是军人,所以你们都不穿军装。"王育升说,"不过我们生产军用帆布,枪衣炮衣什么的,我们那里可是为枪炮生产军装的地方。"

柳尚民在旁边插话道:"这丫头想当兵想疯了,要不是我和她妈妈靠边站了,她一定能参军,去了军队一定是个好战士。"

虽然女儿参不了军的遗憾无法了却,柳尚民的心情还是舒畅了许多。这些年里他一直为儿女的未来焦虑,他不反对柳茗去农村锻炼,他自己就是从农村来的,但这不是长久之计,柳茗总得找份工作,将来还要组建自己的家庭。柳尚民没想过要让自己的儿女出人头地,他只是希望孩子们长大成人后能自食其力,能有一个家,能过上寻常百姓的安稳的日子。现在这样的愿望成了奢望,一想到这些具体的事情柳尚民就心灰意冷,再想到孩子们是受了他的牵累,他就更加难过悲伤。这个从天而降的机缘让柳尚民一下子看到了希望,那颗悬着的心也落到了实处。

命运的抛物线又把柳茗抛向那家刚刚成立的帆布厂。春节过后她就开始跑各种手续,虽是一波三折,有好几次她觉得这事要黄了,但她坚持把所有的路都走了几遍后,终于拿到了那一纸招工录取通知。收到录取通知后的那一晚,她出奇的平静,那段时间她太累,特别是心累,累到已经没有了欢欣雀跃的力气。她倒头就睡,一夜无梦,一觉睡到了天亮。等她睁开眼时,洋洋洒洒的阳光蜂拥进她的眼睛,整个世界敞开在无限的光明中。

柳茗成了一名纺织工人,跟她同时进厂的工友有几十个,年龄都不到二十岁,最小的十四岁。王育升是他们的厂长和政委,他在柳茗家说得没错,这些大孩子不是来吃闲饭的,他们要跟一个新建的工厂一起吃苦。帆布厂建在一个叫南圃的水库边,坐落在山里，没有任何交通工具可以通到那里。柳茗和其他的工友从合肥坐上长途汽车，坐到底是大蜀山，从大蜀山到南圃水库还有六里路，这段路不通车，只能走过去。对柳茗来说走六里路不是什么难事，哪怕背着自己的全部行李。可他们要背上帆布厂的家当，除了非要用卡车运送的物资设备，所有的机器都靠肩扛人抬，从六里路之外的公路尽头搬回工厂组装。正是春雨绵绵的季节，这些机器比人娇贵，他们解开自己的行装，把各种可以用上的能遮挡雨淋的东西都盖到了机器上，包括他们的衣服和被褥，他们自己就没了任何遮挡。那条泥泞的山路在雨水的浸泡中早没了路的形状，他们不敢想象六里路到底有多长，默默地扛起机器，颤颤巍巍地迈出了第一步。

柳茗后来从未回想过那天的经历，那条路他们不是走下来的，他们是一点一点挪完的。几乎每个人都磕绊过好几次，有次重重地摔倒后，柳茗真想趴在地上再也不起来了。柳茗难以置信，他们竟然扛着那么重的机器在雨水中走完了全部的路程，这简直称得上壮举。柳茗为她的同伴感到骄傲，也为自己感到骄傲，可她之后再也不想去回忆那个壮举。即使她想回望，那个画面也是模糊不清的，雨水、汗水和泪水打湿模糊了所有的记忆。

帆布厂留给柳茗的第一个清晰的记忆是她站在轰鸣的机器前，看着千万条经纬线织就的帆布云彩般飘落在她的面前。经线和纬线一上一下跳动着，犹如无数的雨丝细细密密地交织在一起，那样的奇巧让柳茗无比惊喜，那也是柳茗头一次感觉到她的人生有了着落。机器后面的大纱盘上缠绕着千百道的纱线，源源不断地把纱线传递到纺织机上，也把欢喜传递到柳茗的心里。柳茗脚步轻盈地穿梭在机器间，她每天要在机器边来来回回走无数遍。她一直在走，不停地走，眼睛还要紧紧盯着她照看的四台机器，当经线或纬线断线的时候，她要迅速接上，要不织出的帆布就成了废布。心灵手巧的柳茗很快学会了如何接上断线，被她修补过的线头肉眼几乎看不到，用手仔细摸的话能摸出一个很小的疙瘩，这么小的瑕疵几乎影响不到帆布的质量。每天一遍遍重复同样的事情并没有冲淡柳茗心里的喜悦，她也没觉得无聊和繁重，反而有种很踏实的感觉。偶尔蹦出的小烦恼，也像断开的线头那样被她迅速接上，在她生活中出的小状况也只是一些小疙瘩，其他的人是不会看到的。

帆布厂起步阶段，工人们大多住在用猪圈临时改造的宿舍里，他们戏称为"猪公馆"。柳茗下乡时住的地方是用牛圈改的，对她来说住的条件几乎是一样的，但她的心情是完全不同的。她知道早晚有一天他们可以住进正儿八经的宿舍，"面包会有的，牛奶会有的，一切都会有的。"《列宁在1918》里瓦西里说的这句话成了大家的口头禅，他们相信他们的生活会越来越好。柳茗开始挣工资，再回上海探亲时她带上的东西就比下乡时丰富了不少。她带过鸡和咸鸭蛋，有次还带了十多个新鲜的土鸡蛋。一路上她小心呵护，转了几次车，到家时那些鸡蛋还一个个完好无损。

最让柳茗开心的是她的一个室友是作家的女儿，两个都喜爱文学的女孩一见如故，她的室友每次回合肥还能悄悄带回几本书。能有这些精神食粮，柳茗不再在意物质生活何时能有大的改善，没有面包和牛奶的日子已足够好了。

柳茗以为她的大半生将在这里度过，她绝对没有想到这里也只是一个驿站，她总共在这里待了两年。

来帆布厂后，柳茗偶尔也会去趟合肥，去合肥时，她会去趟她爸爸的老战友家。那两年她只去过方叔叔和洪阿姨家。方叔叔和洪阿姨只有一个儿子，已经结了婚，不跟父母住在一起。洪阿姨喜欢热闹，儿子搬出去后，她觉得太冷清，她喜欢家里来客人。洪阿姨特别喜欢柳茗，第一次见到柳茗，洪阿姨就感叹她当年应该多生个孩子，多生个或许能有个女儿，一个像柳茗这样的女儿。柳茗也很喜欢洪阿姨，她对洪阿姨像女儿对妈妈那般贴心。每次从上海回来，她在合肥转车时都要去趟方叔叔洪阿姨家，带上她给洪阿姨在上海买的衣服和零食，这些东西占了她一半的行李。有次在方叔叔洪阿姨那里唠家常，柳茗听说大学开始招收工农兵大学生，这一下子惊醒了她那个沉睡多年的梦想。

柳茗马上决定申请上大学，而且立马开始行动。帆布厂没有名额，大家也并不觉得遗憾。读完大学不一定能分到帆布厂这样的工作单位，不如老老实实地待在这里。洪阿姨最初也不赞成柳茗走这一步，她把柳茗当成了自己的女儿，希望她守在自己身边，希望柳茗过得好。帆布厂不在合肥，但离合肥不远，而且留在帆布厂是有发展前途的。柳茗现在是个工人，以后肯定有机会转干，生活很安稳。离开了这里，一切又都成了未知数。老方打听来的消息是，军队学员一般是哪里来哪里回。已经是干部的，大学毕业后可以提升一级，士兵则可以提干。不过柳茗不在部队，她享受不到这些政策。她就是能上了大学，这个大学又离合肥不太远，但她大学毕业后又不知道会分到哪里，也不知道具体从事什么样的工作。

柳茗做出决定后从未犹豫动摇过，她特别希望能上军事院校，既能上了大学又能参军入伍。她年少时的这个梦想几乎被粗粝的生活磨蚀掉了所有的光彩，那颗她曾无数次仰望过的星星已经黯淡无光。即使这颗星星还有发光的时候，柳茗也看不到了。柳茗已习惯于在暗夜中行走，她快忘了头顶的这片夜空中依然有星光闪烁。她以为她什么都忘记了，可她什么都没忘。这颗星星一经出现就光亮无比，点亮了所有的记忆和渴盼。柳茗比少年时更能感受到这颗星星的明亮和热烈，她为此燃烧起的激情也是她不曾有过的。也许正是她的激情和执着感动了上苍，在没有可能的时候出现了一点点转机。洪阿姨也开始为柳茗想各种办法，她拜托所有她认识的人帮忙找路子，最终还是方叔叔帮上的忙，他为柳茗找来一个江皖大学的名额。柳茗这次仍旧跟军队无缘，没有机会进军事院校，但是她的大学梦就在眼前，触手可及，这已经让她激动得要发疯了。

柳茗很快收到了录取通知书，她离上大学只剩一步之遥，帆布厂这里放行的话她就能继续往前走。

要办手续时，柳茗去找王育升签字。

柳茗最开始来找过王育升，问他帆布厂有没有上大学的名额。王育升去上边开会时听到过招收工农兵大学生的风声，他若争取的话是可以要到名额的，只是他毫不犹豫地放弃了。他认为他这样做是对他手下的一百多个年轻人负责，现在是工人阶级领导一切，这些年轻人都有了正式的工人身份，为什么要放弃好好的工作和社会地位呢？王育升真心觉得去上大学不值得。他要来名额反而是在误导他们，年轻人的思想不成熟，有些人有可能抵御不了上大学的诱惑，这等于是把他们往歪路上推。而且有限的名额会引起纷争，从部队出来的王育升对员工进行的是军事化管理，铁板一块才能出最好的生产效益，小的松动也有可能撬动整体的统一，他要在开始时就杜绝任何人的动摇。他对他这两年的成绩相当满意，各车间的年轻工人经过上海派来的老师傅们的培训，个个都能独立工作，整个工厂的产量和质量数据喜人。他也欣慰地看到手下的人都很满足于现状，这种满足不是装出来的，这辈子再无他求的满足是从很多人的心里发出来的。不出他的判断，大家对上大学并没有表现出多大的兴趣，也没有什么人来质疑帆布厂为什么没有名额，唯一表现出失望的是他很器重的柳茗。

王育升很感激柳茗的父亲柳尚民，帆布厂之所以能顺利开工并且很快步入正轨，柳尚民帮了不小的忙。但柳茗并没有因为父亲的功劳而在帆布厂混日子，相反的是，柳茗出的正品布是最多的，既能保量又能保质，她是大家公认的生产标兵。王育升很希望这帮年轻人能安心工作，一辈子就在这里了，而他最想留住的几个人里就有柳茗。柳茗为上大学的事第一次来找他时，他庆幸他当初的决定是对的，既然厂子里没有名额，柳茗也就可以死心了。当柳茗拿着大学录取通知书再来找王育升，他一时有些慌乱无措。

王育升回过神来后，他板起脸，冷冰冰地说了句："先放这里，我考虑考虑。"

王育升从没给过柳茗这么难看的脸色，柳茗也有些慌乱无措，但她不能就此止步，而且时间紧迫，她小声却坚决地恳求道："王厂长，您能现在就考虑吗？明天我就得交上去，截止日期就在明天。"

"上班时间你就忙活这些吗？你真是带了一个坏头。"

"我没有影响工作，我都是用下班后的时间做的。"

"不安心工作，你绝对带了一个坏头。"王育升越发生气，几乎是对柳茗吼叫道，"你知道我当初把你调进来多不容易吗？你就这么不知道珍惜？"

"我知道，我特别感激您，我也喜欢这里，待在这里的两年我特别开心。"柳茗说的都是她的真心话，王育升是她的大恩人，无论王育升说什么她都不会生气，她也能理解王育升此时的心情。

"那你待得好好的为什么要走人？"王育升的口气缓和了一些。

"我想读书，就是想读书，想了很多年，晚上做梦都想。"柳茗的声音有些哽咽。

"你跟你父母说过这事吗？"王育升想到了柳尚民，不光是想给柳茗多设一道关卡，也是对柳茗负责。作为帆布厂的厂长，从表面上看王育升只是这些年轻人的领导，但他刚硬的外表下也有柔软的心思。对那些最年轻的孩子来说，他差不多是他们的父辈了，年龄稍大几岁的也比他年轻不少，他至少算得上是他们的兄长。他知道年轻人会有头脑发热的时候，避免不了干傻事，如果他没有征得柳尚民的同意就把柳茗放走，万一以后柳茗这里出了差错，他无法向柳尚民交代。

"你跟你父母说过你要上大学吗？"王育升追问了一句。

"没有。"柳茗知道她若搬出父亲也许可以说服王育升，但她不想撒谎，上一次给家里写信时她曾想提下这事，不过她很快打消了这个念头，还没影儿的事就没必要告诉父母了。

王育升把材料还给柳茗："你先去征求你父母的意见，他们同意的话你再来找我。"

"来不及了，我今天就需要办手续。"柳茗顿了顿，又说，"我是成年人，我自己可以做主，我相信我爸妈也希望我能上大学。"

王育升没再搭理柳茗，低头开始处理办公桌上的各种报表，柳茗只好转身朝门口走去。她刚扭过头去，眼泪就哗哗流泻下来，她拼命压抑着自己的哭泣，反而弄出了更多的动静，绝望的哭声无法喷发出来，从柳茗的喉咙里咕噜出的是低沉的吼叫。

王育升听到了怪异的声响，动静不是那么大，却有些像鬼哭狼嚎般凄楚。他抬起头来，看到柳茗晃动的背影。柳茗的双肩在剧烈地抖动，脚步趔趄，恍惚间，王育升以为这是一个年迈老人的背影。王育升猛然意识到他的所想所为不一定正确，他的出发点可能是好的，可结果不一定是好的。

柳茗颤抖着伸手去拉办公室的门把手时，她听到王育升在背后叫她。

柳茗扭过头来，茫然地看着王育升，王育升看到了柳茗满脸的泪水。

"你回来。"王育升的脸上没有任何表情。

柳茗无意识地走回王育升的办公桌边。

"把你的材料给我。"王育升向柳茗伸出了手。

柳茗的脑子里一片空白,她完全忘了她手里抱的东西将影响她一生的命运,她只是机械地把那些材料交给了王育升。

王育升迅速翻看了一眼,问道:"你走了就回不来了,你还要走吗?"

柳茗说不出话来,她只是点了下头。

王育升在需要他签字的那一栏里签上了他的名字。"我会通知人事部,他们可以随时来调你的档案。"王育升说着把材料递给柳茗,他的动作急躁生硬,柳茗差点没接住。

柳茗还是说不出话来,她朝王育升深深地鞠了一躬。

王育升始终不能理解柳茗离开帆布厂的决定,他心里的这个结只是松动了一下,并没有解开,那是一个永远解不开的死结。柳茗走的时候,王育升没来送行,之前柳茗去过王育升的办公室,去跟他道别,也想当面表达她的感谢。可她只是在门口站了片刻,接着离开了。柳茗对王育升一直深怀感激,也深感歉意,她总是希望日后能有机会报答王育升,遗憾的是这种可能性越来越小。有些她特别感激的人却渐行渐远,柳茗越来越明白生活中有很多事情不会如她所愿,跟不少人的缘分也不是长久的,每一次见面都有可能是最后一面,柳茗也就更加珍惜她跟方叔叔和洪阿姨的见面。

听柳茗说她上大学的名额是方叔叔为她争取来的,陈正宏对柳茗星期天的安排不再有微词。既然方叔叔和洪阿姨能帮柳茗上了大学,陈正宏判断他们一定有很好的人脉,这样的人认识得越多越好，早晚能用得上。他现在跟柳茗还没那么熟，再过一段时间，他觉得他应该跟柳茗一起去拜访这些身居高位的人。柳茗从没想过这些叔叔阿姨有什么用处，结交他们对自己有多少好处。她跟他们有种天然的亲近，跟利益无关。在上大学这件事上，她很感激方叔叔和洪阿姨的帮助，就是没上成大学她也会感激他们。她跟他们的亲近跟这件事无关，她喜欢去他们家，她每次去那里都有种回家的感觉。去那里她并不图谋什么，她也就可以完全放松下来。这次她觉得有些顾虑，是怕陈正宏多想，他们刚刚开始谈恋爱，她就单独跟另外一个男同学出行，总有些说不过去。陈正宏的通情达理让柳茗很感动，陈正宏没有把他的盘算说出来，柳茗就把陈正宏的赞同当成了他的大度和包容。

柳茗开开心心地跟杨冯一起去了方叔叔家。一进家门洪阿姨就迎了上来，一把把他们拉进旁边的一个房间。这里很隐秘，没人会来打搅他们。

洪阿姨带上房门便问道："哈密瓜甜不甜？"

柳茗有些愧疚地低下了头。她把哈密瓜送给了陈正宏，陈正宏接过哈密瓜时没说什么，她后来也没问陈正宏哈密瓜的味道。陈正宏不主动提，她不好多问。其实陈正宏也没吃上那个哈密瓜，那天晚上他专门去了趟郑良家，把瓜转送给了他们。当然他不会告诉郑良这哈密瓜是从哪里来的，他说这是他爸爸托人捎来的。

"瓜很甜，哈密瓜真甜。"杨冯赶紧出来打圆场。

洪阿姨又问道："你们俩一起吃的吧？"

杨冯只好说："是……我们俩一起吃的。"

洪阿姨满意地笑了。撮合柳茗和杨冯谈恋爱的几个阿姨中，洪阿姨是最积极的那一个。洪阿姨觉得在外貌上杨冯有些配不上柳茗，但杨冯的父母跟柳茗的父亲是老战友，大家知根知底，柳茗做杨家的儿媳她是放心的，杨家不会亏待柳茗。而且大树底下好乘凉，杨家也会为柳茗今后的出路保驾护航。杨冯和柳茗是大学同学，怎么说也是有共同语言的，不难相处。她看出柳茗对杨冯没大有这方面的意思，好在柳茗并不排斥杨冯。杨冯肯定是喜欢柳茗的，可表现得不够主动，有人在后面推一推，他就会不断往前走。洪阿姨自觉她有这个责任和义务撮合下这两个年轻人，都是老方的战友的孩子，若是成了，他们这些做长辈的都很开心。

洪阿姨从抽屉里拿出两张票，一张交给柳茗："你上次不是说想看芭蕾舞剧《红色娘子军》吗？下个星期天的票。"

"谢谢洪阿姨。"柳茗兴高采烈地接过了票。

洪阿姨又给了杨冯一张票："你陪柳茗去看。"

"下个星期天我有足球比赛。"杨冯面露难色，"我也不太喜欢看芭蕾舞。"

柳茗替杨冯接过了那张票："那你去踢足球吧，我找人陪我去看。"

杨冯咧嘴一笑，洪阿姨有些生气地瞪了他一眼："你这孩子真是的！"说着，她重重地拍了下杨冯的肩膀。

柳茗怕杨冯改变主意，赶紧拉着洪阿姨量尺寸："我想给您织件毛衣，毛线我买好了，是您喜欢的紫红色。"

洪阿姨眼睛一亮，注意力转到了毛衣上："我最喜欢紫红色，会不会太扎眼？"

"没关系，我挑了种很暗的紫红色，又好看又不显眼。"

"嗯，我相信你的眼光，去年你给我买的碎花短袖衫，我怕太花哨，又想穿又不敢穿，总算厚着脸皮穿了出去，大伙都说好看，连你方叔叔都说好，那是他第一次夸我呢。"

杨冯看洪阿姨和柳茗亲热地聊上了，他不声不响地溜出了那个房间。

另外那张芭蕾舞票柳茗自然给了陈正宏。

陈正宏和柳茗偷偷见了几次面,每次都在教室里。在教室见面比较安全,万一碰上什么人,也有个搪塞的理由。学校严令禁止学生谈恋爱,他们不得不有所顾忌。去教室见陈正宏成了柳茗生活中最重要的事情。他们在那里也就是聊聊天,连手都没碰过,柳茗还是把这看成是男女间的亲密的约会。

见过几次面后,两个人越来越放松,也放松了警觉。陈正宏开始惦记着变下花样,想约柳茗一起出趟门,他正在琢磨去哪里,柳茗给了他那张芭蕾舞票。陈正宏对芭蕾舞票的兴趣比那个哈密瓜大不少,跟自己喜爱的姑娘一起坐在剧场里看舞剧,有音乐有舞蹈有环境,这才是谈恋爱的氛围。陈正宏马上提出他们先去小树林碰面,然后一起坐公交车去剧场。柳茗马上回了声"好呀"。小树林是校园里的地下恋人们向往的地方,有次柳茗从那里路过,碰上两三对男女,表面上看不出什么,凭直觉柳茗判断出这几对正在谈恋爱。学校不允许学生谈恋爱,但没说男女同学不能有任何接触。既然学校没有男女授受不亲的规定,有些胆子大些的学生就敢跑到小树林这样的地方约会,不是那么顾忌别人的猜疑。学校保卫处有时会派人来小树林突击检查,所以去小树林是要冒些风险的。让柳茗感到兴奋的是陈正宏敢跟她去小树林,这说明他不是那么害怕别人看到他俩在一起。

小树林离校门不远,陈正宏和柳茗出学校的话,稍微拐个弯就可以经过这里,几乎是他们去剧场的必经之地,这是陈正宏选择小树林的原因之一。当然他也喜欢这里,陷入爱情的人对那些跟爱情沾上边的地方都会有些特别的兴趣。两个人一起来过小树林,多少代表着两个人有了实质性的恋人关系。

到了约好的时间，陈正宏先到了小树林。小树林是南北走向的，陈正宏跟柳茗约的是在从东往西数的第三排和第四排之间碰头。陈正宏走了进去，幸好这两排小树之间没有别人。这里都是松树，小树挨得又近，有很好的隐蔽性，为情侣们提供了周到的约会场所。茂密的松针在风中沙沙作响，混杂在其中的不知从哪里传来的喃喃低语轻到让人分辨不清，又张扬着一种暧昧的暗示。陈正宏暗自笑了下，怪不得谈恋爱的人喜欢来这里，既浪漫又刺激。他站在这里等着自己的恋人，也有些像特务接头。想到特务接头，陈正宏的脑海里闪过电影《英雄虎胆》里的女特务阿兰的形象。他一直忘不了当初看电影的感受，看那部电影时，他正在从一个男孩蜕变成一个男人，他忽视了去判定阿兰是好人还是坏人，阿兰对他来说就是一个女人，一个风情万种的女人，一个他无法抗拒的女人。当阿兰踩着伦巴舞步扭动着妖娆的身躯朝曾泰跳过来，陈正宏看见的是一团蒸腾着热气的水雾朝他蔓延过来，并且迅猛地包围了他。他无法挣脱，也不想挣脱，由着这股热浪从四面八方钻进他的身心，温柔又霸道地在他的身体里游走，经过的地方留下一片汪洋，他被撩拨得全身颤抖难以自持。

陈正宏猛然发现柳茗跟阿兰长得有些像，都有一双会说话的大眼睛，眼波荡漾，流转着让他着迷的风情。只是柳茗的妩媚和冷艳不在表面，外人能看到的是她的纯净真诚和优雅知性，有些人还能看到她刚烈的一面，高雅清秀的气质里带着一股英气，这些也是陈正宏喜欢的。不过最让他迷醉的是那种女人骨子里的性感和温柔，刹那间，他在柳茗身上感觉到了这种特别的味道，或许只有他一个人感觉到了，连柳茗自己都不知道。

陈正宏的呼吸急促起来，跟他当年见到阿兰时一样意乱情迷。

更加让他激动的是，那些让他迷恋的风韵，竟然同时出现在一个女孩身上，而他跟这个女孩正沉浸在热烈的恋爱中。他热切地等待着柳茗，像是在等一朵花儿的最后的绽放。柳茗是一朵可以开到极致的花，饱满的花蕾里蕴含的不仅仅是美丽。他想紧紧地抱住柳茗，他要把他的全部爱恋都投进柳茗的芬芳中。

可是约好的时间已过了十分钟，柳茗还没出现。陈正宏烦躁起来，他不是一个有耐心的人，最讨厌的就是别人不守时，即使那个人是他喜欢的人。他在树林间来来回回走了好几趟，其间他听到旁边的那排松林里有人在窃窃私语，他的个头高，踮起脚尖伸下头，他看到了一男一女的身影，这让他更加烦躁，还有些紧张。万一有人走过来，肯定会看到他。他是校园里的风云人物，见到他的人多半会知道他是谁。虽然跑到这里来的人可以互相理解，心照不宣，陈正宏还是不想让人看见。躲在树林间的他鬼鬼祟祟，刚到这里时感觉到的刺激完全变成了焦虑。他不断看手表，每看一次，他对柳茗的怨气就多了一分。之前的几次约会没出现过这种情况，柳茗偏在他特别期待的这次约会中出差错，这让陈正宏更加气恼。他依然急切地想见到柳茗，可刚才涌动在心头的柔情爱意已烟消云散。

等过了二十分钟后，陈正宏决定离开这里。他大步朝树林的尽头走去，快走到时，他看见柳茗的身影一闪而过。心急火燎的柳茗数错了排数多跑过一排，她瞥见了陈正宏，又退了回来。

陈正宏生气地看着柳茗，柳茗先说了声"对不起"，又解释道："孙红艳让我帮她做录音，我以为可以按时结束，没想到拖了时间。"

陈正宏把手指压在他的嘴巴上，提醒柳茗压低声音。柳茗的解释让他更加恼火，他不明白柳茗怎么会为孙红艳耽误时间。

柳茗看出陈正宏在生气，她歉疚地看了眼陈正宏，小声说：

"我们走吧。"

陈正宏站在原地没动,走也不是不走也不是。最后他说服了自己,想想还是应该跟柳茗一起去剧场。他自己也想看这场芭蕾舞,只是他的好心情完全被破坏了。

从学校到剧场一路很顺利,陈正宏和柳茗几乎是卡着点进的剧场,他们刚坐下灯光就熄灭了,大幕徐徐拉开,演出正式开始。

来剧场的路上,陈正宏和柳茗没怎么说话,坐在剧场里的两个人更加安静,心里却不是安静的。看前两场时,两个人偶尔会走下神,脑海里闪过小树林里发生的事情。舞剧进入第三场后,他们的心情渐渐平复下来,忘记了几个小时前闹出的不愉快。他们开始分不清他们身在台下还是台上,随着演出的层层推进,他们跟舞台上的角色融合到了一起。他们的心情依然是不平静的,一直在跌宕起伏,可这些跌宕都是随着故事的情节和人物的命运起伏的。

到了第三场的末尾,对南霸天怀有深仇大恨的吴清华不顾战友的拦阻,开枪打伤了南霸天,破坏了娘子军安排好的计划,使南霸天得以逃脱。吴清华因违反纪律被收了枪,悔恨无比的她垂下了头。洪常青走上前来,轻拍了一下她的肩膀。洪常青的右手从吴清华的肩膀上移开时,陈正宏的右手握住了柳茗的左手。柳茗一惊,她的手指抖动但并没有挣脱出来。陈正宏一直没有松开手,他的手心和柳茗的手背紧贴在一起。战斗打响,洪常青带领娘子军连一次次击退国民党军队的进攻。前沿阵地上,洪常青把自己的背包交给吴清华,他准备掩护战友撤退。吴清华想留下来,被洪常青坚决地拒绝。吴清华离开时,柳茗翻转了被陈正宏握住的左手,手心和手心碰到一起,她也握住了陈正宏的手。吴清华得知洪常青英勇就义的消息后悲痛万分,感同身受的柳茗紧紧攥住了陈正宏的手。

散场以后，柳茗跟在陈正宏身后，默默地走出剧场。到了公交车站，柳茗仍是沉默不语，她还没有从那场舞剧中走出来。陈正宏提出走两站再坐车，柳茗点了下头。走出去几步后，柳茗拉住了陈正宏的手。陈正宏四下扫了一眼，四周没有什么人，他也拉住了柳茗的手。

"你说洪常青和吴清华之间有爱慕之情吧？"柳茗开口说道。

陈正宏"嗯"了一声，没有多说什么。

柳茗有些遗憾地说："应该为洪常青和吴清华安排一段特别的双人舞。"

陈正宏还是"嗯"了一声，握着柳茗的手多用了些力，柳茗感觉到了。

柳茗建议道："下次文艺汇演，我们俩表演个《红色娘子军》号外吧，就跳段双人舞，你演洪常青，我演吴清华。"

陈正宏看了眼柳茗，问道："你是认真的吗？"

柳茗轻摇了下头："只是想想而已。编舞没问题，我们俩也能跳好，可我们不会有舞台，也没有观众。"

两个人又陷入了沉默。在小树林里喷发出来后来又消失了的柔情蜜意又回落到陈正宏的心头，他想搂住柳茗，但他很快克制住了自己的冲动，只是更紧地拉住柳茗的手。

"以后别在'瓜子脸'那里浪费时间，人的时间和精力是有限的。"想到小树林的陈正宏觉得他有必要提醒下柳茗，"'瓜子脸'的底子太差，你再费工夫也帮不了她。"

"我今天发现她的语感不错，只是缺少一些学习另外一种语言的技巧，我想把我悟出的经验给她，她是能有进步的。"

"对这些完全从农村来的学生来说，英语就是鸟语，人哪能学会鸟语？真不知道管招生的人是怎么想的，怎么能把'瓜子脸'招进外语系，不过把她放到别的系里也是浪费资源。"陈正宏还想补充一句，帮孙红艳没有任何好处，话到嘴边他又咽了回去。

"你觉得从农村出来的就没有能力就不该给他们机会吗？我爸爸也是农村出来的。"柳茗说着从陈正宏的手里抽出了自己的手。

陈正宏意识到他刚才说过了头，幸好没把最后一句话说出来。"我不是那个意思，你爸的能力肯定很强，要不坐不到那么高的位置。而且，你爸早就是上海人了，跟农村没什么关系。"

"我爸跟农村一直有关系，他对农村对农民的感情从来没淡过。我爸的大姐我的大姑一直生活在农村。困难时期，她不得不来上海投奔我爸。大姑随身带了几个糠团子，那是支撑她奔波三天两夜的全部的干粮。我爸看到剩下的最后一个黑乎乎的糠团，眼睛湿润了，那是我第一次看到我爸那么难过。他咬了一口糠团，咽下去后，他让我和弟弟妹妹都尝一口。我接过糠团，闻到一股刺鼻的腐酸味，我屏着气咬了一小口，那一小块糠团坚硬又粗糙，我好不容易咽下去，嗓子被刮得生疼。那是农村给我留下的第一个印象，我没想到有些农民的日子那么苦。对于那些农村人，如果我能帮上点忙，我是很愿意帮他们的。"

陈正宏很排斥柳茗的这种想法，但他不想马上说服柳茗，他这会儿也说服不了柳茗。陈正宏寄希望于以后慢慢地影响柳茗，慢慢地改变她。陈正宏没像他外公那么夸张，把中国人分成了上海人和乡下人，可他的心里有明确的标准，他把人分成了三六九等。像"瓜子脸"孙红艳这类的人他是看不起的，郑良这样的人他都有些看不上，虽然他在郑良面前表现得毕恭毕敬。不管怎么说，郑良是他们的辅导员，是个有用的人，孙红艳则毫无用处，帮孙红艳得不到丝毫的回报。陈正宏想不明白柳茗怎么会做这种傻事，回暖的心情又被吹凉了。不过这次他不想让他的心情继续凉下去，他也有信心改变柳茗。陈正宏主动拉回柳茗的手,热情地说:"今天一起出来看芭蕾舞剧是个好的开头,我们以后要多安排些活动,不能光去教室见面。"

"好呀。"柳茗不是那种揪着一件事不放的人,陈正宏转移了话题,她也跟着转了过来。

"以后我也可以陪你去方叔叔洪阿姨家,如果他们只邀请你去那里,杨冯去的话我就不好陪你去了。"

柳茗有些为难,她不想干涉方叔叔洪阿姨的任何安排,把杨冯排斥在外也说不过去,杨冯的父母也是方叔叔的老战友。柳茗琢磨着她跟陈正宏还能去哪些地方,她很快想到了梨花渡。

"你有没有去过学校后面的那片山坡?"柳茗问陈正宏。

"去过一两次。"

"那里的风景很美,我们可以去那里走走。"

"那里不安全,万一遇上认识的人怎么办?"

"那就打声招呼呗。"柳茗不以为意,两个人都去过小树林了,为什么不能去梨花渡呢?她不知道陈正宏已经有些后悔约她去小树林。

"那怎么行,人家一定能看出我们的关系不一般,很快就会风言风语。"陈正宏说。

"我以前跟林凯飞在那里散步时遇上过熟人,也没什么呀。"

"你跟林凯飞怎么会去那里散步?"陈正宏一惊,"你跟他很熟吗?"

柳茗不知道该怎样界定她和林凯飞的熟悉程度,她很信任林凯飞,两个人在一起时她觉得很放松,林凯飞似乎是她的朋友,他们肯定不仅仅是同学,可她又说不清她跟林凯飞到底算是一种什么样的关系。"我喜欢去后山坡练口语,那里比较空旷,人也不多,我可以大声朗读。在那里常碰到林凯飞,我们一起聊过天。"柳茗不想隐瞒什么,她也没什么好隐瞒的。唯一让她羞于提及的,是她把陈正宏跟她的恋情告诉了林凯飞。

"我跟林凯飞挺熟,我们是朋友。都是上海老乡,你跟叶虹、林凯飞走近点是应该的。"陈正宏没再追问柳茗跟林凯飞的关系,柳茗落落大方地说出他们见过面聊过天,说明他们没什么特别的关系,而且他赞同柳茗多跟上海老乡交往。

陈正宏的表态让柳茗很愉悦:"我和叶虹、林凯飞想在假期回上海时搞个读书小组呢,你今年暑假会去你的外公外婆家吗?我们四个可以在上海见面。"

陈正宏皱了下眉头,说:"搞读书小组是危险的,你知道的,读文学作品,特别是外国文学,最好单线联系,别搞什么小组。另外,我还没决定去不去上海呢。"

柳茗有些失望,她撺掇着搞个读书小组跟陈正宏有很大的关系。"你不是说你常在假期里去上海吗?"

"嗯,是常去,但也不是每年都去。"

"你去的话我们可以见面吗?那里不是学校,我们可以正大光明地见面。"

"真要见面的话,我希望就我们两个人。"

"为什么不能叫上叶虹、林凯飞呢?你跟林凯飞是朋友,我跟叶虹是好朋友,我们四个在一起会很搭。我们可以不搞读书小组,一起出去玩不该有问题吧。"

"我们的事情先别让别人知道,多一个人知道就多一分风险,你没跟叶虹说吧?"

"没有。"

"这就好,先别告诉她。"陈正宏没往林凯飞那里想,他认定柳茗若是把他俩谈恋爱的事告诉别人，第一个人肯定是叶虹。

柳茗的情绪低落下去，她可以理解陈正宏的顾忌，可他怎么连朋友都不想告诉呢？那他们俩能一起走多远呢？

陈正宏也想过他和柳茗能一起走多远。他心里很纠结，他当然希望他和柳茗能一直走下去，走进婚姻，白头偕老，那是每一个坠入爱情的人都渴望的结局。对这种结局的向往有时候让他很勇敢，做事一向谨慎的他也可以挣脱所有的束缚，做到无所顾忌，爱情让他失去了理智，不过更多的时候他是冷静的，他有着足够的控制自己行为的能力。

以前常去后山坡的柳茗只好把后山坡搁置一边，以前极少踏足后山坡的叶虹却去了那里。

叶虹只去过一次后山坡。后山坡毗邻他们的学校，并不是校园的一部分，这倒不是叶虹极少去后山坡的原因。她喜欢坐在室内读书，教室、宿舍或图书馆都可以。出去散步的话，她喜欢在校园里走走，操场或林荫小道都是她喜欢去的地方。去后山坡要先绕一段路，叶虹在北大荒有过一段暴走经历，从那以后她不再愿意多走路。柳茗好几次动员叶虹跟她去后山坡走走，叶虹都没去。她唯一去过的那一次是跟着柳茗去看梨花，她没想到后山坡有这么多的梨花。在柳茗眼里如诗如画的梨花却刺痛了叶虹的眼睛，也刺痛了她的心。

那天叶虹在教室里读书，她怎么也静不下心来，怎么也读不下去。心神不定的她干脆合上了书本，离开教室。走出教学楼后，叶虹鬼使神差地朝她一直在躲避的后山坡走去。

来到后山坡后，正不知该往哪个方向走的叶虹隐隐约约地听到了一阵口哨声。口哨声像启明星一般引领着叶虹，她循着口哨声朝前走去。口哨声越来越清晰,叶虹来到一个土坡边,她看到了吹口哨的人的背影。蓬松的黑发,白色的衬衫,挺拔的后背,俊朗的线条,叶虹看得出那是林凯飞。叶虹知道她为什么会来后山坡,她不是来看风景的,她希望能在这里遇上她想见到的人,她想见到的那个人正是林凯飞。

叶虹的心脏怦地跳动了一下,几乎要跳出她的身体。她的心跳越来越快,咚咚作响,犹如为口哨伴奏的鼓点。

正在练习吹口哨的林凯飞听到了身后的动静,他转过头来。林凯飞以为是柳茗,他看到的却是叶虹。林凯飞有些惊讶地看着叶虹,他以前从未在后山坡碰到过叶虹。

叶虹止住了脚步,尴尬地站在那儿。

林凯飞站起身来,朝叶虹咧嘴一笑。

叶虹轻声说:"我来这里走走,听到口哨声……"

林凯飞不好意思起来:"我在练习吹口哨。"

"很好听。"叶虹赞许道。

林凯飞更加不好意思,他不知道说什么好,停了几秒,他问道:"要不要坐一会儿?"

叶虹没说"好",她径直走上土坡,坐了下来,她坐的是柳茗上次坐的地方。林凯飞也坐了下来,跟叶虹也间隔了一个人的距离。

开始时两个人都没说话,叶虹还能听到自己的心跳声。

林凯飞先平静下来,他开口说:"我正想跟你约个地方,把那两本诗集还给你们。"林凯飞觉得他应该把诗集还给叶虹,而不是柳茗。

"不急,你慢慢看,你不是还要抄下来一些诗吗?"叶虹也平静下来。

"我已经抄下来一部分,都三个星期了,耽误了你们去换新的。"林凯飞停顿了一下,又说,"明天去食堂时我可以带给你。"

"要不我们明天约在这里见面,你把书带来。"叶虹的大胆把她自己吓了一跳。

"……好呀。"林凯飞有些发蒙。

叶虹感觉到脸上冒出一团热气,她想她一定是羞红了脸。她遮掩着自己的窘态,慌忙问道:"你喜欢吗?我是说那两本诗集。"

"喜欢,都很喜欢。"

"嗯,你最喜欢哪个诗人?"

林凯飞沉思片刻,说:"我好像很难说出我最喜欢哪个诗人,我能说出我最喜欢哪些诗,不同的诗人写的不同的诗。"

"那你喜欢哪些诗?譬如……"叶虹追问下去,她刚才的窘态在她的追问中慢慢消散。

林凯飞又想了想,回答说:"譬如莱蒙托夫的《帆》。"

"我也很喜欢这首诗。"叶虹脱口而出。

林凯飞轻声吟诵道:"蔚蓝的海面雾霭茫茫,孤独的帆儿闪着白光!……"

叶虹随着林凯飞的声音一起吟诵起来:"它到遥远的异地寻找什么,它把什么抛在故乡?……"

林凯飞和叶虹相视一笑。

"我第一次知道这首诗不是在书里读到的,是听柳茗背诵的。"叶虹回忆道,"找不到书的时候,我们两个会互相讲述那些我们以前读过的小说或诗歌,柳茗肯定也很喜欢这首诗,要不她不会把整首诗背下来。"

林凯飞听得入了神,他似乎看到柳茗就站在他们面前,正在背诵这首诗。

叶虹在林凯飞的脸上看到了他涌动在心底的那份深情。"他很喜欢柳茗吧。"叶虹心想。她能看出林凯飞等着她说下去。羞涩、急切、慌张……脸上表露出来的都只是一点点,心里却塞得满满当当。当柳茗说起林凯飞时,她也是这个样子,她也等着柳茗说下去,她也巴望柳茗再多说一些。

叶虹有些失落,但她很快就释然了。她的脸上散发着柔和的光芒,清澈纯净,没有一丝阴霾,也没有丝毫的嫉妒。

叶虹继续说道:"我记得柳茗读到那几句时特别打动了我,下面涌着清澈的碧波,上面洒着金色的阳光……不安分的帆儿却祈求风暴,仿佛风暴里有安静之邦!这首诗像是为柳茗写的,我喜欢她身上那种追求梦想的勇气,那是我没有的。"

"你怎么会没有呢?"林凯飞看了眼叶虹,"我想很多同学是为自己心中的梦想来上大学的,最终能实现这个梦想的人不光有勇气,还很执着。"

叶虹却说:"我来上大学,有其他的原因,其中一个是逃避,不过我现在多了勇气,柳茗给了我很好的影响。"

林凯飞心头一凛,难道叶虹的心里也隐忍着一些沉重的东西?

叶虹没再说下去,面对林凯飞迷惑的目光,她只是淡然一笑。叶虹的笑总是很温暖,淡淡的一笑就能化开很多人心里的阴郁。如果叶虹的心里真压了个冰块,林凯飞希望这个冰块能在这温暖的一笑中慢慢融化。如果叶虹需要他的帮助,他是很愿意为叶虹做些什么的。林凯飞陡然发觉,风轻云淡的叶虹从未像柳茗那样给他那么大的冲击力,可叶虹也在他的记忆里留下了不少的痕迹,还都是很美好的记忆。柳茗最打动他的是真实,叶虹最打动他的是美好。当人们被生硬地分成了好人和坏人,光用好人来定义叶虹太笼统,在林凯飞的心目中,叶虹是一个美好的人,像她这么美好的人,应该得到生活的善待和他人的珍惜,他有愿望去保护这样的美好。叶虹也是安然从容的,在她身边总能感觉到恬淡安宁,就是在此时此刻,叶虹刚才说的那句话让林凯飞为她平添了一些担忧,林凯飞感觉到的依旧是恬淡安宁。

叶虹望向前方,看到了那条小河和那座小桥。她还看到小河上漂着一叶小船,她知道那是她的幻想,可这个画面又是如此地清晰。上面也洒着金色的阳光,下面也涌着清澈的碧波。她想起了林凯飞给这里起的名字,梨花渡,她倏地对这个名字有了特别的感觉,她跟这个名字有了亲密的关联,从此以后,这里不再是后山坡,这里是梨花渡。

林凯飞和叶虹坐在梨花渡的土坡上聊天时,柳茗朝梨花渡走来。跟陈正宏谈恋爱后,柳茗没再来过这里。陈正宏不喜欢来这里,可这里是柳茗喜欢的地方,她决定一个人来趟梨花渡。

梨花渡的梨花已经落尽,柳茗四处望了望,寻到的只是几片落在地上的残花。大把大把的梨花已被风儿和流水带走,不知道它们去了哪里,柳茗这才意识到她有段时间没来这里。那些梨花是什么时候凋零的?它们离开时是否有过道别?

没了梨花的梨花渡却多出来很多绿色,树枝都丰满起来,绿树已经成荫。风儿在绿叶上吹过,吹进柳茗心里的,却是落花流水般的哀愁。繁茂的绿色上,柳茗看到了一张满怀忧伤的面孔。阳光穿过那一片片绿叶,那张面孔支离破碎起来。

柳茗感到一阵晕眩,她不是正跟陈正宏热恋吗?热恋中的她怎么会有这样的愁绪和凄惶?

迷乱的忧伤中,柳茗听到了口哨声,她很快听出那是苏联歌曲《喀秋莎》。"正当梨花开遍了天涯,河上飘着柔曼的轻纱;喀秋莎站在那峻峭的岸上,歌声好像明媚的春光……"

柳茗知道这口哨声来自林凯飞，比她第一次听时娴熟了许多，林凯飞一定做过不少的练习。梨花和春光都已不在，春天原来这么短暂，转瞬即逝，可吹口哨的那个人还在，就在不远处，认真地吹着口哨。口哨声撩拨着柳茗的心弦，梨花渡里有了回音。

柳茗特别想见到林凯飞，她疾走几步又停了下来。林凯飞在吹这么欢快的歌曲，他此时的心情一定很好，柳茗不想在这个时候去打扰林凯飞，她不愿意把忧伤的情绪带给别人。

柳茗一个人站在那里，听着远处传来的口哨声，独自忧伤。

第三章

陈正宏又偷偷组织了一场舞会。

上次舞会之后,好几个人跟陈正宏打听什么时候再来一场,大家跳交谊舞跳上了瘾。陈正宏知道做这种事很危险,还是没忍住自己的冲动。他邀请的人跟上次一样,地点也是在112教室。不同的是陈正宏和柳茗的关系,那颗落在土壤里的爱的种子在春雨的滋润下破土发芽,现在已开出了馨香的花朵。一个多月前的那场舞会就是那场春雨,和煦、细腻,又比春雨猛烈、酣畅。叶虹也没有像上次那样不积极,她知道林凯飞会去,这次她跟柳茗一样,对这场舞会充满了期待。

陈正宏叫上林凯飞,他们提前半个小时到了112教室。不像上次那样临时岔出郑良的事情,陈正宏很从容地来到这里,跟林凯飞从容地做着各种准备。他们两个先把桌椅搬到了教室的两边。桌椅都是连体的,陈正宏说要让椅子在里面,桌子围在外面,这样大家坐不下来,可以更专心地跳舞,一支接一支地跳。林凯飞笑了下,没说什么,照着陈正宏的意思摆放那些桌椅。他俩一人负责一边,排出来两条整齐划一的直线。林凯飞觉得这样也不错,中间的场地比上次大。

规整好桌椅,陈正宏扫视全场,看到了光秃秃的黑板。他心血来潮,想在黑板上画上些什么。陈正宏跑到黑板边,看看有没有粉笔,他欣喜地发现这里竟然有彩色粉笔。他挑出几种颜色,刚想在黑板上画些什么,又停了下来,他想起学校里几乎没人知道他会画画。

陈正宏扭头叫道:"凯飞,你来画,在黑板上画些什么,烘托下气氛。"

"你什么时候见过我画画?"林凯飞说,"算了,别画了。"

陈正宏觉得有些遗憾,他非常重视细节和氛围,整个教室里没有任何的装饰,对于舞会来说过于朴素,唯一能装点下的就是这个黑板了。他正在犹豫着他是不是该亲自画点什么,旁边的教室门吱呀响了声,柳茗和叶虹走了进来。她俩上次拖到最后才来,这次到得也挺早。柳茗看见了陈正宏,叶虹看见了林凯飞,两个女孩的脸上都露出了笑容。

陈正宏见到了救星,嚷嚷道:"大画家来了,柳茗你来得正是时候,这黑板就等你来装点了。"

柳茗没有推诿,她朝黑板走去。"画什么?"柳茗问陈正宏。

"随便画,你脑子里冒出的第一个画面就行。"陈正宏说。

陈正宏和柳茗在黑板前交流着,叶虹走到了林凯飞的身边,两个人对视了一下,又相顾一笑。

"你们把桌椅都搬好了。"叶虹说,"我能帮着做些什么?"

"好像没什么要做的,要不我们去试试录音机?"

"好呀。"叶虹跟着林凯飞走去放收录机的角落。

陆陆续续有人进来,大多数人比上次来得早,没到约好的时间,该到的人基本到了。柳茗在黑板前专注地画着,陈正宏招呼着大家,俨然是这里的主人。

舞会没开始气氛就起来了,陈正宏的情绪更加高涨。他跟身边的人聊着,眼睛却在关注所有的人。陈正宏数了下人头,他邀请的人已全部到齐。柳茗的动作很快,黑板上的画也差不多完成。陈正宏准备等柳茗一落笔,他就宣布舞会开始。陈正宏正在脑子里过一遍开场白,教室的后门开了条门缝,郑良探头进来。

陈正宏十分惊愕,惊慌地别过头去,他不想让郑良看到他。可这样的躲避也不是个好办法,从他的背影郑良也能认出他。陈正宏扭过头来,迅速盘算起应对的办法。

教室的后门已被带上,郑良不在那里,陈正宏的目光在每一个人的脸上扫过,没有见到郑良。大家聊得正热闹,没几个人注意到郑良出现过。陈正宏毫不怀疑地确定,郑良确实来过,而且不是偶然路过。他更有可能闻风而来,一定有人给他通风报信。除了面向黑板的柳茗,陈正宏的目光又在每一个人的脸上扫了一遍。他想这个人应该是个男同学,把所有女同学排除在外后,他又排除了林凯飞等几个男同学,把怀疑对象缩小到三四个人。这三四个人都有些可疑,可陈正宏不认为这是一次联手,去告密的应该只有一个人。他不能马上判断出是谁告诉的郑良,这让他更加烦躁不安。

林凯飞和叶虹都没看到郑良,他俩聊着天,时不时地看一眼黑板前的柳茗和她画的画。林凯飞发现柳茗画的是梨花渡。大概是粉笔的色彩不够,柳茗无法把梨花渡一模一样地搬到黑板上,但整体的轮廓和线条都是梨花渡的。一样的小河,一样的小桥,也有大团大团的梨花,林凯飞站在这里,看到的正是那天他和柳茗坐在山坡上看到的景象。

柳茗不知道她怎么画了这样一幅画。陈正宏说她可以画那个最先出现在她脑海里的画面，她眼前最先浮现出的就是开满了梨花的梨花渡。也许她想表达一种心情，夕阳之下，小桥流水流淌着甜美，盛开的花朵绽放着生气，美妙的夜晚将从这里开始。有了这样的心情和景致，这间简陋的教室可以蓬荜生辉，犹如苍穹之下的殿堂。

柳茗画完黑板，想都没想就走到陈正宏的身边。陈正宏说了声他去看一下卡带准备好没有，快步走到放录放机的桌子边，林凯飞和叶虹都在这里。柳茗也跟了过来，陈正宏没在这里停留就又离开了。他走到教室的另一边，宣布活动开始。柳茗这次没跟着，陈正宏开始说话，她不好乱走动，就留在了林凯飞和叶虹的身边。

"大家安静一下，我们的活动马上开始。这是一个锻炼身体的活动，大家好好放松一下，身体越强我们的精神状态就越好，可以更好地提高思想觉悟和学习积极性。"

郑良的闪现让陈正宏临时舍弃了原来想好的开场白，他改换概念，把舞会变成了一个强身健体的活动。活动的性质变了，就是有人冒出来追究主办者的责任，他也不用承担太大的责任。

在场的人面面相觑，陈正宏在对面向林凯飞比画示意，林凯飞明白了陈正宏的意思，转身按下了录放机的开关键。大家正琢磨要做什么运动呢，耳畔想起了圆舞曲，他们恍然大悟，这还是一场交谊舞会。

音乐声刚起，陈正宏马上邀请了身边站着的那个女同学。那个女同学很是意外，又有些受宠若惊，她还没完全反应过来，已被陈正宏带进了舞池。

在陈正宏邀请那个女生之前，柳茗、林凯飞和叶虹都认为陈正宏会来邀请柳茗跳第一支舞，也有可能像上次那样，他跟柳茗跳满全场。在场的其他的同学多半也是这样想的，不过这个变化对大家的兴致没有多大的影响，男同学们开始出来邀请他们的舞伴，他们不再像第一次那样羞羞答答遮遮掩掩，直接步入男女共舞，女同学们也大大方方地接受了她们的男舞伴。有过一场舞会的磨合，大家的舞步都轻盈流畅。

林凯飞原来是想邀请叶虹跳第一支舞的，如果叶虹愿意，他也愿意跟叶虹一支一支地跳下去。陈正宏的表现让他蒙了下，他看向叶虹和叶虹身边的柳茗，不知如何是好。

林凯飞惘然朝叶虹伸出了手，叶虹轻声说："你先跟柳茗跳吧，上次你们没一起跳过。"

柳茗正郁闷失落，神思恍惚起来。一个男人走到了她的面前，柳茗看见林凯飞微笑着向她伸出了手。

柳茗把自己的左手搭在林凯飞的肩膀上，右手放在了林凯飞的手里。林凯飞轻轻握住了柳茗的手，带着她在乐声中起舞。柳茗这才注意到，这次换了不同的舞曲。

柳茗从来没跟林凯飞挨得这么近。林凯飞比陈正宏矮了些，身高一米六三的柳茗望向他时就不用仰着脖子，她微微仰起头就可以清晰地看到林凯飞脸上的起伏。

那额头是光滑饱满的，一些柔亮的黑发落在上面。两条长而浓的眉毛没被头发遮住，长眉入鬓，俊朗之气完全展露出来。眼睛看似是单眼皮，眼帘微微垂下来才能看出是内双，而且是很深的双眼皮。眼型要比大多数人的长些，再搭配上稍稍上扬的外眼角，这双眼睛就有了悠长的韵味，更显俊秀。目光也是悠长的，如清澈的秋水，安静又深情。鼻梁挺拔而出，这张脸上就有了刚毅坚定的底色。鼻尖并不突兀，鼻梁上的锐气很好地收敛在那里。

嘴角微微上翘，自然而然地带出温暖的笑意。整张脸轮廓鲜明，却是柔和内敛的。

望着这张脸，柳茗有些怔愣。她跟林凯飞相识相交的时间不短了，她一直没有这么近地看过这张脸。这张脸特别地干净清秀，可又分明显露出男人的英气和帅气。这种英武之气并不张扬，随意地挥洒在含蓄的气质中，反倒更加明显。

柳茗稍稍走了下神儿，但她的心思很快被身边的那对舞伴拽走。

林凯飞望向柳茗时，柳茗在望着旁边的陈正宏。

林凯飞也从未这么近距离地看着柳茗的脸，就是在这么近的注视下，林凯飞注意到的并不是柳茗的五官，虽然这柳眉杏眼纤巧鼻梁朱唇皓齿都经得起细看。林凯飞最先感觉到的是流转在眉眼间的淡雅，像是山野间吹过的清新的风，沁人心脾。五官精致却不争不抢，自然而然地落在光滑的面庞上，没有妖艳之气，也没有什么锋芒，给人一种一尘不染的感觉。这样的与世无争却是最打动人的，让人无法抗拒。那双灵动的大眼睛仿佛能装下满天的星星，点亮了这张脸这双眼睛，也照耀着望向这张脸的那双眼睛。透亮纯净的光芒里，林凯飞的心里涌动着一种莫名的感动，还有一些伤感，美到极致时就有了挥之不去的哀愁。

柳茗不断望向陈正宏，那双美丽的眼睛里也有了哀愁。

两对舞伴几乎碰到一起时，陈正宏带着他的舞伴连着几个旋转，他们舞出了柳茗的视线。

每一支舞曲响起，陈正宏就会走向另外一个女同学，他每次邀请的都是不同的舞伴。其他的男同学步他的后尘，不像上次那样固定在一个舞伴上。柳茗一直等着陈正宏邀请她跳下一支舞，一直等到舞会结束，陈正宏都没出现在她的面前。陈正宏邀请了在场的每一位女同学，唯独没有柳茗。

散场后，强颜欢笑的柳茗留下来帮忙搬桌椅。陈正宏从她的身边走过，小声说了句"我去教室等你"，柳茗扭过头来，看到的是陈正宏的背影。

陈正宏的那句话带走了柳茗心头的乌云，她的动作轻快起来，恨不能抱着她手上的桌椅跳上段交谊舞。

留下的几个人很快把桌椅搬回原处，林凯飞正准备跟陈正宏一起离开，陈正宏想起了什么，跑到黑板前擦掉了柳茗画的画。

林凯飞留恋地望了眼干干净净的黑板，柳茗画的梨花渡在那里停留的时间太短，就像那些梨花，注定会飘落、流逝，刚才的热闹也注定会销声匿迹，可那幅画依旧在他的眼前，依旧在他的脑海中，真切了然。

柳茗没有跟叶虹一起回宿舍，陈正宏也没有跟林凯飞一起走。柳茗和陈正宏各自朝教室走去，林凯飞见叶虹只有一个人，决定先把叶虹送回女生宿舍。校园里很安全，可是大晚上让一个女生独自回去，林凯飞有些不放心。

柳茗小跑着来到教学楼，一口气奔到教室门前，推开了门。教室的灯亮着，不是陈正宏开的灯，有几个上晚自习的同学正在教室用功。柳茗只好退了出来，她在教室门前走了几个来回，没有看到陈正宏，也许他也是发现教室里有别的同学，在某个地方等着这几个人离开。柳茗觉得这种可能性很大，她走下楼去，走出教学楼，找到一个隐蔽的地方，这里可以看到教室的窗户和楼梯口，柳茗站在这里焦急地等待着。

陆陆续续有人从楼梯口出来，有些人是其他系科的，还亮着灯的窗户越来越少。柳茗终于等到他们那间教室的灯也灭了，最后一个同学从楼道出来后，她快步冲了进去。

柳茗开了教室的门，黑暗中她摸索着去找电灯的开关，她摸到的是一个人，这个人伸出手，紧紧抱住了她。

柳茗没有惊叫，她能感觉出这个人是陈正宏，很快她听到了陈正宏的声音。

陈正宏低声说："别开灯，这样更好。"

陈正宏松开抱着柳茗的手，他摸到柳茗的脸，低下头来。柳茗刚想开口说话，她的嘴唇跟陈正宏的嘴唇撞到了一起。

柳茗条件反射般闭紧了嘴巴，一动不动地站在那里，但她没有推开陈正宏，由着陈正宏亲吻下去。两个人的嘴唇胶着到了一起，一股温热的气流打通了柳茗全身的血脉，她的身体慢慢放松下来。

两行幸福的泪水从柳茗的眼睛里流出，流到了两个人的嘴唇上。陈正宏赶紧停下了亲吻，抬起头来，他的手还在柳茗的脸上。

"对不起，我是不是吓着你了？"陈正宏嗫嚅道。

柳茗没有吭声，眼泪止不住地往下淌，打湿了陈正宏的手。

陈正宏用手轻轻抹去柳茗脸上的泪水，柳茗慢慢安静下来，黑暗中只有些微的喘息声。

"我一晚上都在想你，我跟不同的人跳舞，可我的脑子里只有你。"陈正宏叹息道。

"那你怎么没来邀请我？"柳茗心里憋着很大的委屈。

"郑良来过。"

"什么时候来的？我没有看到他。"

"你那会儿在画黑板。"

"他说了什么吗？"

"没有，他很快就离开了。"

"你会不会看花眼了？"

"不会，我确定他来过。"

"那又怎样?"

"肯定不好,他知道我们在偷偷跳交谊舞。"

"怪不得你说我们在做运动,不是跳交谊舞。他又没阻止我们,应该没什么吧?"陈正宏的担心没有影响到柳茗,她明白了为什么陈正宏整晚都没来跟她跳舞,她的心情反倒好了起来。

陈正宏忧心忡忡地说:"我有种不好的感觉。我们应该注意了,以后肯定不能搞舞会这类活动,也不能一起出门,见面的次数也要减少,我们不能做鸡蛋碰石头这样的傻事。"

柳茗没有意识到问题的严重性,她觉得陈正宏多虑了。他们刚刚有了那么亲密的接触,她对陈正宏的感情更加浓烈,她想更多地见到陈正宏,怎么可以减少见面呢?柳茗难过起来,有种生离死别的感觉。

"我们以后多加小心就行。"柳茗的眼睛已经适应了黑暗,她看不清陈正宏脸上的表情,只看见陈正宏摇了摇头,柳茗却用坚定的语气说,"我想见到你。"

陈正宏叹了口气,说:"你要知道,就是我们不能见面,我的心里也一直有你。还有,我们一起上课,我们上课时能见上面。"

柳茗想说"那是不一样的",陈正宏用嘴唇堵回了这句话。他抱住柳茗,紧紧地抱住柳茗,深深地吻下去。柳茗这次有了反应,她也抱住陈正宏,嘴巴慢慢张开,两个柔软的舌头碰到了一起,往回缩了下,又热烈地痴缠在一起。

柳茗觉得她已经完全属于陈正宏了,不光是心,还有身体。她愿意把她的一切都交给陈正宏,甚至是她的生命。

两个人的嘴唇间滚落出一个火球,点燃了陈正宏的整个身体,他燥热难耐,心里却滚淌出陡峭的寒意。他更紧地抱住柳茗,一遍遍地吻着柳茗,他怕他松开手时,他们就到了分手的时候。

那个晚上柳茗并没有辗转反侧，躺下来后，她把手轻放到她的嘴唇上，那上面有她的初吻，还在散发着温热的气息。这气息像是摇篮曲，安宁的旋律丝线般缠绕着柳茗的身体，把她的身心包裹得严严实实。这一晚的记忆只留下她和陈正宏的甜蜜，幸福是这么地柔软光滑，没有一丝皱褶和起伏，犹如退潮后的海面，碧波浩渺，风平浪静。

第二天，柳茗睡了一个懒觉，若不是杨冯在楼下叫她，她可能睡得更长。

柳茗匆匆穿上衣服，没顾上洗脸就跑下楼去。杨冯站在那里，手上拎了个袋子，柳茗猜那是洪阿姨派人送来的东西。

杨冯没有把手上的袋子递给柳茗，他歪了下脑袋，说："走，我带你去个地方。"

"去做什么？"

"去吃午饭。"

"吃午饭？我早饭还没吃呢。"

"那就早饭午饭一起吃，你肯定喜欢。"

杨冯从来没有这么主动过，柳茗也是第一次发现杨冯身上也带了些霸气和决绝，让她很难拒绝。柳茗犹豫着说："我刚起床，脸都没洗。"

"没人看出你没洗脸，你没洗脸也很好看。"

柳茗也是第一次听杨冯说她好看，感觉太阳从西边出来了。

柳茗问道："去哪里？"

"到了你就知道了。"杨冯神秘地一笑。

杨冯脸上的这一抹神秘勾起了柳茗的好奇心，她稀里糊涂地挪动了脚步，跟着杨冯朝前走去。

杨冯带柳茗走了条小路，从宿舍区走到教学区。柳茗以为杨冯要带她去教室，可他们去的是老师的办公楼，在一间办公室前停了下来。柳茗来过这里，教他们阅读课的高老师就在这间办公室。柳茗正感奇怪，杨冯掏出钥匙开了门。

"你怎么会有办公室的钥匙？"柳茗问道。

"高老师给我的。"杨冯简单地回了句。他带柳茗走进办公室，带上房门后，他打开了旁边的铁柜，里面堆着各种教学材料。杨冯蹲下身，从最下面拖出一个小电炉，然后从刚才带来的袋子里掏出一个小钢精锅。

"你坐一下，我马上回来。"杨冯出了门，手上拿着那个小钢精锅。

杨冯出去后，那个袋子动了动，柳茗盯着看了眼，那个鼓鼓囊囊的袋子又动了下。难道这里面有活物？柳茗好奇地伸出手去，想看个究竟。

"小心，别让螃蟹夹着你。"杨冯端着钢精锅回来了。

"里面有螃蟹？活螃蟹吗？"柳茗看见钢精锅里有了半锅水，大概明白了杨冯要干什么。

果然，杨冯给电炉子插上电源，把钢精锅放到电炉上，水烧开后，他从袋子里掏出两只活螃蟹，放进锅里。

虽然柳茗已经猜到杨冯要煮螃蟹，但杨冯在老师的办公室里做这事还是让柳茗目瞪口呆。杨冯进门后熟门熟路，看样子他不是第一次在这里煮东西吃。

"高老师怎么会把办公室的钥匙给你？"柳茗忍不住问道。

"他给我配了把，我还有李老师的钥匙，他们很少来办公室，闲着也是闲着。"杨冯说。

"没想到你跟老师们的关系这么好。"柳茗说。

"没什么，你去要钥匙他们也会给的，大概就我脸皮厚，其他同学没人往这上面想。"杨冯不以为然地笑了笑。

柳茗不认为所有的同学都能有这种待遇，她没再刨根问底，只是随便问道："电炉子是高老师的吗？"

"不是，是我藏在这里的。"

"你常来这里煮东西吃？"

"偶尔来一趟，其实这是我第二次来，煮螃蟹得来这里，味道太大。"杨冯说着用筷子为钢精锅里的螃蟹翻了个身，更多的味道飘了出来，柳茗吸了下鼻子，肚子里咕噜一声，她感觉到饿了。

螃蟹煮好后，杨冯把螃蟹捞出来，放进他带来的不锈钢饭盒里，推到柳茗面前。他又从袋子里掏出一个玻璃瓶、两个小面包和一包话梅，都推到了柳茗面前。

"快吃吧。"杨冯说。

柳茗打开了玻璃瓶，香气扑鼻。玻璃瓶里装的是甜面酱，柳茗尝了一口，吃出里面有肉末、豆腐干、花生、笋丁，味道极鲜美。柳茗喜欢家里自制的甜面酱，就是她刚尝过的这种面酱，这是她吃到过的最好吃的甜面酱。她舍不得继续吃下去，想留给陈正宏吃。

柳茗发现杨冯只是看着她吃，自己没动筷子。"你也吃呀。"柳茗把东西从自己这边推到两个人的中间，她只想把自己的那一份留给陈正宏，这次她可不想占杨冯的便宜。

杨冯却说："我在家里吃过了，这些都是你的。"

"你在家里吃过了？"

"我回了趟南京，这些东西是从家里带来的。"

原来这些东西不是洪阿姨派人送来的。柳茗不知道杨冯什么时候回过家，他们不在一个班里，平时也不大有联系，他们两个喜欢的活动几乎没有交集，柳茗跟张向林那几个部队学员一起玩的时间都比杨冯的多。

"甜面酱是我大姨做的,大姨守寡后来了我们家,我妈太忙,我是跟着大姨长大的。"杨冯停了下,又说,"大姨让我把这些东西带给你。"

柳茗迷惑地望着杨冯。

"洪阿姨前段时间去南京,来过我们家。"杨冯低下了脑袋。

柳茗马上明白是怎么回事了。

洪阿姨不是专门去撮合对象的,她陪老方去南京公干,到了南京,她突然想去见下杨冯的父母。他们平时不太来往,但枪林弹雨中结下的情谊牢不可破。杨冯的父母设了家宴,吃饭时洪阿姨自然而然地提到了柳茗。

那顿饭是杨冯的大姨亲手做的,这是他们家的最高规格。杨冯的父母也是安徽人,大姨生了七个孩子,只活下来一儿一女,丈夫去世得又早,杨冯的妈妈冯英坤就把她的大姐和大姐的两个孩子接来南京。家里的房子很宽裕,他们住在一起。冯英坤的位置越做越高,工作上要忙的事情也越来越多,有大姐帮她管家,儿女和家里的事她干脆什么都不管了。杨冯和他的姐姐杨宁都跟大姨更亲,大姨对他们也比冯英坤更上心,自然很重视洪阿姨传递的"情报"。杨冯回家时,大姨对他刨根问底,也没问出个所以然来,但她从洪阿姨的大段描述和杨冯的只言片语中,总结出柳茗是个难得遇到的好女孩,好女孩就不能错过。

大姨认定谈恋爱这事男方一定要主动,杨冯是她看着长大的,杨冯的脾性她一清二楚,她不能指望杨冯主动出击。杨冯对什么都无所谓,本来这能算成优点,可是他太不积极太无所谓,这就成了缺点。大姨的两个孩子跟杨宁、杨冯从小在一起,跟他姐姐和他的表哥表姐打架的话,杨冯必输无疑。他并不是想让着别人,他就是太懒。大人们只能拉偏架,四个孩子中,大姨最偏向杨冯。杨冯喜欢的,甭管是吃的还是用的,她总会多留点给杨冯。有大姨护着,杨冯在家里吃不了亏。外面有他妈妈杨英坤罩着,杨冯也是顺风顺水,进了部队,又进了大学。这让他更加懈怠,对人对事更不积极,反正他慵懒地混日子也能混得不错。

大姨从杨冯的嘴里没挖出多少料,不过她仅从杨冯的表情上就能断定杨冯喜欢柳茗。二十多年里她早就炼出了火眼金睛,光看脸她就能看出杨冯的全部心思。大姨决定从外围助攻,她做了她最拿手的甜面酱,往瓶子里装甜面酱时,她很有把握地跟杨冯说:"南京城里没谁能做出比这更好吃的甜面酱,放到全中国也能排进前几名。那姑娘吃了肯定还想吃,大姨接着做,她吃上几次就上了大姨的'贼船'。"

大姨还在杨冯的背包里塞了块给柳茗的花布,是块压箱底的桑蚕丝面料。她自己一直没舍得用这块面料,连她自己的亲闺女想要都没要走。杨冯看到后把布料拿了出来,大姨跟外甥推搡了一番,最后把布料收了回来。这次不是不舍得,大姨怕打出去太多炮弹起了反作用。

柳茗明白是怎么回事后装起了糊涂,她没去打探洪阿姨的南京之行,有意躲开这个话题。她没话找话,想起刚吃到嘴里的甜面酱,随口说道:"这甜面酱很好吃。"

杨冯在心里偷偷一笑,柳茗果真被大姨的面酱炮弹打中了。

"你喜欢吃,以后让我大姨接着给你做。"杨冯说。

柳茗极喜欢杨冯大姨做的甜面酱,可她连连摆手说:"不用不用,别麻烦你大姨。"

柳茗的慌乱惹笑了杨冯,他说:"阿姨们就喜欢给晚辈介绍对象，你不用当真，你不跟我谈对象也可以吃甜面酱呀。"

柳茗有些过意不去，可这种事情不能将就。她低头把那块已经抹了甜面酱的面包塞进嘴里，咽下去后，她说："我吃饱了，谢谢你。"

杨冯见大多数食物还未动，就说："你把东西带走。"

柳茗把东西分成两份，她准备带走甜面酱和一只螃蟹，甜面酱是份心意，推辞的话反倒让两个人更尴尬。她把另外一只螃蟹和那包没开封的话梅推给杨冯。

杨冯说："吃螃蟹太费劲，话梅是女孩子吃的零食，你都带回去。"他怕柳茗不同意，又加了一句："你非给我我就扔进垃圾桶。"

柳茗只好接受了所有的东西。

往宿舍走的路上，两个人都没说话。他们先走到男生宿舍楼，杨冯说："我回宿舍了。"

柳茗"嗯"了声，走出去两步，她扭头叫住杨冯："你能帮我叫下陈正宏吗？他要是在宿舍里，就告诉他我在这里等他。"

"我看看他在不在，他不在，我回来告诉你一声。"

"我在这里能看见你们宿舍的窗户，他不在你就从窗户那儿朝我摆摆手。"

"好。"杨冯答应着进了宿舍楼。陈正宏的宿舍在不同的楼层，朝向也不同，杨冯不是很清楚陈正宏在哪间宿舍，敲错了几个门后才找到陈正宏。

陈正宏跟杨冯从没说过话，见面也不打招呼，杨冯说是要找陈正宏，陈正宏开始以为听错了，但他很快想起柳茗认识杨冯，他赶紧迎上来，引着杨冯退出宿舍门，陈正宏随手带上了门，跟杨冯站在走道上，他不想让同宿舍的人听到他们的对话。

"柳茗在楼下等你，你出了宿舍楼就能看见她。"杨冯丢下这句话后转身离开。

柳茗在宿舍楼外等得着急起来,她既没看到陈正宏,也没看见杨冯出现在窗户边。柳茗怪自己太冒失,怎么能让杨冯去找陈正宏。她刚才临时起意,没多想就提了那个请求。螃蟹和面酱她都想给陈正宏,可他们昨晚没约见面的时间,而且这两样东西香气扑鼻,带回宿舍是藏不住的,所以她才会请杨冯帮这个忙。

杨冯回了宿舍后才想起陈正宏还没说话他就走了,万一陈正宏没听明白没去见柳茗呢。杨冯跑到窗户边,正好看见陈正宏走到柳茗的跟前,柳茗把那一包吃的东西给了陈正宏。杨冯皱了下眉头,看来柳茗喜欢陈正宏,这让杨冯有些气恼。

站在柳茗面前的陈正宏一脸阴郁,并没有柳茗期待的喜悦,柳茗和美食都没让陈正宏兴奋起来。

"昨晚不是刚说过我们要多加小心吗?你怎么跑到这里来见我,还让杨冯去叫我。"陈正宏面露愠色,眼角的余光扫了下四周。杨冯敲门之前,陈正宏正在纠结,他不知道他是不是应该去见下郑良,探探郑良的口风。这事让他左右为难,不管怎么说这都不是件好事。

"这个甜面酱特别好吃,还有螃蟹,煮之前还是活的呢……"

柳茗话没说完就被陈正宏打断,陈正宏看见有人朝这边走来,匆匆说了声"谢谢你,那我走了",扭头朝宿舍楼奔去,一溜烟地消失了。

柳茗没有生气,她把东西顺利地给了陈正宏,陈正宏一定会喜欢,陈正宏开心她就开心。柳茗开开心心地朝女生宿舍楼走去,边走边回味着昨晚在教室里的热吻。这是爱的印证,她现在可以确定陈正宏是爱她的,而且这份爱情很浓烈,吻有多深,爱就有多深。

柳茗像只幸福的小鸟飞进宿舍，她的脸上好像抹了蜂蜜，红彤彤地散发着甜蜜的气息。叶虹一见她就知道她刚才见到了谁。

只有叶虹一个人在，柳茗把话梅给了叶虹："你喜欢话梅。"

叶虹说："等她们回来一起吃吧。"

柳茗问道："她们都去哪儿了？"

"做准备去了。"叶虹简单地回了句。

"做什么准备？"

"我们不是要去学农吗？"

"学农？哇，我把这事给忘了，我们哪天走？"

"后天。"

"喔。"柳茗盘算起学农时怎么跟陈正宏见面，顺手打开了那包话梅，递给叶虹，"你先尝尝。"

叶虹吃了一颗话梅，吐出核后，她说："味道很正，谁给的？"

"杨冯。"

"我还以为你去见另外一个人呢。"叶虹笑道，"你在谈恋爱了，但不是杨冯。"

柳茗不置可否地笑了笑，欲言又止。她很想跟叶虹分享她的幸福，只是陈正宏不让她把这事告诉叶虹，她不好违背陈正宏的意愿。停了一下，柳茗忍不住问道："你觉得陈正宏怎么样？"

叶虹轻摇了下头。

柳茗不解地看着叶虹："我以为你对陈正宏的印象不错呢。"

"这要看你把他放在什么样的关系里。"叶虹含糊其词，又意味深长。

柳茗明白了叶虹的意思，她想具体探究下，还是忍住了，没追问下去。她反问道："你呢？"

"我什么？"叶虹一愣。

"坦白从宽，抗拒从严。"柳茗嬉笑着问道，"你和林凯飞是怎么回事啊？"

"什么怎么回事？"叶虹的脸红了，她推托道，"你先坦白吧。"

柳茗终于忍不住了，她觉得没有必要再瞒着叶虹。她坐到了叶虹身旁，和盘托出了她和陈正宏的恋情。柳茗没什么城府，也不是一个能憋得住的人。这段时间她把幸福憋在心里，快把她憋死了。现在她一吐为快，那只幸福的小鸟扑扇着翅膀满宿舍扑腾，尽情挥洒着她的幸福。

美丽的爱情和美妙的心情都被倾倒出来后，那只小鸟安静下来，柳茗望着叶虹，静静地等着叶虹的回应。

叶虹却不知道该说些什么，她为柳茗高兴，也为柳茗担忧。叶虹和陈正宏已经同学一年多，一年多的时间里可以基本了解一个人。陈正宏极聪明，相当有能力，确实出类拔萃，在长相上也是百里挑一的，他是那种不做什么就能吸引住女人的男人，女人一旦陷入对他的爱恋就很难自拔。叶虹相信陈正宏爱上了柳茗，柳茗也爱上了陈正宏，爱与被爱都可遇不可求，如果这两者兼有，那就更加弥足珍贵，这是她为柳茗高兴的地方。可叶虹又觉得哪里不对劲，她感觉对柳茗来说，陈正宏不是那个可以完全依托的男人。

叶虹拐弯抹角地说："他很优秀，但我还不能确定他是个靠得住的男人，还有待观察，不要走得太急。而且学校不准在校生谈恋爱，走得太急就会闹出动静。"

"这个我知道，我会努力放慢脚步，不过做起来很难。"柳茗忽略了前一句话，她以为叶虹是担心这事被学校发现。她搂住叶虹的肩膀，继续说道："你明明可以跑起来，偏偏让你当蜗牛爬。让你爬还算好的了，实际上我们连爬都不行。哎，我恨不得跑到学校的广播站大声宣布，我和陈正宏恋爱了。"

"你不用去广播大家也看得出来。"叶虹用胳膊肘轻捅了下柳茗。

"真的吗?"柳茗晃了晃叶虹的肩膀。

叶虹笑道:"照照镜子你就知道了,你的眉眼暴露了你的秘密。"

柳茗张开嘴巴,睁大眼睛瞪着叶虹。嘴巴合上后,她的目光在叶虹的脸上装模作样地走了一圈。"我就是这样看出了你的小心思。"柳茗调皮地说,"你的脸上写满了爱情。"

"不会吧。"叶虹慌张起来。

"吓唬你的。"柳茗咯咯笑了,"别人看不出来,只有我知道,我跟你俩都熟,你们瞒不住我。再说呢,我现在对这种事很敏感,一下子就能嗅出爱情的气味。"柳茗说着朝叶虹嗅了几下鼻子。

叶虹推了一把柳茗。"别这么夸张,其实我跟他不能算是谈恋爱,我对他有好感,他怎么想的我不知道。"叶虹低下了头,"我也不知道该怎么办,好多人都是这样,对别人的事情清醒,对自己的事情糊涂。"

"他也喜欢你。"柳茗说。

"你怎么知道?"

"我能看出来,也能嗅出来。"柳茗说这话的底气不是很足,她能看出叶虹很喜欢林凯飞,可以说叶虹爱上了林凯飞。林凯飞对叶虹肯定有好感,他应该是喜欢和欣赏叶虹的,这里面有没有爱情的成分她不确定。柳茗很希望叶虹和林凯飞能有一个真正的开始,两个人都是她的好朋友,尽管她和林凯飞从没界定他们的关系,但柳茗在心里早就认定林凯飞是她的朋友。柳茗希望她的两个好朋友都能幸福。

"哎,要不要我帮你捅破这层窗户纸?"柳茗说着站了起来,"我这就去找林凯飞。"

"不要不要。"叶虹慌忙拉住柳茗,用力猛了些,两个人都倒在了叶虹的床上。

她们没有坐起来，干脆并排躺了下来，脑袋挨着脑袋，各自想着各自的心事。安静了一会儿后，柳茗感叹道："这就是我们的初恋吧？我们有了我们喜欢的人，真好，爱情的滋味真好。"

柳茗和叶虹同时向对方靠拢，两个人的身体完全靠在了一起，一起散发着温热和暖的气息。

陈正宏左思右想后，决定去找一下郑良。这次自然不能空手而去，他带上那块保存了一段时间的女表，郑良的爱人或者他们的女儿都可以戴，他们也可以转送给别人。这块手表是陈正宏的父亲陈平康去温州出诊时带回来的，是日本的精工表，小巧精美。陈平康让陈正宏送给郑良，陈正宏当时没有去送。这是一份贵重的礼物，他要用在刀刃上。陈正宏曾想把这块表送给柳茗，有次跟柳茗约会时他带了过去，后来他又改了主意。没有这份礼物柳茗也会爱他，这块表不会影响到他和柳茗的关系。他若是在关键时候把表送给郑良之类的人，有可能起很大的作用。现在这块表可以派上用场了。

郑良一家人都在，郑良来开的门，一看是陈正宏，郑良立马知道陈正宏为何而来，他板起了面孔。

陈正宏先掏出手表，送到郑良的爱人的手上。郑良的爱人拿着那块手表爱不释手，在自己的手腕上比画了一番却舍不得戴。她说要留给女儿，或者儿子结婚时送给儿媳妇。陈正宏在心里偷笑，他们的儿子、女儿才十多岁，离结婚娶亲远着呢。不过这说明这份礼物很受待见，这是好事。

郑良是个妻管严，老婆高兴，他也高兴。他的嘴巴不再紧闭着，陈正宏进门时他脸上露出的严肃的表情不见了踪影，陈正宏松了口气。

郑良的爱人非要留陈正宏吃晚饭，陈正宏稍微推托了几句，就很快答应下来。他不想太见外，最重要的是他得借这个机会跟郑良好好聊聊。

郑良的爱人乐颠颠地去了厨房，郑良把陈正宏引到卧室里，带上了房门。郑良家住着两室一厅的房子，女儿占了一间卧室，郑良两口子有一间，儿子晚上睡在厅里。平时待客也在厅里，陈正宏第一次进他们的卧室。卧室的面积不大，只能挤下一张双人床、一个衣柜、一张书桌和一把椅子。这些家具的尺寸都不大，还是把卧室挤得满满的，走进去只能溜边走。只有一把椅子，郑良让陈正宏坐在椅子上，他坐在了床上。

郑良不想绕弯子，他们一坐下，他就开门见山道："小陈啊，你不会不知道学校不让学生搞对象吧？还有那交谊舞会，你怎么会做这种糊涂事？你还想不想回上海了？"

陈正宏躲开郑良的目光，问道："谁跟您说的？"

"谁说的不重要，张三不来李四也会来，你只要做了就会有人知道，有人知道就会传出去，每个人再添点油加点醋，这事就越发难收拾。"

陈正宏很想知道这个人是谁，他猜来猜去猜不出是谁，一想到这事他就后背发凉呼吸不畅。不过他也在郑良这里打过小报告，看来郑良在班里不止他一个耳目，他跟郑良的关系没好到他想象的那个份上。

郑良的态度很坚决，不可能告诉陈正宏这个人是谁，陈正宏只好找了个台阶下来："我只是想知道他说了些什么，可能他说的有出入，我可以从头到尾跟您说一遍。"

"你就甭跟我解释了，我听你解释，别人不会听的，你还能像祥林嫂那样到处去说？你到处解释，也只会越描越黑。"

陈正宏沮丧地垂下脑袋。

郑良没再继续教训陈正宏,他说:"这事我帮你压了下去。"

郑良的语气很轻,陈正宏还是感受到了沉甸甸的分量。他抬起头来,看着郑良,用很诚恳的语气说:"谢谢您,您是我的大恩人。谢谢您的提醒,谢谢您为我的前途着想。可同学们有些夸大其词了,我没有搞对象,也许走得有点近,不够谨慎。"

严肃的表情又回到郑良的脸上,他语重心长地说:"人这辈子看着挺长,不知道要走多少路迈多少步子,实际上重要的就那么几步,这几步一定不能走错。你想想看,明年这时候你就要毕业了,我不能保证你分到上海,但我认为可能性很大,我会尽最大力量帮你。你呢,必须好好表现,你要向我保证不犯错误,回到正路上,绝对不能再捅娄子。落了话柄,我就不好为你说话了,说的话也没人听,不起作用的话不都是白说嘛。"

"我保证,我向您保证。"陈正宏连连点头,"我保证不辜负您对我的期望。"陈正宏没再多说感激的话,他心里对郑良却是感激涕零。刚才他多少是在装样子,他认为郑良不会无缘无故地帮他压下这件事,而且郑良有意夸大了这件事的严重性。郑良后来说的这番话敲醒了他,以前他听说女人在恋爱时会变傻,没想到他这个一向谨慎沉稳的大男人也会变傻,他感激郑良让他清醒过来,阻止他继续干傻事。

那个晚上陈正宏心如乱麻,在郑良家里他坚定了决心,回到宿舍又变得六神无主,陷入激烈的思想斗争。从小他目睹了父母从一线大城市到一个县级小城的巨大的改变,他早就给自己定下了目标,他要凭借自己的才华和能力,高高飞起,飞返大都市。他也一直是这样做的,一步一个脚印,终于敲开了幸运女神的大门,来到大学校园。下过乡、进过工厂的陈正宏,在收到大学录取通知的那一刻，他看到了自己人生的转折和缤纷的未来。他怎么能让这一切前功尽弃呢？

可是柳茗又让他欲罢不能，柳茗给他带来的浪漫是他从未体验过的。陈正宏打开课桌盖时，常常能看到当时很难得到的大白兔奶糖、高粱饴、陈皮话梅什么的。也总会有个小便条夹在里面，纸条上写着"想你"。每当他把柳茗揽入怀中，都会让他感受到一种不可名状的男人的伟岸和膨胀。柳茗那么单纯而热烈地爱着他，想到分手将对柳茗造成的伤害和打击，陈正宏心如刀割。但重蹈父母的覆辙是他一生都想逃离的命运。父母没有选择，而他的命运有一半在自己手里。他暗暗对自己说：你一直是个理智的人，贻误前途是一件很荒唐的事。男子汉最重要的是事业有成，而不是儿女情长。男人面对艰难选择时，需要铁石心肠。而且，这种结局不是你的错，是时代造成的，你只是想做一个有抱负的人，顺应潮流。如果让你在柳茗和回上海这两者中做选择，你必须选择后者。做出了选择的陈正宏多了几分坚定，心中还有几分自我牺牲的豪迈。

学农给了陈正宏一个很好的疏远柳茗的契机，他希望借着这个契机冷却他们的感情，不光冷却柳茗对他的依恋，也要冷却他对柳茗的爱恋。

柳茗没有意识到陈正宏正在抽身离去，她以为她跟陈正宏不能单独见面只是受学农期间的条件所限。他们都住在农村，没有住进老乡的家里，学生们有固定的住处，一个大房间里住了很多人。这个学农点是为工农兵学员临时设置的，睡觉的地方和外部的环境都没有多少空间，集体活动时也容不得个人行动。不过他们比在学校时多了在集体场合见面的机会，白天他们在一起劳动，晚上常在一起政治学习。柳茗可以经常见到陈正宏，她总能瞥见陈正宏的身影，听到他的声音，犹如两个人如影相随。在学农的二十多天里，柳茗的心情一直很好。

柳茗下过乡，在水稻田里插秧她轻车熟路。她的裤腿挽到膝盖以上，修长的小腿完全袒露出来。她先用左手的拇指灵巧地分出一小把秧苗，右手接过去，用拇指、食指和无名指将秧苗插进水下的淤泥。她那柔软的腰肢向前弯曲成优美的弓形，头微微偏向右边，像木匠师傅吊线一样目测每一行秧苗是否排列齐整。她在水稻田里进退的姿态，让人联想到水中捕鱼的鹭鸶，高贵地迈着舞步。柳茗插秧插得又快又齐，也从来没有出现过插好的秧苗又浮起来的情况，她成了大家学习的样板，很多人迷上了她插秧时的风采。柳茗人又热心，教会不少没下过地的同学干农活。晚上做总结时，她被表扬了几次。柳茗听到自己的名字时喜上眉梢，因为陈正宏就在现场，陈正宏会为她感到骄傲的。

在农村的最后一个星期天，大家约着去镇上逛街，尝一尝当地的小吃。看到卖东西的供销社，不少女同学拥了进去，中间夹杂了两三个男同学。大部分同学只是进来转悠看看，没打算买什么东西。有几个同学想买点当地的土特产，叽叽喳喳地商量着买什么好。走到卖布的柜台，柳茗的眼前一亮，一排的确良花布五颜六色姹紫嫣红，死死拖住了柳茗的目光和脚步。

"这里的花布怎么这么漂亮呀，在上海都很难遇上。"柳茗惊叫道。

柳茗的叫声吸引来一帮女同学，她们也都说漂亮，恨不能人手一块。决定买哪块布料时，不少人又打了退堂鼓。做一件新衣得好好掂量下，这是一笔不在计划中的花销。而且这么漂亮的花布买来是做衣服的，这么漂亮的衣服能不能穿出去呢？

柳茗没想这么多，恋爱中的女人喜欢把自己打扮得漂亮些，她无法抗拒这么漂亮的花布。柳茗掏出钱包，看看她能买几块布料。她决定不跟大家去找特色小吃，今天的饭也不吃了，把她所有的钱都用在买布料上，过了这个村就没有这个店了。上次去洪阿姨家时洪阿姨说她找到一个高水平的裁缝，可以带柳茗去这个裁缝家里做衣服。那会儿柳茗就开始惦记着做两件新衣服，这会儿买好花布，回合肥后她就可以去做衣服。

柳茗选中了三块花布，两块给她自己，另外一块是给洪阿姨的。周遭的目光都从花布转到柳茗身上，只有柳茗的心思全在花布上。

回到学校后，全班同学都要上交一份学农心得体会，然后全班开一次总结大会，加上这学期马上要结束，这是暑假前的最后一次班会。

柳茗和叶虹一起往教室走，柳茗穿上了刚做好的花衬衣，路上引来不少人的注视。周围大部分人穿的衣服是蓝色、黑色或灰色的，色彩很单调，爱美的女孩有时会把衬衣领子翻到夹克外面，但衬衣领大多是白色的，柳茗的花衬衣自然非常扎眼。

叶虹小声说："你要不要回去换件衣服？我们去开班会，得严肃些。"

"学校又没规定开班会不能穿花衣服。"柳茗不以为然，她今天有意穿的这件新衣服，陈正宏肯定得来开班会。

柳茗又说："下次你做衣服我带你去找这个裁缝，他裁的衣服版型真好，你看出来没有？这衣服是有腰身的。"柳茗在叶虹面前转了一圈，不同于满大街的肥大松垮的衣服，这个裁缝在衣服的腰部稍微往里收了下，效果就出来了，柳茗的杨柳细腰若隐若现。

"臭美。"叶虹笑道,"你长得好,披个麻袋片也会好看。"

"不是说三分长相七分衣装吗?哎,你说实话,这衣服好不好看?"

"好看好看。"

"那他应该也觉得好看。"

"谁啊?"叶虹看了眼柳茗,"陈正宏吗?"

柳茗笑而不语。

叶虹没好气地说:"原来你是为他打扮得这么花枝招展。"

"女为悦己者容嘛。"柳茗欢快地嚷嚷道。

两个人说着进了教学楼,叶虹拉了下柳茗的胳膊:"注意点,在楼道里别嚷嚷了,我先去看看有没有我的信。"

"马上要回家了还有信吗?嗯,我陪你去。"柳茗说着跟上了叶虹的脚步。

外语系师生的信都在阅览室里。靠东墙的那边立了一排信箱,每个老师都有自己的一个小信箱,学生们的信件堆放在旁边的一张桌子上。学生收的多是家信,数量不是太多,看到室友或比较熟的同学的信,大家会帮忙拿一下,所以桌子上不会堆积太多的信。叶虹和柳茗进了阅览室后直奔那张桌子而去,上面有一二十封信,柳茗也帮着翻找,很快翻到了写给叶虹的信。这封信上的笔迹柳茗看着很面熟,她扫了眼地址,又是那个她熟悉的地址,这封信也是从黑龙江生产建设兵团寄来的。

柳茗迟疑着把信递给了叶虹,叶虹拿过信,表情凝重起来。她没有拆开信,把信放进书包里,跟柳茗一起朝教室走去。似乎有什么东西堵在了她们的喉咙里,她俩都不再说话。

柳茗和叶虹的课桌没有挨在一起,叶虹坐在柳茗的左前方。柳茗坐下后一直望着叶虹,叶虹一动不动地坐在那里,直到辅导员郑良开始讲话,她也没有从书包里掏出那封信。

柳茗的注意力一直在叶虹身上,没听进去郑良开始时讲的话。她的同桌用胳膊肘碰了她一下,她才醒过神来,望向讲台上的郑良。

郑良正看着她,继续说下去:"我们去学农的首要任务就是要学习贫下中农的艰苦朴素精神,柳茗同学却在学农即将结束的时候跑到镇上去买花布,一次买了三块花布,她不仅没有做到艰苦朴素,还以追求物质享受为荣,这给其他同学带来很不好的影响,也伤害了我们整个班集体的形象。这件事的发生让我们看到,我们要走的路还很长,我们班上还有一些像柳茗这样的同学,我们必须清除、批判这种资产阶级思想作风。下面请同学们踊跃发言,我们要一起彻底根除存在于我们思想意识里的糟粕。"

郑良用威严的目光扫视全场,大部分同学都在躲避他的目光,也没有人站起来发言。有几个同学准备附和郑良说上几句,可谁都不想成为第一个发言的人。郑良的目光落在陈正宏身上,陈正宏知道他是躲不过去的。对郑良来说,他的发言可以起到一石二鸟的作用。

陈正宏清了下嗓子,站了起来:"我们这次学农的收获很大,我们在老乡那里学到了很多东西,不仅是农活,更重要的是他们吃苦耐劳勤俭节约的生活作风。我们在努力提高自己的同时,也看到了我们跟贫下中农还有很大的差距,我们要多做自我检讨……"

陈正宏说到这儿听到郑良轻咳了一声,他看了眼郑良,郑良盯着他的眼睛里有明显的不快,陈正宏的发言没有切中要害。

陈正宏又清了下嗓子,继续说下去:"柳茗同学所表现的是爱慕虚荣的资产阶级思想意识,这跟贫下中农的思想作风格格不入。这件事给我们敲响了警钟,让我们意识到我们自身还存在着问题,特别是一些从大城市来的同学,这类问题更严重。我们必须引以为戒，先改造思想，清除思想意识里的遗毒后，我们才能有正确的行动，才能真正做到跟贫下中农打成一片。"

陈正宏坐下后，一个喜欢他的女同学接着发言："柳茗同学买花布时我在场，她的举动当时就引起了大家的警觉。她完全忘记了艰苦朴素的指导思想，一口气扯了三块花布。她出了风头，却带坏了风气。买花布只是柳茗同学犯的错误之一，思想走歪了，就会经常犯错误。我跟柳茗同学住在同一栋宿舍楼，我看见她用牙膏洗脸。其他同学用肥皂洗脸，能用香皂的都不算多，有的同学只用清水洗，柳茗同学经常跟大家不一样，喜欢自我表现，她的这些做派是典型的资产阶级作风，我们必须杜绝这种不良风气。"

陈正宏和这个女同学的发言带动了气氛，阵阵冷风向柳茗袭来。柳茗期望从陈正宏那里得到的欣赏变成了陈正宏对她的批判，用牙膏洗脸也成了她的罪状。实际上她只用牙膏洗过一次脸，那次她的下巴上长了一个青春痘，有个室友看见后让她在青春痘上抹些牙膏，说是能消除青春痘。柳茗觉得脸上顶着块牙膏没法见人，用牙膏清洗患处应该也能起些作用。买花布和用牙膏洗脸都是很个人的事情，柳茗绝对没有想到日常生活中的这些无心之举会被拿到班会上讨论和批判。

柳茗的肩膀抖了抖，凛冽的寒冷让她缩紧了身体。她不敢想象下面还会发生什么，叶虹这个时候也站了起来，柳茗的心头一凛。

"柳茗同学是买了三块花布，但我们不能就此上纲上线。"叶虹用不急不慢的语气说，"买花布跟我们的学农活动没有什么直接关联，要说关联的话，布的原材料是农民和牧民生产的，再由纺织工人织成花布。农民和纺织工人生产这些花布就是让大家买的，我认为柳茗同学买花布无可厚非。而且柳茗同学是在星期天休息时间买的花布,那天不少同学去了镇上买了东西。柳茗同学从没有迟到早退,也没有旷工开小差,她一直表现积极,多次受到表扬,这是大家都看到的。"

柳茗几乎要冻僵的身体里流过一股暖流。

林凯飞深深地望了眼叶虹的背影,逆风而上需要很大的勇气,这个柔弱的身躯里蕴含着让他佩服的勇气。

郑良瞪了叶虹一眼,作为班干部和老红军的女儿,在这种关键时刻她竟站出来为一个落后分子说话,这让郑良非常生气。他正想着该如何扭转局面,那个向他报告陈正宏办舞会的男同学站出来义正词严地说道:"这是态度问题、立场问题,对待落后的同学,我们不能听之任之,纵容这种行为就是纵容犯罪。"这个同学坐下来时谄媚地看了眼郑良。

林凯飞站起来反驳道:"我们不能因为柳茗同学买了花布就把她看作是落后分子,买花布更不是犯罪行为。柳茗同学在学农期间任劳任怨,她完成的工作量排在全班的最前面,超过了大部分男同学。她虚心向贫下中农学习,不骄不躁。我们离开之前向老乡征求意见时,老乡们表扬最多的正是柳茗,在老乡眼里她很实在,不怕苦不怕累,我们不应该因为她买了花布就把她当成反面典型。"

刚才的那个男同学又开口道:"我相信老乡们知道柳茗买花布这件事后对她的看法会完全改变,贫下中农们绝对不会接受这种行为。"

"瓜子脸"孙红艳腾地站了起来:"我就是贫下中农,我代表贫下中农说几句话。我不认为老乡们会因为柳茗同学买了几块花布就改变对她的看法。爱美之心人皆有之,我们贫下中农也喜欢花布花衣裳。《白毛女》里的喜儿喜欢红头绳,花衣裳和红头绳不是一码事吗?"

孙红艳的话音未落就引来一些笑声。

郑良发现阵势不对，再说下去有可能跑题，万一抖搂出交谊舞会的事情，那就无法收场了。他压住那件事是为陈正宏着想，更是怕给他自己惹麻烦，不管怎么说他们都是他该管好的学生，捅了娄子他也逃脱不了责任。他这次是想利用买花布这件事敲打下柳茗这些思想觉悟不够高的同学，同时给陈正宏提供一个跟柳茗撇清关系的机会。这两个目的并不难达到，没想到叶虹、林凯飞和孙红艳敢站出来为柳茗说话，当众反驳他，把他推到一个很被动的境地。郑良原来打算让柳茗在全班同学面前做下自我检讨，他临时决定去掉这个环节，尽快进入下一个环节。他相信下一个炮弹的威力更大，对柳茗这些人会起到很有力的震慑作用。

"由于时间有限，对柳茗同学买花布这件事的讨论先告一段落。这场讨论非常有意义，暴露了我们班级里存在的资产阶级作风问题，也暴露了一些同学的思想问题。"郑良说到这有意扫视了一眼叶虹和林凯飞，对孙红艳他只能忽略不计。稍作停顿后，郑良接着说道："通过这件事，我们每个人都要检讨下自己的思想作风，有则改之无则加勉，柳茗同学更要多做自我检讨，要向先进的同学学习，不断提高自己的思想觉悟，其他的同学也有义务帮助落后的同学，我们是一个班集体，要共同进步。下面我们要谈另外一件事，可以说这是一个事件，在全校造成了很不好的影响。现在请大家把桌椅拉开，围成一圈，黄秀媛你坐到中间。"

大部分同学不知道发生了什么事，按照郑良的要求把桌椅拉成一圈。叶虹把自己的连体桌椅拉到柳茗这边，跟柳茗紧挨着坐到了一起。

那个叫黄秀媛的女同学被围在中间，她的面孔朝向柳茗和叶虹这边。黄秀媛低垂着脑袋，柳茗看不到她脸上的表情，但能看出她的面色极为苍白。

黄秀媛在外语系是个不起眼的女生,少言寡语,学习上很认真,很听老师的话,胆子有些小。当郑良宣布黄秀媛做了什么的时候,大家都难以置信。黄秀媛不仅跟物理系的一个男生发生了恋情,还怀上了孩子。前几天她去医院做了人工流产,所以脸色这么苍白。

又是一轮发言和批判,犀利的语言像利箭,柳茗感觉这些利箭是射向她的。她害怕起来,不知道她是不是也怀孕了。她和陈正宏接过吻,还吻了很长时间,这有可能让她怀上陈正宏的孩子。初中的最后一年有生理卫生课,可她的初中在第二年就结束了,她在学校里没有接触过这方面的知识。十一二岁时,她开始好奇她是从哪里来的,怎么来到这个世界的。她问过她妈妈,妈妈说她是石头缝里蹦出来的,还说小孩子不要乱想,长大了就知道了。她和郦华无话不说,自然会说起这个私密的话题。郦华说她不明白大人是怎么要孩子的,想要就会有,不想要就没有。两个女孩子非常认真地探究了一番,她们把全部的知识和想象凑到一起也没找出答案。在农村下乡和在工厂上班时,她偶尔听到些这方面的风言风语,可那些只言片语不能当真,就是当真还是没有答案,说的人总是闪烁其词故弄玄虚,听的人只能是云里雾里稀里糊涂。

柳茗感觉她的肚子里有什么东西动了一下,很快搅动起她全身的神经。

陈正宏也是如坐针毡,神经越绷越紧。开班会前,郑良专门叮嘱过他,今天要积极发言,而且要做正确的发言,特别是在柳茗的事情上。陈正宏不知道柳茗做了什么,有多严重。他听到柳茗只是买了三块花布后反而舒了口气,这不是多大的事,而且跟他无关。他知道他必须站出来表个态,开始他只想说些无关痛痒的话,可是身不由己时，嘴里说出的话不再是他自己想说的。郑良也许本意上要帮他，帮的结果就是让他同时失去了爱情和朋友。

　　陈正宏知道他说的话肯定让柳茗很伤心，他是爱柳茗的，爱情还在他的心里，柳茗难过的话他也能感觉到痛。林凯飞的发言让他感觉到另外一种痛。他没想到林凯飞敢站出来，敢在郑良和全班同学面前为正在受批评的柳茗说话。叶虹和孙红艳说了什么陈正宏不是那么在乎，可他在乎林凯飞说了什么。林凯飞跟他的表态正好背道而驰，作为朋友，他们的友情出现了一个很大的裂痕。他不知道林凯飞现在怎么看他，是不是在鄙视他，他明确地知道他们有了很大的分歧，在根本性问题上的分歧。失去了彼此的认同，友谊很难延续和维持。而失去林凯飞，他在这里就变成了一个没有朋友的人。陈正宏是校园里的风云人物，也是全班成绩最好的那个人，他享受这些荣耀，可这不是他渴望得到的全部，他内心特别渴望的，还有爱情和友情。

　　一向趾高气扬的陈正宏感受到了深深的失落，他从高处坠了下来，一点点地往下坠。他拼命控制住自己的身体和心思意念，刚找到一点平衡，又被一阵恐惧重击。恐惧来自他面前的黄秀媛，陈正宏看着黄秀媛，恍惚看到的是柳茗。如果黄秀媛的位置上坐的是柳茗，他该如何面对？他是否会坠入万劫不复的深渊？

　　陈正宏一遍遍地告诫自己，他绝对不能让这种事发生。在郑良家他做过保证，他是认真的，但他并没有特别当回事。现在他看到了后果，严重的后果，他没有可能扭转和改变的后果。他害怕这种后果，避免这种后果的最好办法就是逃避，他现在唯一能做的也是逃避，彻底的逃避。

　　柳茗同情地望向黄秀媛。黄秀媛的头垂得更低了，头发没有垂下来，湿漉漉地贴在她的脸上。大颗的汗珠不断滚落下来，顺着发梢落到她的胸前。她的全身在冒虚汗，好像是泡在了水里。极度的虚弱和害怕让她抖个不停，望着黄秀媛的柳茗也全身发抖。

叶虹伸出手，攥住了柳茗的手。柳茗扭过头来，感激地看了眼叶虹。叶虹攥着柳茗的手，一直到班会结束。

班会结束后，大家先要把桌椅搬回原处。陈正宏快速拎起桌椅，迈着大步把桌椅拎到大概的位置，又迈着大步逃出了教室。

黄秀媛颤颤巍巍地搬起自己的桌椅，没挪出半步又跌回椅子上，桌椅和她的身体跌落时发出重重的声响。好多人看到这一幕，不知该如何是好。柳茗想走过去帮黄秀媛搬桌椅，叶虹也想过去，她们的内心挣扎着，茫然无措地僵立在那里。

林凯飞放好自己的桌椅，径直走向黄秀媛。黄秀媛挪出自己的身体，林凯飞搬起了她的桌椅。

柳茗看着林凯飞帮黄秀媛放好桌椅，她想用眼神表达下她对林凯飞的感激，为黄秀媛，也为她自己。可林凯飞只往这边匆匆扫了一眼，他们的目光没有碰到一起。林凯飞看见叶虹陪着柳茗，他微微点了下头，放心地朝门口走去。

柳茗和叶虹并肩走在校园里，沉默无语。两个人都不知道该说什么，班会上发生了不少的事情，又是突如其来，走出来后，她们只剩下疲累的感觉，身心俱疲。

叶虹想起了书包里的那封信，她这会儿急于拆开那封信，她想躲在一个没人的地方，一个人读信，可她又不放心柳茗，不能让柳茗独自离开。

"我们去操场边坐会儿吧。"叶虹说。

"嗯。"柳茗点了下头，她不想回宿舍，不想见人。跟叶虹找个安静之处坐上一会儿，或许她能更快地平静下来。

她们来到操场边的那片树荫下，最边角的那个石凳正好空着。她们坐了下来，仍旧没说话。运动场上有人踢球有人跑步，柳茗望着装满了热闹的操场，眼睛里和耳朵里都是空的，心里也没有任何的声响。

沉默半天后，柳茗突然把头垂到两个膝盖中，说了句"好可怜"，就再也没有别的话。她没有说话的愿望，只想静上一会儿。

叶虹知道柳茗只需要她坐在一边，什么也不说。叶虹从书包里掏出那封信，拆开了信封。

柳茗的眼睛一直盯着操场，开始时她的眼睛是空洞的，慢慢地有了人影，操场上跑动的人一个个鲜活起来，她又感觉到了生活的朝气。生活总要继续，她要往前走，抬起头往前走，脸上要有微笑，心里要有阳光。

柳茗微微一笑，肚子里咕噜一声，她觉出饿来，该跟叶虹去食堂了。

柳茗转向叶虹，叶虹正呆呆地望着操场，眼睛里空无一人。柳茗看见叶虹的手上握着那封信，不知道叶虹什么时候拆开的那封信。柳茗看到自己的鞋子上落了一张纸片，她捡起来，原来是一张照片的背面。她翻过照片，照片上没有什么人，只有几排墓地。

叶虹猛然惊醒过来，她望向柳茗，眼睛还是空洞的。

"放假后我先不回上海。"叶虹说，"我要去趟北大荒，去我待过的地方，我的朋友在那里。"

柳茗看了眼照片，轻声问道："你的朋友叫什么？"

"梁彩云。"叶虹的声音低到几乎听不见。

柳茗听见了这个名字，也看到了这个名字，这个名字在最显眼的那块墓地上。

"出了什么事?"柳茗搂住叶虹的肩膀。

叶虹把头靠在柳茗的肩膀上,有气无力地说:"一场森林火灾,兵团的知青去救火,牺牲了十多个人,彩云是其中的一个。"

柳茗浑身一颤,照片差点从她手上滑落下来。她颤抖着攥住照片,在一个个墓碑上搜寻着,后排有个名字很像是"郦华"。

"你认识郦华吗?"柳茗问。

叶虹从柳茗肩膀上抬起了头,坐直身体,直直地看着柳茗:"有个叫郦华的,跟我不在一个连队,我跟她不熟,但我知道她,因为……她也是那十多个人里的一个。你……认识她吗?"

"她是我的好朋友。"眼泪从柳茗的眼里流淌出来。

叶虹看着柳茗,她的脸上也淌满了泪水。

柳茗决定跟叶虹一起去趟北大荒。

柳茗和叶虹等了几天才买到去齐齐哈尔的火车票,她们和林凯飞是最后离开学校的。林凯飞想陪她们一起去东北,叶虹和柳茗都觉得没有必要,三个人约好在上海见面。林凯飞推迟了回上海的时间,送走叶虹和柳茗后他再回上海。

三个人提前到了火车站,叶虹看了下时间,提议去旁边的小饭馆吃碗面。柳茗推说她一点不饿,她让叶虹和林凯飞去吃点东西,她在候车室看着行李。

叶虹和林凯飞没去多长时间,给柳茗带回来几个小烧饼和两个茶叶蛋。柳茗把这些东西放进背包里,可以跟叶虹在路上吃。一看还有时间,柳茗决定在这里买些郦华爱吃的蜜三刀,到了东北人生地不熟,怕万一找不到。叶虹也决定在这里买些梁彩云爱吃的东西。火车站附近有几家卖东西的小店,柳茗和叶虹一家家地找下去,林凯飞拎着她俩的行李,跟在她们的后面。柳茗找到了蜜三刀，叶虹找到了梁彩云爱吃的大白兔糖和蜜枣。蜜枣跟上海的有些不同，叶虹说彩云会喜欢这种蜜枣的。

三个人小跑着跑进候车室，正好卡上检票进站的点。

林凯飞刚到时就去买了站台票，他一直把叶虹和柳茗送上火车。火车启动后，叶虹依依不舍地望着林凯飞，欲言又止。林凯飞嘱咐了一句"路上小心"，伸出手拉了下叶虹的手。他也对柳茗说了声"路上小心"，朝柳茗笑了下，没去拉柳茗的手。

火车的速度快了起来，林凯飞和站台越来越小，很快没了踪影。叶虹还在望着站台的方向。

柳茗笑道："你们不是很快就能在上海见面吗？"

"什么啊？"叶虹说，"我在看外面的风景。"

"你猜我看到了什么？"柳茗俏皮地眨巴下眼睛，"我在林凯飞的眼里看到了那种东西，你们俩的关系突飞猛进啊。"在车站时，柳茗没有跟叶虹和林凯飞一起去吃饭，有意为他俩多留些单独相处的时间。

"没有多大的不同。"叶虹说，"只是前段时间我的心情有些低落，跟他多见了两面，比以前聊得深了些。"

那次班会后，林凯飞跟陈正宏有些疏远的同时，跟叶虹亲近了许多。他在叶虹这里感受到的不仅仅是友情，他对叶虹的感情也发生了微妙的变化。叶虹对林凯飞也更加有好感，林凯飞最开始吸引她的就是他们骨子里有种相通的东西。班会上林凯飞对待柳茗和黄秀媛的态度更让她确定了这点，林凯飞是那个她可以交托终生的人。跟林凯飞见面时她大胆地说出了她对林凯飞的欣赏，林凯飞也表达了他对叶虹的爱意。让叶虹意想不到的是，柳茗间接地帮她和林凯飞捅破了那层窗户纸，他们对柳茗的共同的关心也拉近了他们的距离。可叶虹不能把这些告诉柳茗，这会勾起柳茗的伤心事，让她想起那次让她难过的班会。

"你怎么没让我安慰你?"柳茗问道,没等叶虹回答,柳茗轻叹了口气,自言自语道,"有的时候朋友就能安慰你,有的时候只有那个你爱上的人才能安慰你。"

"你也是需要被安慰的人,我不能再给你增添悲伤。"叶虹说,说完,她有些后悔。

柳茗没有介意,相反,她的脸上露出欢颜:"你和林凯飞都是我的好朋友,看到你们相爱,我特别开心。"

叶虹感激地看了眼柳茗。

火车开出去没多久停在一个小站,他们这节车厢里上来很多人,柳茗和叶虹的身边坐满了人,她们不再聊跟感情沾边的事。柳茗扭头望向窗外,独自想着心事。她突然特别想念陈正宏,陈正宏伤了她的心,她还是想见到他,还是爱着他。柳茗很快就原谅了陈正宏,虽然陈正宏并没要求柳茗原谅他。柳茗认为陈正宏那天说的话都是言不由衷的,郑良肯定给他施加过压力,陈正宏一定很痛苦。想到陈正宏受着这样的煎熬,柳茗就想好好安慰他,可陈正宏一直没给柳茗这个机会。

放暑假后,柳茗在学校多待了几天,她在等火车票,更想等到的是陈正宏。柳茗不知道,刚放暑假陈正宏就离开了学校,在正式放暑假的前一晚他就走掉了。陈正宏家离合肥不远,车次更多一些,他赶上了当晚的最后一班火车。

柳茗久久地望着车窗外的农田。肥沃的稻田一望无际,火车走了很远还没走出去。火车上的柳茗也走不出来,走不出的是她对一个人的想念。绿油油的田野里翻滚着稻花的喜悦和甘甜,柳茗对陈正宏的想念里却翻滚着悲伤和苦涩。

第四章

柳茗从没想过她和郦华会在这种地方相见。

她曾想象过郦华突然出现在她下乡的地方,或者她突然出现在郦华待的生产建设兵团,或者她们都回到了上海,她和郦华总要在某个地方相聚。她等了很久,现在,她们久别重逢。

她们该有很多要说的话,可她们怎么这么安静。也许要说的话太多,不知从何说起。她带来了郦华爱吃的蜜三刀,她把蜜三刀摆在郦华的面前,郦华只是静静地看着。

柳茗猜想过很多跟郦华重逢的地方,只有这一个地方她从未想到过。她们这么年轻,她们离最后的告别还很远。

柳茗坐在郦华的墓前,叶虹坐在梁彩云的墓前,坐了很久后,她们站起身来,走向彼此。她们又坐了下来,两个人偎依着坐在一起。

望着天上飘过的云彩,叶虹开口说道:"彩云本来会去湖北,知道我要来这里,她申请跟我一起来。申请成功后我们俩都很激动。去下乡插队的同学挣工分挣口粮，我们是拿工资的，比学徒工高出来不少。更让我们向往的是这里的神奇，我们对北大荒的最初的印象是那两句民谣，'棒打狍子瓢舀鱼，野鸡飞到饭锅里'，这该是一个多么神奇的地方啊！出发之前的那些日子里，我们俩一说起北大荒就会进入一种亢奋状态。来到这里后，我们发现真实的北大荒跟我们的想象有不少的出入。可我们没有多少失望，我们亲眼看到茂密葱翠的山林，我们脚下的土地真的是肥沃的黑土，这是我们以前没有见识过的神奇。"

"这里真的很美，我终于见到了郦华在信里描述过的那些景色。"柳茗望着绵延起伏的森林和土地，深吸了一口清新的空气，"得知郦华要去生产建设兵团，我真为她高兴，也有些羡慕她。我一直想参军，郦华成了一个兵团战士，在我的心目中她就是一个真正的战士。郦华的信里总是装满了北国风情，让我无比向往。郦华写到伐木时，她说这些木材可以造纸，以后我读的书、用的本子有可能是用她砍下的大树制成的。"

"知青们被分到林区、牧区和农垦区，我在林区，彩云在农垦区，林区最艰苦，农垦区相对最轻松。我不可能转到农垦区，彩云就转到了林区。她说她是我的影子，我去哪儿她就会跟到哪儿。平时很累，也挺危险，特别是在伐木的时候。好在我们年轻，晚上好好睡一觉，第二天又生龙活虎。周末时，我们常在一起玩，也没什么可玩的，最有意思的是去团部玩。团部像个小城镇，有电影院，有小卖部。连队的伙食一般是洋白菜、土豆和海带，后来我们连队搞了个豆腐坊，自己做豆腐。我们还学会了做粉条，伙食丰富了一些。可我们依旧嘴馋，长身体时总惦记着吃。到了团部，我们先去小卖部，买点我们喜欢的零食。然后去看电影。有次我们看完根据芭蕾舞剧《红色娘子军》拍摄的电影，我们就学着电影里面的人劈叉，从团部到我们的连部有三里多地，我们一般走去走回，那次我们一路蹦蹦跳跳地劈着叉回的连部，路旁的不少老乡看着我们撒欢儿，说这些城市来的娃娃劲头真大。"

叶虹回忆着她和彩云在北大荒的时光，也帮柳茗拼凑出了郦华在这里的生活，郦华在北大荒的日子一点点具体起来。"可惜我和郦华从未一起经历过这段生活。"柳茗说，"每次想起郦华，我想到的多是我们在上海的日子。郦华不太喜欢去我们家，大门口有持枪站岗的人，郦华有些怕他们。我们一般会去郦华家，郦华家在淮海路上，我经常跟着她去她家玩。我和郦华走路时也喜欢搞各种小动作，淮海路的梧桐树下藏着我们很多的欢笑。郦华家在弄堂里，面积很小，没有卫生间，大小便都用马桶，房子里就有些不好的气味。可我还是喜欢去那里，遇到饭点，郦华的妈妈留我吃饭，我从不客气。郦华妈妈很会做饭，做的肉冻特别好吃。我回家说给我妈妈听，妈妈让我们家的阿姨也做同样的肉冻，总也做不出郦华家的味道。也许朋友家的饭菜比自家的香，也许是因为跟郦华一起吃饭才能吃出这样的香味。"

"团部还有照相馆。"叶虹接着回忆道，"我们只去过一次，照的是合影。一共洗了四张，我和彩云一人一张，另外两张寄给了我们各自的父母。我离开上海前，我妈妈常常整夜睡不着觉。看见照片上的我很健康，又有彩云跟我做伴，我父母应该放心不少。"

说起照片，柳茗的思绪被什么东西绊住了。"我只有郦华的一张照片，从小学到初中，我和郦华是最要好的朋友，我们经常一起玩，却没想到要去照张合影。后来，大部分同学要离开上海，离别之前，十多个女同学约着去黄浦江边玩，以后很难像这样聚在一起。那天我们十多个人一起照了张合影，郦华也在照片上。照相的时候吹过来一阵江风，郦华在快门按下的一刹那背过头去，在照片上只能看到她的后脑勺。照片寄到我们家时我已离开上海,我妹妹把这张照片转寄到我下乡的地方。我看不到郦华的脸,更加想念她。我想着我们相聚时,要做的第一件事就是去照张合影,以后我们要照很多很多的合影。我们还不到二十岁,这辈子可以照很多合影。"柳茗的声音低沉下来,稍作停顿,她又叹气道,"因为那阵江风,照片上好几个人眯着眼睛,郦华是唯一一个看不到脸的人,现在想来那是个不祥的预兆。"

"我们也喜欢去爬山,开心的时候去爬山,不开心的时候也去爬山。新鲜劲过去后,我们开始想家。想家的时候,我们也喜欢钻进山林。爬到山顶,我们离天上的云彩很近。我们俩并排坐在那里,看着云彩从我们的头顶飘过,散开,被阳光镶上金边,被夕阳照红……就像生活,每天都在变化,可回家离我们依然很遥远。许多次,我们想象着有朵云彩飘下来,载上我们,带着我们回趟家。我们两年有一次探亲假,彩云都没等到第一次探亲。"叶虹的声音也低沉下来。

"我和郦华从没一起爬过山,她喜欢有水的地方。我记得郦华有恐高症,胆子挺小。学校运动场边有几个攀爬架,两三米高,大概有一二十栏,栏与栏之间的间隔很窄。我总是很快爬到最高一栏,逍遥自在地坐在顶上,笑话爬架下的郦华胆子太小。郦华每次爬几栏就停了下来,我在上面不断给她打气,让她多爬一栏,再爬一栏。她总说她害怕,她要摔下去了。只有一次,郦华在我的鼓励下越爬越高,还剩一两栏时,我拉住她的手,死活把她拽了上来。郦华战战兢兢地坐在顶栏上,又惶恐又兴奋,她大概想不到她能爬上来。"说完,柳茗望了望四周,目光落在最高的那座山上,"在这样的山上,火苗一定蹿得很高,不知道郦华有没有害怕。我逗她玩的时候,总说她是胆小鬼,可她比我勇敢。"

"那天刮着大风,烧荒时引起火灾,被风一吹,控制不住地蔓延开来。这里离国境线不远,大火过了国境线,后果更不堪设想。周遭的连队都行动起来,开着大卡车,拉着一车车的人,争先恐后地去火场救火。我那段时间在伙食组轮班,在厨房里打杂,我听到消息跑出来,卡车已经开走了。不让女同学去,可不少女同学还是上了车。车上有彩云,还有……郦华。郦华跟我们不在一个连队,当时的情形应该差不多。他们都是义无反顾,每一个人都很勇敢,都满怀豪情。我和几个战友徒步往那里走,远远地就看到冲天的火焰,还有浓烟。再靠近一些,我们听到劈里啪啦的声响,树枝树干在大火中燃烧的声响,我们的眼前是一片火海。后来我们才知道,救火的时候要先开出一条隔离道,控制火势的蔓延,不能直接靠近大火,可先到的那批人就穿着平时穿的衣服直接扑到了最前面。风又很大,火焰很容易烧到他们身上。他们等不及开打火道,这片青山比他们的生命更重要。他们还那么年轻,都不到二十岁。"叶虹的声音哽咽起来,她连喘了几口气,没让自己哭出来。

柳茗没有说话,眼泪从她的眼睛里流了出来。

叶虹努力平复自己的情绪,接着说下去:"如果彩云没有跟我来北大荒,如果她没有来林区,如果没有那场山火,如果我们知道怎样阻止山火……语法课上,每次遇到虚拟语气,我的脑子里就会不断重复这几句话。我也想过,如果彩云和那些牺牲了的战友有第二次选择,我想他们还是会奋不顾身地扑向大火。"

叶虹低下头,拼命忍住眼里的泪水。她抬起头后,又望向天空:"我为彩云感到骄傲,可我的心里满是悲伤。我走了很多的路,天天出去暴走。走路的时候,我总忍不住望向天上的云彩,忘了看脚下的路,绊倒过很多次,那段时间,我的胳膊和腿上一直有磕破的地方。我喜欢身体上的疼痛,身体上的疼可以帮我暂时忘了心里的痛。"

柳茗伸出手,拉住叶虹的手。柳茗紧紧拉着叶虹的手,哭着说:"我给很多人写信,其中有一个同学也去了北大荒,她大概是在农垦区,跟郦华不在一个师,在我认识的人里面,她是离郦华最近的人。那天我收到了她的回信,她告诉我郦华的事……我不敢相信,也不想相信,我希望她弄错了,我天天盼着来信,我等着郦华的信,可我一直没等到。我知道,我再也等不到她的信了。"

柳茗的脸上淌满了泪水,她忍不住哭出了声,很快她听到叶虹的哭声,两个人抱在了一起,放声大哭。她们长大后再没像这样哭过,她们不再压抑她们的哭泣,许多年的思念和悲伤,在这一刻汇成了河流。

痛哭渐渐变成了抽泣,柳茗和叶虹渐渐平静下来。两个人的力量比一个人的大,她们一起梳理出了那些尘封的记忆,一个人时害怕触碰的记忆。

叶虹望着柳茗,脸上有了些笑意。"有朋友真好,可以把心里话都说出来。"叶虹说,"我们要一起走出去,走出那个伤痛。"

柳茗也望着叶虹,说:"我们要好好地活着,我们要为郦华和彩云好好地活着。"

"我们要为死去的人好好活着,我们还要为活着的人好好活着。我决定申请上大学,跟彩云有很大关系。我想回上海,至少去一个离上海不太远的地方,我想离彩云的父母近些,这样我可以经常去看他们。彩云还有个未成年的弟弟,我希望能照顾到他。现在我又多了个让我牵挂的人。"叶虹说到这里,定睛看着柳茗,对柳茗说,"你一定要幸福。"

柳茗也对叶虹说:"你一定要幸福,你跟林凯飞要幸福一辈子。"柳茗接着又说:"我希望你过得比我好。"

叶虹马上说:"我希望你过得比我好。"

"那我们都要幸福,不光要活着,还要一起好好地活着。从今天开始,我们不再是一个人,我是你最好的朋友,你是我最好的朋友。"

"嗯,这是我们的约定,我们都要努力过好我们的日子。哪一个泄气的话,另外一个要鼓励她;哪一个摔倒的话,另外一个要扶起她。"

"这是我们的约定。"柳茗伸出小拇指,叶虹也伸出小拇指,两个小拇指钩在了一起,两个人不约而同地笑了下,眼睛里又有了泪光。

那天柳茗和叶虹在墓地坐了很久。她们来看各自的朋友,离开时,她们成了最好的朋友。她们本来就很要好,离开这里后,她们不仅仅是最要好的朋友,她们还是一生一世的朋友。在她们还年轻的时候,她们决定要做一生一世的朋友。

叶虹像往常那样,回到上海的第二天就去看彩云的父母。这一次她不是一个人去的,林凯飞陪她一起去了彩云家。

彩云有一个姐姐一个弟弟。彩云的父母和姐姐都是工人,他们住在一栋两层楼的老房子里。一楼是公共厨房,住户们都在那里做饭。二楼住了五六户人家,一家一个房间,只有十几平方米。彩云家还有一个亭子间,卡在一楼和二楼之间。彩云的弟弟住在亭子间,彩云的姐姐和父母住那个十几平方米的房间。彩云在上海时也住在这个房间里,晚上跟她姐姐挤在一张小床上。叶虹曾跟着彩云来过这里,房间里的摆设跟以前没多少不同。墙上挂着全家福和几张小照片,这些照片都嵌在一个方方正正的镜框里。每个孩子有单独的一张照片，彩云的不是单人照，是她和叶虹的那张合影。在北大荒时彩云就告诉过叶虹，她的父母把她俩的合影放进了镜框。叶虹第一次从北大荒回上海，来彩云家时看到了镜框里的这张照片。几年过后，彩云的姐姐和弟弟的照片都换了新的，她和彩云的这张合影再没换过。

"这是你吗？"林凯飞也看到了这张照片。

"是呀。"叶虹应了一声。

彩云的妈妈听到了他俩的对话，跟林凯飞说："虹虹以前梳着两条长辫子，你看，多好看呀。"

林凯飞赞同地点了下头。他见到叶虹时，叶虹就是一头短发。彩云走后，叶虹剪短了头发。望着照片上的自己和彩云，叶虹看到两个女孩在互相给对方编辫子。她们会各种编法，衣服只有那几件，她们就常在头发上翻些新花样。她们编过各种各样的麻花辫，也盘过头发，或者把头发披散下来，不过这些花样外人是见不到的，只有她们两个人时她们才会这么放肆。

叶虹给一家人都带了礼物。彩云的爸爸抽烟，给他的是一个木制烟盒。给妈妈和姐姐一人一块香云纱面料，她们可以做短袖衫，正是酷热的季节，香云纱是暑天最清爽的衣服料子。给弟弟的是一个金鸡牌闹钟，闹钟上有只公鸡在啄米。彩云的妈妈说有了这个闹钟，她早上就不用去叫儿子起床了。彩云的弟弟也很喜欢这个小闹钟，得知闹钟上的数字和指针是带夜光的，他从衣柜里翻出冬天盖的厚被，抱着闹钟钻进被子，用被子遮住光亮。被子里的他很快发出兴奋的叫声："亮了亮了，真的是夜光的呀……"大家都笑了起来，彩云的妈妈用手拍了下儿子露在被子外的屁股。叶虹无拘无束地笑着，她俨然已是这个家庭的一分子。

彩云的父母非要留叶虹和林凯飞在家吃饭。定下吃菜肉馄饨后，林凯飞没有见外，跑到楼下的厨房帮忙做准备。

彩云的姐姐不在家，弟弟回了亭子间。配料准备好后，彩云的父母、叶虹和林凯飞四个人坐在一起包馄饨，边包馄饨边聊天。他们谁都不提彩云，彩云又无处不在。她在镜框里静静地望着他们，脸上满是喜悦。

上海人最喜欢荠菜馄饨，可是荠菜是时鲜菜，只有春季里短短一段时间才能买到。于是就用上海小青菜代替。彩云的妈妈说，包馄饨一定要有香菇和虾米。那可都是昂贵的食材。叶虹的到来让彩云的妈妈像过节一样高兴，也像是女儿回家。彩云的妈妈泡了干香菇和干虾米，然后切成小碎丁，放在剁碎的青菜和猪肉里一起搅拌成馅儿。馄饨皮是面条店里买来的。叶虹以前跟妈妈学过，知道怎么包。她示范给林凯飞看，一只手托着一张馄饨皮，用事先准备好的清水将馄饨皮一边蘸湿。舀一勺馅儿放在皮子的中间，将皮子对折，再对折，然后把蘸湿过的一边的两个边角折到中间按在一起。已经被水融化的面皮就粘到一块儿了，每个馄饨看起来就像个大元宝。

林凯飞在家包过馄饨，手艺也相当不错。叶虹教他时他装作第一次包馄饨，学得很仔细，两个人越凑越近。彩云的妈妈坐在他俩的对面包馄饨，不断喜滋滋地瞄一眼他们。

吃过饭，叶虹要去洗碗。林凯飞让她陪彩云的父母多聊聊天，他端起锅碗去了楼下。

林凯飞出去后，彩云的妈妈跟叶虹说："这个小伙子真好，我去厨房时，邻居们也都说好。"

叶虹羞涩地一笑，厨房是这幢老房子里最热闹的地方，几户人家做饭时会聊些社会新闻和小道消息，大家最感兴趣的是身边的家长里短。叶虹在这里没少出现过,邻居们已把她当成了梁家的二女儿。这次叶虹带着林凯飞过来,大家自然会往那方面想,对林凯飞也少不了观察和评价。林凯飞感觉到了邻居们投来的好奇的目光,遇上这样的目光,他总是礼貌地朝他们轻点下头,脸上带着真诚的笑意。他们问他什么话,他也是很认真地回答。

林凯飞很快得到了大家的肯定和喜爱,再回厨房收拾时,还是有不少的目光追着他,不过这些目光里不再是好奇,都变成了赞赏。

林凯飞洗好碗,回到楼上。叶虹起身告辞,彩云的妈妈拿出一罐没舍得吃的麦乳精,让叶虹带给她的父母。叶虹推托了一番,没有推掉,只好收下。彩云的妈妈把麦乳精放进一个带了两个提手的尼龙网兜袋里,她说这个网兜袋是她为叶虹编的,可以带回学校用,很结实,能装不少书。

叶虹说她回学校前会再来看他们,彩云的妈妈叮嘱她带上林凯飞。叶虹还没开口,林凯飞笑着答应下来。

离开彩云家,林凯飞和叶虹都不急着回自己的家。林凯飞帮叶虹拎着那罐麦乳精,两个人在街边漫无目的地走着。叶虹说起她和柳茗的北大荒之行,详细地讲述了一遍。讲完那些故事,叶虹告诉林凯飞:"我和柳茗约好,我们要做一生一世的朋友。"

"你俩会成为一生一世的朋友。"林凯飞很肯定地说。

叶虹又说:"彩云的父母就是我的父母,我要照顾他们,给他们养老送终。"

虽然她和林凯飞的关系没有那么明朗,叶虹还是要往他俩能成的结局去想。她当然希望她和林凯飞能结婚,能在一起过一辈子。婚姻不仅仅是两个人的事情,跟各自的父母家人总会有这样那样的牵系。她不光要顾及自己的父母,还要顾及彩云的父母,担子就比一般人的重了一倍,她不知道林凯飞会不会介意。

林凯飞停下脚步,叶虹也停了下来。林凯飞看着叶虹的眼睛,说:"我跟你一起照顾他们。"

叶虹的心里一阵感动,她痴痴地望向林凯飞。林凯飞和叶虹同时伸出手,两只手在半路慌里慌张地碰到一起。他们缩回手,不好意思地笑了,又笑着拉了下手。

街上的路灯都亮了,天色还没有完全暗下来,初起的灯光若有若无,无比温柔。空气中的热气没有消散,只是比白天稍微清凉了一些。路灯的灯光在热气中蒸腾出一个个迷离的光圈,街上的人都走在迷离的光影中。

夜色朦胧美丽,犹如林凯飞和叶虹此时的心情。

叶虹和林凯飞去彩云家的同一天,柳茗去了郦华家。

柳茗穿过窄窄的弄堂走了进去,那片老房子几乎还是原来的模样。房子老了,就像人上了年纪,再老上几年,显露不出太多的变化。那气味也是她熟悉的,从马桶中飘出的气味和从灶台上飘出的饭菜的香味混合在一起,重复着同样的步子,一成不变地走在时光的流转中。

柳茗熟门熟路地走到房门前,她闭着眼睛就能摸到的地方。房门紧闭,柳茗不得不抬手敲门。她以前不需要敲门,跟在郦华身后,直接进了家门。

没有人来给她开门,柳茗又敲了几下,她听见门里面有了脚步声。一个中年女人来开了门,只开了小半扇,她的大半个身体隐匿在门的后面。

这不是郦华的妈妈,柳茗从没见过这个人。

"这是郦华家吧?"柳茗客气地一笑。

"搬走了。"那个女人心怀戒备地看着柳茗。

"搬去了哪里?"

"唔哪能晓得。"那个女人说着关上了门。

柳茗在门口呆立片刻,扭头看了下周围。郦华家紧挨着几户人家,或许有人知道他们去了哪里。柳茗在每家门口都停了下,又没去敲哪家的房门。她顺着来时的路一步步走出了弄堂,这才发现从每一间房子的门缝里飘出的气味是一样的。

走出去没多远,柳茗走到了她和郦华无数次走过的林荫道。头顶的法国梧桐枝繁叶茂,遮住了炎炎烈日,沉甸甸的记忆却从枝叶的缝隙中坠落下来,在斑驳的树影中描绘出真切的图画。

郦华是个爱笑的疯丫头,古灵精怪的念头一个接一个,感染着身边的人,给他们带来欢笑和快乐。郦华从这里走过,在这条街上洒下无数的笑声,所有的画面都生动起来。

那些画面冒着新鲜的热气,这让柳茗更加悲哀。那些情景明明就在眼前,伸手可及,可她真的伸出手,又什么也抓不住。她用了好几年的时间迈过这个门槛,当她有勇气回到这里,她想在这里见到的人都没了踪影。

柳茗从梧桐树下走过,一直往前走,不知不觉中走到了她和郦华初次相遇的小学。柳茗走到她们以前常去的运动场,那几个攀爬架竟然还在。只是天气炎热,没人在那里玩耍。柳茗走了过去,站在攀爬架下往上望。郦华当年就站在这个地方,望着爬架上面的柳茗。柳茗在上面朝郦华叫喊着:往前看,不要往后看,往前看,往上面看,别害怕,我会拉住你。

柳茗往上面望着,她恍惚看到郦华坐在攀爬架的顶上,不断对她喊着:往前看,不要往后看,往前看,往上面看……

柳茗看见郦华向她伸出了手,她哭了起来,哭着向郦华伸出了手。她感觉郦华拉住了她的手,紧紧地握住她的手,一股温热的力量从手上流进她的身体。

柳茗止住了哭泣,她仰起头来,朝郦华粲然一笑。

柳茗和林凯飞、叶虹原来计划一起搞个读书小组,可这个愿望在这个暑假没有实现。

林凯飞和叶虹都给柳茗写过信,约三个人见面的时间。柳茗找理由搪塞过去。她很想见到叶虹和林凯飞,又不想去打扰他们。叶虹和林凯飞在暑假里可以自由自在地见面,随心所欲地谈恋爱,柳茗想把这些时间完整地留给他们。如果陈正宏在的话,四个人的组合是另一番情形,只是陈正宏一直没有出现。

柳茗也怕错过了陈正宏,万一陈正宏直接来找她呢。

柳茗庆幸她早早地把她在上海的地址给了陈正宏。那次他们约好在假期里也要保持密切的联系,若是陈正宏来上海,第一时间会告诉柳茗,他们要在上海经常见面。陈正宏那次没把他家的地址给柳茗,他说不知道该用安徽的地址还是上海的地址,万一他一放假就去上海呢。他会先给柳茗写信,信封上会有他的地址。

回上海的火车上柳茗就开始期盼陈正宏的来信,整个暑假,她每天都在等这封信。柳茗也盼着陈正宏的突然造访,有的时候她会望着楼下的那条街道出神。好几次,柳茗看见陈正宏走在这条小街上,正朝她家走来。陈正宏有她家的地址,陈正宏可以循着地址找到这个地方。

街上有用粉笔画的几个连在一起的正方形、长方形和三角形,组合成一个"房子",几个小女孩喜欢在这里玩跳房子游戏。她们常常出现在那里,她们的笑声是那么真实,而陈正宏只在柳茗的幻觉和想象中出现过,无声无息。柳茗开始怀疑陈正宏把地址弄丢了,或者她那天忘了把写着地址的字条交给陈正宏。柳茗一遍遍地回忆那天的场景和细节，搜寻的结果是这两种可能性都存在，这让柳茗很是沮丧。

临近开学，柳茗又雀跃起来，马上就要在学校见到陈正宏了。叶虹和林凯飞约柳茗一起走，他们想在开学前的最后一天回学校。柳茗等不及，她要尽快回到学校，尽早见到陈正宏。

柳茗是最早回校的学生之一。校园里有些冷清，教学楼里几乎没什么人。柳茗去教室转悠过几次，那里空空荡荡。柳茗打好饭后就在食堂吃，她总是坐在那几个面对食堂门口的座位上，她能看到每一个进出食堂的人。最开始食堂里也是冷清的，进进出出的人寥寥无几。两天的时间里，人流量翻了好几倍，陈正宏还是没有出现。

明天就要上课，林凯飞和叶虹晚上到，绝大部分同学已回到学校。柳茗对见到陈正宏不再抱什么希望，只有等明天在教室里见他。不管怎么说，陈正宏明天总要来上课吧。

出了食堂，柳茗想在校园里走一圈再回宿舍。校园里人声鼎沸，走在沸沸扬扬的人群中，柳茗出奇地安静。这些天里她满脑子想的都是陈正宏，离开食堂前，她决定给自己一个晚上的休息时间，今天她不再去想陈正宏，她什么都不去想。柳茗放空了自己的大脑，整个身体也空落下来。

经过足球场时，柳茗看见有人朝她招手。她眼睛近视，看不清那个人是谁。柳茗只好朝那个人走去，走近一看，朝她招手的人是张向林的女朋友夏天。

柳茗跟夏天寒暄了几句。夏天在这里，张向林应该也在。

柳茗问了句："张向林在踢球吗？"

"在啊，那不是他吗？"夏天指了下足球场上的一个人，柳茗没看清是哪一个。

夏天又说:"杨冯也在。一起看他们踢球吧。"

"不了。"柳茗说,"我得回宿舍了。"

夏天朝柳茗摆了摆手,注意力全转到了场上。两方的人马都压到了一方的后场,有个人正带球朝球门杀去。柳茗望向那个带球奔跑的人,这么熟悉的身影,不是张向林,也不是杨冯,在她面前跑过的这个人正是她日思夜想的陈正宏。

陈正宏起脚射门,柳茗没注意球飞去了哪里,她的眼睛死死盯着陈正宏的身影。她不敢眨眼,她怕眨眼的工夫会跟丢陈正宏。陈正宏以前极少踢足球,柳茗没想到她会在这里见到陈正宏。她的心嗵嗵跳着,心跳声压过了喧嚣的欢呼声。

开学以后,陈正宏好几次想约柳茗出来。

暑假里,陈正宏去过上海,他没给柳茗写信,但他去找过柳茗。按照柳茗给的地址,他找到了那片工人新村。他看见几个小女孩在玩跳房子游戏,在马路上蹦蹦跳跳。他远远地看了会儿,没再往前走。

在学校里,陈正宏很难躲开柳茗,他们在同一间教室上课,他们生活在同一个校园,抬头不见低头见。陈正宏可以装作没看见柳茗,可是柳茗在他的心里,这是他装不了的,他骗不了他自己。每次冒出跟柳茗单独见面的念头,陈正宏就用其他的事情填塞他的日程表,不留下见面的空隙。他也常参加各种体育活动,除了那些他擅长的,他开始涉足足球这些他以前很少碰的项目。他喜欢在运动场上挥汗如雨,那个时候他可以完全忘掉柳茗。

柳茗能看出陈正宏在躲着她,她也多少知道陈正宏为什么躲着她,可她依然放不下这件事,而且陈正宏和她并没有分手。她越是想放下,越是欲罢不能,结果陷得更深。几乎每天中午柳茗都会去教室等陈正宏，柳茗改掉了午睡的习惯，陈正宏也改掉了中午去教室学习的习惯。柳茗想过直接去宿舍找陈正宏，有几次她走到了男生宿舍楼前，又劝说自己离开了。她不在乎别人怎么看她，可她怕别人的议论伤害到陈正宏。

一个多月后，全年级的同学要去煤矿学工，陈正宏和柳茗都觉得这是件好事。陈正宏指望学工期间继续拉开他跟柳茗的距离，柳茗却指望在这个阶段跟陈正宏重新走到一起。不在校园里，学校的一些规定实施起来就会宽松一些。

外语系的两个班在同一家煤矿，他们主要有两个任务。一是下矿井，在第一线向煤矿工人学习，大多数男同学和少量的女同学要完成的是这个任务。大部分女同学要完成的是第二个任务，去矿工小学给孩子们上课。柳茗申请参加井下工作，没被批准。她是近视眼，井下黑咕隆咚，眼睛近视的人更看不清，更容易出意外，学校的领队和煤矿的负责人都要把好这一关。

学生们住在煤矿给他们安排的宿舍里，一间宿舍里住十几个人，男女同学在一栋楼里。柳茗心中暗暗欢喜，她不能下到井下跟陈正宏并肩工作，但他们在宿舍楼里遇上的机会多了不少。

过了三四天，大家基本适应了煤矿的生活，工作也按部就班地进行。

那天柳茗洗完澡刚回宿舍，杨冯心急火燎地跑来找她，说是有急事，让柳茗快点跟她去。柳茗跟着杨冯往外跑，边跑边问："什么事？"

"他们要揍陈正宏。"杨冯气喘吁吁地说。

柳茗吓了一跳："谁要揍他？"

"张向林他们。"

"为什么?"

"你别多问了,你自己去看吧。"

两个人说着跑到了一间男生宿舍的门口,杨冯指了下宿舍门,扭头跑掉了。

柳茗伸手去开门,门从里面反锁。柳茗拍打着房门,没人来开门。

这些宿舍两面都有窗户,对着楼外和走廊。柳茗跑到走廊边的窗户,扒着窗户缝往里看。她看见五六个人围着陈正宏,张向林是领头的,他叼着烟,好像在呵斥陈正宏,陈正宏在解释着什么。张向林抓起嘴上的烟头,扔到陈正宏的脸上,张向林的几个小兄弟向陈正宏挥起了拳头。

柳茗拼命敲打着窗户,没人搭理她。她跑回门口,用脚踢门,边踢边喊:"开门,张向林,快开门,张向林,你给我滚出来……"

张向林来开了门,生气地朝柳茗嚷嚷:"你瞎叫唤什么?"

柳茗愤怒地看着张向林:"你们在干什么?"

"不关你的事,你赶紧走。"

"我不走。"

张向林和柳茗对视着,两个人都不甘示弱。对峙了片刻,柳茗大哭起来,边哭边大声说:"你竟敢向他脸上扔烟头,你敢动他一根汗毛试试,你快滚。"一向雷厉风行的张向林有些迟疑,茫然地抓了抓头,朝里面的人喊了声:"撤。"

几个人鱼贯而出,嘴上嘟哝着"为什么要便宜这小子""这小子就是欠揍"……这几个人柳茗都认识,他们都是部队学员,都在另外一个班上。

这几个人走出来后,张向林拍了下柳茗的肩膀,说:"柳茗,别干傻事,这个人不值得。"

说完，几个人骂骂咧咧地走了。

柳茗转向宿舍里的陈正宏，朝他走去。走到跟前，她仔细地看了遍陈正宏的脸，上面没有被打的痕迹，只有一个红点，大概是燃烧的烟头在脸上烙下的。

"你没事吧？"柳茗关切地问道。

陈正宏没好气地说："怎么能没事？你搞的动静这么大，你怕别人不知道我们的关系吗？"

"我看见他们要打你，我要阻止他们。"柳茗说。

陈正宏满肚子的火气正没处发泄，他望着柳茗的眼睛里满是怒火。"你为什么来这里？谁告诉你的？你没长脑子吗？张向林这帮孙子这下更可以抹黑我了，你是在害我，你非要跟他们一起把我彻底搞臭才甘心吗？"陈正宏把他对张向林的火气转到了柳茗身上。

柳茗没有还嘴。她有些蒙了，她见不得陈正宏受到这样的对待，也绝对不会对陈正宏的危难处境袖手旁观，自己挺身而出，不管不顾，一心想解救他，陈正宏应该知道她冲动行事的原因，怎么反而还怪罪于她呢？但她知道一个人在气头上会乱说一气，这种时候不如让陈正宏把火气都发出来。陈正宏发泄了一通后，知趣地停了下来。

柳茗心平气和地问道："他们为什么要打你？"

陈正宏别过脸去，看样子柳茗没有听到张向林刚才呵斥他的话。这事起因于张向林的女朋友夏天。陈正宏跟张向林那帮人踢过几次足球，每次都能遇到夏天，一来二去他跟夏天混了个半熟。得知夏天的父亲身居高位，陈正宏有意跟她套近乎。万一他毕业后去不了上海，北京显然是最好的去处。他希望靠着夏天的关系在北京蹚出一条路，给自己留条后路。而且北京是首都，就是他能进了上海，以后也少不了往北京跑。

陈正宏跟夏天套磁时落落大方不卑不亢，没有引起夏天的反感。夏天特别喜欢足球，陈正宏的足球球技一般，但他身姿矫健，外形条件出众，夏天自然会多看他几眼。加上陈正宏在球场上很野，猛打猛冲，这是夏天欣赏的球风。

夏天对陈正宏有了好感，但夏天对陈正宏并没有其他的想法，她对张向林是死心塌地的。张向林也不在乎自己的女朋友跟谁多说了几句话，他根本不把陈正宏当回事。陈正宏跑来跟他们踢球之前，张向林从没用正眼瞧过陈正宏。平时部队学员跟地方来的学员很少有交集，柳茗几乎是唯一的例外。部队学员中多数是高干子弟，他们的父母也多多少少有些认识。柳茗去父母老战友家中做客时，有时也会碰到这些部队学员。他们聚会时也常常让杨冯叫上柳茗，一来二去，都熟悉起来。柳茗喜欢穿军装的人，张向林这些人也都很喜欢柳茗爽朗不做作的性格，他们是能玩到一起的。部队学员和地方学员的最大的交集在足球场上，踢足球需要凑够人头，外语系的部队学员的人数不够，每次踢球就得带上几个地方来的同学。他们的互动仅在球场上，踢完球后，各走各的。

夏天也并没有打算跟陈正宏在球场外保持来往，她跟陈正宏一起去了趟小树林，纯粹是想气气张向林。这对恋人为一件不大的事情吵了一架，他们两个没少吵过架，气消了后，很快和好如初。多半时候是张向林先让步，夏天偶尔主动示好。这次两个人都慢了半拍，夏天等着张向林来哄她，张向林没有及时出现，夏天一气之下约了陈正宏去小树林见面。

夏天没有约任何一个部队学员，她知道这帮小弟兄谁也不敢答应，而且他们很可能猜出她这是要唱哪出戏，估计他们不会陪她演戏。对自己的魅力一向很自信的陈正宏没往这方面想，他以为夏天喜欢上了他。夏天也是个漂亮姑娘，红扑扑的圆脸蛋儿，两只忽闪忽闪的大眼睛，睫毛又长又浓，还说着一口好听的京片子，陈正宏是喜欢夏天的。

陈正宏如约来到了小树林。在小树林里，夏天表现得并不积极，甚至有些冷淡，这让陈正宏有些失望。不过他很快想开了，他并没打算跟夏天谈恋爱，他只是想跟夏天保持一种恰到好处的关系。

夏天的这出戏是演给张向林看的，她当然要让这件事传进张向林的耳朵。张向林听说后火冒三丈，立马就要带着几个弟兄去教训陈正宏，被大家拦了下来。他们不是想咽下这口气，只是要找一个合适的时机。地点最好不在学校，出了校门他们更能放开手脚，下手可以更狠一些。

今天他们终于等到了这个机会，大部分人下了矿井，他们这边有几个人正好轮休，他们的目标也赶上轮休。来到煤矿后，张向林的人一直在伺机行动，一直有人盯着陈正宏，看到只有陈正宏一个人在宿舍，他们立马杀了过来。

杨冯没有跟他们一起去，转而去找柳茗。他知道柳茗一定会跑来拦阻，他想让柳茗亲眼见到这一幕。

跟夏天的事陈正宏自然不会告诉柳茗，他找了个理由，说："他们嫉妒我。"

这所大学里嫉妒陈正宏的男同学确实不少，可柳茗不认为张向林会嫉妒陈正宏，她说："是有什么误会吧。"

陈正宏很烦乱地搪塞道："管他有没有误会，我不想再说这事。"

柳茗没再问下去，陈正宏不会告诉她真相的。她非要知道发生了什么，还不如去问杨冯，不过这不是她现在最关心的。

柳茗开口问道："你为什么不见我？"

"我们几乎每天都能见到。"陈正宏说。

"你知道我什么意思。"

"柳茗,我们不是说过吗,我们不能做鸡蛋碰石头的傻事。"陈正宏没有提分手,他从郑良家里出来的那个晚上就做好了跟柳茗分手的决定,可是直到现在他还没有做好分手的准备。

想到他和柳茗很有可能分手,一阵伤感向陈正宏袭来,他手足无措地看着柳茗。柳茗来之前刚洗完澡,头发还没顾上打理,湿漉漉地披散着头发,陈正宏嗅到了一种潮湿甜腻的气息。柳茗光脚穿着拖鞋,右脚的脚趾有些红肿,大概是用脚踢门时留下的。陈正宏明白,若不是柳茗出手相救,他少不了受顿皮肉之苦。

陈正宏不自觉地向柳茗伸出手来,把她揽进了自己的怀里。

柳茗有些吃惊,陈正宏刚才还对她恶言恶语,对于他俩的关系,陈正宏也在敷衍,这种情况下,陈正宏对她怎么能有这么亲昵的举动?

柳茗不喜欢这种暧昧不清的表示,也不喜欢没有勇气坚持但又想有所保留的懦弱行为,她心中突然充满了悲伤和失望。她推开陈正宏,转身朝门口走去。陈正宏没有拉住柳茗,在背后叫了两声柳茗的名字,柳茗没有停下来。

这件事发生以后,柳茗努力让自己冷静下来,她比来煤矿前冷静了不少,可是每次碰到陈正宏,刚刚留出的空间又会被他迅速地填满。

柳茗很快原谅了陈正宏,跟上次一样,陈正宏还没要求柳茗原谅他时,柳茗就原谅了他。

回到学校没几天,陈正宏主动约柳茗星期六中午去教室见面。星期六只有半天的课,中午教室里一般没人。柳茗犹豫了片刻,她想说服自己推掉这次见面,至少应该等一等,可是在炽烈的爱情面前，所有的理智都是苍白无力的。

柳茗很快做出了选择，其实她根本没有选择，她怎么可能拒绝陈正宏呢？灿烂的阳光一扫积聚多时的乌云，柳茗容光焕发，好心情都写到了她的脸上，她周围的人都能看出她的变化。

柳茗一脸阳光地出现在陈正宏的面前，可陈正宏的脸上却阴云密布。柳茗突然有种不好的预感，果然，她刚走到陈正宏的面前，陈正宏就开口道："我想了好久，我们是不是应该分手，我一直下不了这个决心，今天……让我们来做这件事吧，对你和我，可能都是更好的结果。"

说出这些话，陈正宏长叹了口气，柳茗还没有反应，他又长吁了口气。

优柔寡断不是陈正宏的做事风格，可在分手这件事上他拖了几个月，要不是他父亲陈平康来学校跟他深谈了一次，他可能还会拖更长的时间。

张向林跟陈正宏的纠纷很快传到了郑良那里，柳茗砸门救人更为这件事增添了谈资。郑良不好再开一次班会，两个班的学生都有牵连，开会的话得开全年级的大会。更主要的问题是这次牵头的是张向林和一帮军队学员，郑良从没在他们面前耍过威风，他没必要为陈正宏破这个例。解决这个难题的最简单的办法是管住陈正宏，这次郑良不想亲自出面，他联系了陈平康，请陈平康来解决这个问题。郑良把陈正宏跟柳茗谈恋爱的事也捅给了陈平康。

陈平康火速赶到学校，跟儿子进行了一次两个成年男人间的对话。为了彻底阻止儿子，陈平康袒露了他离开上海的真正的原因。陈正宏早就知道父亲是因为在医院闹出跟护士的私情被下放到安徽，但陈平康亲口说出这事还是让陈正宏很震惊。陈平康眼含热泪语重心长地嘱咐儿子，一定不能重复他的错误，一定不能让自己的前程毁在女人手上。陈平康承认儿子谈恋爱跟他搞婚外情是两码事，可结果却是一样的。

父子俩从没这样深谈过，也从没这么推心置腹过，陈正宏答应父亲，马上了断他跟柳茗的关系。

柳茗一动不动地站在那里，没有任何反应。

陈正宏只好找出一些分手的理由，他在说服柳茗，也在说服他自己。"我们先把感情放下，尽最大努力回上海。"陈正宏说，"要是我们两个都能回了上海，那个时候再考虑我们的关系，感情可以在适当的时候再捡起来，可毕业分配只有一次机会。我们要计划好我们的感情，该冷的时候必须冷下来。"

"感情怎么可以计划呢？"柳茗一脸迷茫。

"感情是最容易控制和计划的。"陈正宏边想边说，"学校的事情，社会上的事情，都是我们控制不了的，可感情是我们自己的，只有感情是可以计划的。感情就像自家水管里的自来水，水龙头，也就是感情的开关在我们自己的手上。我们想开就开，想关就关，每次放出来多少水，也是由我们来定。对掌控自己的人生，我从来都是有信心的。"陈正宏说到这里得意地一笑，这是一个多恰当的比喻啊，如果他能早些明白这一点，他就不用浪费那么多脑汁左思右想了。

"我们现在要做的事就是关上这个水龙头，就这么简单。"陈正宏继续说下去，"水龙头一关上，我们就不再有任何感情瓜葛，跟感情无关。谁问起来，你都要说我们俩没谈过恋爱，就说我们是比较熟的朋友。"

柳茗打断了陈正宏，她问道："朋友间没有感情吗？"

"朋友间更多的是利益，就是有感情，也是不一样的感情，还有轻重之分，爱情和友情的重量是不同的，不同的爱情和不同的友情也有不同的重量。正因为有这些不同，付出和得到必须成比例。不过你提醒了我，既然这样，我们不是朋友，我们只是在同一间教室上课的同学，这样就万无一失了。"

柳茗望着陈正宏，听他一本正经地计算和计划着他们的感情，她觉得又可气又好笑。柳茗半开玩笑半认真地问："你掂量过你和我的感情吗？"

"当然掂量过，你可能不相信，在没有血缘关系的人里面，你在我这里是分量最重的那个人，这也是我迟迟下不了决心跟你分手的原因。我们今天聊得很好，让我豁然开朗。你想想看，我们现在关上这个水龙头，你和我都没有什么损失，我们却得到了爱情。我还在爱着你，我相信你也是爱我的。"

"你爱我，我爱你，那我们为什么要分手？"

"我不是说了嘛，现在我们必须关上这个水龙头，我们都是成年人，我们要有足够的理智。"陈正宏不耐烦起来，他本来想通过理智的分析来结束这段感情，把分手带给两个人的伤害减到最低程度。他也没把话说绝，给以后的复合留了可能性。这是一个很好的计划，可柳茗迟迟没有开窍，柳茗的反应让他很头痛。

在陈正宏和柳茗的交往中，陈正宏从来都是居高临下的教诲者，指出柳茗的缺点和不足，为柳茗设计和提出建议。而柳茗从来都是聆听者，她折服于陈正宏的敏锐洞察，感谢陈正宏为完善自己花费的精力。陈正宏不知不觉又摆出了发号施令的架势，说："其实本来我们是可以秘密保持恋情，不让别人知道的。但你做不到，你什么都放在脸上，你太不会驾驭和隐藏自己的内心了，暂时彻底分手对我们都好。"

柳茗很冷静地问道："你今天约我来，就是想跟我分手吗？"

"……嗯。"陈正宏不敢面对柳茗的眼睛,他低下了头。

"我知道了,你可以走了。"柳茗淡淡地说。

陈正宏抬起头来,迷惑地看着柳茗,没有马上离开。柳茗的反应太平静,陈正宏原来想好的那些安慰她的话还没派上用场。陈正宏决意分手,又想做到最好的分手。

"我忘了你还要在教室里做功课,那我先走了。"柳茗说完,快步走出了教室。

陈正宏和柳茗分手的这个晚上,柳茗完全忘掉了分手这件事。浓重的睡意随着夜晚一起降临,柳茗没有洗漱就倒在床上,钻进被子里,昏昏睡去。她的身体一直蜷缩在一起,整个晚上都没变过姿势。她的思维也蜷缩在一起,完全坠入黑沉的夜里,一夜无梦。

柳茗醒来时,天色已亮,宿舍里是安静的,其他的人还在睡懒觉。柳茗想起今天是星期天,不用去教室上课。当意识完全清醒过来,柳茗腾地坐了起来,昨天跟陈正宏的见面一幕幕地出现在她的面前,每一幕都很清晰。柳茗还清晰地听到陈正宏跟她说:我们分手吧。

眼泪从柳茗的眼里喷涌出来,她为这一天做过一些准备,可这一天真的到来时,她又毫无准备。

柳茗坐在床上,默默地哭泣。悲伤哭出来后,她渐渐有了些气力,当她有气力去想这件事,一个强烈的念头冒了出来。她想挽回她和陈正宏的感情,这是她的初恋,她爱他,刻骨铭心地老天荒地爱着他,她不能什么都不做,眼睁睁地看着这段感情无疾而终。

柳茗下了床,去盥洗室刷牙洗脸。她回到宿舍时,有几个室友也起来了,还有几个正在床上伸懒腰。望着精神焕发的柳茗,睡眼惺忪的孙红艳嘟哝了一句:"我要向柳茗学习,早睡早起状态好,你昨晚睡得好早。"

柳茗朝孙红艳笑了笑，没有吭声。叶虹想问柳茗今天有什么安排，还没开口，柳茗已消失在宿舍门口。

柳茗直奔男生宿舍楼，到了那里，她一脚踏了进去。柳茗以前要找杨冯或其他的男同学，都是在楼外叫下名字，她这是第一次进男生宿舍楼。大部分男同学也是刚刚起床，楼道里散发着比女生宿舍重的味道。一些走出宿舍或盥洗室的男同学看见了柳茗，大清早看到一个漂亮的女同学，脸上露出各种各样的表情。大部分人惊讶又兴奋，有些没穿好衣服的就有些狼狈。

柳茗目不旁视地直接走到陈正宏的宿舍门前，她要在陈正宏出门前找到他。

一个男同学正好开门出来，差点跟柳茗撞个满怀。这个刚从床上爬起来的男同学正要去盥洗室，蓬头垢面衣衫不整，他定睛一看是柳茗，咧嘴笑了下，尴尬地挠了挠自己后脑勺。

"陈正宏是住这里吧？"柳茗问道。

"是这里。"那个男同学说。

"你能帮我叫下他吗？"

"他不在，他请假回家了，昨天晚上走的，说是他爸参加的医疗队要去南也门。"

柳茗呆愣在那里。

那个男同学能猜出柳茗找陈正宏的原因，他又补充了一句："他请了两个星期的假。"

柳茗往后退了一步，给那个男同学让出道。

那个男同学朝柳茗点了下头，转头朝盥洗室奔去。

柳茗在陈正宏的宿舍门口又站了片刻，她相信那个男同学没有骗她，可她还是有些不甘心，她想进去再确定一下。她伸出手，在门口犹豫着。爱一个人，让她没了尊严。

一番激烈的内心挣扎后，柳茗放下了手，没去敲门没走进去，她失去了她的初恋，她不能再失去她的尊严。

柳茗折回身来，更多的男同学看见柳茗从楼道里走过，他们也看到了柳茗脸上隐忍的凄怆。

下楼梯时，柳茗碰上了杨冯。柳茗的脸上没有眼泪，没有任何表情，可那一脸的死寂更让人觉得揪心。

杨冯问："柳茗，你怎么在这里？你怎么了？"

柳茗没有回答，她低下头，从杨冯身边匆匆跑过。

陈正宏再次选择了逃避，为了躲张向林，也为了躲柳茗，跟柳茗见完面后，他去了火车站。之前他请好了假，郑良心照不宣地给了他两个星期的假期。时间可以息事宁人，也可以改变一切。

柳茗终于意识到，陈正宏跟她真的分手了。

跑出宿舍楼，柳茗不再苛求自己，让眼泪自顾自地流淌。整个世界都模糊起来，柳茗看不清前面的路，她低着头，跌跌撞撞地往前走着。

阵阵秋风吹过，不断有树叶从树上落下，有几片叶子划过柳茗的面颊，带着泪水飘落到山坡上。脚下的路有了起伏，柳茗停了下来，抬起头，四下望了望。这里好像是梨花渡，柳茗不知道她怎么走到了这里。

秋风吹落下更多的树叶，沙沙的声响中，柳茗听到了口哨声，这口哨声让她确定她来到了梨花渡，她能听出，这是林凯飞在吹口哨。

林凯飞吹口哨的水平更高了，几乎达到了专业水准。柳茗又是好长时间没来这里，她记得上次在这里听到的是《喀秋莎》，林凯飞正在吹奏的也是一首苏联歌曲，他在用口哨吹着《红莓花儿开》。

"田野小河边，红莓花儿开，有一位少年真使我心爱，可是我不能对他表白，满怀的心腹话儿没法讲出来……"

柳茗苦笑，她已经向她心爱的少年表白过了，他们也实实在在地相恋过，爱情在开始的时候总是那么美好。

林凯飞停下了吹口哨，望着远处的那座小桥出神。每次来梨花渡，林凯飞都会吹上会儿口哨，他答应柳茗要好好练习，可柳茗不知道他的口哨有了很大的长进。现在喜欢听他吹口哨的人，也从柳茗换成了叶虹。

林凯飞收回视线，眺望着周遭的风景。

一个人影出现在林凯飞的视线里，林凯飞想那是叶虹，他们约好在这里见面。林凯飞看了下手表，叶虹早到了。

那个人站在原地，没有往前走。林凯飞有些奇怪，再仔细一看，站在山坡下的那个人是柳茗，林凯飞惊诧地站起身来。

柳茗听见林凯飞在叫她的名字，她平静下自己的心情，朝林凯飞走去。柳茗走近后，林凯飞在柳茗的脸上看到了刚刚哭过的痕迹。

柳茗装作什么都没发生，在林凯飞的身边坐了下来。半年多前她也坐在这里，她坐在同样的地方，身边是同一个人，可眼前的风景不是这样的。那时候满目春光，生机盎然，大团大团的梨花上镶嵌着美丽的金边，那座小桥被盛开的鲜花和金色的阳光簇拥着，光彩熠熠。可是现在，装点小桥的是枯黄的叶子，不再有往日的光彩。阵阵冷风吹向小桥，小桥打了个寒战，缩起了身体，小桥好像比原来更小了。

柳茗也打了个寒战，身体不听使唤地颤抖起来。她想起她上次来这里的原因,那一天,她收到了陈正宏的求爱信。几个月过去后,她和陈正宏,也从明媚的春天走到了凋零的秋天。秋天也是收获的季节,可她在秋天收获的只有悲伤。那一次她有多幸福,这一次她就有多悲伤。爱有多深,痛就有多深。不知不觉中,眼泪又止不住地滚落下来。

"怎么了?"林凯飞心疼地看着柳茗。

柳茗哭着说:"陈正宏跟我分手了。"

林凯飞看着柳茗,心如刀绞。他也想起了几个月前的那一天,也是在这里,柳茗幸福地诉说着她的爱情。那一次他是难过的,他爱上的女孩爱上了他的朋友,可这一次他怎么也是这么难过,他不愿看到他心爱的人这么伤心。他忍不住要把柳茗揽在怀里,让柳茗在他的怀里哭个够,他要让柳茗在他的怀里忘掉所有的忧伤。

跟上一次一样,林凯飞抬起的手臂又落了下来。他的手触碰到了柳茗的后背,柳茗的身体在不住地抖动。柳茗出门时没穿外套,悲伤又一阵阵袭来,她的身体抖得厉害。林凯飞脱下他的外套,披在柳茗身上。看着柳茗满脸的泪水,林凯飞找不到什么东西帮她擦掉,他伸出手,抹去柳茗脸上的泪水。

杨冯远远地望着这一切。

柳茗从男生宿舍楼跑出来,杨冯一直在后面跟着她,一路跟到了梨花渡。杨冯大概能猜出柳茗出了什么事,心中一阵窃喜,可林凯飞的出现又出乎他的想象和判断。柳茗在林凯飞的身边坐下后,杨冯停下了脚步,躲在远处偷偷观察。很快,杨冯看见柳茗披上了林凯飞的外套,紧接着他又看见林凯飞的手在柳茗的脸上抚摸着……杨冯的心里冒出一股无名火,他不想再看下去,恨恨地离开。

走出去没多远，杨冯碰上迎面走来的叶虹。杨冯思忖片刻，叫住了叶虹："你在找柳茗吗？"

杨冯不知道叶虹和林凯飞的关系，他只知道叶虹是柳茗最要好的朋友。

叶虹不明所以地看着杨冯。

"她在那里。"杨冯指了下身后的山坡。

叶虹不明白杨冯到底要说什么。

叶虹的反应让杨冯感觉到叶虹并不是来找柳茗，很有可能是来见林凯飞的。

杨冯吞吞吐吐地补充了一句："她跟林凯飞在一起。"

"喔。"叶虹很感意外，杨冯说话时表情很扭捏，她明白杨冯在暗示什么。

杨冯意味深长地笑了笑，继续朝前走去。上次张向林教训陈正宏时，是他拉来了柳茗，他就是想让柳茗亲眼看到那场大戏。现在陈正宏和柳茗很可能分手了，没有想到又冒出个林凯飞，一向懒散的杨冯在这种时候是不会袖手旁观的。不用多说什么多做什么，只要点着那个导火索就可以。

叶虹呆呆地站在原地，她不认为林凯飞同时约了她和柳茗，可是林凯飞正跟柳茗在一起。今早柳茗离开宿舍时兴高采烈，叶虹以为她去跟陈正宏见面，可她怎么来了这里？或许柳茗碰巧来的这里，叶虹心想，那她不如按原来的计划去见林凯飞，他们不用躲着柳茗。不过杨冯话中有话，脸上的表情也很明白，杨冯应该是看到了什么。

叶虹心乱如麻，她往前走了几步，又倒回去走了几步，在那团乱麻中走了几个来回后，她不再犹豫，顺着她刚才走来的路往回走去。

林凯飞扭头往身后望过几次，一直没见到叶虹的身影。他盼着叶虹过来，他和叶虹一起，可以更好地安慰柳茗，可是从不迟到的叶虹迟迟没有出现。也可能叶虹来过这里，看到他和柳茗在一起，又一个人离开了。

林凯飞顾不上多想，他得帮柳茗走出来，走出失恋的煎熬。他知道走出来不容易，一时半时是走不出来的，心里的伤口只能一点点地愈合。但他要在柳茗最需要安慰的时候给她安慰，他要帮柳茗走出第一步，让那个伤口不再流血。

柳茗蜷缩在带着林凯飞体温的外套里，慢慢暖和过来，她的身体渐渐有了知觉，思维也渐渐清晰起来。她不知道她哭了多长时间，哭出来后，她感觉好受了一些。

林凯飞在对她说着什么，开始时她听不见，好像有一块巨大的隔音玻璃横亘在他们之间。眼泪带走了一些悲伤，她听到了林凯飞的声音，她也有了说话的愿望。

"我以为人会因为爱而勇敢，没想到他会因为爱而软弱。我不喜欢他的软弱，可我还是忍不住爱他。"柳茗说。

"这就像跑百米，你跑到了，你该停下来，可你跑得太快，你一时停不下来。"林凯飞说，"总有一天，你可以停下来。"

"这一天可能永远都不会来，我怕我这辈子不会再爱上别人了。"

"你还这么年轻，前面的路那么长，怎么会没有新的爱情呢？你心里的痛会慢慢消失。"林凯飞说完这话就知道这话太轻，他不知道该怎样安慰一个失恋的人。

柳茗痛苦地摇了摇头："你没有经历过失恋，你没有失去过那个你爱的人，你不知道我心里的痛。"

"我知道那有多痛，因为我痛过。我喜欢上了一个女孩，她喜欢的却是我的朋友。我祝福他们，可我的心里很痛，所以我知道你的感受。不是感同身受，我们承受的是同样的痛。痛过以后，我学会的是爱。"林凯飞说出了自己的秘密，也许这能让柳茗知道，这个世界上还有很多人经历过这种痛，可这些人依然向往爱情和幸福。

柳茗心头一颤，她扭过头来，看着林凯飞："那你是怎么走出来的？"

"我学会了远远地望着她，看着她幸福。她幸福，我也能感觉到幸福。"林凯飞朝柳茗微微一笑。

柳茗在林凯飞的眼里看到了什么，她迟疑着问道："她知道你喜欢她吗？"

"可能知道，可能不知道。"林凯飞避开了柳茗的目光。

"你为什么不告诉她？"

"告诉她，就是希望能有所回应吧？对我来说，她能幸福，就是最好的回应。"林凯飞望向柳茗，"我希望你能幸福，不要失去你对幸福的盼望。你要知道有些爱情还没开始就结束了，可你和陈正宏真正地相恋过，那就记住那些美好的时光吧。不要让分手绊倒你，你要往前走，要让这段感情成为你此生的祝福。"

柳茗也望着林凯飞。两个人深深地对望了一眼，又匆匆躲闪开。

柳茗转而望向那座小桥，肃杀的秋风中，那座斑驳老旧的小桥却给人一种温暖的感觉。

"我和陈正宏一起听过一盘磁带，里面是一些美国歌曲。有一首歌，叫 *Bridge Over Troubled Water*（《忧愁河上的桥》），歌中的那些话特别打动我。当你感到疲倦渺小时，当你的眼中满含泪水……当世事艰难……当黑暗来临，痛苦包围着你……我会在你身旁，就像忧愁河上的桥，我会为你俯下身躯，我将抚慰你的心灵。"柳茗望着前面的那座小桥，说，"那座桥，就像忧愁河上的桥。"

林凯飞随着柳茗的目光也望向那座小桥。

柳茗的嘴唇动了动，艰难地笑了下，笑里全是苦涩。她接着说："我以为陈正宏是我的忧愁河上的桥，我不用担心世事有多艰难，有那座桥在，我就不用害怕什么。可是现在，那座桥不在了，我还是孤身一人。刚才，我在人群中走过，热闹的人群中，我更加感觉孤独。"

林凯飞转向柳茗："你要知道，不是只有你爱上的人可以为你做那些事情，你还有……朋友。我也可以做你的忧愁河上的桥，对我来说，你就是我的忧愁河上的桥。"

柳茗也转向林凯飞，林凯飞笑了笑，又说："我会找到这首歌的曲谱，哪天我可以用口哨为你吹这首歌。"

柳茗感激地看着林凯飞，周围很安静，空气好像静止了，柳茗只能听到林凯飞说的话。

林凯飞对柳茗说："来生不一定有我，但我会陪伴你的今生。我不能保证陪你走到你生命的终点，我能保证陪你走到我生命的尽头。"

柳茗感觉自己的心跳也静止了。

林凯飞没再往下说，那句他最渴望说出的话也是他无法说出的话，可柳茗听到了那句话，她明确地知道了林凯飞爱上的那个人是谁。

对于爱情，柳茗有的时候很敏感，有的时候又很迟钝。或许敏感和迟钝之间并没有界限，有的人的爱，她感觉到了，可那个人不说，她就转向了迟钝。

现在她知道了林凯飞的秘密，却不得不转向迟钝。两个人默契地相顾一笑，只是淡淡的一笑，好像什么都没发生过，又好像什么都发生了。

林凯飞和柳茗一起望着远处的小桥,小桥也在默默地望着他们。隔着那条小河,他们互相注视,也互相守护。太阳已完全钻出早晨的清冷,朝着最温暖的中午走去。

柳茗的嘴角浮现出一抹笑意,那个空落的缺口里填进了丰盈的情谊,那个坍塌下来的世界又有了生机。

第二天下课后,林凯飞在教室门口等叶虹。叶虹看到林凯飞,愣怔了一下。

林凯飞说他有事情要跟叶虹说,问叶虹这会儿有没有时间。

叶虹看着林凯飞,木然地点了下头。

两个人走到一个僻静没人的地方,停下了脚步。

林凯飞开口问道:"你昨天怎么没来?"

"我去过。"叶虹小声说。

林凯飞沉默了片刻,叶虹忐忑地站在那里,等着林凯飞跟她提分手。

"你知道陈正宏和柳茗分手了吗?"林凯飞提的是柳茗和陈正宏的分手。

"我昨晚知道的。我听见柳茗在上铺哭,声音很小,可我能听到。我爬到上铺,跟她靠在一起,跟她一起哭。"叶虹低下头来,她的眼眶里又有了泪水。

林凯飞轻拍了下叶虹的肩膀。

叶虹忍住眼泪,抬起头来,用尽可能平静的语气继续说下去:"我知道,你喜欢她,她也喜欢你……她是我最好的朋友,你是我最在乎的人,我希望你们两个都能幸福。你们俩在一起,会很幸福。我想了一晚上,我能接受这个结果。"

林凯飞诧异地看着叶虹:"你想了一晚上,想出的就是这个吗?

我是很喜欢柳茗，不喜欢的话，怎么能做了朋友。柳茗是我们两个最好的朋友，是我们两个共同的朋友。昨天在梨花渡，看着她哭，我跟她一样难过。可是，如果昨天是你在那里，你的心情跟我的会是一样的。我们现在能做的，是一起帮她走出来。"

"你找我，是要跟我说这些吗？"叶虹狐疑地问道。

"你以为我找你要说什么？"

"我以为你要跟我分手。"叶虹涨红了脸。

林凯飞用手指轻刮了下叶虹的鼻子，叶虹甜蜜又苦涩地笑了。

"我许诺过你，我会跟你一起照顾你的父母，还有彩云的父母。"林凯飞说。

"你可以……收回你的许诺。"

"如果说出的话可以随便收回，那就不是许诺了。"

"可是……我不希望你是因为这个跟我在一起。"她紧张地看着林凯飞，呼吸急促起来。

"让我想想，还有没有其他的原因。"林凯飞故意逗叶虹，"好像就这一个原因。"

叶虹不知就里，她局促不安地绞着自己的手指。

林凯飞怜惜地握住叶虹的手，他深情地握了下，松开手后，他看着叶虹的眼睛，说："我可能从没告诉过你，我喜欢你，我想跟你在一起。我读过的小说里没少写爱情，我读过的诗里没少歌唱爱情，我曾以为爱情就像小说和诗歌里写的那样炽烈，让人无法呼吸。可是你给了我另外一种感动，你改变了我，虽然你无意改变我，可你改变了我。你让我变得美好，让我的心里多了善良，让我能真正安静下来，让我在沮丧的时候还能有盼望。我欣喜地看到了我的变化，这是爱的力量，我想……这也是爱情吧。我喜欢跟你在一起，跟你在一起时是我最放松的时候。我渴望将来能有这样的一个家,可以完全放松下来、可以感受到爱的家,你和我的家。我会好好珍惜你,好好珍惜我们的感情。"

叶虹吃惊地望着林凯飞,眼泪慢慢流淌出来,幸福的闪电划过,让她喜极而泣。林凯飞伸出手,想帮叶虹擦去脸上的泪水。叶虹摇摇头,她要让这幸福的泪水尽情地流淌。在这一片汪洋中,叶虹朝林凯飞幸福地笑着。林凯飞的眼里也湿润起来,他含着热泪深情地望着叶虹。

沉浸在幸福中的叶虹更加心疼柳茗,可她知道,在这种时候,很多安慰反倒是一个负担。突然从朋友那里多出来的关心,只会让柳茗意识到她的生活中出了什么问题,她失恋了。叶虹小心翼翼地陪着柳茗,常常跟柳茗保持着适当的距离。她不想没话找话,说一些空洞的貌似安慰人的话。她也不想占去柳茗所有的空间,柳茗需要一些独处的时间去自愈,可在柳茗需要她的时候,她一定会守在柳茗的身边,让柳茗感觉到朋友的关爱和陪伴。

叶虹和林凯飞还约着柳茗去看了场新上映的电影《闪闪的红星》,就是想让柳茗出去走走,转移下注意力。叶虹和林凯飞心照不宣地拉开了一些距离,他们之间没有任何亲昵的表现,他们怕勾起柳茗的伤心事,自觉不自觉地屏蔽掉跟爱情有关的所有的举动。回学校的路上,三个人聊着刚看的电影,气氛越来越热烈。柳茗哼唱起电影的主题曲《红星歌》,林凯飞用口哨为她伴奏,叶虹在歌声和口哨声中手忙脚乱地比画各种动作,三个人嘻嘻哈哈,柳茗的脸上露出了笑容。

在这清风细雨般的滋润中,柳茗心中的伤口开始愈合。

陈正宏离开后的第二个周末,柳茗想去趟方叔叔洪阿姨家。叶虹说"好",她说柳茗有段时间没去洪阿姨家串门,应该去看看洪阿姨。叶虹嘴上没多说，心里暗想，柳茗和洪阿姨是忘年交，跟洪阿姨多聊聊，心里的疙瘩可能能早点解开。

柳茗没有叫上杨冯，还打算在洪阿姨那里住一个晚上。

柳茗不请自来，脸上的神色也不大对劲，洪阿姨看出了异样，她赶紧张罗吃了顿简单的晚饭。离开饭桌后，她拉着柳茗进了那个私密的小房间，带上了房门。

两个人刚坐下，洪阿姨急急地问："出了什么事？"

柳茗喘了口气，把她和陈正宏的事从头到尾说了出来。柳茗这次没哭，她的眼泪差不多哭干了。"我的心情已经好多了。"柳茗说，"只是还有些难过。"

洪阿姨恍然大悟："我说呢，你对杨冯一直没兴趣，原来有这么个臭小子横在中间。"

"这是两码事。"

"是两码事，可这两件事肯定有关联。你心里只能有一个男人，这个人是你的全世界，你怎么能注意到其他的男人呢？"洪阿姨停顿了下，又说，"阿姨很开心，你能把什么都告诉我。在阿姨看来，分手不一定是坏事。"

柳茗疑惑地看着洪阿姨。

洪阿姨接着说下去："你知道吗？女孩子第一次谈恋爱，很可能爱上的是那个她想象出来的男人。哪个少女不怀春，在谈恋爱前，你会编织各种美梦，在你的想象里，他简直完美无缺，世间怎么能有这么完美的男人，这个男人又偏偏爱上了你。"

柳茗难为情起来，她当初就是这样想的，嘴上却辩解道："不，他不是我想象出来的，他是一个真实的人。"

洪阿姨很确定地说："可你肯定把他的优点无限放大，对他的缺点，你视而不见，这跟想象有多大不同？你爱上了一个你想象中的完美的男人，现在你知道了，他并不完美。"

柳茗想了想，洪阿姨说得有道理。"您怎么知道这么多？"柳茗问道。

"我也年轻过呀。"洪阿姨笑着说，"我是过来人。"

"除了方叔叔，您喜欢过别的人吗？"

"喜欢过。"洪阿姨大大方方地说，"我们是中学同学，一起去闹革命，一起去的解放区。"

"后来呢？"

"后来半路杀出个程咬金，就是你方叔叔。"

"您就移情别恋了？"

"说不上移情别恋，我跟我喜欢的那个人其实没有正儿八经地谈过恋爱，我爱上的大概也是我想象的一个人，虽说这个人就在我身边。"

"那您爱上了方叔叔？"

"开始的时候我对他没感情，也不能说一点感情都没有，我多少有些崇拜他，肯定不是爱情。我跟你方叔叔是组织安排的，过着过着就过出了感情。"

"至少方叔叔喜欢上了你，组织才会安排吧？"

"是这么回事，杨冯不是也喜欢你吗？这次不用组织出面，阿姨帮你安排就行了。"

柳茗扑哧笑了，洪阿姨又绕到了杨冯这里，把两件没有真正关联的事就这么连到了一起。

"我对他没有那种感觉。"

"你不跟他多接触哪来的感觉？你要跟他多接触，慢慢你就会发现他的好，你就有可能喜欢上他。再说呢，治愈失恋最好的良药就是开始一段新的感情。"

柳茗低下了脑袋，不说好，也不说不好。

好在洪阿姨适可而止。洪阿姨拉起柳茗，说："走，我带你去看一个宝贝。你方叔叔的一个部下喜欢倒腾，给我们组装出一台机器盒子，叫什么电视机，还真出图像了。"

从洪阿姨家回到学校，柳茗的心情又平复了些，可她还是没恢复到从前的活泼开朗，看起来有些疲累。

正好到了饭点，叶虹叫她一起去食堂打饭，她说她不饿。

"那你先休息下，等我把饭打回来，你闻到菜香就会喊饿了。"叶虹拿上两个人的饭盒出了门。

柳茗爬到自己的上铺，平躺下来，望着天花板愣神。

门吱扭一声，"瓜子脸"孙红艳端着自己的饭盒，风风火火地进了宿舍。

柳茗一动不动地躺在床上。

孙红艳有滋有味地吃了一半的饭，才发现对面的床上躺着一个人。

孙红艳蹑手蹑脚地走到柳茗的床边，看见柳茗大睁着双眼，没在睡觉。

"你什么时候回来的？我是不是把你吵醒了？"孙红艳问道。

"没有，我没睡。"柳茗突然想起了什么，她坐了起来，"昨天应该跟你一起练习英文的，我忘了，对不起。"

自从孙红艳第一次向柳茗求助一起做听力作业，柳茗每个星期都会安排一些时间辅导孙红艳的英文，除了听力，还有语法、阅读和写作，孙红艳的英语水平有了整体的提高。

"没事没事，我正好可以偷下懒。"孙红艳伸了下舌头，又咧嘴笑道，"我骗你的，我没偷懒，昨天下午我多学了一个多小时，我感觉你就坐我旁边监督我,我不敢偷懒。"

柳茗也咧嘴一笑。

"对了,杨冯来找过你。"孙红艳一拍脑门,"他在楼下叫你,我说你不在学校。"

"哦。"柳茗应了一声。

"杨冯好像喜欢你。"

"别瞎说。"

"真的。"孙红艳认真地说,"他挺不错的,他最近干了件大好事,高老师是个好老师,我喜欢高老师,杨冯帮了高老师一个大忙。"

"什么事?"

"你不知道吗?这是一件大事呀,他怎么没告诉你?"

柳茗看孙红艳很有一吐为快的愿望,她不想让孙红艳扫兴,她也关心高老师的事情,不知道有什么好消息。柳茗准备从上铺下来,她不想让孙红艳仰着脖子跟她说话。

"你不用下来。"孙红艳朝柳茗叫道,"我上去跟你说。"

孙红艳开始往上铺爬,脑袋和半个身体很快出现在柳茗眼前。柳茗往里面挪了挪,给孙红艳留出空地。孙红艳却停了下来,她嗅了嗅自己的衣服,皱了下眉头。

"我不上去了。"孙红艳说,"我身上有味,乡下人的气味。"

"没关系,那是土地的味道,我喜欢。"柳茗说着去拉孙红艳,孙红艳噌噌又爬了两磴,反转身体,坐到了柳茗身边。

"杨冯帮高老师摘掉了反动学术权威的帽子,替高老师平反了。是彻底平反,高老师完全解放了。"孙红艳还没坐稳就激动地说了起来。

"真的吗?"柳茗吃了一惊。她对杨冯的了解并不多,虽然叔叔阿姨们总在撮合他们,她却不是特别当真。小的时候她就知道大人们喜欢给孩子定娃娃亲,特别是在关系很近的同事、朋友或老战友那里,如果两家有一对年龄相近的男孩女孩,他们就会嚷嚷着给孩子定娃娃亲。大人们也不是毫无诚意,但柳茗从未看到过哪对娃娃亲后来真的凑成了一对璧人。孩子长大后,定娃娃亲就变成了互相撮合对象,这比娃娃亲的成功率高了不少,柳茗还是不太当真。

更重要的是,她和杨冯之间没有男女间的化学反应,她爱上陈正宏后,她和杨冯更不可能往那个方向发展了。

杨冯是个没吃过苦的人,从小到大,他想要的东西差不多都能得到,他想做的事几乎都能做成,而且,他几乎没做多少努力就能心想事成,有不少事他还未开始行动,他甚至还没想到就办成了。这让他养成了好逸恶劳的性格,他不需要去争取什么。一向懒惰的杨冯对柳茗的付出算是最多的,他付出最多的,却是他没有得到的。不过他也不想做更多的努力,遇上煽风点火或推波助澜的机会他不会放过,他也可以在柳茗面前好好表现,但他不会死缠烂打。他不会给别人添堵,更不会给自己添堵。

杨冯对自己的事情不太上心,反正总会有人替他操心。他对别人的事情倒是常有上心的时候,求他办事多半能求成,他很享受那种办成事后的成就感。跟张向林不同,杨冯愿意以平易近人的形象示人,在学校的高干子弟中,他最没架子。他喜欢跟谁打交道就直接凑上去,第一面就能跟人混个半熟。别人也不讨厌他的直接,不少人还挺喜欢这种相处方式。杨冯跟不少教职工的关系不错,大家都知道他的家庭背景,自然会给他面子。跟他接触一两次后,发现他这个人挺讨人喜欢,有的人甚至跟他成了莫逆之交,他跟高老师就是这样熟起来的。开始时,杨冯想跟高老师借办公室的钥匙,高老师不好拒绝。打了几次交道,高老师发现杨冯对他没有另眼相看,这让高老师非常感动。高老师一直活得很憋屈,他的父亲入过国民党，受他父亲的牵累，他被打成反动学术权威，一有运动他就要遭殃，头上戴了好几顶帽子。要不是他的学术和教学水平颇高，他是没有资格回学校教书的。他白天教书，晚上常要写检查，他戴的那几顶帽子就像孙悟空头上的紧箍儿，怎么也挣脱不了。高老师不知写过多少申诉材料，可平反摘帽的希望一直很渺茫。有次高老师向杨冯倒苦水，他没想让杨冯帮他做什么，只是想跟一个他觉得靠得住的人说说心里话。说者无意，听者有心。高老师提到他的父亲曾是孙中山的卫士，在一次反革命叛乱中是他父亲把孙中山背出来的。杨冯听到这儿一拍大腿，他说你爸是功臣呀，怎么能让你受这个委屈。杨冯从高老师的父亲这里入手，他先跟高老师一起重新准备申诉材料，有些申诉信是他帮着写的，他做作业从来不认真，为高老师申冤倒是全心全意。他还到处托人递申诉材料，他爸妈的关系全用上了。功夫不负有心人，沉冤多年的高老师终于迎来了平反昭雪的一天。

孙红艳绘声绘色地讲述着，虽然漏掉一些细枝末节和一些她没听到的内容，柳茗还是基本明白了是怎么回事。孙红艳讲述时添加了带感情色彩的评论，杨冯被她描绘成一个古道热肠的侠义之士，他还是一个活雷锋，做好事不留名。要不是高老师说出事情的原委，大家还不知道杨冯帮了这么大的忙。

柳茗的情绪被调动起来，她也很兴奋，这确实是一件大好事。她以前听说过高老师的遭遇，有些同学因此对高老师区别对待。柳茗一直很尊重高老师，也很同情高老师，但她又是无能为力的，心有余而力不足。杨冯不光有善心，还有行动能力和坚持不懈的精神，这是柳茗以前没有看出来的，或许是因为她从未真正关注过杨冯，自然看不到杨冯身上的这些闪光点。

柳茗很为高老师高兴，她对杨冯也有了些特殊的好感。

第五章

跟陈正宏热恋时，柳茗把陈正宏看作是她的生命的全部，她把她一辈子的幸福都托付给了这个男人。她可以为陈正宏放弃自己的一切，她的快乐，她的自由，她的尊严，她的名誉，甚至她的生命，她愿意把她生命中最珍贵的一切都毫无保留地献给这个男人。

当刻骨铭心的初恋成为遗憾，柳茗无所适从，一下子失去了活着的意义。她不能理解，更无法接受，为了所谓的"大好前途"和分配到上海工作，她如此执着热烈地爱着的这个男人竟然放弃了她，而她却可以为这个人舍弃包括自己的生命和尊严在内的一切。她不愿意用失望和鄙视让自己的爱情蒙羞，可又不知道自己该怎样看待对方的决定和行为。她在一片混沌的黑暗中机械地挪动着步子，失魂落魄，像是一具失去了生命力的躯壳。可走着走着，她似乎看见了一些光亮。不知道是光亮在引导她，还是她与生俱来的对光亮的向往，她朝着光亮走去。一步一步地，她的世界里又有了光亮。

热恋时，柳茗不会相信，没有陈正宏，她也可以活下去。这个世界，除了陈正宏，还有那么多美好的情谊，值得她好好地活着。柳茗跟叶虹、林凯飞、孙红艳这些朋友在一起的时间明显多了起来，她去洪阿姨家串门的次数也多了，多半是她自己去，碰上叔叔阿姨家的聚会，她也不避讳跟杨冯一起去。除了去父母的老战友家，杨冯还频繁地邀请柳茗去看电影、吃饭、登山，去老师家聊天打牌，或和一帮干部子弟聚会。说到陈正宏，他竭力微言，劝说柳茗忘了这个负心小人。他的做法在柳茗这里起了作用，疏解了柳茗心里的忧伤。柳茗不再自暴自弃的同时，她和杨冯也走近了许多。

杨冯和柳茗要约什么事，又像最开始那样互相在宿舍楼下叫对方的名字。柳茗不用担心陈正宏怎么想，她又做回了她自己，不再顾忌她跟杨冯和其他男同学的交往，本来他们的交往就是坦荡敞亮的。

杨冯给柳茗送过几次大姨做的甜面酱，他还会在装甜面酱的袋子里放些其他的零食。柳茗每次都推托不要，杨冯每次都会说那句话：你不要我就扔垃圾桶里。柳茗只好收下，带回宿舍跟室友们一起吃。有个嘴馋的室友特别盼望杨冯出现，听到杨冯叫柳茗的名字，她总是第一个探出头去跟楼下的杨冯打招呼。

杨冯的妈妈杨英坤托安徽省委的领导来学校了解过柳茗。柳茗的短板是她在政治上表现不够积极，不过人家想知道的是柳茗跟杨冯是否合适，又不是让她入党或给她提干，所以问到的几个人对柳茗的评价都很好。这个消息传到南京，大姨做甜面酱更起劲了。杨冯不知道这件事，柳茗更不知道。两个人没有因此加快进程，还像以前那样有一搭没一搭地交往着。

柳茗曾试着发展她和杨冯的关系，从互相认识发展到谈得来的朋友。可他们共同感兴趣的话题不多，有些聊不起来。柳茗就不想多此一举了，毕业后不常见面，他们就会渐行渐远，他们的人生轨道似乎只是平行的。

其他的时间里，柳茗专注于学习，她的总成绩首次超过了陈正宏，她成了全年级的第一名。柳茗无意靠这个吸引陈正宏对她的注意，她天资聪颖，英文基础好，在这上面多花些时间，拔尖对她来说并不难。加上她辅导孙红艳时，自己又多学了一遍，不经意间，柳茗成了学习成绩最好的那个学生。孙红艳的成绩上到了全班的中游，孙红艳对英语学习的兴趣也浓厚了许多，她冒出了毕业后当英语老师的念头，这是她入学时想都不敢想的愿望。

陈正宏渐渐地淡出了柳茗的视线。

刚分手时，柳茗经常在午后时分去教室，以前她和陈正宏常卡着这个点来这里约会。柳茗在教室里等陈正宏，她坐在那里，一遍遍地反刍她和陈正宏在一起的时光。她也总是不自觉地在人群中搜寻陈正宏的身影。见到陈正宏，她的心会怦怦乱跳。有时她会看错人，误把别人当成陈正宏，空欢喜一场。太多的反刍，渐渐地没了浓烈的味道，柳茗慢慢地走了出来。她不再去教室等陈正宏，也不再刻意地搜寻，碰巧遇上陈正宏，她的心跳还是会加速，但已没了最初的痴狂。班里的最后一次军训拉练，柳茗背着背包，大踏步地往前赶，无意间瞥了下两边，发现陈正宏正经过她身边。看见她扭头，陈正宏朝她一笑，她也礼貌地笑了笑。看着陈正宏从她身边走过，她的心里没起什么波澜。那一刻，柳茗知道她的初恋真的结束了。只是她不知道，是她可以放下这段感情了，还是这份感情被她深埋进心底，在表层已感觉不到。

转眼就到了毕业分配，柳茗跟陈正宏的恋情彻底画上句号时，她的大学时光也步入尾声。部队学员提前一个月离开学校，他们不需要分配，哪里来哪里去。原来当兵的大学毕业后可以转干，原来就是干部的可以往上提升一级。杨冯没能顺利毕业。他很少去上课，课外也不会花时间补习，成绩自然好不到哪去，测验和大考基本上都不及格，还因作弊被抓包，所以他只获得大学肄业证书，转干的事情也因此泡汤。但杨冯一点儿也不在乎，他知道父母会安排好他的前途的。

柳茗跟张向林、夏天、杨冯这些部队学员一起聚了一次，大家都喝了酒，气氛自然热烈喧闹。张向林和夏天邀请柳茗去北京参加他们的婚礼，又起哄让柳茗也跟着嫁了，说这话时他们都盯着杨冯笑，杨冯差点躲到桌子底下。柳茗并不是杨冯第一次喜欢上的女孩，他交往过几个女孩，但柳茗是第一个让他想共度此生的人。他对婚姻也是无所谓的，但他不可能不结婚，能激发他步入婚姻的，除了柳茗，还没有出现另外的人。

那天杨冯喝得烂醉如泥，被两个同学架回的宿舍。

回南京前，杨冯最后一次跑到女生宿舍楼下叫柳茗的名字。

柳茗很快跑了下来，手里拿着一支钢笔和一条丝巾。钢笔是她送给杨冯的毕业礼物，丝巾是她为杨冯的大姨挑选的。柳茗跟杨冯不在一个班，杨冯没能毕业柳茗并不知情，杨冯平时经常翘课她也不知道。杨冯自知没混上毕业证不是好事，让他有些丢脸，他当然不会主动告诉柳茗，也没有告诉其他的人。他的父母自然是知道的，冯英坤骂了他一通，也就不了了之。

杨冯接过了礼物："我都没给你买礼物。"

"三年里我没少收你的东西，谢谢你，也帮我谢谢大姨。"柳茗道，"问你大姨好……我对不起她。"

"没什么对不起的，这种事情不能勉强。"杨冯挠了下脑袋，问道，"你会分到哪里？"

"还不知道呢。"

"你应该想回上海吧。"杨冯说,"要是分到了南京,一定告诉我。没来南京,以后有机会来南京玩,也要告诉我,我给你安排。"

"嗯。"柳茗轻声答应道。

杨冯递给柳茗一张纸条:"这是我的两个电话号码,家里的和部队的。有事要打给我,没事也可以打给我。对了,毕业分配遇上什么问题也打给我,我会帮你想办法。"

"谢谢。"柳茗接过那张纸条,折好放进口袋。

"那我走了。"杨冯说着朝柳茗一笑,转身离去。

柳茗叫住杨冯,杨冯扭过头来,柳茗说:"杨冯,你多保重!"

"你也多保重!"杨冯朝柳茗挥了挥手。

杨冯的背影渐渐远去,柳茗在那里又站了会儿,才朝宿舍走去。

对地方来的大学生来说,毕业分配前的那段时间最难熬。各种小道消息满天飞,几乎每个人都心里没底,忐忑不安。他们不知道自己会被分到哪里,这个地方又很可能是他们度过余生的地方。他们中的绝大部分人才二十来岁,余生还很长。虽然以后能有调动的机会,可这样的机会很少,成功的可能性更小。

外语系有几对校园恋人悄悄找了郑良和系里的领导,他们希望能去同一个城市。学校规定在校生不准谈恋爱,若是什么人不听话违反规定,毕业分配时不光不会受到照顾,还很有可能受到惩罚,学校可以惩罚性地把他们分到不同的地方。现在谁也不知道最后的去向,中国这么大,天南地北五湖四海,如果他们分居两地又相隔遥远的话,他们的爱情很难维持,毕业之时或许也是他们不得不分手的时候。这几对恋人决定铤而走险,自投罗网,请求管分配的人对他们高抬贵手成全他们。

林凯飞和叶虹没去找什么人,他们两个做了决定,就是不能去同一个地方，他们的心也是不会分开的。他们先两地分居，以后努力调到一起。

系里公布分配方案的那一天，全班同学早早地去了教室，正襟危坐。只有极少数的几个人不是那么紧张，他们的父母有足够的资源，已经为他们托了关系，给学校递了条子。陈正宏的父亲陈平康在分配前又来了趟学校，除了郑良，他还拜见了另外几个相关的人。开会前，郑良向陈正宏透了点口风，陈正宏心里有了底，十有八九他能去上海。

柳茗的父亲柳尚民还没恢复职务，他就是官复原职，也不太可能插手女儿的毕业分配。他一向清廉，一切服从组织的安排。洪阿姨曾问过柳茗，要不要帮她找人，柳茗觉得没有必要。她认为众目睽睽之下，毕业分配肯定是公正透明的。她的成绩优秀，不一定能回得了上海，但她应该能分到一个不错的地方。洪阿姨笑说她可不想让柳茗去上海，最好留在合肥。

郑良在公布方案时先做了开场白，坐在台下的人面无表情地听着，心里都有些不耐烦，他们急于进入下一个环节。好在郑良理解这些人的心情，这次没有长篇大论，他很快开始宣布具体到每一个人的安排。

陈正宏被分配到上海远洋公司，"瓜子脸"孙红艳将去一所县城中学教英文，大部分人回到他们的故乡，哪里来哪里去。不一定是原来的城市，但是在同一个省或直辖市。林凯飞和叶虹都没能回上海，他们被分到南京，林凯飞去江苏远洋公司，叶虹去一所中学。分配名额里有不少国家级单位，北京的名额明显高于从北京来的学生人数，上海的名额也不少，从已经公布出来的结果来看，以林凯飞和叶虹这三年在学校的表现，他俩的去处算是降了一档。不能回上海对他们来说也是一大遗憾，幸运的是他们不用分居两地，两个人都舒了口气。他们又很快为柳茗担心起来，他们还没有听到柳茗的名字。

柳茗心里也打起鼓来。开始时她心里是平静的，随着一个个结果出来，她为她最关心的几个人高兴。林凯飞和叶虹能去同一个城市，这比回上海还重要，而且南京也是很好的地方，离上海又不算远。孙红艳跟柳茗说过她想当英语老师，这下她真的成了孙老师。柳茗也为陈正宏开心，陈正宏终于实现了回上海的愿望。

柳茗的分配结果几乎是最后一个宣布的，确切地说是倒数第二个，她被分到安徽淮南的一所最偏远的煤矿中学。郑良最后宣布的是因为流产受过处分的黄秀媛，黄秀媛也被分到一所县城中学，那里远离她的家乡，离她的恋人也很远。几乎所有的人都能觉出这样的安排的不公，教室里有人在交头接耳。郑良马上宣布散会，窃窃私语变成了热闹的喧哗，大家起身往外走，边走边大声地说着话。刚才很多人在心里为柳茗和黄秀媛叫屈，这会儿说的都是自己的事情。这次系里得到的名额相当不错，虽说几家欢乐几家愁，但大部分人还是满意的。兴奋的时候，很容易转移注意力，忘掉了他们对弱者的同情。本来他们就是无能为力的，同情改变不了柳茗和黄秀媛的命运。

大家很快走出了教室，教室里最后剩下两个人，柳茗和黄秀媛坐在各自的座位上，像是两座死寂的石雕。散会后，叶虹朝柳茗走来，被林凯飞拦住，他说有事要跟叶虹商量。

他们又去了那次林凯飞向叶虹表白爱情的地方，两个人相对沉默了一会儿，林凯飞开口说道："我想去找郑良老师和系里的领导，我想跟柳茗换一下地方。"

叶虹呆呆地看着林凯飞，脑子里一片空白。

"所有的名额都出来了，没有更好的解决办法。"林凯飞轻微地叹了口气。

叶虹也叹了口气："他们怎么能这样安排，太不公平了。"

"我没有听到柳茗的职务安排，不知道那个中学需不需要教英文的老师。"林凯飞说，"还是我去那里吧。"

"系里能同意吗？"叶虹问道。

"现在还没张榜公布最后的结果，更没往外发档案，应该还来得及更改。"

"就是系里同意，柳茗也不会同意的。"

"不用告诉她，我去找他们就可以。"

叶虹不再吭声。

林凯飞安慰叶虹说："就当我们俩没有分到一起，我们走第二方案，我会想方设法调到南京，我们也可以一起回上海。"

"太难了。"叶虹摇了摇头。

林凯飞的心里也沉甸甸的，一块大石头死死地压在那里。

沉默了一会儿，叶虹说："你都没问我同不同意，你会考虑我的意见吗？"

林凯飞一愣，他歉疚地说道："对不起，我应该先问你的意见。"随后又补充道："如果你不同意，我就什么都不做了。"

叶虹说："给我一天的时间，让我想想，我明天告诉你。"

两天后，郑良叫柳茗去一下他的办公室。

柳茗从没跟郑良单独见过面，她在心里对郑良是抵触的，特别是在那次班会之后。因为她买了三块花布，郑良在班会上发动全班同学批判她，这在她心里留下一个无法消失的阴影。毕业分配的去向公布后，柳茗更加抵触郑良。她知道这些安排不是郑良一个人能决定的，但郑良是毕业分配的参与者，很重要的参与者。柳茗猜测郑良要见她，无非是对她做些安抚工作。

出于礼貌和对老师的尊重，柳茗还是去了郑良的办公室。

柳茗刚坐下，郑良就开门见山地问道："小柳啊，你对分配有什么意见吗？"

柳茗没有吭声。

郑良继续说道："我知道你有意见和不满，这个我能理解，我也希望你能理解系里的难处。你的学习成绩不错，可你在走白专道路，我们要培养的是德智体全面发展的接班人，像你这样只顾自己的学习成绩的人还不是一个合格的毕业生，需要到艰苦一些的地方去接受更多的教育，这样你才能更快更好地提升自己完善自己。系里这样安排是为你好。"

郑良没有提柳茗和陈正宏的恋情，那件事牵扯到了陈正宏。给柳茗戴上一顶走白专道路的帽子，郑良并不是理直气壮，他对柳茗是心存歉疚的。只是为学生们树立不同的形象是他的工作的一部分，任何地方都需要先进人物，也需要反面典型。毕业分配时，不太好的地方总得有人去，柳茗、黄秀媛这些反面典型是最合适的人选。加上柳茗的父母是被打倒的走资派，走资派的女儿就应该去基层接受锤炼。

柳茗反驳道："我没有走白专道路，我不光努力学习，我在各个方面都努力要求上进，也积极参加学校的各项活动。我确实需要更好地提高自己，但系里真的是因为这个原因把我分到那里的吗？"

郑良被柳茗的表态噎得一时说不出话来，他的嘴巴张合了几次，才挤出几句话："你最大的问题就是意识不到自己的问题，唉，让我怎么说你呢，你一意孤行，不光害了你自己，还害了别人。"

柳茗不明白郑良的意思，这件事怎么会影响到别人呢？她不解地看着郑良。

郑良寻思道："你知道林凯飞跟你换了地方吗？他要去你该去的地方。"

这句话如一记重拳把柳茗打蒙了，她目瞪口呆地僵在那里。

郑良看出柳茗并不知道这件事，这倒没让郑良感到意外。他问道："你对这事有什么意见？"

柳茗毫不犹豫地说："我不同意。"

郑良不动声色地说了句："两天后张榜公布最后的毕业分配结果，再晚就来不及了。"

柳茗听明白了郑良这句话的意思，她回了句"谢谢郑老师"，起身告辞。

柳茗快步朝宿舍走去，脑子也在飞快地运转。她突然明白林凯飞和叶虹这两天为什么这么反常，在她沮丧消沉的时候，他们没来安慰她，好像忘了他们还有她这个朋友。叶虹这两天还特别沉默，晚上在床上辗转反侧，白天又没了踪影，不知去了哪里。柳茗自己的心情不好，没有顾上去关心下叶虹，柳茗还为此责怪过自己。

现在一切都清晰了，柳茗带着这个刚解开的谜团冲进宿舍。宿舍里有两三个人，幸好叶虹也在。柳茗飞快地拉出一个小的旅行包，把自己的洗漱用具、一套换洗衣服和通信簿放进包里，然后拉着叶虹往外走。叶虹不知道柳茗这是怎么了，但她能看出柳茗有话跟她说，就跟着柳茗出了宿舍。走到没人的地方，柳茗喘着气跟叶虹说："谢谢你和林凯飞，但我不会让林凯飞替我去那里。"

"你在说什么呀。"

"我全知道了。"

"谁告诉你的?"

"郑良。"

"郑良怎么能这样做事?"

"这事我要谢谢郑良。先不跟你多说,你去找下林凯飞,让他想办法换回来。"

"他不会同意的,我……也不同意。"叶虹看着柳茗,声音很轻,语气却是坚决的。

一股热泪涌进柳茗的眼睛,她拼命眨了下眼睛,忍住泪水,紧紧地拥抱叶虹。松开手后,柳茗说:"让我自己想办法解决,我得赶紧走了。"

"你要去哪里?"

"我去洪阿姨家,她家有电话。"柳茗说着朝前跑去。

叶虹怅然地站在那里,看着柳茗远去。她没有去找林凯飞,她已经做了这个决定,让林凯飞替代柳茗去那个县城中学。这是叶虹有生以来遇上的最难做的一个决定,做起来很难,做出决定后她就无怨无悔。

柳茗在回宿舍的路上想好了几个解决问题的方案,她来不及跟叶虹细说,她需要争分夺秒,尽她最大的努力去改变她和林凯飞、叶虹的命运。

本来柳茗几乎说服了自己,接受系里给她安排的毕业分配。现在这事从她自己的事情变成了三个人的事情,林凯飞和叶虹为她做出这么大的牺牲,这让柳茗百感交集,感动不已,但她绝对不会接受这样的结果。外部的压力碾碎了她的忍耐和妥协,反而激发起了她绝地反击的愿望和不撞南墙不死心的劲头。当年她调去帆布厂,还有争取上大学,她都是拼尽她全部的气力去争取,别人都觉得不可能了，她还在坚持往前走。如果她的心气断了，她放弃了，就再也没有实现愿望的可能。

柳茗决定去找方叔叔、洪阿姨和她父母的其他的老战友想想办法，她还想到了一个人，她决定给杨冯也打个电话，看看杨冯有什么办法。柳茗为自己感到悲哀，她不能靠自己优异的成绩和积极的表现为自己争取到一个满意的去处，最终还是要靠这些关系。可是走到这一步她顾不上多想，她没有时间去怨天尤人，她也知道想是没用的，有可能出现的改变一定在行动中。

柳茗以最快的速度赶到洪阿姨家，几句话把事情的原委告诉了洪阿姨。洪阿姨先是责怪柳茗不听她的话，应该早点托关系打招呼，听到柳茗也会跟杨冯联系，洪阿姨转忧为喜，说这样也好，没准坏事能变成好事。

在洪阿姨家的那两天里柳茗一直心平气和，没有抱怨，也没有沮丧，能找到的人她和洪阿姨找了个遍，剩下的就是耐心等结果了。

张榜前，柳茗回到了学校。她没有去看榜，虽然她比谁都更想看到这个榜单。叶虹看过榜后跑回宿舍，上气不接下气地告诉柳茗，林凯飞还是去南京，除了柳茗，所有的人都尘埃落定。她没注意其他人的去处，她和林凯飞要去的地方跟郑良在班上宣布的完全一样，大概只有柳茗的去处有变化，柳茗的名字后写了个"待定"。

柳茗深深地松了口气，不管她最终会去哪里，至少林凯飞和叶虹都能去南京，他们不用分开了。柳茗小时候去过一次南京，她有个表舅住在那里，表舅一家人带她转悠过不少地方，南京留给她的印象是古朴典雅，安宁闲适。只是这么多年没怎么跟表舅一家联系，南京离她越来越远，已成了一个模糊的背景。现在柳茗对南京有了更多的好感，她向往着早日重游南京，下一次去南京，她还会在那里见到林凯飞和叶虹。

柳茗提着的心放下了一大半，叶虹却焦虑起来，"待定"可好可坏，她很为柳茗的前途担忧。往好了想，柳茗不用去原定的煤矿中学，可能换成一个不错的令人满意的去处。往坏了想，柳茗哪都去不了，没有毕业分配，那什么都没了。叶虹努力往好的方向想，可不好的念头总是盘旋在她的脑海里，怎么也赶不走。叶虹不敢跟柳茗讨论这件事情，她跑去找林凯飞，林凯飞跟她一样，两个人都心焦如焚，又都不知道如何是好。

发榜的那天下午，有人来叫柳茗去系办公室接电话。来传话的人只告诉了时间，没问是谁打来的。柳茗以为是洪阿姨，接起电话，听到的是杨冯的声音。杨冯告诉柳茗再等几天，他妈妈杨英坤正在打通最后的环节，争取让柳茗去江苏省的政府部门。柳茗这三年的学习成绩都很好，学校的各项活动没少参加，又没犯错误，没有什么黑材料，政审这关应该能过。

放下电话后，柳茗亦喜亦忧。南京是江苏的省会，政府部门应该都在南京吧。看样子郑良没把谈恋爱、买花布之类的"不良表现"写进她的档案，她的档案不会成为她去南京的绊脚石，而南京正是她现在向往的城市。可是走这一步是需要付出代价的，如果杨冯对她还有那方面的意思，她是没有退路的，只有以身相许才能回报这份恩情。

几天后，系里收到一个去江苏省科技厅的戴帽下达的名额，指明给柳茗。郑良第一时间把这个消息传达给柳茗，他对柳茗的态度有了一个大的转变，非常亲切温和。他第一次放下身段，用有些讨好的语气跟柳茗说话。这样的改变柳茗并不受用，她对郑良还是恭恭敬敬的，也真情实意地向郑良表达了她的感谢。

柳茗神思恍惚地回到宿舍，在宿舍里等消息的叶虹看到柳茗的表情,心里一沉。柳茗说郑良要见她,叶虹猜很可能柳茗的毕业分配有结果了。柳茗走后,叶虹一个人在宿舍里来回踱步,心跳得越来越快。她后悔没跟柳茗一起去,她可以在办公楼下等柳茗,那样她可以早一点知道结果。现在她马上就要听到结果了,她又害怕知道,柳茗的脸色不好,这个结果很可能也不好。

柳茗把郑良转达给她的消息告诉了叶虹,叶虹愣在那里,过了会儿才醒过神来,她一把抱住柳茗,欣喜万分的她落下了眼泪。

柳茗却没有表现出多少兴奋,叶虹意识到了什么,她问道:"是杨冯帮的忙吗?"

柳茗轻微点了下头。

叶虹不知道该说些什么,茫然地看着柳茗。

柳茗淡然一笑:"这事我倒是想通了,工作也好,婚姻也好,顺其自然吧。"

"嗯。"叶虹看着柳茗,还是不知道说什么好。

柳茗又说:"我对他的印象并不坏,那次他帮了高老师,我对他有了好感。只是那时候我的心思还在陈正宏身上,很难接受另外一个男人。现在我已经彻底告别了上一段感情,或许可以有新的开始了。"

"如果真是这样,那就太好了。"叶虹说。

柳茗不置可否地笑了笑,这段时间紧绷的神经松弛下来。她吁了口气,说:"我觉得好累,我想休息下。"

"在我床上躺一会儿吧。"叶虹说。

柳茗走到叶虹的床边,躺了下来。她靠到墙边,给叶虹留出地方,叶虹也躺了下来。

两个人并排躺在那里。三年的时间里,开心的时候,难过的时候,她们都喜欢躺在这里,诉说心事。放眼望去,她们只能看见头顶的那块床板，可是她们在这里明明看到过一幅美景。一条宽阔的大路通向她们将来的生活，路边绿树成荫，树下鲜花盛开，灿烂的阳光和璀璨的星光交相辉映。她们和心爱的人走在一起，道路笔直顺畅。她们躺在矮小的床上，空间狭小，却无法限制她们的想象。当她们展望未来时，她们忘记了她们经历过的那些苦难，花谢了还会再开，她们依旧向往明天，向往明天时她们依旧满怀希望。

在告别大学生活的前夕，柳茗和叶虹又一次并排躺在这里，想象着前面的生活。那块木板挡住了她们的视线，她们发现她们什么也看不到。跨进大学校门时，她们以为她们的未来明朗起来，也明媚起来；要离开学校时，望向前方的视线却模糊起来。未来可能海阔天空，也可能荆棘丛生，等待她们的不一定是鲜花，所有的坚持也不一定能等到雨后的彩虹，很多的苦难，可能还会重来，那条路上，还可能有新的苦难，甚至更大的苦难……太多不确定的东西让她们心生犹疑和胆怯。

"都说未来不是梦，可伸出手去抓，怎么什么也抓不住。"叶虹轻叹了口气，又说，"不知道为什么，我有些害怕。"

柳茗歪过脑袋，望向叶虹。叶虹一向给人成熟强大的感觉，可以处乱不惊，可以临危不惧，可以春风化雨，柳茗这是第一次感觉到了叶虹的怯弱。柳茗更像是一个还没完全长大的女孩，不谙世事艰难，尽管她已经经历过很多艰难的世事，她还是单纯乐观的，只是她的单纯和乐观里蕴含着坚韧，经历过很多不幸的人才能有的坚韧。当叶虹担忧时，柳茗身体里的能量一下子迸发出来，她移了下身体，更紧地靠着叶虹，用很肯定的口气说："别害怕，你有我呢。你要大胆地往前走，我为你保驾护航，我还是你的退路。我向你保证，我会好好努力，让自己不断强大，我越强大，越能保护得了你，我就是你的坚强后盾。你要相信，两个人的力量比一个人的大，何况你还有林凯飞，你有什么好害怕的。"

柳茗说着握紧拳头弯曲胳膊，秀了下胳膊上的肌肉："你看我有多厉害，任何妖魔鬼怪都能被我拦下，我不用动手就能吓跑他们。"

叶虹扑哧笑了，她抓住柳茗的手，紧紧地攥在自己的手心里。她们的未来可能是虚幻的，但她们的友情是真实的，如绿树为她们遮挡风雨，如鲜花为她们吐露芬芳。躺卧在矮小的床上，床板横在她的头顶，想到她和柳茗的友情，叶虹的眼前顿时敞亮起来，她又看到了远方的明丽和清朗。

柳茗在毕业分配上的反转在她的同学间疯传，很快所有的人都知道了。有些同学嫉妒柳茗，特别是一些女同学，把这理解为权色交易，长得漂亮成了柳茗的罪过。也有羡慕柳茗的，她不仅有了个很好的去处，还有了一个强大的靠山。孙红艳这些真正关心柳茗的同学都很兴奋，他们之前很为柳茗惋惜，心里愤愤不平，这下喜从天降，他们真心为柳茗感到高兴。

风口浪尖上的柳茗却是最无感的那个人，那些聒噪之声没有打扰到她，她也没有感觉到这份世俗世界里让人艳羡的喜悦，唯一感动到她的，是那些真诚的关爱和祝福。她的脸上渐渐有了喜色，她为那些关心她的人振作起来、高兴起来。

好在大家都在忙着毕业前的大事小事，自顾不暇，跟柳茗有关的传言没有流传多长时间，大多数人最关注的是自己的事情。宿舍楼里人声鼎沸，不少人手忙脚乱乱了方寸。

最井然有序的那个人是陈正宏，他早早打好了行李，要去的单位还没给他安排宿舍，他把所有的东西先托运到他的外公外婆家。

收拾停当后，陈正宏邀请林凯飞一起吃顿饭，林凯飞答应下来。陈正宏带林凯飞去到一家离学校有段距离的饭馆，陈正宏以前跟他父亲来这里吃过饭，知道这家饭馆的水准。陈正宏经过窗口时往里面看了眼，没有熟人，他很放心地进了门。饭馆里很清静，只有一桌有人。已是下午两点，一般人不会在这个点来吃饭。

落座后，陈正宏从随身带的包里掏出一瓶茅台酒。饭馆的服务员正端着茶水过来，惊叫了一声："哇！是茅台啊！这么好的酒，我是第一次见呢。"

陈正宏来吃过几次饭，饭店的人差不多都认识他，饭店不允许客人自带酒水，对陈正宏这样特殊的客人自然可以破例。

"一会儿开瓶后你也尝尝。"陈正宏说。

"不了不了，我哪配喝茅台。"服务员连连摆手。

陈正宏没再坚持，他指示道："跟后面的大厨说声，拿出他的看家本事，好菜配好酒。"

"好咧。"服务员乐颠颠地答应道，"今天想吃什么？"

陈正宏朝林凯飞一笑："我是在安徽长大的，我来点吧。"

"好呀。"林凯飞随意地点了下头。

陈正宏没看菜谱，随口点了几个菜："三河虾糊、凉拌金针菇、黄山炖鸽、问政山笋、中和汤。"

服务员走后，陈正宏准备打开那瓶茅台，林凯飞说："别开了，你和我都不会喝酒，浪费了这酒，你留着送人吧。"

"不瞒你说，我爸给我这瓶酒就是让我送人的。酒还没出手，我去上海的事就搞定了，我没必要再去讨好谁。礼物太重，反而降低了我的分量。我不用再夹着尾巴做人，以后是他们求我，他们送我茅台还差不多。"陈正宏说着拉动了那根红色飘带，边开酒瓶边继续说道，"我要把这瓶茅台留给我自己，而且，我要跟我的朋友一起喝。"

林凯飞愣怔了一下，这里没有别人，陈正宏指的朋友肯定是他了。在很长的时间里他们确实是朋友，从入校时他们就走得很近，一度无话不谈，在别人眼里，他俩是关系很好的朋友。那次批判柳茗的班会后，他们开始疏远，更确切地说，是他疏远了陈正宏，陈正宏跟柳茗分手后，他几乎不再搭理陈正宏，他不能接受陈正宏对待柳茗的态度和做法，也不再明确地知道他和陈正宏到底是不是朋友。

陈正宏瞄了眼林凯飞，说："我可是把你当朋友的，百分之一百的真心。"

正好服务员送来了酒杯和凉菜，陈正宏为他和林凯飞斟上酒，举起自己的酒杯："来，为我们的友谊干杯。"

林凯飞也拿起酒杯，跟陈正宏碰杯后，两个人一饮而尽。

陈正宏又给两人斟满酒，很诚恳地对林凯飞说："谢谢你没舍弃我这个朋友，大学三年，除了一大把同学，我还能交到一个朋友。对我来说，你一个人顶上他们所有的人。"陈正宏说完，没跟林凯飞碰杯，自顾自地喝干了自己的那一杯。他第一次这样喝酒，酒精让他完全松弛下来。他知道他面前坐着的是林凯飞，他可以畅所欲言。

林凯飞有些尴尬地看着陈正宏，他能感受到陈正宏说那话是真诚的，但他没有准备好接受这份褒奖。

陈正宏看出了林凯飞的心思，他笑了笑，问道："你可能没想到我把朋友看得这么重要吧？"

"确实没想到。"林凯飞也笑了笑。

"这就是你好的地方，对我说实话。我问你什么，你从不骗我。"陈正宏说着又拿起酒瓶，林凯飞伸手想拦他，陈正宏一摆手，说，"别拦我，我今天要喝个够说个够。"

林凯飞不再阻拦，他自己也有了喝酒的冲动，他端起酒杯，喝了半杯。

又一杯酒下肚后，陈正宏放慢了喝酒的速度，话却越来越多。他晃着脑袋说："我在你眼里，不，在所有人的眼里，我是一个私心很重的人，我这种人怎么需要朋友，要交朋友的话也是为了得到利益，可那不是朋友，最多能算上酒肉朋友。我原来以为所有的关系都是建立在利益之上的，什么爱情、友情，全跟利益有关，可我后来改变了想法，我想要一份跟利益无关的情谊。你猜我什么时候有了这种想法？就是跟柳茗分手以后，我整个人都空了。喔，你知道我跟柳茗谈过恋爱吧？我不管不顾地爱过一把，开始时冲劲十足，很快就成了缩头乌龟。我丢了爱情，我怕我再失去你这个朋友。你看满大街都是人，可我走在人群里，感觉像飘在半空中，我得找个落脚点，有个朋友，我就有了着落。你就是我的着落，你为我做了很多。"

"我没有为你做多少事情，还都是小事，举手之劳。"

"可你是我的朋友。朋友是什么？就是你可以放心大胆地跟他喝酒，你不用看他的脸色，你在他那里想说什么就说什么，不怕他出卖你，不怕他小看你，也不需要装模作样，让他仰视你。遇到难事，你得找个搭把手的人，你得找个说说话的人，你第一时间想到的那个人就是你的朋友。你可以完全信任他，信任太难得太稀缺了，你就是那个值得我信任的人。我不用提防你，不用在你这里演戏。我他妈的活得太累了，什么都要演，什么都要拿捏算计，对什么人都要察言观色，说哪句话都要滴水不漏，只有在你这里，我还是我，不用装。你早就看穿了我的把戏，可你还是包容我，愿意帮助我，愿意做我的朋友。"

陈正宏说着说着哽咽起来。相处三年，林凯飞从来没看到过陈正宏的这一面。陈正宏在林凯飞眼里是个平面的人，陈正宏在方方面面都引人注目，大家看到的还是表面的东西，都在一个非常光滑考究的平面上。林凯飞第一次看到了这平面上的凸凹，他意识到陈正宏也是一个立体的人，有不同的层面，只是陈正宏习惯于向人们展示他认为最好的那一面，大家只能看到他的那一面。那一面恰恰不是林凯飞欣赏的。林凯飞没少见识陈正宏的算计和自私，特别是陈正宏对柳茗的绝情，让他一直耿耿于怀。但他回想和陈正宏的交往，陈正宏确实没有做什么对不起他的事情。而且，林凯飞怎么也没想到，陈正宏这么看重他们的友情，这么渴望一个真正的朋友。陈正宏极少展露的真性情感动到林凯飞，他刚刚露出的另一面迅速拉近了他和林凯飞之间的距离。

林凯飞满上陈正宏和他自己的酒杯。"来，为你回上海干杯！"林凯飞跟陈正宏碰杯后喝干了自己的那杯，他真心实意地为陈正宏感到高兴。

"能回上海，我真的太激动了。"陈正宏喜上眉梢，马上跳进了另外一种情绪中，他的脸涨得通红，发着红光，"我高兴得都要发疯了，公布结果的那一天，我跑到一个没人的地方放声大笑，笑完又哭，哭完又笑，真是又哭又笑满脸放炮。"

"放的是鞭炮。"林凯飞笑道。

"对，是鞭炮，我喜欢你的这个说法，是庆祝的鞭炮。"陈正宏这会儿没哭也没笑，但他的兴奋溢于言表，整个身体都动了起来，手舞足蹈，在朋友面前，他不需要藏起自己的心情，他像小孩般尽情欢喜玩闹。

饭馆里没有更多的客人，陈正宏又是老主顾，菜上得很快。最后一道菜上来后，陈正宏又斟上酒。"为你和叶虹干杯。"陈正宏说着跟林凯飞碰了下杯，把一杯酒倒进了嘴里。

林凯飞喝下那杯酒，问陈正宏："你怎么知道？"林凯飞指的是他和叶虹的关系。

"以我的聪明，还能看不出来？"陈正宏得意地一笑，"不过大家都挺聪明，你和叶虹好肯定不是秘密。最开始我以为别人都迟钝，长着猪脑子，后来发现不是这么回事，我看到的别人也有可能看到。谁都长着耳朵眼睛嘴巴，你不可能什么都知道，你也不可能什么都不知道。只是大部分人知道了无所谓，自己的事还忙不过来呢，哪顾上替别人操心。你们这样挺好，以为别人不知道，偷偷摸摸谈成了。我就是太小心，为了保住回上海，没敢跟柳茗再往前走。这跟柳茗的性格也有关，她藏不住事。"

陈正宏低下头连吃了几口菜，林凯飞也用几口菜压住了想说的话。

抬起头后，陈正宏说："你和叶虹能去同一个城市，我可是功不可没啊。"

林凯飞不解地看着陈正宏。

陈正宏继续说下去："为你俩的事，我求过郑良，还真求成了。你以为所有的人都公事公办吗？那些管事的人看着一本正经，你找对了缺口，他们很有可能网开一面。又不是路线错误，不就是谈个恋爱嘛，为什么不成人之美？我这个人呢，自己的事前怕狼后怕虎，朋友的事倒能办成。"其实陈正宏在这事上也没费多少心思，有次郑良聊起班里每个同学的情况，特别是恋爱状况，陈正宏感觉郑良并不是要使坏，就把林凯飞和叶虹谈恋爱的事透漏给了郑良，看看系里能否照顾照顾他们。郑良对叶虹的印象一直不错，叶虹在班会上为了柳茗跟他唱过对台戏，但郑良没有特别记恨叶虹，分配时，南京有两个多出来的名额，上海的名额又不够，按说林凯飞和叶虹比陈正宏更有理由回上海，既然这样，不如把他们分到同一个城市，算是成全他们，也是对他们去不了上海的补偿。几个管分配的人都赞成，这事就轻松地通过了。陈正宏把功劳记在了自己头上，不管怎么说，若不是他当时脑子反应快，见机行事，林凯飞和叶虹不一定能分到一起。

"那真要谢谢你。"林凯飞举起酒杯，"这杯向你表达我的感谢，我也代表叶虹谢谢你。"林凯飞说完一饮而尽。

陈正宏喝下他那杯后，嘿嘿一笑："朋友嘛，关键时候必须帮这个忙。我们都在远洋公司，属于一个大系统，以后等我翅膀硬了，没准我能把你搞到上海去。你和叶虹还是想回上海吧？"

林凯飞还没回答，陈正宏又跳到另外一件事上："你更想不到的，是柳茗那件事。我没想到系里把她分到那种地方，我原来以为她事先找过人，她还是有不少关系的，她要找的话肯定不是那个局面。她也吃过不少苦，怎么就没长记性，在社会上混不能这样，她是不是以为学校比外面单纯干净？她想得太简单，你也太简单了，你竟然要替她去那个破地方。我听到这事吓了一跳，我不能看着你这样犯傻，把自己搭进去，事情不能这么办。我使了个小计谋，我去点拨了郑良，郑良又去点拨了柳茗。我料定柳茗一定会有所行动，你看我料事如神吧，我真是诸葛亮转世。现在皆大欢喜，我保住了你的工作，也帮了柳茗的忙，就是便宜了杨冯那小子。"

陈正宏跟杨冯没有什么过节，只是去年他跟张向林结下梁子后，他对所有的部队学员都有了成见和怨气。

林凯飞的脑子开始发蒙，不知道是酒精的作用还是陈正宏今天说得太多，让他应接不暇。这么短的时间里，发生了这么多的事情。也许是一段生活即将结束，另外一段生活即将开始，身处转折点的人们都表现得有些不正常。

醉意明显的陈正宏又拿起了酒瓶，这次林凯飞把酒瓶抢了过来。"你快喝醉了，别喝了。"

陈正宏把酒瓶抢了回来，哆哆嗦嗦地往自己的酒杯里倒酒，边倒边说："我不怕，我喝醉了，你肯定会把我扶回去，你随便，你可以少喝些……我知道你不会让自己喝醉……这点你不如我，你该向我学习，遇上喜欢的人要去猛追……不过我也没好到哪儿去，呵呵，开头是好的，结局是坏的……我原来想着毕业后……我和柳茗都能去上海的话，我们可以接着谈，我计划好了，我和她都能回上海……嗯，这杯是安慰我的……"陈正宏哭丧着脸，喝下了那杯苦酒。

"可是感情怎么能计划呢？"林凯飞苦涩地一笑。

"柳茗也说过这话。"陈正宏话锋一转，问林凯飞，"你怎么没跟她谈？你喜欢她吧？你是不是早爱上了她，比我还早？你这次英雄救美，你对她真够好的，可你什么回报也没得到……她都不知道你喜欢她……你打算永远藏下去吗……"

陈正宏问完这些话，脑袋耷拉下来，落靠到桌子上。林凯飞看着醉得不省人事的陈正宏，心里五味杂陈。他感到一阵晕眩，还是给自己又倒了一杯酒，他晃荡了几下酒杯，各种滋味都在这杯酒中，各种情绪也在这杯酒。林凯飞的视线模糊起来，只有那杯酒清澈见底。他一口气喝下去，重重地放下酒杯。

林凯飞和陈正宏都是一醉方休，他们下午回的宿舍，一觉睡到第二天早上。林凯飞还没完全醒过来，有人推了下他，林凯飞睁开眼，看到了陈正宏。

"我今天下午走，跟你说一声。"陈正宏已经完全恢复正常。

"怎么走这么早？我去送你。"林凯飞坐了起来，头还昏昏的。

"不用了，我们后会有期。"陈正宏的脸上没有什么表情，一本正经的样子，可两个人的心里都有些酸涩。

看着陈正宏离去的背影，林凯飞完全清醒过来，可他记不清他跟陈正宏是怎样回的宿舍。好像是他架着陈正宏回来的，也可能是他俩互相搀扶着，一路跌跌撞撞。那段时间，宿舍楼里有不少喝醉的人，林凯飞和陈正宏也加入其中，看到的人都有些吃惊，他们没有想到林凯飞和陈正宏也会喝醉。

林凯飞也没想到自己会这样喝酒，他也没想到他跟陈正宏在分别的时候又重新走到了一起。

学校给的离校时间足够长，有的学生急于开始下一段旅程，早早离开了学校，陈正宏是最早离开的学生之一。还有一些人出于各种原因，或者什么外部原因也没有，仅仅是出于留恋和惜别，他们等到最后才离开。

柳茗、叶虹和林凯飞是最后一批离校的毕业生，离开学校的前一天，他们一起去了趟梨花渡。大部分学生已经离校，在校生也已放假，梨花渡里只有他们三个人。

盛夏时节，梨花渡是清一色的绿色，连小河都是青绿色的，青山绿水，满目苍翠。只有那座小桥是另外的颜色，颜色斑驳，让人想不起它原来的颜色，忘了它也曾有过色彩。小桥早已洗尽铅华，守住的，是在岁月里沉淀出的沉稳、淡泊。无论是在明媚的初春，还是在苍凉的暮秋；无论是在艳阳天，还是在阴雨天，小桥都默默地守在这里，忠实地守在这里。

岁月洗掉了小桥的色彩，那座小桥还在。

三个人很快登上了山顶，跟那座小桥遥遥相望。

刚刚下过一场小雨，太阳还没出来。柳茗的眼前却有阳光闪烁，登到山顶的林凯飞灿烂地笑着，太阳般温暖，阳光般明亮，温暖照亮了所有的记忆。许多次，他们远远地望着那座小桥，他也曾这样笑过。那样的笑容，经过了岁月的漂洗，依旧温暖明亮。

柳茗豁然明白，三年的大学时光，她最美好的记忆原来都在这里，都在这温暖明亮的笑容中。等她明白了这一点，他们已要离开这里，彼此道别。舞台上的灯光最明亮的时候，也是到了谢幕的时候。

林凯飞随意地吹了几声口哨，又是那首《红莓花儿开》。柳茗望向林凯飞，林凯飞红了脸，没再吹下去。柳茗的脑海里却重复着这首歌的旋律，还有那几句歌词：田野小河边，红莓花儿开，有一位少年真使我心爱，可是我不能对他表白，满怀的心腹话儿没法讲出来……

柳茗想不起林凯飞是什么时候让她动心的，是那次舞会上，她无助地站在那里，林凯飞走过来，牵起了她的手；还是在班会上，当她最爱的人出卖了她，林凯飞却站出来为她说话；还是在她失恋痛哭时，林凯飞抹去了她脸上的泪水；还是在毕业分配时，当她受到惩罚，林凯飞要替她接受这个惩罚……

柳茗不知道她是什么时候爱上林凯飞的，林凯飞可能也不知道，他不知道柳茗对他也动了感情，就像歌里唱的那样，他对这桩事情一点儿也不知道……或许他是知道的，柳茗想起来，就是在这里，林凯飞对她说过那句话，有些爱情还没开始就结束了。她对林凯飞的爱情，也是在还没开始的时候就结束了。

相遇即是别离，柳茗突然忧伤满怀。她爱过陈正宏，她即将嫁给杨冯，那个她最该爱上最该嫁的人，却被她错过了。如果此生只能有一次爱的表白，她愿意把这次表白留给林凯飞，可她再也没有向他表白的机会。

林凯飞似乎听到了柳茗的表白，那些话从心底流淌出来，无需用语言，在柳茗的眼睛里，林凯飞读到了柳茗的心里话，温柔又刺痛。

他们走到了一起，在伸手可及的近处，他们手都没拉过，就匆匆地道别。

柳茗想问林凯飞找没找到《忧愁河上的桥》的歌谱，话到嘴边又咽了回去。离别在即，很多想说的话都没了说出来的契机，只能留在心里。也许林凯飞已经忘了他的许诺，即使他忘了他要为柳茗吹奏那首《忧愁河上的桥》，对柳茗来说，林凯飞也是那座忧愁河上的桥，永远都是。

望着远处的小桥，林凯飞说："明天我们就要离开这里，以后会怀念这里的。"

"我已经开始怀念这里了。"叶虹动情地说。这里是最让她怀恋的地方，她在这里收获的不仅仅是学业，还有爱情和友情。

柳茗提议道："我们一起唱支歌吧。"

"好呀。"叶虹问道，"唱什么好？"

柳茗和林凯飞异口同声地说："《友谊地久天长》。"

"那柳茗唱歌，林凯飞用口哨伴奏，我当听众。"叶虹说。

"你也要唱。"柳茗跟叶虹说。

"我唱得不好听。"叶虹说。

林凯飞鼓励叶虹："不要紧，又没外人。"

"那好吧，我跟着你们哼哼。"叶虹说着望向柳茗，林凯飞也望向柳茗，等着她起头。

柳茗清了下嗓子，唱了起来：

怎能忘记旧日朋友
心中能不怀想
旧日朋友岂能相忘
友谊地久天长……

柳茗的眼睛里有了泪水。上一次唱这首歌,是在黄浦江畔。十几个女同学在告别时,一起唱了这首歌。一晃过去了这么多年,身边的郦华换成叶虹和林凯飞,未曾改变的,是心心相印的友情。

叶虹的眼里也湿润起来。第一次唱这首歌,是在初中的英语课上。英语老师认为学唱一些英语歌可以帮助学生学习英语,她挑选了一些歌曲,里面就有这首歌。学唱这首歌时,梁彩云就坐在她的身边。

叶虹恍惚听到梁彩云正跟她一起唱着这首歌:

  我们曾经终日游荡
  在故乡的青山上
  我们也曾历尽苦辛
  到处奔波流浪
  举杯痛饮,同声歌唱
  友谊地久天长……

课堂上,老师让大家拉起手来,梁彩云拉起了叶虹的手。叶虹伸出手,拉起了柳茗和林凯飞的手。林凯飞停下吹口哨,跟柳茗和叶虹一起唱了起来:

  我们也曾终日逍遥
  荡桨在绿波上
  但如今却劳燕分飞
  远隔大海重洋
  ……

让我们亲密挽着手

　　情谊永不相忘

　　让我们来举杯畅饮

　　友谊地久天长

　　让我们来举杯畅饮

　　友谊地久天长……

　　歌声在青山绿水间回荡，在三个人的心里久久地回荡。歌声激荡着他们心中的离愁别绪，虽然他们三个都要去南京，他们可以在南京重聚，可他们的心里还是结满了离愁别绪，丝丝缕缕地结成了死结。离别的泪水滴落在山野，把一片片绿色染成一团团白色，白色的梨花在不属于自己的季节里悄然盛开。小河上波光粼粼，飘落的花瓣像一个个音符，连缀起一首告别的骊歌。河水流向小桥，悠长的歌声缠绕住那座小桥，往日时光已为小桥重新涂上了鲜亮的颜色，小桥又回到初次相见的模样。

第六章

林凯飞和叶虹在刚到南京的那个夏天举行了婚礼。

林凯飞的工作单位有规定,结了婚的青年员工可以分到一间宿舍。林凯飞和叶虹一商量,两人决定马上去领证。两个已经想好要共度此生的人,结婚只是早晚的问题。

他们的小巢在一栋三层高的筒子楼里,拿到房门钥匙后,林凯飞马上带着叶虹来看房子。

他们很快找到那栋楼。郁郁葱葱的地锦爬满楼的外墙,也用新鲜的绿色遮掩住了外墙原来的颜色。入口处的水泥地是坑坑洼洼的,显现出这栋楼的年岁。这样的破旧没有影响到林凯飞和叶虹的心情,他们满心喜悦地走进去,没有觉察出脚下的坑洼。楼里有些昏暗,两个人刚从明晃晃的外面走进来,一时不能适应。楼梯那里还好些,上到三楼走进楼道后,像是走进一个黑咕隆咚的隧道。两个人摸索着往前走,不时磕绊到什么障碍物。几乎每家门口都堆放着一些杂物,楼道就窄了许多。叶虹不小心碰到了一个大纸箱,打了个趔趄。她正在平衡自己的身体时,林凯飞一把扶住了她。等叶虹站稳，林凯飞牵住叶虹的手，他在前面开路，叶虹跟在他的后面，两个人几乎走在一条直线上，脚下的路不再那么狭窄不再有阻拦，余下的那段路两个人走得顺了许多，他们牵着手走到了自家的房门前。

林凯飞掏出钥匙，摸索着找到锁孔，轻轻一转开了锁。房门打开后，亮堂的阳光一把抱住了走进门来的两个人。从暗处走进明亮处的林凯飞和叶虹再次闭了下眼睛，让眼睛适应这明晃晃的光芒。恍惚间，两个人的身体碰到了一起。他们本能地往后退了小半步，脸上都飞出红晕，不知道是因为天气热还是因为羞涩，或许两者都有。他们的眼睛完全适应过来后，两个人反倒更加慌乱，有意无意地躲避着对方的眼神。当两个人的眼神不小心碰撞到一起时，他们猛然意识到，他们不该这样躲避对方。在法律上他们已是夫妻，他们身处的这间房子是他们自己的家，属于他们两个的家。

林凯飞不再躲闪，温柔又坚定地望向叶虹。叶虹这次没有躲避，也是温柔又坚定地望着林凯飞。他们同时向对方靠过去，两个温热的身体抱在了一起，四片嘴唇也粘贴到一起，随着身体的贴近完全交融在一起。难以自持时，林凯飞低声问了句："今天可以吗？"

叶虹听明白了这句话的意思，她从林凯飞的怀中抬起头来，痴痴地看了眼面前的这个男人，反身从里面锁上了房门，然后轻轻点了下头。

两个人这才开始打量这间屋子。十多平方米大的房间里有一张单人床、一张简陋的书桌和一把同样简陋的木椅。这些家具应该是单位的资产，上一户搬离时没有带走它们。

床上竟然还有一个帆布的床垫。

林凯飞和叶虹对望了一眼，一起走向那张小床。叶虹先坐了下来，用手轻拍了几下那个薄薄的帆布床垫，掩饰着自己的慌乱。林凯飞没有马上坐下来，只是站在叶虹的对面，俯下身来，轻柔地抚摸着叶虹的头发。叶虹的脑袋渐渐地靠到了林凯飞的胸前，林凯飞的手穿过叶虹的头发，划过叶虹的肩膀，他弯曲双臂，环绕在叶虹的肩膀上。叶虹的双手一直拘谨地垂落在身体的两边，林凯飞抱住她时，她抬起自己的胳膊，环绕到林凯飞的腰上。两个人温存又用力地抱紧了对方。

屋子里很闷热，紧贴在一起的身体像是泡在了水里。最灼热的气流并不是从屋子里涌进他们的身体，是从他们的最深处不断地往外流淌。两股热流即将汇融到一起时，两个人都有些犹豫。他们是领了结婚证，但还没给大家发喜糖，还没走最后这个程序，好像名不正言不顺。他们也没真正地亲近过，他们确定恋爱关系后依旧生活在一个集体的环境中，只是偷偷摸摸地拉过几次手，两只手碰到一起后就匆忙分开，怕被别人撞见。他们一直不敢造次，刚才的那个吻是他们真正的初吻。这个吻山崩地裂，激发出他们全部的爱恋和对爱情的渴慕，让他们彻底忘记了他们需要遵循的那些繁文缛节。

可是那些条条框框早就铭刻在他们的思维中，像是一个坚固的缰绳，在最后一刻断然发力，猛地拉住他们，让他们清醒过来。他们应该再等等，正式宣布结婚后再入洞房，按照那些约定俗成的条规一步步地走完结婚的每一个步骤，他们现在显然乱了阵脚，即使没人看到没人知道。

两个人同时停了下来，有些不知所措。只是这个停留并不长，莫名的顾虑并没有在他们的脑海中盘旋多长时间，他们已经无法阻止热流的涌动。两股热流奔泻而出，淹没了两个人，他们一起倒在了床上，身上的衣服湿漉漉地贴在身上。两个人慌乱又快速地褪去了变得有些沉重的衣服。

这是他们第一次看到一个完全裸露的成年异性，他们的目光在高低起伏间跳过，一览无余的肉体让他们既欣喜又害臊。他们不好意思多看，赶紧抱住那个蒸腾着热气的赤裸的身体。

午后的阳光蜂拥而至，让甜腻的气息更加浓厚，两个人的心里也挤满了浓情蜜意。他们都想一遍遍地跟怀里的那个人说"我爱你"，又始终说不出口，他们就用他们的身体宣泄他们的爱意，他们只想完完全全地把自己交付给那个他们爱着的人。被爱浇灌和滋润着的两个年轻的身体在生硬的床垫上完全融合到一起，没留一丝的缝隙。

离开学校后，柳茗没有像林凯飞和叶虹那样直接去南京报到，她先回了趟上海。

在柳茗回上海之前，冯英坤带着杨冯去过一趟上海，专门去拜访柳茗的父母。见面时他们都没提柳茗和杨冯是否会结婚，不过几个人心里都明白，冯英坤这次是带着儿子来提亲的。老战友重聚自然很激动，见面的气氛一直很好。可柳尚民的心情越来越阴沉不安，没聊多长时间，他对杨冯就有了疑虑。杨冯认识的有头有脸的人不少，说起他们时杨冯很是得意，津津乐道。柳尚民能看出杨冯不是一个脚踏实地的人，他的强大的关系和资源都是父母的，离开了父母的羽翼，他很可能一事无成。更让柳尚民生气的是，在杨冯看来，利用父母的关系网理所当然，这成了他吹牛和抬高自己的资本。而且杨冯对父母的一些老部下是轻视的，对那些帮过他的人并没有心存感激。其中有两个人柳尚民也认识，柳尚民知道他们是非常好非常值得尊重的人。

冯英坤和杨冯走后，柳尚民心里一直觉得有什么事情不对劲，他不知道这是父母的直觉还是做父亲的在女儿出嫁前都会经历的心理起伏。他宁愿是后者,女儿真的要离开家了,他心里是舍不得的,可他又明明知道前者的可能性更大。两个原因都有的话,前一个所占的比例也远远大于后一个的。思来想去,他决定等柳茗回家后跟女儿好好谈谈,他总感觉自己的女儿和杨冯不是一路人。

柳尚民在三个孩子中对柳茗是有偏爱的,这还不是因为柳茗是他和唐亚楠的第一个孩子。柳茗从一出生就特别招人喜爱,随着她从一个小不点一岁岁地长起来,她出众的地方不光体现在她的长相上,也在她的品性上一点点地展露出来。柳尚民到哪去都愿意带上这个女儿,对柳茗犯的错误也最能原谅,甚至会替她遮掩,让她免受妈妈责罚,他见不得柳茗受一点儿苦或不开心。柳茗也是那个最体贴的孩子,最能为柳尚民消除工作的疲劳和烦恼。一提起柳茗幼年时的趣事,柳尚民总是特别兴奋,一遍一遍地讲述,每次都会开怀大笑,他特别为这个女儿感到骄傲。作为父亲,他爱他的每一个孩子,可柳茗这一生能不能过得好是他最在乎的。他希望柳茗能幸福,一生幸福,而他不认为杨冯能给他的宝贝女儿带来幸福。

柳茗到家时,只有柳尚民和唐亚楠在家,她的妹妹和弟弟都不在。

进了家门跟柳尚民刚一见面,柳茗就感觉到父亲有什么心事,很沉重的心事,他怎么也掩饰不住的心事。这些年家里发生了太多的变故,但柳茗在父亲的脸上很少看到这样的忧虑,只是他们父女间从未直接地交换心情分担忧虑,柳茗不敢冒昧地询问父亲。柳尚民看柳茗刚到家,又累又饿,他把急于跟女儿说的话先忍了下来,让柳茗赶紧吃饭。

吃过饭后,柳茗起身去给父亲烧水泡茶。柳茗从安徽带回来一些爸爸爱喝的黄山茶叶,她烧好了开水,给爸爸泡好茶。柳尚民接过茶杯时,随口说了一句:"小茗,坐下陪爸妈聊聊天。"

柳茗随意地坐在了父母的对面,她不知道柳尚民为这个开场白等待了好几天。

终于可以来谈这件事了,柳尚民却语塞起来。为掩饰自己的心情,他打开茶杯盖,准备先喝口茶水。

柳茗赶紧说:"太烫,我刚泡的,爸你别急。"

柳尚民只好先吸了口蒸腾着茶香的热气,赞叹道:"香,真是好茶。"

柳茗笑道:"这是你最喜欢的黄山毛峰,这次买的是雨前茶,明年要想办法给你买明前茶。"

柳尚民摇摇头:"不用这么麻烦,任何时节的黄山毛峰都是好茶。"

"这次我从安徽直接过来。"柳茗又说,"以后从南京回家,我可以给爸爸带些南京的雨花茶,还有爸爸喜欢的南京板鸭。"

"嗯,你爸特别喜欢板鸭。"坐在一旁的唐亚楠说道。

"南京有好多特产呢,以后你们最好每年都能去趟南京,我要带你们去吃各种好吃的。"

"我们要争取多去看你。"柳尚民答应着,他更惦记的是女儿,吃是次要的。他接着说道:"我和你妈希望你在那里一切都好,你过得顺心,我们才能放心。你能去南京工作,我们为你高兴,你出生在南京,没想到你跟南京这么有缘分,长大后会去南京工作。"

"我出生在南京?"柳茗睁圆了眼睛,惊讶地看着自己的父母。

柳尚民和唐亚楠这才意识到他们从未告诉过女儿她是在哪里出生的,他们几乎把全部的心思都放到了工作上,出生地是件不值一提的小事。柳尚民说:"我那段时间在南京参与空军的建设工作,你妈妈也跟着我去了南京,在南京生下了你。你两三个月时我们都回了上海,所以大家都以为你的出生地是上海,连我们自己都差不多忘了我们的大女儿生在南京。之后我从部队转业到了上海市政府,完全在这里安顿下来。"

"你们还记得我们在南京的日子吗?"柳茗很想知道她出生前后发生的事情。

"时间太久记不清了,而且那时候天天忙工作。"柳尚民说,直到现在他也没觉得这是件多大的事,女儿是重要的,出生在哪里并不重要。

唐亚楠对女儿说:"你在南京也没待多长时间,不过我清楚地记得你生下来眼睛很大,跟小嘴一样大,特别漂亮。产科护士抢着轮流抱,给你养成了抱着睡的坏习惯。你爸就整夜坐在床上,将两条腿盘成一个圈,你就在爸爸的腿圈中睡。"

"真的吗?"柳茗热切地望着自己的父母,期望听到更多的故事。

柳尚民这会儿不想在这个话题上多耽误时间,他赶紧继续说他想说的话:"到了南京后,你能把自己的日子过好是最重要的,工作上的事情我倒是不担心,爸爸相信你会好好工作,我有些担心的是你的终身大事。杨家帮了我们大忙,我很感激他们,我们要想方设法报答他们,不过……你如果跟杨冯不合适,一定不要勉强自己。"

柳尚民目不转睛地望着自己的女儿,眼神却有些飘闪迟疑。

柳茗豁然明白了自己的父亲在为什么事情烦忧。知道了这个谜底后,柳茗反而轻松下来,她冲着父亲开心地笑了,笑着说:"爸爸你放心,我们两家知根知底,在学校的三年里,我跟杨冯相处得挺好,叔叔阿姨们也不断撮合我们,特别是洪阿姨。认识了两三年后才做的这个决定,应该八九不离十吧。"

"可我见了杨冯后,我觉得你俩不合适。"柳尚民说。

"你回来之前,杨冯和他妈妈来过我们家。"唐亚楠解释道,柳茗这才知道这回事。

柳尚民把他看不惯杨冯的地方一口气倾倒出来,他说得很急,一向思维清晰的他有些语无伦次。

唐亚楠也特别在乎女儿的婚姻,在柳茗之前,她生过一个没有存活的孩子,所以她对柳茗分外珍惜,但她觉得柳尚民有些过于担心,她对柳尚民说:"我倒没觉得这是多大的问题,高干家庭出来的孩子一般会有这样的表现,这不能说明杨冯完全依附于自己的父母,没有自己的追求和事业,而且他能把父母的资源变成自己的依靠也不是坏事,小茗嫁进杨家后的生活会优渥容易很多,做妈妈的是不想让女儿在生活上吃苦的。你的工作恢复了不少,我的工作安排还没有真正落实下来,不知道我们能在多大程度上帮上小茗,不给孩子找麻烦已经不错,所以小茗找到婆家这个靠山让我放下心来。这次毕业分配若不是冯英坤出手相助,结局会完全不同。"

最让柳尚民左右为难的正是这一点。他对冯英坤感激不尽,没有这件事,他对杨冯的父母的印象也非常好。他们忠厚和善,口碑很好。杨冯的父亲杨培永是他的老首长,虽然文化程度不高,工作能力也不是很强,但他是个特别好的人。冯英坤一直位居重要的领导岗位,因为有部队的背景,加上人缘好,她一直顺风顺水,可她从没歧视怠慢过那些靠边站的故交旧友,这一点深得柳尚民的敬重。杨培永、冯英坤的人品和杨冯的表现着实给柳尚民出了道难题,让他进退维谷。加上柳茗的毕业分配让他再一次感到他对不起他最心爱的女儿,这让他十分难过。若不是他牵累了女儿,柳茗不至于求助于杨家,也就不用嫁给这个让他如此不放心的杨冯。

柳尚民哀叹了一声,眼睛里滚动着浑浊的泪水。"我这是要嫁女儿,不是卖女儿啊。我要女儿嫁给幸福,嫁一个可靠的人,有一个安稳的家，不是嫁给权势。小茗要嫁的男人一定要是有责任有担当的人，不是一个不务正业的小混蛋。我女儿可以为幸福嫁进一个普通的家庭，过普通百姓的生活，她从小到大就不是一个想要荣华富贵的孩子。"

唐亚楠嚷嚷道："我不反对小茗嫁一个普通人，可这个人在哪呢？小茗毕业分配时出了大问题，我们还不是得攀附权势？"

唐亚楠的这句话激怒了柳尚民，他为人正直，最讨厌溜须拍马，趋炎附势，现在攀附权势又牵扯上他最最心爱的女儿，这让他压在心里的担忧彻底爆发了。他一反常态勃然大怒，冲进厨房，出来时手里拿着菜刀。

唐亚楠一看不对，一把将柳茗揽到自己身后，对柳尚民大喊："尚民，你疯了吗？"

柳尚民眼里喷着火，脸上肌肉抽搐，痛心疾首地说："小茗如要嫁杨冯，不如现在将她砍了，她就不会吃苦受罪了，杨冯会毁掉她一生的幸福。或者砍了我，不要让我看到这一切，要不我的心会碎成粉末的。"

柳茗惊愕地躲在妈妈身后，浑身颤抖。她不敢相信，这就是那个一向温文尔雅的父亲。从小到大，她从未见过父亲这么激动，这样生气。她知道这一切都是因为她，因为父亲对她的爱。

柳尚民接着喊道："我尽了一切努力，保护我的孩子们平安幸福，这是我唯一的安慰，可是，小茗会毁在杨冯手里的，这会是命运对我最大的惩罚，我一定要阻止它。"

唐亚楠用尽全身力气夺下那把刀，又将柳尚民推进卧房，把卧房门关上。

两个小时后，唐亚楠推门进去，房间里烟雾腾腾，刺鼻的香烟味儿很浓很厚，烟灰缸里堆满了烟头。柳尚民手上还拿着抽了一半的香烟，已经平静了不少，基本恢复了他一贯的理性。他跟唐亚楠又讲了一遍他的顾虑，唐亚楠也就又讲了一遍她的看法，最后她补充道："我刚才在气头上话说得有些过，我知道你不喜欢也不会去攀附权势，可有权有势的人家的孩子大多数是好的。你的老首长老战友你最了解，老冯两口子都是极好的人，他们的孩子应该是不错的，你对杨冯的印象也许是有误解的。我看杨冯对小茗很真心，会对小茗好的，杨冯的父母对小茗也一定很好。再说，小茗已经做了决定，我们也不忍心拆散他们，让小茗伤心不是？"

柳尚民只是摇头叹气，但唐亚楠能看出她已经说服了柳尚民。唐亚楠走出卧室，朝站在门外的柳茗使了个眼色。

柳茗走进卧室，坐到了父亲的身边。

柳尚民看到了柳茗，一时说不出话来。好半天，他才说："小茗，爸爸吓着你了，对不起。"他的声音哽咽起来，柳茗的眼泪夺眶而出。

柳尚民调整自己的情绪，又说："眼看女儿长大成人了，一转眼，要离开父母嫁人了，爸爸心里不是滋味儿。从你出生这天起，爸爸就知道你总有飞离的这一天，这一天快来临了，可是爸爸还没做好准备。还有，爸爸希望你展翅飞向的天空是晴朗的蓝天，而不是乌云密布的地方，爸爸想一直注视你在蓝天中欢快地飞翔。杨冯这个孩子让我很不放心，今后的路可能有许多的曲折坎坷，他不是那个可以陪伴在你身边的人。到时候，爸爸眼睁睁地看着你在荆棘中挣扎，我却再无回天之力。爸爸想趁现在还为时不晚，阻止这种命运。"

柳茗拉住父亲的手，安慰他说："爸你放心，我不会让这种事情发生的，你的女儿一定会幸福的。我认识杨冯三年了，我愿意嫁进杨家并不只是为了报恩，我自己也愿意嫁给杨冯。"

为了让父亲更放心，柳茗露出了轻松的笑容。柳茗也知道杨冯是一个纨绔子弟，不是她真正能爱上的男人，可在爱情上她的心已是一片废墟，她也就不再那么在意该不该嫁给杨冯了。不过她也做了决定，如果她跟杨冯结婚，她会努力成为一个好妻子。

叶虹却是完全嫁给了爱情。酣畅淋漓的云雨之后，她和林凯飞安静地偎依在一起，停靠在属于他们的港湾，面朝大海，目之所及心之所及的地方都是风平浪静，没有一丝起伏。曾经波涛汹涌的大海现在成了一马平川，人在最幸福的时候才能有这样的安宁。

靠在林凯飞的肩头，叶虹的目光再次扫过这间不大的屋子。房间是朝南的，夏天很闷热，叶虹却非常喜欢，她喜欢向阳的房间，阳光涌进来的明媚让她感到欢喜，更让她感到踏实。她从来没有这么踏实过，一辈子的幸福让她完全踏实下来。叶虹的目光最后落到贴在墙上的一个"喜"字上，刚才进来时没有注意到。叶虹猜想上一个住户也是在这里结的婚，当初贴的应该是双"喜"，几个年头后其中的一个"喜"字脱落了。叶虹觉得这是更好的状态，两个人把各自的欢喜过到了一起，在柴米油盐中完全合二为一。

林凯飞也看到了那个"喜"字，现在，这间屋子名副其实地成了他和叶虹的洞房，他怀里的这个女人是他的妻子，他要好好地爱她，为她的一生负责。

"我们要商量下什么时候办婚礼。"林凯飞开口道。

"婚礼？你是说我们会办婚礼吗？"叶虹的身体轻颤，声音也有些发抖。她并没有期望一个婚礼，不是她不想要，她只是觉得她已经得到了很多，她不该再奢求什么了。她有了自己的房子，很亮堂很方便。这是单位的宿舍，林凯飞可以走着去上班，恰巧这里离她上班的中学也不算远，一趟公车就可以坐到，不用转车。这间屋子的采光度又这么好，她的生活里一下子涌进来这么多明亮的东西。她不仅仅有了一个落脚点一个住处，最重要的是，她跟她身边的这个她深爱着的男人有了一个家。她是一个很知足的人，既然她得到的已经超出了她的所求所想，对于婚礼和蜜月她都抱着从简的心态。

没等林凯飞回答，叶虹又说："我只是想请柳茗来家里吃顿饭，我们俩再一起回趟上海，去看看双方的父母和彩云的家人，这样婚礼和蜜月都有了。"

"这些都会有。"林凯飞说，"我还想办一个简单的婚礼，不能委屈了你，我要给你一个正式的仪式。"

上大学的时候，有一次柳茗、叶虹和林凯飞三个人聊文学作品，不知道怎么就聊到了有关婚礼的描写。三个人一致认为中外文学中不乏经典的爱情故事，却没有哪段婚礼能真正打动他们。

"好遗憾呀，有爱情却没有婚礼。"柳茗说着轻微地摇了摇头，又很肯定地说，"将来我结婚，一定要有个婚礼，可以很简单，不可以没有。女孩子嫁给心爱的人，都会想要这个仪式的。"

叶虹当时什么也没说，可林凯飞从叶虹的眼睛里看到了她的向往。那个时候林凯飞就做了这个决定，现在他可以为叶虹做这件事了。

叶虹心头一热，涌出一股热流，眼睛也湿润了。

林凯飞继续说下去："我们可以把分到南京的同学都邀请来，再邀请些同事。"

"那就请他们来这里好了，我来做饭。"叶虹说。筒子楼里的厨房和厕所都是几家人公用，刚才他们往这边走时路过一个厨房，很有可能他们的灶台就在那个厨房里，离这间屋子挺近，做好菜端过来很方便。"

林凯飞笑道："哪有让新娘做饭的,这个地方也小了些,装不下这么多人。我最开始想到去玄武湖,我们可以在湖边搞个露天的婚礼,不过那里不会让我们随便搞这个。我打听怎么去申请,被我们办公室的周大姐听到,她让我别惦记那里了,建议我们就在单位办。她认识食堂的人,大家吃过晚饭后食堂空了出来,场地和桌椅都有。我们可以请食堂的师傅帮我们做些菜,再在外面买些糖果之类的东西。听着是挺不错的,可我想给你一个浪漫的婚礼,只是问了一圈,也只有这个地方还有可能。"

"这已经够浪漫的了,真的。"叶虹把头埋进了林凯飞的怀里,"现在很少有人举办婚礼,我想都不敢想,自己还能有个婚礼。"

林凯飞的胸口湿了一片,他知道那不光是汗水,还有叶虹的泪水。他抬起手,指尖在叶虹湿漉漉的头发上划过,划过她的后背,轻柔又深情地抱住了她。

柳茗回到了南京,她对这座城市一直有种莫名的亲切感,原来她跟这里的缘分从她出生时就开始了。

柳茗定下来南京工作后唐亚楠就给自己在南京的表哥写了封信。以前两家常有联络,柳茗小时候来南京玩就住在表舅家。后来柳家的生活发生了太多的变化,柳尚民和唐亚楠怕连累亲朋好友,亲戚间几乎断了走动。柳茗的表舅很快回了信,邀请柳茗先来他们家住几天。表舅有一儿一女,儿子唐奕参军去了新疆,女儿唐蕾也就理所当然地留在了南京,没去下乡,顶替她妈妈去了日用化工厂的牙膏车间当工人。唐蕾比柳茗大一岁,两个人几乎同龄,柳茗来南京时都是跟唐蕾一起玩,她很喜欢自己的这个小表姐,很想再见到她,所以想都没想就接受了表舅的邀请。

表舅和唐蕾都说要去火车站接柳茗，柳茗执意自己过来，当她知道了她跟南京的渊源，她很希望她跟这座城市能有一些亲近的独处的时间，特别是在开始的时候。

柳茗带着不少行李，坐公车不方便，下了火车后，她很快找到一辆三轮车。师傅是个很和善的中年男人，他帮柳茗把行李放到车座的两边，柳茗可以坐在中间，既可以照看到行李，又坐着很舒服。柳茗刚要上三轮车，看见有个人捧着几个包子从车边走过。她刚才下火车时看见有人在卖热气腾腾的包子，走过去好几步了还能闻到热包子的香味。柳茗很想买上几个，无奈肩上手上落满了行李，没法再塞进来别的东西。

热包子的香味再一次迎面扑来，柳茗忍不住跟三轮车的师傅说："这包子好香呀。"

师傅笑道："南京火车站的大肉包很有名，有的乘客不是来南京的，也会下火车买包子。"

"怪不得呢。"柳茗略一犹豫，开口问道，"师傅您能不能等我一下？我想去买几个包子。"

师傅摆摆手说："去吧去吧，我在这里等你。"

柳茗迅速地朝火车站跑去，听见师傅在她身后叫道："姑娘，慢点走，不急。"

柳茗扭头朝师傅感激地一笑，稍微放慢了一点脚步，很快找到卖包子的摊位。卖包子的那位上了年纪的大妈也是满脸和气，她掀开盖在包子上的小棉被，一股热乎乎的香气蒸腾出来，圆滚滚的热包子像是刚刚出锅。

柳茗算好了人头，买了十二个包子，一毛钱一个。她捧着包子回到三轮车旁，看见师傅已经支好三轮车的车篷。

师傅笑眯眯地说："太阳在落山，还是有些晒，有个篷子可以遮挡一下。"

柳茗又朝师傅感激地一笑，捧着包子上了三轮车。

师傅在前面蹬车，偶尔给柳茗介绍下经过的地方。街角有人在卖栀子花，巷子里的一些人家在用菜籽油炒菜，热包子的气息还未散尽，柳茗又嗅到了栀子花和菜籽油的香味。上海也有栀子花和菜籽油，南京的味道是不同的。

每个城市都有自己的味道，刚到南京的柳茗就喜欢上这座城市的味道。

柳茗的表舅在民政部门上班，住的房子是单位的，在巷子中间的一个小院子里，院子里有三栋二层的楼房，表舅家在其中一栋的一楼。三栋楼都不大，每栋楼里楼上楼下各住三户人家。

这个小院子没有院门，三轮车师傅直接把车停到了表舅家的门口。柳茗下了车，确定好楼牌号，一楼中间的那户房门开着，这会不会就是表舅家？柳茗边想边朝那户走去，屋里的人看到了门外的三轮车，也朝门口走来。

"小茗！"

"表姐！"

柳茗和唐蕾同时叫出声来。她们有十多年没再见面，几乎记不清对方的模样了，可是家人间是有直觉的，还未看清对方的面孔，就会被一种与生俱来的东西吸引过去。

三轮车师傅听到了她们的叫声，柳茗和唐蕾欢天喜地时，他拿下柳茗的行李，送了过来。唐蕾赶紧接过行李，柳茗跑回三轮车拿余下的物件，顺手悄悄把四个包子放进师傅挂在车把上的布口袋里。她买大肉包时给表舅一家三口和她自己各买了两个，给三轮车师傅买了四个，他是干体力活的，得多吃点。

表舅和表舅妈闻声从屋里快步走出来,柳茗叫过他们后,给三轮车师傅付了钱。师傅发现柳茗多付了一块钱,非要塞回给柳茗,柳茗死活不要,推搡了一番,师傅才收下来。表舅妈说刚做好酸梅汤,让师傅进屋喝一碗,歇歇脚。

"不了不了,谢谢您,我带了茶水还没喝呢。"师傅道别后朝三轮车走去,看他快走到时柳茗开口道:"师傅您的茶水边有包子,是留给您的。"柳茗怕师傅回来送包子,说完后朝师傅挥挥手,转身进屋带上了房门。

师傅是打算把包子送过来的,看到房门已带上,他明白自己最好接受这份心意。他待在原地朝这边多望了几眼,心里默默地祝福这个从车站接上的女孩,愿她在南京开始的生活顺遂美满。

屋子里的柳茗打开其中的一个行李包,翻出带给表舅一家人的礼物,送给他们。表舅妈给柳茗准备好了脸盆和毛巾,还拎来一个热水瓶,想先去水龙头接上冷水,再兑上些热水,柳茗拦住她,说:"凉水就好,舅妈我自己来。"

柳茗走出门去,水龙头在屋外。表舅家有三间屋,连在一起。三间屋大小差不多,都是十平方米左右。中间这间像是客厅,一头通向屋外,柳茗刚才就是从这里走进来的;另外一头通向屋外的露天小院。小院很窄小,不到两米宽,光线很好,可以在这里晾晒衣服,每年冬天他们还会在小院里晒些咸肉之类的干货,改善下伙食。正对着客厅的地方有个水池,旁边是个小厨房,水池上边支了个棚子,连到了房门那里,这样下雨天去厨房或去水龙头接水不会淋了雨。

柳茗拧开水龙头,没有用脸盆,直接把水打到自己脸上。她边洗脸边跟屋里的人说:"南京人好热情好敦厚呀。"

"南京大萝卜嘛。"唐蕾笑道。

"什么南京大萝卜？"柳茗扭头问道，顺手用毛巾擦干了脸。

表舅解释说："南京人被称作大萝卜，大萝卜是实心的，南京人也是实心的。"

"那我也要做南京大萝卜。"柳茗调皮又认真地一笑。

"你应该算是南京人。"表舅说，"你出生在南京呀。"

"您也知道我出生在南京？"柳茗笑着问道。

"你妈妈生你的第二天，我和你舅妈去医院见过你。"表舅说。

正在从厨房往客厅端菜的表舅妈接着说："大多数刚出生的婴孩都是闭着眼睡觉，你的眼睛睁得大大的，我们走动时，你的眼珠子还会跟着我们动呢。"

家里的气氛随着表舅妈的话音也动了起来，更加热烈。几个人边聊天边把晚饭一一端上饭桌，摆好碗筷，盛好米饭。表舅表舅妈准备了四菜一汤，还有梅花糕和解暑提神的新鲜的酸梅汤，加上柳茗在火车站买的包子，热闹地挤满了饭桌。

吃饭时柳茗简单地提了下她的工作，表舅他们没有多问，他们更关心柳茗在报到前可以去哪些景点玩。唐蕾报了几个地方，柳茗开心地照单全收。

唐蕾也开心，说："我带你去。"

柳茗说："我可以自己出去，你还要上班呢。"

"我也想跟你一起玩呀，我可以休几天假。"唐蕾说到这皱了下眉头，"就是不大有假期了，我们的工假很少，春天时我妈生病，差不多用光了。"

柳茗说："那就等周末，别用你的假期。我来了南京，我们有数不完的周末呢。"

"要不你跟我住几天宿舍，这样我一下班就可以带你出去，不用等到周末。"唐蕾建议道，"我们本来四个人一间宿舍，正好走了一个空了一张床。其他两个人都特别好，她们会欢迎你的。"

"宿舍太简陋了，还是住家里好。我和你舅妈住一间，你和你表姐住那间，她不在家时你自己住。"表舅说着指了指那间柳茗可以住的房间，接着说，"家里什么都有，就是厕所在外面，不过屋子里有马桶，在家住肯定比宿舍舒服。"

柳茗马上说："跟表姐去住宿舍蛮好，我之前都是住集体宿舍，我喜欢住宿舍，我上班以后也是住单位宿舍呀。"

表舅和表舅妈没再坚持留柳茗在家住，表舅妈嘱咐道："以后要常来家里吃饭，快，多吃点。"表舅妈把最好的两块盐水鸭夹到柳茗的碗里，还为柳茗盛了碗冬瓜肉丸汤。

"好呀好呀。"柳茗嘴上答应下来，也真的打算经常来看表舅表舅妈，不过她想着以后来要尽可能避开饭点，或者她带些吃的东西过来，每个人的肉蛋都是定量供应的，柳茗不想让表舅他们太破费。

吃过饭后，唐蕾得回宿舍了。她上早班，开工的时间跟公车早班车的发车时间差不多，从家里过去就会迟到。表舅表舅妈想留柳茗住一晚，柳茗还是想直接跟唐蕾去她宿舍。唐蕾帮柳茗拿上一部分行李，表舅妈特意多做了一些梅花糕，让唐蕾带给她的室友。

柳茗跟着唐蕾来到她的宿舍。唐蕾的两个室友热情开朗，年龄也跟她们差不多，柳茗跟她们很快熟起来，恍惚间，柳茗感觉自己回到了已经离开的大学宿舍。她本来就打算尽快去找叶虹和林凯飞，这会儿更加急不可耐。柳茗跟唐蕾说明天她先去看朋友，唐蕾觉得这样也好，白天她要去上班，柳茗一个人待着也无聊，不如等她回来后她们再出去逛街。

第二天一早唐蕾她们去上班后，柳茗收拾好东西，又把宿舍打扫干净，看看时间还早，她坐下来读了会儿莱蒙托夫的诗选，这本书是这次回上海的一个很意外的收获。1966年匆匆搬家时，唐亚楠不得已送掉大部分的家当，柳茗放在家里的绝大部分宝贝不知道去了哪里，包括这本莱蒙托夫诗选，这是她的好朋友郦华送给她的十四岁的生日礼物，里面有那首她们两个人都非常喜欢的《帆》。唐亚楠前段时间偶然发现了这本书，夹在柳茗小时候穿过的小棉袄里，封存在一个小包裹中，一直没有打开。虽然那个蓝紫色的飞鸟发夹不在那里，这本书的失而复得也足以让柳茗喜出望外。

柳茗想把这本珍贵的诗集送给叶虹和林凯飞，她知道他俩也很喜欢那首《帆》，更重要的是，对柳茗来说，这本书珍藏了一段让她难忘的友情，她要把它送给她现在的最好的朋友。在送出去之前，她想一个人再静静地读上一会儿。

安静的时间在跳跃的诗行间流过，柳茗恋恋不舍地合上诗集，轻手放进包里，准备出门去找叶虹和林凯飞。她拉开房门，吓了她一跳，门口竟然站了个人。

站在门口的是杨冯，杨冯的手悬在半空中，正要敲门。

柳茗吃了一惊："你怎么会在这里？"

杨冯也吓了一跳，他喘了口气，说："你来了南京也不告诉我，我问了一圈才找到这里。"

"我昨天才来的，想等几天再跟你联系。"柳茗解释道，"离报到的时间还有几天，我想用这几天在南京转转，熟悉下这里。"

"我可以带你转啊。"

"我的表姐说好要带我转的，我也可以自己出去。"

"有个当地人带你会更好，你表姐还要上班呢，还是我带你吧。"

"你不是也要上班吗？"

"我跟领导请好假了，你是不是正要出门？我可以陪你。"杨冯用不由分说的口气说着,"晚上去我们家吃饭,我大姨会做你爱吃的甜面酱。"

柳茗一时不知该说什么好,她知道她早晚要去见杨冯的家人,而且越早越好,可她还没有准备好,她先到表舅家,又跟着唐蕾住进她的宿舍,多少是为了拖延去杨冯家的时间。

柳茗迟疑道:"我今天打算先去找叶虹和林凯飞,要不我明天去你家?"

杨冯脸上掠过一丝不悦,柳茗没有注意到,她心里正乱着。

杨冯问道:"你跟他们约好了吗?"

"没有,他们也不知道我到了南京,我可以去他们的单位找他们。"

"人家在上班呢,你这样去会不会打扰他们?他们到一个新单位刚开始工作,这样不太好吧?"

柳茗愣了下,低头一想杨冯说得挺有道理,她这么冒冒失失地跑去他们的单位确实不妥。没有想到杨冯有这样的周到和细致,能这样为别人考虑,这让柳茗很是欣喜。她定睛看了眼杨冯,跟上次见面只隔了一个多月,除了穿的衣服,外在的东西几乎没什么变化。他今天没穿军装,柳茗这是第一次见杨冯穿便装。柳茗喜欢军装,在她眼里,任何人穿上军装都会多些魅力,杨冯这次没穿军装,柳茗倒没觉得这身便装给杨冯减了分。杨冯长了双桃花眼,配上随意的衣装反倒有了种不一样的味道。柳茗的脸上飘出两团红晕,悄然躲开了杨冯望向她的眼睛。她意识到杨冯给了她不一样的感觉,并不只是换了身衣服,更是因为杨冯在她生命中的角色发生了变化。而且,柳茗爱上了南京这座城市,特别是这里的人。如果没有杨冯,她几乎没有可能来南京生活,对杨冯,她是感激的。

重新望向杨冯后,柳茗说:"我忘了说谢谢了,谢谢你,毕业分配的事你帮了我很大的忙。"

"我没这么大的本事，是我妈的功劳。"

"我也很感激她。"

"你想谢她的话，那就去我们家吃饭喽，她今晚也在。"

柳茗不好再拒绝，轻轻点了下头。

那天柳茗没有去成叶虹那里，也没有跟唐蕾出去玩，她跟着杨冯去了他们家。

冯英坤是省里的领导干部，他们家住在一个单独的小院里，门口有门卫和门卫室。院子很大，像是一个大花园。柳茗看到了几棵樱花树，还有各种各样的花草，夏天不是开花的时节，但柳茗可以想象出春天花团锦簇时的盛大。

这样的花园洋房一般人没见识过，最多在电影里见过。柳茗并不觉得陌生，她是在相似的地方长大的。也是一个庄重肃静的院子，门口也有门卫，眼前的这个院子里只有一栋两层的楼房，她小时候住的大院里要多出来几栋楼，不过这只是大小和数量的不同，骨子里的东西是一样的，看似风轻云淡，却有种深藏不露的威严，就像这个院子里的那棵五针松，并不高大张扬，静静地立在那里，就可以腾云驾雾威风凛凛。只是柳茗从未被那种气势震慑过，年少的她只能感受到那里的安宁，这个院子也是安宁的，满目所及都是清凉的绿色，在酷暑的天气里，她的心情有了安放之处。葱茏繁茂的树丛让柳茗想起了小时候跟伙伴们玩捉迷藏的情景，将近十年的日子随风而逝，她恍然回到了从前。

一场场运动没有冲击到这里的安宁，唯一的变化是杨冯的父母从独占这栋洋房改成跟其他两家共享。现在二楼依旧是他们家的，一楼又搬进来两户人家。二楼有四房两厅，面积足够大，后来院子里又加盖了一排平房，也可以住人。

进到房子里，要仰起头才能看到高耸的天花板。楼梯很长，盘旋而上。杨冯带柳茗上到二楼，在一楼时柳茗就闻到了甜面酱的香味，越往上走香味越浓。上到二楼后，她和杨冯穿过一个客厅进到厨房。会客室和厨房都是又大又敞亮，这样的气派也是柳茗熟悉的。只是这栋洋房里到处都是穿衣镜，柳茗以前住过的房子里没有这么多的镜子。面向窗户的大镜子反射着室外的阳光和室内的摆设，让这栋房子更显宽敞明亮。

经过一个个穿衣镜，柳茗看着自己一步步走进了这栋房子。

杨冯的父母和姐姐都还没下班，大姨正在厨房热火朝天地忙活着，做饭的动静太大，杨冯和柳茗走到她跟前她才发现。

"是小茗吧？"大姨惊喜地望着柳茗。

大姨这样叫她让柳茗感到很亲切，她开口叫道："大姨。"

大姨放下手中做饭的家什，一把抓住柳茗的手，满眼放光。怎么会有这么漂亮水灵的人儿？像是从画上走下来的，走到了她的面前，走进了这个家，她的外甥太有福气了。

柳茗被大姨喜不自胜的目光照亮和感动，整个人都沐浴在慈爱和喜悦的光芒里。她一下子喜欢上热情朴实的大姨，以前她喜欢大姨做的甜面酱，现在她喜欢大姨这个人。

"谢谢大姨，我好喜欢您做的甜面酱。"柳茗说。

"以后我天天给你做，也不能天天做，省得你吃厌了，得不断变换花样。大姨没啥本事，就会做饭。"

"大姨您别这么辛苦，不能老让您做，我也可以做给您吃，只要您不嫌弃。"

"不嫌弃不嫌弃，你做什么大姨都喜欢，你不做饭大姨也完全没意见，你只管吃。大姨喜欢给你和冯冯做好吃的。"大姨说着乐颠颠地看了眼杨冯,"你们的喜宴要让大姨掌勺。"

杨冯赶紧岔开话题,说道:"今晚吃什么?我打下手。"

大姨怜爱地拍打了一下杨冯的肩膀,佯装嗔怒道:"你打下手?你打下手不就是给我添乱?"停了片刻,她又嘱咐杨冯:"你去陪小茗说说话,客厅里有切好的西瓜和酸梅汤。"

杨冯带着柳茗挨个屋子转了一圈,回到客厅刚一落座,杨冯的爸爸杨培永就进了家门。杨培永的官位不算低,但那是闲职,他从来都是与世无争,这样的闲逸洗净了他本来就没有多少的锋芒,加上中年以后开始发福,让他显得更加慈眉善目。他过来跟柳茗打了个招呼,他称呼柳茗"小柳",柳茗叫他"杨叔叔"。

杨培永很少跟儿子聊天,柳茗在这里,他更不知道该说什么,赶紧搪塞道:"你们聊,我去看报纸。"

杨培永转身走后,杨冯解释道:"我爸上班时看报纸,下班回家还是看报纸。"

柳茗只是笑笑,没说什么。她先在沙发上坐了下来,杨冯想坐到她身边,犹豫一瞬,落座在斜对面的那个沙发上。

柳茗看着杨冯坐下来,想聊些什么,又不知道该聊些什么。杨冯说他最近跟张向林通过电话,两个人顿时有了共同感兴趣的话题。

"张向林和夏天都好吧?"柳茗问道。

"都好,他们快要结婚了。"杨冯停顿了一下,接着说道,"张向林问你好。"

柳茗能猜出张向林和夏天都已经知道后来发生的那些事情,她既不想重复一遍也不想追问他们对这件事的反应,只是说了句:"我挺想他们的。"

这是实话,她确实挺想他们的。

杨冯马上说:"那我们哪天去北京看他们。"

"好呀。"柳茗爽快地答应道。话音刚落,柳茗听到身后有些动静,杨冯也望向她的身后。

柳茗转过头,看到一个二十多岁的女子走了过来,身材瘦削,脚步却是重的。柳茗心想,这个人应该是杨冯的姐姐吧。

果然,杨冯叫了声"姐",又跟柳茗说:"这是我姐,杨宁。"接着他跟杨宁介绍道:"这是柳茗。"

杨宁在医学院的工会工作,人长得端庄肃穆,表情也是肃穆的。

柳茗不知道该怎样称呼"杨宁",她朝杨宁笑了笑,多少有些尴尬。杨宁也没有开口,只是轻微地点了下头,径直朝厨房走去。很快,柳茗听到从厨房里传来的大姨的声音:"宁宁回来了,是饿了吧?饭都做好了,你妈妈一到就开饭,她也该快到家了。"

没出十分钟,冯英坤急急忙忙地进了家门。她边上楼边叫道,"小茗,小茗是不是到了?"

听到叫声的柳茗站起身来,一股热气朝她涌来,冯英坤的脸上和身上都蒸腾着热乎乎的气息。

跟大姨一样,冯英坤也是同时伸出两只手,亲热地拉住柳茗的手,一股热气从柳茗的手心传到了她的心里。刹那间,柳茗想起了洪阿姨。

柳茗轻轻叫了声"冯阿姨",冯英坤喜滋滋地望着柳茗,抽出一只手,轻轻拍了几下柳茗的手背。

杨培永和杨宁听到动静都从自己的房间走了出来,杨宁帮大姨把做好的饭菜端上饭桌,大家还没全落座,她就给自己盛了碗米饭,自顾自吃了起来。大概她一向是这样的,杨家的其他几个人都没觉得有什么不妥,柳茗也不在意这些事情。

大姨准备了六菜一汤：清蒸鲥鱼、油面筋塞肉、红烧栗子鸡、芦蒿香干、豇豆鸭丝、清炒小白菜，外加金针菜鲫鱼汤。大姨是做了甜面酱，但没有端上桌子，今天能上桌的菜都是有讲究的。大姨没有白忙活，柳茗拿起筷子就放不下了。柳茗以前喝过的用鲫鱼做的汤多是配萝卜丝，这是她第一次吃新鲜的金针菜，配上现杀现做的活鲫鱼，真的是鲜香四溢，还未入口，唇齿间已飘了香气。大姨从柳茗的表情上看出柳茗有多喜欢她做的菜，她的心里乐开了花。

每道菜大姨都花了很多的心思，这些菜看起来并不张扬，算是家常菜，但每道菜的火候和处理要恰到好处，出来的味道才能不浓不淡格外鲜美。搭配上也是有缘由的，鲥鱼的鱼鳞不能刮掉，配上姜丝葱丝才能蒸出最好的味道。油面筋里看似塞的是猪肉，其实还配了虾肉。红烧栗子鸡大吉大利，不仅寓意好，而且这两样东西在味道上也是绝配。摘芦蒿时只取秆尖那一小部分，再跟香干一起爆炒，才能保持住芦蒿的脆嫩。豇豆用的是大姨自己晒干的豇豆，一般人家做豇豆时喜欢配猪肉或肉碎，大姨配的是鸭丝、笋丝和红椒丝，这样搭配出来的味道自然更胜一筹，色香味俱全。大姨的刀工也派上了用场，长短粗细均匀精巧地落在盘子里，像是一个玲珑剔透的鸟巢，看了不忍下筷子，可架不住扑鼻的香气，又忍不住下筷子。清炒小白菜里只加了一丁点蒜蓉，这道菜靠的是火候，多一把火就炒过了头，小白菜会少些精气神儿，少一把火又不够入味，那股最浓郁的清香出不来。这道看似最简单的菜最难拿捏，清爽的色彩清脆的口感都在毫厘之间。柳茗特别喜欢的金针菜鲫鱼汤也不是她看到的这两种食材，大姨是用预先炖好的鸭架汤做的底汤。鸭肉去配豇豆笋丝，鸭架正好用来煲汤。新鲜的金针菜也不能随意丢进锅里，要经过好几道特殊的处理。煲汤的过程中大姨还放过几个竹荪，竹荪的清香浸透到汤里后，大姨又把它们捞了出来。

大姨平时不会这样做菜，家里平时多是保姆做饭，在大姨的调教下，保姆罗阿姨的做菜水平也相当高，只是还没达到大姨的水平。得知柳茗到了南京，大姨给家里的保姆放了几天假，完全接管了做饭这件事，柳茗未到南京时大姨已定下做哪几个菜。这顿饭不能铺张，山珍海味他们也拿得出来，但这样做就见外了。暑天的菜也不能油腻，得吃得清淡些，还要保证足够的滋味。大姨最开始想做油豆腐塞肉，这是本帮菜，适合招待从上海来的柳茗。不过油面筋塞肉比油豆腐塞肉稍微清淡些，油面筋性凉，益气解热。油面筋塞肉也是江南的特色菜，柳茗在家时一定吃过很多回。油面筋用的是无锡的，这是最地道的油面筋。油面筋塞肉又有着团团圆圆的意思，一道菜里就藏了很多的心思。

大姨的这些心思杨宁是不会关注的，她也没有细细品味这桌佳肴。她确实饿了，每个菜都被她快速地扒拉进嘴里，没有特殊的偏爱。她吃完后把自己的碗筷放进水池里，丢下句"我今晚得写个报告"，说着往自己的房间走去。其他几个人都没有说什么，柳茗抬起头来，望了眼杨宁，只看到她的背影。冯英坤多少觉得女儿这样做有些失礼，心里却轻松了一些。有些话当着杨宁的面不好出口，杨宁还没对象，杨冯的女朋友十有八九定了下来，看来弟弟要在姐姐之前结婚了。

杨宁整顿饭几乎没说几句话，杨培永的话也不多，他本来话就少，家里话最多的是大姨。他平时话少没人在意，今天就有些尴尬。杨培永只好抓起桌台上的一张大姨用来包东西的旧报纸，装模作样地看了起来。

冯英坤从杨培永的手上一把抽走那张报纸，扔回原处，嗔怒道："你就知道看报纸，今天小茗第一次来，你也陪着说说话。"

柳茗赶忙笑着说："不用陪我说话，叔叔喜欢看报纸，我爸也喜欢看报纸。"

"你这么一说我想起来了,以前跟你爸是战友时常见他看报纸。"冯英坤的表情缓和下来,又跟杨培永说,"那你接着看吧。"冯英坤和大姨心里都觉得舒服,她们喜欢柳茗的善解人意,也知道柳茗这样说只是想给杨冯的爸爸解围,并不是套近乎。

杨培永又拿起了报纸,饭桌边的气氛更加融洽。杨冯没说什么,脸上露出难掩的得意。他最要好的朋友跟他一样是高干家庭的子弟,那个朋友跟一个家境一般的女孩子谈了场恋爱。女孩第一次去他朋友家,被家里的阵势吓住了,死活不愿意再谈下去。柳茗显然是见过世面的,家里今天没有外人,保姆秘书司机等都没出场,不过他们在不在对柳茗来说不会有什么不同。

大姨急切地看了眼自己的妹妹,冯英坤明白大姨的心情,喝了口汤,开口道:"小茗呀,你的档案已经到了我们省,具体工作单位还没最后确定,正好有几个部门有空缺,譬如科技厅,不知道你自己对工作安排有什么想法?"

"谢谢冯阿姨为我的事情费心。"柳茗略一思忖,接着说道,"我从小就想参军,上军校,现在彻底死了心。除了当兵,我大概最想当老师。"毕业分配时,柳茗先被分到那个偏远的中学,那段时间她很认真地思考过自己的人生,第一次萌发了当老师的热情。她的专业是外语,她把这个专业定位于一门工具,最对口的职业是当翻译和当老师。她喜欢文学,当然希望能有机会翻译外国的文学作品,只是现实中没有多少文学作品可以引进出版,这扇门是关着的,做其他方面的翻译又不是她向往的。想到教师这个行业柳茗才发现她天生就是当老师的料,她可以把枯燥的概念解释得有趣易懂,听的人能听进去,还很喜欢听,并且能开窍能产生兴趣,她就是这样帮着孙红艳一步步地渐入佳境,柳茗相信也希望她能帮到更多的人。在学校当老师又是在搞业务,她的父亲柳尚民一直这样教导她,要学习一门专业要搞业务,这也是她自己的心愿,教书之外她还可以做一些教学法和测试方面的研究,参加字典的编撰,写写论文等,这些脚踏实地又能造福于他人的工作都是她喜欢做的。

"当老师?"其他几个人都觉得有些意外,比起省里的那些机关单位,当老师太过普通。而且柳茗最能得到冯英坤的福泽的地方是在机关大院里,冯英坤倒没惦记让柳茗在仕途上大展宏图,她只是想着柳茗在她的荫庇之下会很轻松,可以顺风顺水过得很滋润,真想往上走的话,她肯定能起举足轻重的作用。

大姨先回过神来,说:"女孩子当老师挺好,教书育人,小茗有抱负有理想,当兵当老师都很好。"大姨从未轻视过教师这个职业,虽说这些年里好多当老师的成了臭老九,远不如当兵的硬气,也肯定不如机关干部,大姨从不做这些比较,她也不太在乎柳茗干什么工作,能有一份正式的工作就行。

大姨又想起了什么:"对了,我们楼下的老张不是药学院的党委书记吗?他那要不要人?小茗能去他那里就好了,那个学校离家不远。"

"不一定去大学,去中学也很好。"柳茗说,"这只是我的愿望,怎么样都行,这事我服从组织安排,不能让阿姨为难。"

冯英坤略一沉吟:"去学校的难度要比去机关小,你想当老师,我们就要努力争取。大姨说得对,当兵当老师都很好,正好你和冯冯一个当老师一个当兵,这是很好的组合,我们也为你们开心。"冯英坤把话题绕到了她最想聊的事情上:"工作的事情我们尽快落实,你和冯冯的事情也是你俩商量,我们配合。冯冯说你现在住在你表姐那里,住在人家的宿舍里太麻烦他们,我们家有地方住,要不你就搬过来,正好你去哪儿上班我们也可以随时商量。"

杨冯马上说："我是请假回来的，过两天回部队，你可以住我的房间。"

大姨看到柳茗有些迟疑，又补充了一句："你怕别人说闲话，不如你和冯冯尽快把婚事办了，这样名正言顺。"

大姨捅破了窗户纸，所有的人都把心提到了嗓子眼。杨培永还在装模作样地看报纸，他躲在报纸后竖起了耳朵。杨宁回了自己的房间，她一直有一搭没一搭地听着客厅里的聊天，这会儿她挪到了房间的门口，等着听柳茗的回答。

柳茗看了眼杨冯，说："如果杨冯也觉得这样好，那我们就这样定下来。"

杨冯忙不迭地说："好啊，好呀，我没意见，爸妈和大姨也觉得好，我们就选个日子。"

杨宁没再听下去，随手带上了房门。房门关上的一刹那，溜进来一阵欢闹的嬉笑声。冯英坤和大姨都是笑逐颜开乐不可支，几分钟前还在琢磨怎么开这个头呢，这么快就有了她们期盼的结果。杨冯的脸上滚动着湿漉漉的红光，杨培永把报纸扔到一边，重新拿起了筷子，大姨和冯英坤也开始正式品尝这一桌的美味。大姨花了这么多心思做出来的菜本来就好吃，几个人心情很好胃口大开，风卷残云般把几个菜都消灭掉了。

到了最后，柳茗成了这顿饭吃得最少的那个人。她在开始时边吃边聊，已经吃了个七成饱，后来边聊边吃，吃完了另外的三成。她并没有少吃，只是没像其他几个人那样吃到了十二分饱。杨宁提前离席，但她也没少吃，大姨这顿饭做得实在好吃。柳茗在这顿饭里品出了大姨的用心，家里的阿姨被遣散妈妈又去了干校后，柳茗担当起做饭的责任，一个经常做饭的人不光能品出每道菜里用了哪些食材哪些作料，更能掂量出每道菜里用了多少心意。毕业分配时，她接受了杨冯和他妈妈的帮助，那个时候她就做好了嫁给杨冯的这个决定，她的父亲柳尚民的质疑和顾虑没有动摇她的决定。她向来不喜欢左思右想不断改变主意，陈正宏跟她分手又浇灭了她对爱情的向往，对待婚姻她还是认真的，也是麻木的，不再有那么多的想象和期盼。她跟着杨冯来吃这顿晚饭多少有些迫不得已，来之前她绝对没有想到她在这里会找到那种回家的感觉。大姨和冯英坤对她的在乎让她很感动，在她们身边，她觉得很温暖很踏实，她愿意甚至渴望跟她们成为一家人。

接下来的日子进入一个飞速旋转的漩涡。先要落实的是柳茗的工作，在杨家吃过第一顿晚饭后的第二天，冯英坤带着柳茗去见了药学院的张书记。张书记住在他们楼下，平时抬头不见低头见，两家的关系一直不错，冯英坤不用做任何铺垫更不用绕弯子，直接把她的诉求告诉了张书记。张书记也是直来直去，他说学校里有个英语教研组，就是不知道需不需要新老师，他许诺马上帮着去打听。学校那边很快有了反馈，药学院正好需要英文老师，像柳茗这种情况得先参加一个考试。学校会请专家出测试题，满分一百，需要考过八十分。张书记发了话，学校降了五分，把标准降到了七十五分。冯英坤还是觉得不妥，她说这考试没个范围，都无法做准备，很难考到七十五分。站在冯英坤身边的柳茗倒说不要紧，她会努力考过，真没过的话说明她不合格，她不能误人子弟。考虑到她的工作单位得尽快定下来，柳茗接着恳求尽快给她这个考试的机会。冯英坤心里直打鼓，却不好再提要求。反正张书记这里是她找的第一家，真不行的话再去找下一家。

柳茗很快去了药学院，做考题时她心里已经有了底，她有把握考过八十分。当天傍晚张书记就兴高采烈跑到楼上报告了这个喜讯，柳茗的分数是九十七分，这是没有出现过的高分，学校的相关人员都很高兴，立马决定接受柳茗。冯英坤和大姨大喜过望，连杨培永都忍不住夸奖柳茗有出息。身居高位的冯英坤有机会以权谋私，她出面托关系打招呼，自然会有人给她即将过门的儿媳开绿灯，但她心里对这种事是有抵触的，涉及家人的时候她才不得已而为之。杨冯有几次惹了麻烦，她只好厚着脸皮硬着头皮为儿子摆平。这次柳茗凭自己的能力进了药学院，不光避免了让她出面走后门，而且特别给她长脸，家里的其他人从没让她这么扬眉吐气过。张书记离开后，冯英坤腰杆笔直昂首阔步地在家里走了好几圈，还自顾自地笑出了声。笑过后她想起要感谢下张书记，赶紧把她存的一根没舍得吃的东北红参拿了出来，让柳茗送到张书记家。

张书记和他爱人自然不收，张书记说柳茗能进药学院不是他的功劳，九十七的高分是柳茗自己考出来的，大家心服口服，药学院真的需要英文老师，柳茗这样的人才能来是学校的福气。柳茗死活要把红参留下来，她很感激张书记，分数是她考出来的，若是没有张书记的帮助，她很可能没有考试的机会，而且冯阿姨让她来做这件事，她不能把红参又带了回去。三个人推搡了一番，张书记的爱人先停下手来。她拉了下张书记，边说着感谢的话，边用双手接过了那根大红参。人家诚心诚意来表示感谢，不收的话反倒让杨家下不了台，不如收下这份心意，过些时候找个合适的时机再去回礼。张书记家和另外一户人家搬进来后，居住面积少了将近一半的冯英坤对他们一直很客气，见面时总是热情地打个招呼。三家人相处得挺愉快，平时也是礼尚往来。为柳茗想进药学院的事，张书记的爱人责怪过自己的老头子，怪他不会办事，怎么还要考试，要是考不过怎么办？好在柳茗考了个好分数，既没让张书记在学校为难，又没伤了两家的和气。

柳茗的工作还没定下来时，冯英坤和大姨就开始张罗新房的家具。杨冯住的那间卧室有二十多平方米，面积足够大，家具却寥寥无几。两个孩子还没成年时杨培永和冯英坤就为一儿一女各立了一个账户，每个月领了工资就往这两个账户里存点钱，准备他们结婚时给他们。冯英坤把杨冯那个账户里的钱全部取了出来，算算可以做一整套的家具，包括双人床、大衣柜、五斗橱、书桌、书柜。书桌和书柜是专门为柳茗置办的。洪阿姨打来电话，说是床上用品她来准备，这是她和老方给柳茗的嫁妆。柳茗的父母也准备了各种家居用品，还给杨冯和柳茗买了一对上海牌手表。对女儿的婚事，柳尚民的心里依然有抵触，但是女儿真要嫁人时，他和唐亚楠一定不会委屈了女儿。

　　为杨冯存的那笔钱存了不少年头，取出来时有十多块钱的利息。冯英坤又往里加了些钱，去上海给柳茗买了两条印花连衣裙，还买了一双白色的皮凉鞋。这双皮凉鞋花了十几块，正好是那笔存款的利息，这是商店里能买到的最贵的凉鞋了。

　　柳茗去药学院报到后，第一件事是去学校开了结婚介绍信，这样她和杨冯就可以去办结婚登记。她理解杨冯的父母和大姨的急切心情，她自己也想尽早去做这件事。作为杨冯的父母的老战友的女儿，她有个冠冕堂皇的理由住在杨冯的家里，若是设身处地地为杨家人着想，她不能这么不管不顾理所当然地住下去。就是她自己的父母那里她也要让他们放下心来，她的父亲没再拦阻她嫁给杨冯，既然这样，所有的人都是赞成这门婚事的。所以当冯英坤问柳茗想选什么日子结婚时，柳茗请杨叔叔和冯阿姨来定这个日子。冯英坤当了这么多年的领导，做起决定来一点不含糊，她说那就趁着杨冯从部队回来跟柳茗去办结婚登记时一起把婚结了。家具还没全做完，好在双人床做好了，柳茗的父母和洪阿姨准备的嫁妆也都到了。

杨家做事向来低调，时下又不时兴办婚宴，更少有人举办婚礼，冯英坤把钱大多花在了打家具上，结婚的仪式就是一家人在家吃顿饭。冯英坤不是一个重形式的人，不过她还是想请柳茗的父母来趟南京，一起吃这顿喜宴。柳尚民不太想出场，他不想亲眼看着女儿嫁给他不认可的杨冯。赶上唐亚楠的身体出了些小状况，他以这个理由婉拒了邀请。

吃这顿喜宴的人跟柳茗第一次来这里吃饭的人是一样的。大姨的两个孩子都有了自己的小家，她的儿子老实巴交，开始的几年他和妈妈一起在姨妈家过日子，虽然姨妈待他很好，他总觉得有些寄人篱下，能自立时他就赶紧另立门户了。他现在在一家工厂当工人，之前他来看妈妈、姨妈时跟柳茗见过一面。大姨的女儿嫁到了青岛，一年中最多能见上一次面。柳茗想过请叶虹林凯飞，想过很多次，她也想过请表舅一家人过来，却始终没有说出口。这种小型的家宴，又是杨家这样的家庭，虽说冯英坤和大姨都非常随和，外人来了还是会觉得拘束。

冯英坤不想让大姨太辛苦，专门请了大厨来家里做这顿饭，家里的保姆罗阿姨帮着打下手。冯英坤和大姨准备桌子，桌布和餐具都是红色的。菜单也是冯英坤和大姨定的，都是些硬菜。菜上桌后，一家人纷纷落座。柳茗穿了冯英坤专门为她买的连衣裙，乳白的底色上印着粉色的百合花，映衬着百年好合的祝福。杨冯穿了身簇新的军装，家里人知道柳茗从小有当兵的愿望，所以一致决定让杨冯结婚时穿军装。其他几个人的衣服正式又素净，都是暖色系的，连一向喜欢穿白色灰色的杨宁都穿了件喜庆图案的暗花短袖衫。

大婚之日不能没有酒，冯英坤准备了茅台和洋河。杨培永郑重地开了那瓶茅台,这瓶茅台他们存了十多年,也是为杨冯的婚宴存的,还有一瓶留给杨宁的婚礼。大姨给每个人斟上酒,喜宴正式开始。

冯英坤先做了个简单的开场白:"今天是冯冯和小茗结婚的日子,我和老杨、大姨,还有宁宁都特别开心。小茗是个好女孩,把小茗娶进门是我们杨家的福气,冯冯要好好珍惜。祝愿你们幸福美满白头偕老!"冯英坤在大会小会上没少发言致辞,练就了一口不错的口才。这一次她的开场白很简短,却朴实真切,没有任何冠冕堂皇的话。

杨培永笑容满面地附和道:"欢迎小茗。"他不再用"小柳"称呼柳茗。

"从今往后我们就是正儿八经的一家人了。"大姨乐不可支,声调比平时又高了半分。

杨宁也说了句"欢迎小茗",脸上没有明显的表情。

杨冯先嘿嘿一笑,清了清嗓子,用尽可能正式的语气说:"我向爸妈大姨保证对小茗好,以后我们一起孝敬你们。"

柳茗的心跳越来越快,莫名地开始紧张,待到只剩她一个没开口时,她因为紧张一时语塞。这是她从来没有遇到过的情况,就是莫名其妙地说不出话来。她张了几次嘴,磕磕碰碰地说出了一句话:"谢谢叔叔阿姨大姨和宁宁姐。"

话一出口,柳茗就意识到了不妥之处,在三个长辈满怀期待的目光里,她改口说:"谢谢爸妈,谢谢大姨,谢谢宁宁姐,也谢谢杨冯把我带进这个家。"

几个人顿时松了口气,柳茗自己也松了口气,只有杨宁的心思还在面前的美味佳肴上。大姨眉飞色舞地重复了一遍刚才说的那句话:"从今往后我们就是正儿八经的一家人了。"冯英坤也是喜形于色,很郑重地补充了一句:"我们永远是一家人。"说着她先举起了酒盏,其他几个人也举起酒盏,在一片喜气中,几个酒杯碰撞出热闹的声音。

不知道是因为过于高兴反倒限制了表达,还是因为几个人都没这方面的经验,接下来的气氛有些拘谨,不知道该说些什么,话比平时吃饭还少。吃得也不多,只有杨宁没少吃,并且吃得津津有味。喝酒的战斗力也不行,几个"女将"平时几乎滴酒不沾,她们在自己家里无需装样子,都是象征性地抿了几口。杨冯在这些人里的酒量最大,想多喝几杯,他妈妈怕他喝醉,赶紧用眼神制止了他。这顿饭是个序曲,接下来的洞房花烛夜才是正事。

大家心照不宣地早早结束了这顿晚饭,冯英坤嘱咐一对新人早点休息。进洞房前,她塞给柳茗一条长毛巾,让她铺在身子下。柳茗接过毛巾,不解地望向杨冯。杨冯装作没看见,匆匆进了屋。柳茗没再细究,也进了房间,按照冯英坤的叮嘱把毛巾铺到了床上。

柳茗搬过来后,杨冯大部分时间都在部队,中间只回来过一趟,晚上睡在楼外的平房里。杨家的住房从两层变成一层后,他们在警卫室的旁边加盖了四间平房,一间放杂物,三间可以住人,楼下的两个邻居家来了客人也可以在那儿借住。从正式确定恋爱关系到正式结婚,柳茗和杨冯在一起的时间并不多。杨冯回来的那两三天里,白天时他多半跟柳茗在一起,两个人一直没有亲昵的举动。只有他们两个待在这间卧室时,他们也总是若即若离。杨冯偶尔会定睛看着柳茗,也拉过柳茗的手,柳茗以为他会有进一步的举动时,他却到此为止。

柳茗已经习惯于跟杨冯保持着这样的距离,所以当杨冯毫无距离地坐到了她身边,她不自觉地往旁边挪了挪,杨冯反而一把把她拉进了自己的怀里，散发着酒气的那张脸完全贴到她的脸上。

"你喝多了。"柳茗慌忙躲闪着，想挣脱出来。

"没有，一点都没有。"杨冯更紧地搂住柳茗，激烈地亲吻着柳茗的嘴唇和脸颊。他拉灭了房间里的大灯，屋外路灯投射进来的昏黄的光晕里，他把柳茗抱到了床上，用很快的速度脱下两个人身上的衣服。这一番折腾中，柳茗始终紧闭着眼睛，只是在一个短暂的停顿中，她微微睁了下眼。屋子里的光线半明半暗，她还是可以看清那个向她压过来的男人赤身裸体。柳茗下意识地想推开他，伸出的手又很快垂落下来。面前的这个男人已是她的丈夫，这个夜晚是她的新婚之夜，她没再挣脱，木偶一般被杨冯摆弄着，脑袋里一片空白，好像失去了意识，直到一阵疼痛袭来，让她忍不住叫了一声，用力搂住了杨冯的脖子。随后她听到快乐的喘息声，杨冯躁动的身体在这高昂的喘息中覆盖了她，她渐渐松弛下来。空气中飘着没有散尽的油漆味，混杂着湿热的汗味和浓重的烟草味。杨冯是抽烟的，只是在家里，特别是在柳茗的面前他极克制，柳茗误以为他只是偶尔抽根烟。这会儿他们挨得这么近，杨冯的嘴巴像烟囱般往柳茗的脸上呼呼喷着烟气。还有一种腥甜的气息越来越明显，让柳茗感觉到了什么，又不明所以。不同的气息一起向她袭来，吞噬着她的身体和思维，她陷入昏混迷茫之中，松软下来的身体慢慢沉入飘忽不定的暧昧中。

这一夜柳茗睡得很死，一夜无梦。她醒来时，窗帘上透出了朦胧的晨光，房间里依然是暗淡的，目光所及之处却都有了轮廓。柳茗的目光最后落到了身边的男人身上，他们挨得很近，肌肤挨着肌肤，这样的肌肤之亲让柳茗的心里很乱很迷茫。安静又汹涌的茫然让她意识到，她昨晚睡得那么沉，并不是因为一切都踏实下来，在从女孩变成女人的过程中，她一直在逃避着什么，她并没找到她可以落脚的归处。她只是有意模糊了自己的心思意念，当她疲惫地陷入一片混沌中，她唯一可以抓住的就是强烈的睡意。现在的她是清醒的，可她依旧不知道她是幸福的还是无奈的，她宁愿回到没有答案的睡梦中。

柳茗往杨冯那边靠了靠，努力让自己亲近这个男人。两个人的呼吸完全混合到了一起，伸手可触的那张面孔却更加模糊。柳茗的身体在一点点地往下坠落，睡意从四面八方包抄过来，掩埋了她的意识。她又睡了过去，再一次跌落进那个无需知道答案的沉睡中。

太阳明晃晃地穿透厚厚的窗帘后两个人才完全醒来，他们对视一眼，杨冯又是嘿嘿一笑，下床找来昨晚脱下的衣服，先穿上自己的衣服，又把柳茗的衣服放到床上。他背对着柳茗坐在床边穿袜子，柳茗趁这工夫赶紧穿上自己的衣服。起身时她看到了毛巾上的血迹，慌乱地叫了声"糟糕"，跳下床拉起毛巾，幸好这条长毛巾足够厚，血迹没有渗透到床单上。她抱起毛巾，准备去洗干净，杨冯一把抓过毛巾，说："你甭管，让罗阿姨洗。"

柳茗突然寻思过来，她放开手，看着杨冯抱着那条毛巾走出屋去。

杨冯一出门就看见他妈妈和大姨面对面坐在厨房的桌台边，他知道她们在等他，径直走向她们，却故意问道："罗阿姨呢？让她洗下毛巾。"

大姨抖开毛巾，看到了毛巾上的印记，得意地跟杨冯说："我早就告诉你，柳茗是个好姑娘。"

杨冯得意地一笑。他是有过担忧和猜忌的，柳茗跟陈正宏实打实地谈过对象，他还撞见过柳茗和林凯飞在学校后山坡的那一幕，他不知道柳茗跟他们走到了哪一步。昨晚的那顿喜宴他吃得心神不定,想用酒精安慰下自己又被他妈妈拦住。进洞房后他没有心情再做任何铺垫,不过柳茗的生涩和惊恐驱散了他心头的乌云,那声因为疼痛发出的微弱的叫声让他提着的心终于落到了实处。

冯英坤也彻底放下心来,让大姨和杨冯高兴的事自然也令她高兴,她比他们两个还要高兴很多。这些年里,杨冯没少给家里惹麻烦,二十多岁了还像个没长大的孩子,冯英坤一直希望婚姻和一个好妻子能改变他的习性,也改变他的生活状态,看来她的愿望实现了。

吃过早饭,柳茗赶紧给洪阿姨打了个电话,告诉洪阿姨她和杨冯结了婚。洪阿姨很是兴奋,坐在几步外的杨冯都可以听到洪阿姨的欣喜的声音,欢声笑语如同清脆晶亮的珠子般从话筒中接二连三地蹦跳出来。

跟柳茗聊过后,洪阿姨跟杨冯也聊了几句,主要是叮嘱杨冯要好好过日子,要珍惜跟柳茗的幸福。在合肥上学时杨冯也常去方叔叔、洪阿姨家,洪阿姨把他当成了半个儿子,跟他说话直来直去。杨冯的心情很好,洪阿姨说什么他嘴上都答应着,挂电话前还说了声"谢谢洪阿姨,您和方叔叔多保重"。挂上电话,洪阿姨愣了几秒钟,转头跟老方说:"杨冯这孩子的嘴巴以前可没这么甜,是个好兆头。"

柳茗也很想跟自己的父母通个电话,可父母家里没有电话,只能作罢,她想着尽快给他们写封信。

杨冯意犹未尽,想跟更多的人说说话,他提议再给张向林打个电话,柳茗马上说"好",毕业后他们没再联系过。

张向林正好在家里,接到杨冯的电话,先跟他开了几句玩笑,听说柳茗就在他身边,张向林嚷嚷道:"你不会告诉我你们俩成亲了吧?"

"你没猜错。"杨冯说,"昨天我们把事办了。"

"什么?你小子他妈的太神速了,抢在了我前面。哎,我跟你说啊,柳茗是我妹,你得好好对她,要不我饶不了你。"张向林半开玩笑半认真地说。

杨冯笑着回了句:"知道,你先管好你自己,夏天是我姐。"接着他把话筒给了柳茗。

换到柳茗这里,张向林正经了许多,两个人正儿八经地聊了会儿天,最后张向林很认真地嘱咐道:"看好杨冯,这小子比我还会装。"

柳茗对着话筒不以为意地一笑,她知道张向林喜欢开玩笑,没有当真。

林凯飞和叶虹那段时间里也是各种事情应接不暇,既要忙工作又要忙着筹备婚事。这样的忙碌是开心的,心里装满的希望和喜悦总是很快驱散了身体上的疲累。随着跟其他国家的贸易往来的增加,全国各地的不少远洋公司急需外语人才,除了签订合同这些事务性的事情,应届毕业生也要随船出海。他们一般在远洋货轮上做二副,林凯飞去报到的第一天领导就让他做好出差的准备,一去就会是三四个月。当时他也不知道会去哪里,什么时候出发。他问都没问就爽快地答应下来,之后跟叶虹见面时说起这件事,叶虹也说没问题,她会全力配合。林凯飞开始接受培训,培训期有几个月的时间,这样看来林凯飞出海公干至少是几个月后的事情。林凯飞说这个阶段他把家务事都包下来,叶虹可以专注于她的工作。

那一年外语系的毕业生不少去了部级甚至国家级单位,以叶虹的学习成绩、家庭出身和资历,她完全可以去这一类的单位。她在校期间的表现也是优秀的，唯一留下污点的是她跟柳茗的关系，她在班会等重要的场合竟然维护柳茗这样的落后分子，完全站错了立场，让她去中学当老师又没让她回上海对她多少是个惩罚。叶虹没有任何怨言，心里也没有任何抗拒，她觉得当老师挺好，可以踏踏实实地做些事情。叶虹来报到前学校已经给她安排好了工作，而且是超额的工作量，她要带三个高一班的英语，还要兼一个班的班主任。看似学校很器重她，实际上这也跟她在上学时的表现有关，相关的鉴定跟着叶虹的档案来到了她要工作的地方。这一切叶虹并不完全知情，即使在这些事情还没发生时她知道她将为此付出的代价，她依旧会做同样的决定，不仅仅是因为柳茗是她的朋友，她的善良和正直也让她必定会做这样的选择，林凯飞爱上的也是这样的叶虹。

　　林凯飞和叶虹刚定下结婚的时间，负责航运调度的领导通知他9月中旬去中东。这趟运送无烟煤的货轮上本来有二副，那个二副的家里出了意外，他的上小学的儿子得了脑膜炎，林凯飞被选中临时替补。领导向他布置这个任务时底气不是很足，离出海仅剩一个月的时间，林凯飞应该接受的培训连一半都没完成，他要在这一个月的时间里突击完成培训，备船的各项事务也要在这一个月内完成。运送出口物资不是件小事，万一有个闪失他可担当不起，可是林凯飞不去的话，他也没有其他的替补方案。

　　林凯飞稍作犹豫，但他很快接受了这个任务。

　　"时间是有些紧，你接下来的一个月会很忙，小伙子好好干，我们相信你。"那个领导拍了两下林凯飞的肩膀，拍得有些重。

　　林凯飞尽可能轻松地笑了下，说："我会在出海前做好所有的准备。"

　　"你的工作可以让船长、大副分担一些。"

　　"他们一定有更多的事情要忙，我保证完成我的本职工作。"林凯飞郑重地承诺道。

领导又拍了两下林凯飞的肩膀,他欣赏这个年轻人的担当。

林凯飞是新手,加上临时上阵,他有很好的借口推掉一些事情,领导也说了可以让其他人帮着分担,可这样做不是林凯飞的做事风格,既然这是他的工作,他就要全力以赴。唯一让他有些顾虑的是叶虹,刚结婚就要离开几个月,这几个月正好也是叶虹特别忙的时候,他刚跟叶虹说过他在这个阶段要做好后勤,叶虹可以专心工作,看来这个计划要泡汤了。

下班后,林凯飞疾步赶去他和叶虹在筒子楼的小巢,他俩还没搬过来,办完婚礼后才会正式入住,现在一有时间就来这里收拾。只有一间小屋,本来没有多少要做的事情,最近他们发现他们自己可以制作些家当,这样就多出来一些事情。他们找来一些旧报纸,做成纸浆,糊到米缸的外面,风干后把米缸抽出来,就有了一个同样大小的纸缸。两个人跟同事和邻居借了几个容器,加上他们自己的,用同样的办法制作出大小不同的各种器具。这是他们自己添置的家具,省下了买家具打家具的钱,七零八碎也有了规整的去处。

林凯飞前脚刚进门叶虹也到了,手上拎了个空纸箱,林凯飞赶紧把纸箱接过来,问叶虹要放到哪里,他猜叶虹弄个纸箱回来肯定要派什么用场。

叶虹打量一眼房间,右边那面墙边有足够的空地,她指了指那里,故作神秘地问道:"你猜这是什么?"

"空纸箱呀,这还用猜?"林凯飞笑道,又马上补了句,"你想当桌子用。"

"你怎么猜到的?"

"你不是说你能找到桌子吗？原来是这个。"

他们现在只有一个桌子，既当书桌又当饭桌，如果两个人都在家里加班的话就有些不方便。叶虹肯定要在家备课、改作业，林凯飞也有不少案头工作要做。林凯飞说桌子留给叶虹用，他可以找个硬纸板，需要的话就把硬纸板放到床上当桌子用。叶虹说真要这样的话那她用这个床桌。两个人都想把桌子让给对方，推了几个来回，林凯飞说干脆买一个桌子，结婚也该置办些家当。他们去了趟家具店，一看价格，叶虹打了退堂鼓，买个桌子回来自然要添置椅子，那就更加捉襟见肘。叶虹说先不买，她有办法找到替代品。林凯飞问她是什么，她笑笑说，你见到就知道了。

林凯飞把纸箱放到了叶虹相中的右墙边。

"这个纸箱可以当我的书桌加我们吃饭的饭桌，还可以当书橱加衣柜呢。"叶虹说，"我们把不常用的书和换季的衣服放在里面，底下铺上一层厚一些的塑料布防潮，上面也铺一层，万一吃饭时有菜汁洒出来也不会漏到书和衣服上。我们再在这个桌子的外面铺一个漂亮的桌布，是不是很不错？"

"嗯，好像是不错。"林凯飞嘴上这样说，心里有些磕绊，他想给叶虹更好一些的生活，在物质条件有限的情况下只能先这样将就。"如果当桌子用，这个箱子小了些，我们单位有可能有大小合适的集装箱，从国外往国内运货后会淘汰一些集装箱，里面有些质量很好。这是一个好主意，没准我们可以用一些废弃的纸箱组装出一个桌子呢。"林凯飞说到这儿强调了一句，"我会在走之前把这事办好。"他不在的这个阶段反而不用这个桌子，他还是想尽快把这事做好，这样叶虹可以有两个桌子用，一个书桌一个饭桌。

叶虹看了林凯飞一眼，感觉到了什么。她问道："你很快就要出海吗？"

林凯飞把变更告诉了叶虹，他看着叶虹，眼睛里满是歉意。"我还说要给你做好后勤呢。"

叶虹马上说："不要紧的，我们可以吃食堂，家里也没多少事，你安心做准备，只是……你可能会很忙，会不会太累？……要不我们就别办婚礼了。"

林凯飞用很确定的语气说："别担心，婚礼不用花多少时间，我们要劳逸结合，这也是我学习和工作的动力。"

叶虹没再说什么，有些心疼地看着林凯飞，林凯飞温柔地搂了下叶虹的肩膀，想让她放下心来。

林凯飞在出发前必须大幅度提前完成他正在接受的工作培训，还要马上进入实战阶段。他觉得这是挑战，更是一个机会，在工作中学习可以更快地掌握要领，只是具体接手后他发现他要做的事情比他想象的还要多很多。他很希望原来的二副能给他一些第一手的经验，原来的二副也应该花些时间认真交接好工作。他们见了一次面，见面的时间不长，那个二副始终心神不定，林凯飞很理解他的心情，孩子的事情肯定搞得他焦头烂额心力交瘁。林凯飞就把剩下的工作独揽下来，那个二副连说了两声"谢谢"，匆匆离开了。

林凯飞不得不自己进行摸索，他的工作先从签订的合同开始。名义上二副在这一方面是在做助手的工作，但合同都是外语的，必须有个懂外语的人——审核细节，并且在中英文之间不断转换，光来回翻译就要花不少时间。合同在他接手前已基本落实，几乎只差签字这个环节，林凯飞可以略过这个环节，只是他粗粗看了眼合同就看到了纰漏，他知道一个小小的纰漏就有可能在经济上给国家造成不小的损失，他不能睁一只眼闭一只眼地跳过这一步。

林凯飞还要参与装船前的准备工作，他以前没有上过这条货轮，对船体结构和设施的了解都要从头开始，同时要详细了解即将运送的货物的有关数据和资料，以确保货物可以科学顺利地装载上船。准备得越充分越认真，货物在运送途中的安全越有保障，遇到紧急情况时也越知道如何应对。

因为这条航线驶往中东，林凯飞也考虑花些时间学习阿拉伯语。他不知道他走这条航线是一次性的还是以后要经常走，不管怎么说，会一些阿拉伯语对做好工作肯定是有帮助的。中途靠岸时船上食物的补给由二副负责，加上其他方面的事务，总要跟当地人打交道，最好能用他们的母语跟他们打交道。林凯飞在大学第二年上了一学期的阿拉伯语选修课，外语系的学生都要修二外，林凯飞有俄语的基础，他选的第二外语是俄语，不需要再学一门语言。学校开了一门阿语选修课，阿语既难学又不是那么热门，报名的人很少，林凯飞在第一时间就报了名，他觉得多学一种语言是件好事，很珍惜这样的机会，没想到现在派上了用场。因为报名的人不多，中间还有溜号的，这个班变成了小班上课，老师分摊到每个学生身上的时间和精力比大班多了不少，加快了教学进度，只要认真学，一学期下来可以掌握基本的语法，特别是动词名词的变化规律，不懂这些变格连字典都查不了。阿语很难自学，幸好有这样的基础，给了林凯飞自学阿语的信心。可惜上船前他实在挤不出更多的时间，他计划在船上自学阿语，出发前他要请教下阿语专家如何更好地自学，也要尽可能找到更多的学习资料带到船上。

这些都是林凯飞计划中的安排，每天还会有突然冒出的事情，各种事情让他忙得废寝忘食，应接不暇的时候，他也冒出过那个想法，也许真的应该取消婚礼。不过这个念头一闪而过，他许诺要给叶虹一个婚礼，他一定要兑现这个承诺。

正式开始工作的这个阶段里几乎每个人都忙,即使没有结婚这件事。他们有的确实是在忙工作,有的只是忙于适应一个新的环境,特别是要建立起新的人际关系。

陈正宏是这帮同学中最先进入角色的,他很快收敛起分回上海的喜悦,他要的不只是回到上海。报到前他对他的工作单位做了很细致的分析研究,还通过他爸爸的关系跟人事科的一个人建立了联系,专门在锦江饭店请这个人吃了顿饭,见面时还另外准备了一份分量不轻的礼物。那人自然给了很多的反馈和建议,吃过这顿饭后,从外部环境到内部的工作职责、人员构成特别是人际关系,陈正宏基本上了如指掌。当他出现在办公室时,他的表现完全不像是一个新人。遇到他的人多半以为他已在这儿工作了不短的时间,只是之前没有什么交集。当然他的部门领导葛宗海知道他是刚分来的,不过人事科的人已经为陈正宏做好了铺垫,陈正宏跟葛宗海还未见面已是三分熟,见面聊过后升到了七分熟。陈正宏善于察言观色,做起事来既热情积极又会拿捏分寸,很快得到葛宗海的赏识,没出一个星期他们的关系就到了几乎无话不谈的地步。

上海这边跟南京差不多,也是非常需要刚上岗的年轻人尽快完成培训,尽早随远洋货轮出海。陈正宏想尽可能地往后拖拖,他不想把自己搞得太累,忙中容易出错,而且刚进单位就出去几个月,还没完全焐热的地盘和关系很快就会凉下来,他要等到完全站稳了脚跟再出海。另外他要等待去英语国家的机会,他们科室有去澳大利亚进口铁矿砂的任务,这是陈正宏中意的航线,他要为自己争取到这类的名额。

聪明又有心机的陈正宏很快发现了远洋公司有待提高和完善的地方。新来的人员确实是外语院校或外语系毕业的,只是全国没有哪家院校会为远洋业务定向培养学生,这些大学生虽然在学校学的是外语，但很多专业术语专业知识他们从未学过。原有人员中的不少人有过出海的经验，上船前他们受过培训，给他们做培训的却没有出海经验，那些人还是要想办法自己摸着石头过河。

每条货轮都像是一个独立王国，大家各负其责各自为政，那些顺利地过了河的人也只是盯着自家的一亩三分地，各人自扫门前雪，把自己的事情做好就是万事大吉。他们即使有跟同行分享经验的愿望，也没有可分享的地方。

陈正宏马上决定集合这几方面的资源出本小册子，不用正式出版，能做到内部传阅就可以。有专业方面的内容，也涵盖一些实际经验。陈正宏对自己的组织才能和文字表达能力很有信心，而且很多东西是现成的，管培训的人手上有专业术语和知识，出过国的人有各种各样的经验之谈，他只需要把这些东西组合到一起。

陈正宏把他的这个想法详细地报告给葛宗海，不是他想跟另外一个人分食这块肥肉，这件事他一个人做不成。他绘声绘色地陈述时，葛宗海的眼睛一亮，很短暂地一闪而过，陈正宏捕捉到了，他心里也有了底。

葛宗海听完后微微点了下头："嗯，用这种方式整合资源为大家提供便利是不错，可以节省时间，帮助相关人员把工作做好，看来你有这个意愿去做这件事？"

"这件事能做的话我最多是去做具体的事情，负责人一定得是您。"陈正宏说，"我刚才提到的是第一步，时机成熟后，我们或许能在前期的工作基础上更上一层楼，为我们公司甚至整个行业制定出统一的标准和规划，只有像您这样高瞻远瞩德高望重的领导才能有这样的魄力和能力，我很希望您能做全局的掌控者，我也保证在您的领导下很好地完成这个任务。"

在锦江饭店吃饭时，人事科的人向陈正宏透露了葛宗海的背景。他是一个退伍转业军人，根红苗正，脑子也足够活络，跟上层和其他中层领导的关系都算不错，只是他的业务知识和业务能力都欠缺，缺了临门一脚的功力和业绩，在一个多少还是要看本事的地方就很难再往上升。陈正宏估算葛宗海会很愿意牵这个头，他这是把球放到了葛宗海的脚下，葛宗海只要象征性地做个动作，这只球就可以破门进网。看似他把光环让给了葛宗海，可是葛宗海不牵头的话，他这个刚来单位没几天的新人几乎不可能得到这个机会，他需要葛宗海为他拿到尚方宝剑，并且为他保驾护航。他甘愿做老二既能获得葛宗海的赏识，又能掌握实权，第二号人物获得的关注不一定比那个名义上的掌舵人少。而且做好这件事真能帮助葛宗海往上走的话，葛宗海不会亏待他的，因为业务能力始终是他的软肋，他越往上走，越离不开陈正宏的辅佐。

葛宗海在脑子里迅速地盘算，他现在在单位处在一个不上不下的位置上，他当然渴望进一步的升迁，这件事能做成做好的话，他十有八九可以如愿以偿。阅人无数的他看得出陈正宏心里的那些小九九，不过他们两个完全不在同一个级别上，陈正宏不会阻碍他的升迁，他们反而可以各取所需各有所得。心花怒放的葛宗海没有马上表态，脸上没有任何不一样的表情，他只是淡淡地表扬了几句陈正宏，说他有责任心有工作热忱，最后又淡淡地说了句："这件事还要听上面领导的意见。"

陈正宏的脸上也是平静的，心里也是乐开了花。在他看来，葛宗海已经表明了态度，而葛宗海的态度又会影响到上层领导的决定。其实做这个决定本身不会让领导多为难，因为做这件事并不需要多少资金支持，也不需要配备额外的人员，他陈正宏一个人就可以独当一面，不如放手让他去折腾，折腾不出来也可以不了了之，如果能搞出个不错的结果，那拍板者参与者都可以从中得益。陈正宏相信以他的精明强干一定会创造出一个亮眼的业绩，而且他选择的是一个有很强的伸缩性的项目，文字上的东西一出来，它可以是个芝麻也可以是个西瓜，没有一个确定的评判标准，既然是这样，这个计划还未实施就已经事半功倍了。

心情很好的陈正宏忍不住给林凯飞打了个电话，具体的计划他守口如瓶，他就是想找人说说话，释放自得和惬意。他们属于同一个大的系统，虽然在不同的城市不同的子公司，内部的联系还是有的，打给林凯飞的电话属于工作电话。

林凯飞把他即将去中东的事情告诉了陈正宏。

陈正宏觉得林凯飞太傻，怎么会匆匆忙忙地接这样的任务。他差点在电话里教训林凯飞，碍于办公室里有其他的人，他把到了嘴边的话咽了回去，只在心里把林凯飞教训了一顿，一边教训林凯飞一边为他自己感到得意。他不用再担心被指派去他不想去的航线，这是他马上就可以得到的好处。等到项目正式启动，他又有了一个可以很充分地展示自己的平台，这样的平台也是一个保护伞，证明他在单位游进了那个最核心的圈子，起码到了离这个圈子最近的外围。他肯定也会出海，但他只去他想去的地方。等到他中意的机会出现，这个项目又可以帮到他，实地调研是别人没有也竞争不过他的理由。他想要的东西他就要做到志在必得，他不想要的就一定要想方设法挡在门外，还要以充分的理由堂而皇之地加以拒绝。

陈正宏很愿意跟林凯飞分享这些秘籍，林凯飞是他认可的朋友，他愿意拉朋友一把。不过他知道林凯飞是学不会的，还很可能把他的话当耳边风，他说了也是白说，想到这里，陈正宏叹了口气。

林凯飞没听到这声叹息，他说这次出差也是很好的学习机会，他准备捡起阿拉伯语，还问陈正宏有没有学阿语的资料。

陈正宏刚想说"学什么阿拉伯语，你这不是浪费时间吗？"，突然想起坐在斜对面的那个同事是阿语专业的，他赶紧换了一句话："我帮你找找，尽快寄给你。"接着他又加了一句："别在这上面花太多精力。"

挂上电话后，陈正宏摇了摇头，还是决定为林凯飞找些阿拉伯语的教材，帮了朋友的忙，自己也没什么损失。况且林凯飞出差回来有了实战经验，如果他需要，林凯飞肯定会毫无保留地贡献给他，这么一想，陈正宏豁然开朗，他的心情更好了。

来到南京后，柳茗经常想起叶虹和林凯飞，几乎每天都会想起他们。她一直想去找他们，却一直没有成行，家庭和工作占去了她所有的时间。工作是计划中的事情，不管做什么样的工作，离开大学后她一定会开始工作。这么快地组建家庭完全在计划之外，她不光有了一个丈夫，还跟杨冯的一家人生活在一起。以前她绝对没有想到毕业后她的生活会有这么大的改变，现在的她也没有想过这些变化，也许是生活的改变太多太快，她有些身不由己疲于奔命，没有时间关注和顾及这些变化。她的生活就像是本书，在很短的时间里，这本书跳过好多章节，翻页的速度太快，柳茗都忘了这一切是从哪里开始的。

柳茗只好把她跟叶虹、林凯飞的团聚一推再推，一直推到了叶虹和林凯飞的婚礼上。

柳茗想带杨冯一起去参加林凯飞和叶虹的婚礼，杨冯不太想去，又觉得不去也不好，他的婚假没有全用完，于是请了两天假回到南京，陪柳茗去参加婚礼。

出家门时，两个人起了小小的争执，柳茗想坐公共汽车去，她看过交通路线，中间转两次车，并不麻烦。杨冯非要叫三轮车，他说天气热烘烘的,车上的气味不会好到哪去,他不愿意跟汗流浃背的人群挤在一起。柳茗平时极少坐三轮,来南京后只有第一天叫过,那天她带着大包小包的行李。她不太坐三轮车不光是为了省钱,最主要的原因是她不愿看到三轮车师傅奋力蹬车的辛苦。她说:"师傅拉着我们两个人会更吃力,坐公车很方便,何必去辛苦人家。"

杨冯白了柳茗一眼:"要是大家都像你这样想,三轮车师傅怎么拉到生意?"

出了院门,杨冯看到一辆空着的三轮车停在路边,他不由分说朝那边走了过去。

柳茗没再反对,今天是个喜庆的日子,何必闹不愉快呢,她跟着杨冯上了三轮车。

上车后,两个人都不再说话,杨冯把柳茗的沉默推究为刚才的冲突,其实柳茗的心绪都在即将到来的团聚上。过去三年的日子一起向她涌来,她完全沉浸其中,很快忘了上三轮车之前的争执。杨冯看柳茗不搭理他,赌气别过脸去。街边的橱窗反射着细碎的阳光,投射在一晃而过的行人的身上和脸上。杨冯在匆匆的人流中看到一张熟悉的面孔,那是他在中学时谈的第一个女朋友段雅芳,杨冯急忙把脸又转向柳茗这边。四目相对时,柳茗和杨冯都有些恍惚。

远洋公司的食堂不难找,柳茗和杨冯很快找到了食堂。

食堂有两个门,一个正门一个侧门,平时都是开着的。周大姐带着几个同事做好了准备,晚饭一过,他们把食堂迅速清理干净,拼接好桌椅,还在食堂的墙上和窗户上贴了几个"囍"字。周大姐让人关上了侧门,只留正门,这样更正式也更方便上前招呼来参加婚礼的客人。

快到食堂时,柳茗看到了窗户上的一个大大的红"囍",她确定这里就是林凯飞和叶虹举行婚礼的地方。

在客人中柳茗和杨冯到得最早，他们刚出现在门口叶虹就看见了他们，她激动地叫了声"柳茗"，兴奋地朝柳茗蹦跳着走来。

叶虹穿了条乳白色的连衣裙，领口、袖口和下摆处镶嵌着粉色的花边，这些点缀都很简洁，却非常明快提气。裙子的质地柔顺轻盈，裙摆随着叶虹急速的步子飘了起来。柳茗这是第一次见叶虹穿裙子，还是连衣裙。叶虹长得不算漂亮，可这会儿她那红润的面颊发出光来，眼睛里也是波光闪闪，配上那身飘逸的连衣裙，给人一种超凡脱俗的感觉。

"新娘子真漂亮！"柳茗对着走到她面前的叶虹赞叹道。

"哪有。"叶虹羞涩地一笑，脸更红了，像是扑上了一层胭脂。她朝柳茗身边的杨冯点了下头，说："你们都能来我好开心。"

"恭喜。"杨冯也朝叶虹点了下头。

叶虹由衷地说："你们结婚时，新娘子一定比我漂亮。"

杨冯和柳茗对望了一眼，柳茗轻声道："我和他已经结婚了。"

叶虹的脸上掠过一些惊诧，虽然她努力让自己保持正常。她邀请柳茗来参加她和林凯飞的婚礼时，柳茗提到她会带杨冯一起来，那会儿叶虹就知道柳茗和杨冯的关系确定下来了，只是她没有想到柳茗和杨冯这么快地结了婚。

三个人都有些尴尬，柳茗慌忙问道："林凯飞呢？"

柳茗和叶虹扭头望向身后的人群。刚才正在帮周大姐准备场地的林凯飞听到叶虹呼唤柳茗的名字，抬起头来，看到了柳茗和杨冯。他停下忙活，赶紧走了过来。

柳茗也看到了朝他们走来的林凯飞。林凯飞穿了件簇新的白色的衬衣，配上黑色的西裤，原来的青涩不见了，浑身散发着一个成熟男人的魅力。以前的他有些羞涩拘谨，遮掩了他的光彩。当他完全放开的时候,他原来是一个很潇洒的人,从笑容到姿态都带着一种让人迷恋的气质和气度。他没有刻意地释放什么,只是少了羞怯多了自信,翩翩风度自然而然地展露出来,让人很容易被他吸引,看到他时又忍不住多看他几眼。

柳茗心头一怔,他们分开也就一个多月的时间,林凯飞怎么会有这么大的变化?

一向落落大方的柳茗反倒羞涩拘谨起来,脸颊上微微有些发热。林凯飞走到了他们面前,柳茗开口跟林凯飞打了声招呼,声音磕绊了一下。

林凯飞也感觉到了柳茗的变化,跟柳茗打招呼时声音也不像往常那样顺畅,他们匆匆对视了一眼,柳茗把目光转向叶虹,把礼物送到叶虹手上:"这是我和杨冯送给你们的。新婚快乐,祝你们永远幸福!"

柳茗回上海时为叶虹和林凯飞选了一对上海牌手表,一般人送给新人的礼物是暖水瓶脸盆茶缸毛巾之类的生活日用品,几乎没人送这么贵重的礼物,为这份礼物柳茗也是倾其所有,她给杨冯和她自己都没买这样的礼物,所以当杨冯看到柳茗为林凯飞和叶虹准备的礼物时很是不爽,柳茗的父母也为他们准备了一对手表,在杨冯看来这还是有些差别的。

礼物都是回家后再去拆,林凯飞和叶虹不知道礼盒里放的是什么,说了些感谢的话便接受了礼物。柳茗还在里面放上了那本莱蒙托夫的诗集,来南京后他们是第一次见面,柳茗一直没机会把这本诗集送给他们。

叶虹一手捧着礼物一手拉着柳茗的手,带她往里走,林凯飞和杨冯紧随其后。柳茗低头时瞥见叶虹穿的鞋子,是一双深棕色的皮鞋。柳茗记得这双鞋,是她陪叶虹去商店买的,不是真皮,但质地和样式都不错,只是有些旧了,可以看到一些划痕。柳茗停下了脚步,扭头跟杨冯和林凯飞说:"你们先过去,我跟叶虹说几句悄悄话。"她返回来拉上叶虹走到一个没人的地方。

"我们把鞋换一换,深棕色跟你的裙子不是很配。"柳茗脱下了自己的鞋子,放到叶虹的脚下。她俩的脚一般大,都穿三十七码的鞋子,在学校时她们有时会换鞋穿。

叶虹看到了那双白色的皮凉鞋:"这双鞋太漂亮了,皮子真好。"

"送给你了。"柳茗说。

"不要不要,你自己留着。"叶虹能看出这双皮凉鞋非常贵,坚决不肯收下。

"你怎么跟我这么客气?快换上吧,客人们在等新娘子呢。"柳茗拉着叶虹坐到旁边的椅子上,弯下腰脱下叶虹脚上的鞋子,换上了那双皮凉鞋,"看,正合适,跟你的裙子也很搭。"

叶虹站起来走了两步,裙子轻柔地摆动,她的脚步也轻快起来。"谢谢你,这鞋真漂亮,等会儿婚礼结束后我们再换回来。"

"说什么呢?这是你的鞋子,我可不要跟你换。"

柳茗和叶虹手拉着手走了回去,柳茗走到杨冯身旁,杨冯压低声音问她:"有什么悄悄话不能让我听到?"

"没说什么悄悄话。"柳茗也压低声音说,"我们把鞋子换了。"

杨冯看了眼柳茗脚上的鞋子,皱了下眉头:"你们还会换过来吧?"

"我把那双鞋送给叶虹了。"

"什么?你知道那双鞋有多贵吗?"

"我知道,我也很喜欢,所以才送给了她。"柳茗极喜欢这双鞋,穿出去有好多人说这双鞋好看,有个人甚至蹲到地上用手抚摸鞋面,说是从来没见过这么精致的皮子。

杨冯气鼓鼓地说:"你根本不在乎,对呀,你送给他们的手表更贵。"

"他们是我最好的朋友。"

"不只是朋友吧。"

……

两个人的声调高了上去,旁边有人望向他们这边,他们停下拌嘴,不再说什么。

客人们陆续到达,一半是分到南京的同学,一半是林凯飞和叶虹各自的新同事。毕业后大部分同学是第一次见面,一见面都很兴奋。他们的工作都已步入正轨,过了最开始的磨合期,心情是轻松的。分到南京的这帮同学里数林凯飞、叶虹和柳茗最忙,他们特别认真,自然会很忙,其他的人要轻闲不少,带着闲情逸致来相会,气氛马上就起来了,加上这是来参加婚礼,大家更是欢声笑语喜气洋洋。

柳茗跟所有的同学热情熟络地打着招呼,她想把杨冯拉进聊天的队伍,杨冯却板着脸坐在一边,没有动弹和说话的意思。他刚才跟柳茗闹别扭,心里还存了些闷气,加上他在学校时跟这些人不在一个班,平时没什么来往。更要命的是杨冯没有拿到毕业证,他是肄业,这点柳茗还不知情,他没想到今天来了这么多同学,万一其中有人知道这件事呢。这些人一个个兴高采烈,肯定都正儿八经地毕了业,这帮人越开心杨冯就越生气,脸上乌云密布。谁都能看出杨冯心情不好,柳茗只能猜到第一个原因,杨冯并不是一个小气的人,柳茗不明白杨冯为什么那么计较那双皮凉鞋,也不知道该如何安抚他,只好陪他坐在一边,好在婚礼很快就开始了,没让柳茗尴尬太久。

大家围着两个大圆桌依次坐了下来。一共有二十个人，新郎新娘的同学有十个人，新郎和新娘的同事各有五位，加起来也是十位。周大姐安排新郎新娘的同学坐一桌，两人的同事坐一桌，每桌都有十二个座位，新郎新娘两桌轮流坐坐。杨冯不得已跟那些同学坐到了同一桌，他后悔来参加这个婚礼，脸上的表情更加阴沉。

因为杨冯的表现，柳茗的注意力主要集中在杨冯身上，既没有心情跟同桌的同学聊天，也没有特别留意婚礼到了哪个环节。她的表情是僵硬的，笑起来也是牵强的，话也少了很多。杨冯把柳茗的不悦猜度为他没有给柳茗一个婚礼。那场只有几个家人参加的喜宴后冯英坤安排过一场婚宴，请的都是她的同事，级别都相当高，杨培永的同事的级别不够，所以没有请。冯英坤并不是那么势利，她的儿子结婚，总要请这些人吃顿喜酒，也算是回请，这些人的孩子结婚也请过他们。

虽然来的都是头面人物，是普通百姓根本不可能见到的人，但那样的排场并不是柳茗在乎的，也不是她想要的，她只是为了婆家的礼节去吃了那顿饭。

一阵热烈的掌声响起，来宾们都朝一个方向望去，一直游离在外的柳茗和杨冯恍然醒来，他们张望周围，随着大家的目光望向前面。

林凯飞和叶虹已站在那里，兼做司仪的周大姐宣布新郎新娘要一起为大家演唱一首歌，当周大姐报出歌名《莫斯科郊外的晚上》，几乎所有的人都发出了惊喜的叫声，紧随其后的是更热烈的掌声。

柳茗很快走出了刚才的低落，专注地望着台上的表演者。那不是一个舞台，跟四周一样都是平地，但柳茗感觉叶虹和林凯飞站在了更高的地方。

上学时他们曾在私下唱过这首歌，他们的俄语老师带上手风琴，偷偷参加了他们的聚会。那也是一个夏日的夜晚，十几个人挤在一个很小的空间里，燥热和按捺不住的激动让他们每一个人加快了呼吸，呼出的热气在关了门窗的屋子里无法流动，原来就很稠厚的空气越发黏稠，凝固成一个没有缝隙的硬块。俄语老师默默地坐了下来，拉开了手风琴，手风琴的声响一下震开了那个坚硬的板块，板块里的十几个人好像立刻活了过来，他们彼此会心地点了下头，或者抿嘴一笑，然后随着俄语老师和手风琴声唱了起来。开始时他们压低了嗓音，被压抑的歌声却有着更强的穿透力，穿透了他们心里筑起的堤防，他们唱着唱着就忘了胆怯，大胆地放开了歌喉。

后来再想起在学校里偷唱那些不让唱的歌曲，有几个人有些后怕，被学校知道的话他们肯定要挨批，可是更多的人怀念着那个夜晚，那个一起唱歌的夜晚是大学时代最让他们怀恋的时光，不光有美妙的歌声，还有他们不该失去的勇气。

这一次叶虹和林凯飞要在自己的婚礼上一起演唱这首歌，柳茗百感交集地望着他们，她敬佩他们的勇气，也羡慕他们的爱情。毕竟这首歌还没有解禁，可他们将在众人面前一起唱这首歌，他们竟然敢在婚礼上一起唱这首甜蜜的爱情歌曲，可是每一个向往爱情的人在内心深处不都有这种大胆表达爱情的渴望吗？

有个人拎着手风琴走了过去，林凯飞帮那个人搬来一把椅子，又接过另外一个人递给他的一个话筒，然后微笑着望向自己的新娘。原来他们早有准备，并不是临时起意。柳茗定睛望着林凯飞大方又得体地做着这些事情，在这样的场合，这些动作带出了让人难以无动于衷的感动，一个接着一个。这才是她向往过的新郎的形象，温润又洒脱，风轻云淡中飞扬着不羁的神采和风韵。他的淡泊随和给人一种强烈的安全感,他带你走进婚姻时是坚定的,把一生的幸福交托给这样的男人是踏实的。这个温柔的男人又是刚毅不羁的,可以为你遮风挡雨,又可以给你甜蜜和浪漫,从轻风细雨处飞扬出的潇洒更是摄人心魄。他的美好海水一般倾泻而出,到了柳茗这里,瞬间激荡出巨大的浪花,让她热泪盈眶,让她完全沦陷,稀里哗啦地淹没在一片汪洋中。怦怦的心跳有力地击打着这片潮水,荡漾出更多的波涛。她的心里好久没有这样的起伏,她几乎完全忘了这样的心动,陈正宏跟她分手后,她以为她再也不会被一个男人感动了。这是一种她从未感受过的心动,超越了友情,也超越了爱情。柳茗不允许自己爱上这个男人,他是叶虹的男朋友,此时此刻,他是叶虹的新郎。

柳茗望着眼前的这个男人,这个男人身后的背景变成了梨花渡。梨花开得正好,一朵朵梨花连成一片,汇聚成一条温柔的河流,像是穿着白衬衣的新郎,干净清爽,又坚定深情。他们曾一次次地坐在梨花渡的山坡上,一起看梨花盛开。他们在那里相遇,又在那里擦肩而过。

柳茗的心里感觉到一阵阵的疼痛,为错过,为失去,也为欣喜,为祝福……几种情感混合到一起,力量太强大,几乎超出了她的承受力。她的表面依然是平静的,可内心的起伏越来越强烈,起伏的频率越来越快越来越高,她身不由己,也无力挣扎,就让自己在这种没有名头也不需要界定的情感中随波逐流。爱上一个人,可能都不会有这样的心动,那是一种弥漫在心底深处并且可以久久回荡的感动。

柳茗无所适从地望着前面时,杨冯突然扭头看了眼她,他看到了柳茗眼里的痴缠。柳茗望向他时,她的眼睛里从来没有过这样的欣赏和赞美。刚才他们进门时,当林凯飞走向他们,杨冯就在柳茗的眼睛里捕捉到了这样的异样。所以当婚礼进入高潮,当所有的人关注着新郎新娘时,他的心里涌动着一些不安,鬼使神差地扭头看了眼身边的柳茗。

杨冯望向她时,柳茗猛然惊醒过来。从杨冯的眼睛里,她看到了自己的失态,她深深地吸了口气,收敛起那些只属于她自己的心绪,努力让自己涌动的心潮平静下来。

杨冯只是皱了下眉头,没有表达更多的情绪。他把脑袋转了回去,留给柳茗的是一个没有任何表情的后脑勺。

柳茗也重新望向前面,这一次她的目光落在叶虹的身上。

叶虹有些紧张,林凯飞在她的耳边低语了一番,想必那是温存甜蜜给她信心的话,她如含羞草初开般恬美地一笑,这一笑抵得上她以前所有的微笑。柳茗诧异,幸福真的能让人变得如此迷人。柳茗出神地望着新娘那张玫瑰色明净的脸,新娘也望向她,两个人似乎都向对方伸出手来。柳茗握住了这只温暖的手,在北大荒的墓地边,在那次批判她的班会上,在毕业分配公布结果的那个令人沮丧的晚上……她握住的都是这只手,柔软,有力,上面也带着郦华和彩云的体温和力量。彩云还在的话,在叶虹的婚礼上,彩云肯定极开心,彩云会不会因为激动喜极而泣?

柳茗的眼睛湿润起来,她突然很想紧紧地抱住叶虹,她想用大把大把的祝福抱住叶虹,那个她最欣赏的男人,成了她最好的朋友的新郎,她愿她最好的朋友得到比她更多的幸福。

柳茗因为激动喜极而泣,她忘记了自己的存在,只为叶虹开心。

又一阵掌声响起,随之而起的是悠扬的手风琴声,熟悉的旋律中,林凯飞的歌声悠然响起:

深夜花园里四处静悄悄

只有风儿在轻轻唱

夜色多么好

心儿多爽朗

在这迷人的晚上

……

林凯飞是男低音,略微有些沙哑,像是走进一个宁静的夜晚,听到了树叶沙沙的声响。这温柔又带着磁性的歌声撩拨着人们的心绪,让人心旌摇荡,又让人安静下来,感受着那片月光里的静谧安宁。在这样的一个夜晚,这样的安宁可以沉到心底。在心底的最深处,一个轻柔的声音袅袅升起,叶虹唱起了和声。

和声过后,甜美的女声继续回荡在幽静的夜晚:

小河静静流微微翻波浪

水面映着银色月光

一阵阵轻风

一阵阵歌声

多么幽静的晚上

……

叶虹有些五音不全,是未加雕琢的璞玉,不过瑕不掩瑜,她的音色是柔美的,让人感到愉悦,这样的嗓音像极了娇羞的新娘。人们屏住呼吸,被幸福的新娘的幸福的歌声深深地吸引,一双双眼睛的注视下,新娘更加害羞,声音也飘忽起来,新郎的和声就是这个时候进来的,有力地托住了新娘的歌声。

新娘的歌声不再发颤,她和新郎很快找到了契合点,四目相对,脉脉含情的默契中,回荡着他们共同的歌声:

> 我的心上人坐在我身旁
> 默默看着我不作声
> 我想对他／她讲
> 但又难为情
> 多少话儿留在心上
> 我想对他／她讲
> 但又难为情
> 多少话儿留在心上
> ……

唱到这里,两个人涨红了脸,真的有些难为情。周大姐站了起来,示意台下的人跟他们一起唱。台下的人心领神会,他们从未在公开场合唱过这首歌,也没有人教过他们,可他们都会唱,他们满怀喜悦地跟新郎新娘一起合唱起来:

> 长夜快过去天色蒙蒙亮
> 衷心祝福你好姑娘
> 但愿从今后
> 你我永不忘／你们永不忘
> 莫斯科郊外的晚上
> ……

台下的人边唱边用手拍打着节拍，还做了各种各样的发挥，他们把"你我永不忘"改成了"你们永不忘"，"莫斯科郊外的晚上"也有好几种替代，台下有几个人会俄语，干脆替换上俄语歌词。他们的唱法不同，声调或高或低，但他们的热情是一样的，热情高涨，又满怀真情和祝福。

热烈的气氛中，柳茗的泪水夺眶而出，模糊的泪眼中，她看到郦华站在那里，微笑着望着她，也是沉浸在幸福中的玫瑰般的笑脸。那是叶虹，也是郦华，那是她最好的朋友，一生一世的朋友。

柳茗在心里一遍遍地祝福着叶虹和林凯飞，这是她喜爱和向往的婚礼，虽然跟她无关。这是叶虹和林凯飞的婚礼，她由衷地祝福他们幸福美满，她愿意看着他们幸福甜蜜。她感受到了他们的幸福，比她自己渴望拥有的幸福还要多很多的幸福，她还是渴望送给他们更多的祝福，她愿意把她能够给出的所有的祝福都送给他们，没有嫉妒，没有遗憾，只有祝福。

激烈的心跳舒缓下来，小河流水般流进广阔恬静的平原。潺潺的流水清澈无比，明亮的阳光照在上面，水波荡漾，一串串的涟漪像是一朵朵晶莹的花朵。那是恬淡喜悦幸福的花儿，开在叶虹的脸上，也开在柳茗的心里。

第七章

　　林凯飞和叶虹的婚礼结束后，大部分宾客意犹未尽，没有马上离开。他们继续说着祝福新郎新娘的话，继续热烈地交流着，还有几个人起哄让新郎新娘再唱一遍《莫斯科郊外的晚上》，这一次大家要从头到尾一起合唱。

　　柳茗和杨冯是最先离开的人，杨冯急着走，柳茗不得不跟他一起离开。他们走出热气腾腾的人群，一前一后走进夜色中。他们的身后灯火通明笑语喧哗，两个人再一次游离在热闹之外。

　　跟来时一样，回去的路上他们也没说上几句话。到家后，他们各自洗漱，都有些心不在焉。上床躺下后，两个人都觉出累来，身心俱疲的那种累，他们都没有云雨一番或亲热一下的力气和愿望，只想不声不响地躺在那里。

　　人在太累的时候反倒不容易入睡。柳茗的眼前不断晃动着一些过往的情景，各种各样的场景交替出现，出现在这些场景中的人并不多，只有叶虹、郦华和林凯飞这三个人。陈正宏短暂地出现过，倏忽而过。杨冯的耳边则不断重复着两个女同学的对话。婚宴上这两个人坐在他的另一边,杨冯跟她们全程没说过话,她俩倒是叽叽喳喳地没少交流。喝了些酒后这两个女同学的话更多了,也没了约束,其中一个感叹道:"以前我们把陈正宏排在第一位,今天才发现,林凯飞更帅。"另外一个人马上附和道:"没错,林凯飞没陈正宏那么耀眼,但他更耐看,不光长得好看,方方面面都是最好的,叶虹真有福气啊,我好羡慕她。"……听到这段对话的杨冯狠狠地瞪了她们一眼,她们看了眼杨冯,有些莫名其妙。杨冯那会儿就想离开,又不好中途退场,心烦意乱地坐在那里,坚持到最后,他大汗淋漓,连他的座位都是汗津津的。

那两个女同学的对话再一次在杨冯的耳边响起,他烦躁地翻了个身,背对着柳茗喘着粗气。柳茗听到了杨冯粗重的喘气声,她没有动弹,也不知道该说些什么,只能装作她已经睡着了。睡意渐浓,她真的睡了过去。

杨冯原计划第二天回部队,早上醒来,他告诉柳茗他会在家多待两天。"我一会儿给司务长大老李打个电话,告诉他我多请两天假,后天回去。"

"好呀。"柳茗没有反对,她知道杨冯跟团里的司务长李劲风的关系很好,"那我今天去学校少待些时间,早点回来,我们可以一起去个什么地方。"

"不要紧,你忙你的工作,我就是想在家休息休息,再出去瞎转转。"

"你出去转的话别转太久,我能早点回来的话,正好我们可以去叶虹和林凯飞的新房看看他们。"昨天离开时,叶虹和林凯飞送他们出门,叶虹告诉柳茗这两天他们在家,柳茗有时间的话就过来,婚礼上他们顾不上聊天,那就去他们家聊。柳茗是打算这两天抽个时间去叶虹和林凯飞那里,既然杨冯没回部队,最好带上杨冯。

杨冯没吭声,没说"好"也没说"不好"。柳茗吃过早饭先去学校,为新学年的工作做准备。柳茗出门没多久,杨冯估摸着柳茗差不多走远了,他也出了家门,叫了辆三轮车,直奔远洋公司。昨天叶虹跟柳茗说话时他在她们身边,听见了叶虹的邀请,也记住了他们家的地址。这个筒子楼不难找,杨冯找到了叶虹和林凯飞的新家。

叶虹来开的门,见到杨冯她并不觉得意外,她微笑着把杨冯迎进门,又往杨冯的身后望去,问道:"柳茗呢?"

"就我自己来的。"杨冯说。

叶虹这下觉得意外了,她还是很热情地招呼杨冯:"请坐请坐,这个椅子比较舒服,你坐这个吧。"叶虹说着朝书桌走去,想从书桌边搬来家里最正规的那把椅子,林凯飞已经搬了过来,搬到那个简易饭桌边。他刚才坐在书桌边核对一些货物的数据,单位让他好好休两天婚假,婚假里他照常忙着做出差的准备。他跟叶虹商量过,反正两天时间也回不了上海,不如专心工作,等他从中东回来,差不多赶上叶虹的学校放寒假,他俩可以在那个时候一起回趟上海,算是补过蜜月。

林凯飞的脸上也是热情的笑容,他放下椅子,跟杨冯说:"真抱歉昨天没好好招待你们,叶虹和我想着单请你和柳茗呢。"

叶虹接上这个话茬,笑着说:"我攒了好多话要跟柳茗说。"

"柳茗今天上班。"杨冯说,"我先过来看看你们。"杨冯若无其事地坐到了那把椅子上。

林凯飞和叶虹互相对望了一眼,眼睛里都有些困惑,但他们没让他们的疑惑表露出来,搬来另外两把简易椅子,陪杨冯坐了下来。叶虹刚坐下又站了起来,说:"你要不要喝茶?我去厨房烧点开水泡茶。"

"不用。"杨冯摆了摆手,手还没放下他又改了主意,"泡壶茶也好。"

"好呀,那你们先聊着,我很快回来。"叶虹拎上烧水壶和暖水瓶朝外走去,杨冯跟了一句:"不急,你慢慢来。"

杨冯来这里想见的是林凯飞,叶虹最好不在家,他心里倒是很希望叶虹在厨房里多待些时间。叶虹一出门,杨冯赶紧步入正题,开门见山道:"柳茗今天不太好出场,这些话我来说吧,就是希望你们以后别见面了,再见面对大家都不好。"

林凯飞迟疑地望着杨冯,杨冯独自出现在这里一定有什么特殊的原因,只是他没想到杨冯会说出这样的话来。而且杨冯这话说得很含混,没有明确这些话只是他的意思,还是柳茗也这样想。

林凯飞略一沉吟,他不认为柳茗会这样想这样做,如果这也是柳茗的想法,她昨天不会来参加他和叶虹的婚礼,林凯飞也不相信柳茗跟他和叶虹的友情会这么脆弱。他不太了解杨冯,昨天婚礼结束后叶虹告诉他柳茗跟杨冯已是夫妻,这让他有些吃惊,他感觉这期间发生了一些事情,促使柳茗这么匆忙地结了婚。这些事情无论好坏,柳茗应该愿意像以前那样告诉他和叶虹,他们也会像以前那样分享喜悦,或者互相排忧解难。不知为什么他和叶虹都隐隐有些担心,在杨冯出现之前他们就商量着尽早跟柳茗见次面。

林凯飞委婉地说道:"我想这中间有什么误会,柳茗跟叶虹和我是很好的朋友,现在我们在同一座城市,以后怎么能不再见面呢?昨晚你们离开的时候柳茗和叶虹不是还在约着见面吗?"

杨冯露出些尴尬之色,但他很快让自己镇定下来,他是不会打退堂鼓的,在他的世界里总是别人给他让道。

杨冯用带了些委屈又很肯定的语气说道:"我知道你喜欢柳

茗。"杨冯说到这有些磕绊,他本想说柳茗也喜欢你,临时跳过了这句话,接着抛出了他的断定:"你们很难只做朋友,过去的事情就过去了,现在你和我都结了婚,为两个家庭考虑,你和柳茗不能再见面。你肯定希望柳茗过得好,就是普通的朋友也会,何况你们的交情很深。你如果真的希望柳茗幸福,你不会愿意破坏她和我的婚姻。"

林凯飞讶异地看着杨冯。他确实希望柳茗幸福,他绝对不想去破坏柳茗的婚姻和幸福,他也确实喜欢柳茗,但他早就把他对柳茗的感情深埋到心里,那份情感确实开出了花,那已是纯洁的友情,比爱情还要深厚的友情。

"我不认为我和柳茗的友情会破坏你和她的婚姻。"林凯飞说。

杨冯很坚决地摇了摇头:"我和她的婚姻有没有受到伤害,这取决于我的观察和感受,作为她的丈夫,我……请求你们以后别再跟她联系。"

杨冯再一次临时更改了他要说的话,他本来想说"我要求你们以后别再跟她联系",又觉得有些不妥,所以把"要求"改成了"请求"。他极不喜欢甚至很抗拒"请求"这样的用词和姿态,但他知道"请求"的效果会更好,更有可能达到他的目的。

林凯飞张了张嘴,一时没有说出话来。

没等林凯飞开口,杨冯站了起来。"该说的我都说了,我告辞了,祝你和叶虹婚姻幸福白头偕老。"说完这话,他快步朝门口走去。

杨冯走出门去,他怕林凯飞出来送他,也怕碰上叶虹,他快速地冲向楼梯。经过厨房时,他瞥到叶虹的身影,他稍微放慢了脚步,不是想进去跟叶虹打声招呼,他怕脚下弄出什么动静引起叶虹的注意,蹑手蹑脚地绕了过去。

出了筒子楼，杨冯舒坦地连喘几口气，他对他的表现和这样的结果非常满意，满意之中还掺杂了一些得意。从小到大，他不太用为自己的事情操心忙碌，如果他真看上了什么又想得到的话，他基本上都能如愿以偿。得到之后，他绝不允许别人染指，除非他自己不想要了。对于他想得到的人，杨冯也是同样的心态，只是人不同于物件，完全得到不是那么容易，有时候需要一些计谋。

杨冯对柳茗的感情中，既有爱意又有很强的征服欲。男人喜欢靠征服世界来征服女人，杨冯恰好相反，他只能靠征服女人来征服世界。杨冯可以拿出来炫耀的所谓的成功都是父母给他的，凭他个人的能力，他几乎是一事无成。柳茗同样来自一个高干家庭，但他们两个的相似点大概只有家庭背景。无论是在外在的容貌上还是内在的聪慧上，柳茗都十分出众，她的父母靠边站以后，柳茗还能自强自立，而杨冯离不开家庭的扶持和袒护。在这点上，杨冯是欣赏柳茗的，也由此对柳茗产生了爱慕之情。更重要的是，他渴望用得到柳茗来证明他的魅力和能力。现在他终于娶上了柳茗，不过他自己知道他并不是一个真正的征服者，他只是因为一个偶然的机会得到了柳茗，在他和柳茗的关系上，他先天不足，自然就少了自信。缺少自信的他就会多想一些事情多做一些防备，必须防患于未然。结了婚并不能让杨冯高枕无忧，他反而更加警觉，一旦发现潜在的苗头他必须有所行动。他今天几乎是从天而降，在林凯飞措手不及时，他达到了他的目的。

杨冯正眉飞色舞洋洋自得时，他听到有人叫他的名字，好像是叶虹的声音。公司的大门就在眼前，杨冯有些懊恼刚才没有来个急行军，要不他现在已经坐在三轮车上彻底没了踪影。杨冯装作没听到这叫声，赶紧加快脚步，可那人又连叫了几声他的名字，声音离他越来越近。

杨冯不得已停下脚步，还没扭头，叶虹已气喘吁吁地出现在他的面前。

叶虹烧好开水回到家里，看见家里只剩下林凯飞，从林凯飞的表情上她能看出刚才发生了不好的事情，其实在杨冯自己一个人出现在这里时她的感觉就不好。林凯飞简短地告诉叶虹杨冯来这里的目的，叶虹没顾上说什么，放下暖水瓶和热水壶追了出来。远洋公司只有一个大门，杨冯肯定要经过这里，快一点的话能追上他。

站在杨冯面前的叶虹大口喘着气，上气不接下气地说道："我……想……见柳茗，我们不能……不见面，我们……是最要好的朋友。"

"多些朋友是件好事，我不反对柳茗交朋友，如果没有林凯飞，我真的希望柳茗能跟你做朋友。"杨冯直截了当地说，"现在她跟你见面也会见到林凯飞，所以你们不能再见面。"

叶虹的喘息渐渐平息下来，她心平气和地说："我相信柳茗，我也相信林凯飞，他俩是朋友，也是很要好的朋友。"

"可我不相信他俩只是朋友。"杨冯有些不耐烦，"我们谁也说服不了谁，这种事我也拿不出给你看的证据，可我敢肯定我没有捕风捉影，你敢跟我说你一点察觉都没有吗？"

叶虹的眼前闪过那次在梨花渡遇到杨冯的情景，她稍微停顿了下，然后很坚决地说："我相信他们。"

"唉，这种事光相信不行，事与愿违怎么办？现在我们都结了婚，为两个家庭考虑一定不能见面，不见面就可以避免出问题。"杨冯越说越急躁，面红耳赤，"我跟林凯飞刚说好了，他也说不见面了，这说明他也怕管不住自己怕出事，他都这样说，你就不要反对了。"

叶虹不相信林凯飞会做这样的表态，她思量着该怎样说服杨冯。杨冯不想听叶虹再说什么，急不可耐地摆了摆手，用粗重的语气说："我和柳茗有很多事情要忙，你和林凯飞不要再打搅我们。"

叶虹愣怔了片刻，稍微缓过劲后，她请求道："你能不能在这里等等？我回去拿下我们给你们准备的结婚礼物。"

"不用不用，我们什么都有，反正我们也用不上，你们留着吧。"杨冯说完头也不回地走了。

叶虹待在原地，鼻子有些发酸，她拼命忍着，没让泪水流出眼眶。

柳茗提前从学校回到了家里，杨冯正躺在床上做白日梦，听到柳茗进门的脚步声，他慌忙闭上眼睛，佯装午睡。

柳茗走到杨冯的身边，看他在睡觉，柳茗轻手轻脚地出了门，轻轻带上了房门。她去了客厅，从包里拿出教材和教辅材料，这是她下学期要上的一门课。她想边备课边等杨冯，等杨冯睡醒后带他一起去叶虹家。

柳茗离开卧室后，杨冯睁开了眼睛，他很快寻思过来，这样装睡不是个办法，他需要快刀斩乱麻，在他走之前断了柳茗去见林凯飞和叶虹的念想。杨冯猛地坐了起来，走出卧室，在客厅找到了柳茗，他故作惊讶地问道："你回来了？"

看到杨冯睡好了午觉，柳茗很兴奋，她说："该见的人都见了，备课在家里也可以做，早上不是跟你说我们可以去叶虹那里吗？你先喝点水，我们很快就可以出门。"在去学校的路上柳茗又想过这件事，更加觉得她应该跟杨冯一起去，特别是第一次登门。他们都不再是单身，应该成双成对，就跟当年她跟陈正宏热恋时，她是很希望四个人能聚到一起的。她能感觉到杨冯跟她和叶虹、林凯飞没有多少共同语言，很难聊到一起，昨天杨冯在婚礼上跟大家格格不入，但现在她跟杨冯结了婚，她不想撇下杨冯。

杨冯挠了下后脑勺，说："我们去那里不太合适，我陪你另找个地方转转。"

柳茗误以为杨冯怕他跟叶虹和林凯飞无话可说，她笑笑说："有什么不合适的？你跟他们从没好好聊过，多聊聊就熟了，没准你跟他们也能成了好朋友。"

"我是觉得你去见他们不合适，人家新婚燕尔，就是朋友也不该去打扰他们。"

柳茗想了想，说："你说得也对，那我过段时间再去他们那里，要不等你下次回家时我们再一起去？"

"嗯，我看叶虹并不想你去。"

"怎么可能呢？昨天她邀请我们的呀，她还把她家的地址给了我们。"

"她就是客气一下，依我看她并不希望继续跟你保持联系。"杨冯话里有话。

柳茗的心里瞬间涌进来很多东西，堵到了嗓子眼那里，让她说不出话来。她知道杨冯对她有些误会，其中的一些误会多多少少是她自己造成的，所以她并不怪杨冯，昨晚她的一些表现确实有不妥之处。

杨冯似乎并没有责怪柳茗的意思，还很善解人意地搂了下柳茗，建议道："要不你等等再说，你不是把我们家的电话和地址给了她吗？她想见你的话她会跟你联系，如果她不跟你联系，那就是说她并不想见你。"

柳茗没有表态，只是坐在那里，不知所措。

杨冯又加了一句："她不想见你的话大概跟林凯飞有关，人家结了婚……"关键的时候，杨冯喜欢把话说到一半就停下来。

柳茗明白杨冯的意思，但她并不赞同杨冯的想法。她想为叶虹做辩解，也在杨冯这里澄清她和林凯飞的关系，她看了眼杨冯，又不知道该怎样说才好。她决定先等叶虹的电话，等叶虹跟她联系后，杨冯的误会也就可以烟消云散，现在说多了反而越描越黑适得其反。

柳茗相信叶虹会跟她联系的。

柳茗开始等叶虹给她打个电话，或者给她写封信。叶虹跟她一样都喜欢写信，上学时她俩住一个宿舍睡上下铺，就这么天天见面她们偶尔也会互相写封信，只是不用去邮局寄信，可以直接把信放到对方的床上。

很多年前她也是天天盼着郦华的来信，可她一直没有等到那封信，她没料想到这一次会是同样的结果，她一直没有等来叶虹的信和电话。唯一让她感到安慰的是，她知道叶虹就在离她不远的地方，她们还在同一座城市，林凯飞也生活在这座城市，不用坐火车，转两次公交车她就可以见到他们。这也是让柳茗感到悲哀的地方，他们三个人离得这么近，却不再有任何的接触。这期间柳茗和表姐唐蕾约着出去玩过，她特别喜欢唐蕾带她去的古城墙，她想带叶虹和林凯飞也去那里，可这个愿望一直没有实现，而且实现这个愿望的可能性变得越来越渺茫。

那天杨冯走后，叶虹也在等柳茗的来信，每次有人敲门，她都会以为那是柳茗，都是着急忙慌地去开门。可是柳茗并未出现，三年的友情似乎在杨冯到访后没了踪影。叶虹一遍遍地回放那天发生的事情、那天说过的话、那天的细枝末节，她能感觉出这样的结果是杨冯期望得到的，跟杨冯有很大的关系，甚至是杨冯一手操纵的。叶虹想直接去找柳茗，可是柳茗的销声匿迹又让她犹豫不决，她怕

273

贸然行事让柳茗左右为难陷入窘境，杨冯现在毕竟是柳茗的丈夫，她希望柳茗过得幸福，而柳茗是否能过得幸福跟杨冯有很大的关系。

柳茗和叶虹在等待中开始了她们的工作，她俩都是第一次当老师，一个在大学，一个在中学。上课的第一天她们都有些紧张，她们都做过极认真的准备，在教室或在家里试讲过好多次，可是真的走上讲台面对几十个学生时她们差点开不了口。情急之下，柳茗想起了苏联电影《乡村女教师》里的瓦尔娃拉，冯英坤能看到一些内部电影，放映《乡村女教师》时，即将当老师的柳茗也跟着去看，那是这些年里最打动她的一部电影。第一次站在讲台上的柳茗让自己变成了瓦尔娃拉，当她变成了瓦尔娃拉，她在刹那间找到了当老师的感觉。叶虹在十多年前看过这个电影，那时候她还小，当时少不更事的她只是用眼睛看了部电影，没有存进心里，本来就不多的记忆在岁月的长河中更加模糊，当她站到了讲台上，那些模糊了的记忆突然清晰起来，她看到了讲台上的瓦尔娃拉，她还是记不清瓦尔娃拉长什么样子，她看到的瓦尔娃拉其实是她自己。

柳茗和叶虹都像瓦尔娃拉那样热切地注视着自己的学生，学生们也热切地望着讲台上的老师，在1975年的初秋，大多数学生已能在教室里安静地坐下来，对知识的渴求又悄然回到了校园，柳茗和叶虹正是在这样一个特殊的时期走上了讲台，成为知识的传播者。

林凯飞很快随远洋货轮驶向中东，杨冯身在部队，叶虹和柳茗都是独自留守南京，当然柳茗住在婆家，不是一个人住。

杨冯每年有一个月的探亲假，时间足够长，但他一年只能休一次探亲假，幸好柳茗在学校工作，有寒暑假，这样两个人一年中能多团聚两次。聚少离多的生活并没有让他们觉得不好，不在一起的时候两个人各忙各的，好像还在单身的状态。特别是杨冯，过着比单身还要无拘无束的生活。如果还是单身的话，到了谈婚论嫁的年龄，总会有人来关心他找没找对象或者跟谁谈对象，现在他结了婚，没人来烦他没人来管他。杨冯结婚后，冯英坤就开始考虑让杨冯复员，开始为他在南京找接收单位，杨冯知道回南京后就不会这么自由，推托他想在部队多锻炼两年，争取提干后再复员。柳茗没有催着杨冯尽早回南京，冯英坤也就把这事搁置下来。

  柳茗跟婆家的人相处得都不错，连对谁都是一副冷面孔的杨宁有时也会向她露出笑脸。杨宁开始时对柳茗比较冷淡，后来她发现柳茗喜欢看书，她对文学也有兴趣，看到柳茗找到什么她也想看的书，她会主动跟柳茗借书，看过后也会跟柳茗聊几句读后感。柳茗一度以为杨宁会像叶虹、林凯飞那样成为她的知己，每次杨宁主动跟她聊书时，她都会积极地敞开心扉。不过这样的交谈每次都是蜻蜓点水，柳茗很快发现她跟杨宁的关系只能停留在表层。她们很难成为朋友，不是因为她们现在是一家人，没有这层关系她俩也成不了朋友。意识到这一点后柳茗并不觉得失望，只是更加想念叶虹和林凯飞。他们在她的生命中实实在在地出现过，留下刻骨铭心的印记后，他们又消失得无影无踪。

  跟柳茗继续保持密切联系的人是柳茗的忘年交洪阿姨，她们过段时间就会通次电话，在电话中无话不说。洪阿姨来过一次南京，柳茗也专门抽时间去合肥看过洪阿姨。洪阿姨来南京时就住在冯家，柳茗去合肥时自然住在洪阿姨家，这样她们可以多一些聊天的时间，聊得再长她们依旧觉得意犹未尽。

  柳茗跟她的表姐唐蕾更有见面的机会，她俩喜欢约着去逛百货商店，更多的时候是一起去某个景点游玩。有一次她俩去爬中山陵，走在前面的一个人的背影像极了叶虹，柳茗激动万分，猛跑几步去追那个人，快到那个人身后时，柳茗停了下来，她知道这不是叶虹,从走路的姿势上她能分辨出这个人和叶虹的细微的差别。正好这个人望向一边,果然是另外一个人的侧脸。

林凯飞和杨冯都不在身边,叶虹和柳茗也就把大部分精力放到了教学工作上。作为新手,第一学期是最忙的,加上她俩都是很有责任心的人,工作中勤勤恳恳一丝不苟,她们真的喜欢上了教师这个职业,对学生特别上心,经常为遇到问题的学生开小灶,多做了很多额外的工作,这让她们更加繁忙。

忙碌的日子总是过得飞快,几个月的时间转瞬即逝。林凯飞远航归来,准备等叶虹放寒假后一起回趟上海,探望家人,也补度蜜月。两个人还未启程去上海,陈正宏突然从上海来南京出差。

陈正宏名义上是来林凯飞所在的单位交流经验,他也确实想从林凯飞这里拿到一些最直接的资料。几个月前陈正宏撺掇他的顶头上司葛宗海申报的项目顺利地批了下来,陈正宏是个既有点子又擅长把点子落到实处的人,这个项目进展顺利,第一阶段已近尾声,唯一欠缺的是远洋货轮出海后的第一手的经验。陈正宏还没出去过,单位里的人嘴巴上积极配合,实际上不少人有所保留,羡慕陈正宏或嫉妒他的人都不会爽快地成全他。陈正宏决定另辟蹊径,来南京的远洋公司取经,外来的和尚好念经,这边的人跟他不是竞争关系,也就少了很多算计和保留,而且林凯飞在这里,他来这里一定会有不小的收获。这两家公司的运行机制几乎是一样的,他不仅能拿到他想要的东西,还能促进两个兄弟单位的合作,如果能把南京的公司拉进来,最终的成果也就更有可能推广到全国。

陈正宏确定林凯飞回到南京后,他立马跟葛宗海说了自己的想法,葛宗海和陈正宏的关系比几个月前又进了一大步,葛宗海现在已完全把陈正宏视为心腹,对于陈正宏想推行的计划,葛宗海总是大开绿灯。

到了南京后，陈正宏很快搞定了工作上的事情。出过海的林凯飞对整个过程熟稔于心，他把自己精心搜集的材料整理好，打印出来交给了陈正宏。他把自己从亲身的观察和体验中获得的经验也毫无保留地给了陈正宏。林凯飞还帮陈正宏联系了单位里其他的业务人员，那些人不像陈正宏在上海的一些同事，对陈正宏都没什么私心，虽然他们做不到林凯飞的尽心尽力，不过每个人都能提供一些有价值的东西，把每一个人的贡献集合起来，成果也相当可观。

工作告一段落后，林凯飞想请陈正宏去饭馆吃顿饭。

"去你家吃吧，也可以见上叶虹。"

"叶虹也会去饭馆的，她知道你来了南京，也想跟你见上一面。"

"算了，还是去你们家吧，更随意一些。"陈正宏坚持道。

"我们住筒子楼，条件有些简陋。"林凯飞和叶虹打算好好招待下陈正宏。

"我住的跟筒子楼差不多。"陈正宏在单位有间宿舍，跟另外一个单身的同事合住。他只是偶尔去住住，大部分时候住在他外公家。陈正宏又补充了一句："吃不吃饭不重要，我就想跟你们聚聚。"

林凯飞不再坚持："那好吧，就去我们家。"

陈正宏第二天就去了林凯飞和叶虹的家。时间仓促，林凯飞和叶虹却精心准备出一顿很丰富的晚餐招待陈正宏。叶虹做了腌笃鲜和糖醋小排，林凯飞做的是四喜烤麸和响油鳝糊，主食除了米饭，还有葱油拌面。没有白酒，前一天陈正宏专门嘱咐林凯飞不要买酒，他和林凯飞对酒并没有兴趣，那次一起喝了那瓶茅台是个例外。不过陈正宏临时改了主意，自己带来了一瓶红葡萄酒。

几个热气腾腾的菜上桌后，陈正宏不见外地拿起筷子，把每个菜品尝了一遍。

"好吃，太合我的口味了。"陈正宏赞不绝口，"这炒鳝丝肯定是上海人做的，几个菜都是正宗的上海口味。"

鳝鱼是叶虹一大早去菜市场买来的，非常新鲜。林凯飞的刀工很好，下锅前才快速又精细地切出鳝丝，倒进油旺温高的炒锅均匀地翻炒，再配上调好的酱汁和同样切得精细的葱花蒜末，轻车熟路地炒出一盘鲜香软糯的响油鳝糊。

陈正宏这么一说，林凯飞和叶虹才觉出这一桌菜都是上海口味，其他地方的人也会做这些菜，但会有细微的差别。

"抱歉抱歉，我们应该做两个南京的特色菜。"叶虹说。

"可我最想吃的就是这个呀。"陈正宏说着又夹了一大筷子的鳝丝塞进自己的嘴里，吃下去后他有些陶醉，"很多人起锅前撒些胡椒粉，你放的是麻油，我外婆也喜欢放麻油，糖放得也是不多不少，香味都出来了。没想到你掌控火候的本事超过了我外婆，比她做的还嫩。"

林凯飞笑道："没想到你还是个美食家，不过我做饭的本事没你说的那么大，今天碰巧了，喜欢的话就多吃些。"

"放心，今天我会把几个盘子都吃个底朝天。"陈正宏又说，"看来你们还是上海人，等我哪天有了权力，我要帮你们回上海。"

林凯飞和叶虹没接这个话茬，他们没当真，也打算在南京踏踏实实地生活下去。

陈正宏也换了一个话题："凯飞说你们很快会回趟上海，到了上海一定得通知我，要给我留出一顿饭，我在锦江饭店请你们吃饭，算是祝贺你们结婚。到时候把你们在上海的家人也带上。"

"不用不用。"林凯飞和叶虹都推辞道。

陈正宏挥了下手，用不容反驳的口气说："这事就这么定了，你们必须给我这个面子。"接着他似乎漫不经心地问了一句:"哎,你们结婚怎么没请我?我听说你们搞得很隆重呢。"

林凯飞解释道:"我们只请了分到南京的同学,怎么好意思让你从上海跑过来?隆重说不上,就在单位的食堂凑了两桌,主要是想让大家聚一聚,毕业后很难像这样聚到一起了。"

陈正宏问了一句:"在南京的同学都来了吗?"

叶虹答道:"那天都来了,很难得的团聚,我们好开心。"

"是呀,这样的聚会很难得。我大后天回上海,正好这两天比较空闲,要不你们也帮我邀请几个在南京的同学聚聚,我请客。"陈正宏说,"也不用全请,三五个就很好,可以叫上秦建安、王雅蓉、柳茗……"

陈正宏突然提出的这个想法让林凯飞和叶虹满头雾水,他们茫然地对望了一眼,以为听错了,只是从彼此的无措中明白他们没有听错,陈正宏确实提到了柳茗。陈正宏并不是一个喜欢召集大家做这种事情的人,他想见柳茗就更加让人感到意外了。

叶虹疑惑地望向陈正宏,陈正宏没有躲避叶虹的目光,大大方方地问道:"大家聚一聚,有什么不妥吗?"

林凯飞接过了这个话茬:"没有什么不妥,只是两天的时间有些短,不一定能马上找到他们,秦建安和王雅蓉应该没问题,柳茗……"

陈正宏转向叶虹,问道:"你们不是最要好的朋友吗?你找到她应该很容易。"

林凯飞和叶虹立刻明白过来,陈正宏想见的是柳茗。

叶虹尴尬地说:"我跟她有段时间不联系了,其实,凯飞和我的喜宴之后我们再没联系过。"

"怎么可能?你们闹了什么矛盾吗?"陈正宏的声调高了上去。

"没有闹矛盾。"叶虹说,"柳茗跟杨冯结婚后,家里事情比较多,加上学校的工作很忙……"叶虹努力找着各种理由,她在向陈正宏解释,也是在说服她自己。

"看样子她不光不跟你们联系了,跟其他同学也不再来往。"陈正宏断言道。

叶虹欲言又止,跟她常有来往的几个同学也提到过,他们都没了柳茗的音讯,因为紧张和难过,叶虹涨红了脸。

"一定是那个杨冯,比我想象的还糟糕。早知道这样我在毕业分配时就不该去点拨郑良,给了杨冯这个机会。我搞不懂柳茗为什么要嫁给杨冯这种人,真是鲜花插在牛粪上。杨冯仗着父母的权势自以为是也就算了,可是柳茗不是很清高很爱惜自己的羽毛吗?杨冯是帮了点忙,柳茗也不是非要嫁给他呀。鲜花插在牛粪上,让自己活成这样,你们看看,她竟然跟你们也断了联系,一定是杨家不准她跟原来的同学再有什么交往,她连交朋友的自由都没了,你们说嫁到这种人家有什么意思?"陈正宏越说越生气,脸也涨得通红。他以前最恨的人是张向林,现在换成了杨冯。他对这两个人的愤恨中都夹杂着嫉妒,张向林在气势上碾压杨冯,可他对杨冯的嫉妒要强烈得多。

林凯飞和叶虹从未见过陈正宏这么失态,叶虹红着脸打断了陈正宏:"不是这样的,有些事情你可能不太了解。"

陈正宏马上反驳道:"什么不是这样的,就是这样的,就是这么一回事。"

陈正宏说着给自己斟满了一杯酒,一口气喝了下去。他这次来南京还有一个心愿,就是见到柳茗,这个心愿甚至超过了他在工作上的野心。半个多月前葛宗海把他的外甥女罗姗姗介绍给了陈正宏,当葛宗海一本正经地描述着罗姗姗的种种优点时,陈正宏心里明白，葛宗海给他介绍的不仅是一个恋爱对象，也是一个结婚对象。罗姗姗是葛宗海唯一的姐姐的女儿，在港务局的夜校工作，不是当老师，她在那儿做着各种杂事，像是一个秘书，算是有份不错的工作。葛宗海很快安排陈正宏和罗姗姗在公园里见了一面，这是一次正式的约会。陈正宏远远地看着罗姗姗向他走来，他恍惚间看到了姗姗而来的柳茗。一样婀娜窈窕的身姿，却是完全不同的两张面孔。一张清新脱俗，另外一张带着世俗的圆滑和笃定。望着由远而近的这张跟自己有着相同气质的脸，陈正宏无可救药地想起了柳茗，他突然发现他是真的爱过柳茗的，应该说他还在爱着那个曾经的女孩。他只是不知道，他跟柳茗谈恋爱时就这么爱她，还是他真正爱上了早已分手的柳茗。

那一刻，陈正宏有些希望罗姗姗对他不感兴趣，当然这样的结果他也难以接受。罗姗姗对陈正宏的第一印象非常好，葛宗海对这个结果很满意，建议陈正宏尽早安排第二次约会，而且要主动一些。陈正宏心里明白，照这样的节奏，不出一年他就得跟罗姗姗结婚。罗姗姗是个不错的结婚对象，作为留在了上海的上海姑娘，她的整体分数在陈正宏这里马上过了及格线，这是陈正宏找对象的底线。相貌上她也说得过去，不如柳茗漂亮，不过比柳茗漂亮的女孩太难遇上了。罗姗姗还是葛宗海的亲外甥女，不过这一点对陈正宏来说是把双刃剑，既为罗姗姗加了分，又让他有些犹豫。他清楚地知道他并没有真正喜欢上罗姗姗，他以后跟罗姗姗结婚的可能性极大，爱上罗姗姗的可能性却极小。他可以接受没有爱情的婚姻，如果这个婚姻可以给他带来足够的好处。可是，当他真的要往这个方向走的时候，他整个人一下子空了，悲哀吞噬了他全部的身心。

陈正宏最终说服自己接受罗姗姗。做出这个决定后，他非常想跟柳茗再见上一面，他也说不清他为什么会有这样的冲动和不甘。

正好这个时候他为自己创造了来南京的机会，他有意多加了两天的时间，这两天是为柳茗预留的。在来南京的路上，陈正宏认真地揣测过自己的心思，他这次来南京是为了他的前途还是为了见柳茗，当然这两件事对他都很重要，那这两件事到底哪个更重要呢？陈正宏想了很长时间，火车进了南京站他还是没有答案，他不再继续去想，反正他已到南京，两件事他都要去做。

其实见到柳茗也改变不了什么，只是当陈正宏得知他见不到柳茗时，悲伤再一次向他袭来，跟柳茗分手时他都没有这么难过。陈正宏在跟柳茗分手时曾经用水管里的自来水来形容他们的感情，他认定管控感情的水龙头在他手上，可他握在手里的水龙头开关突然失灵，水哗哗地奔涌而出，他根本关不上了。

林凯飞和叶虹坐在陈正宏的两边，默默地看着他手中溢满红酒的杯子变成了一只空杯。

陈正宏很快又给自己倒了一杯，林凯飞和叶虹都没拦他，陈正宏把酒瓶放到桌子上后，叶虹拿起酒瓶，给她自己也斟了一杯酒，她看了一眼林凯飞，林凯飞的杯子里有半杯水，他本来和叶虹都是喝白开水的，他喝下那半杯水，把自己的空杯子放到叶虹面前，叶虹也给林凯飞斟满了葡萄酒。

这瓶红酒的酒精含量没有那么高，可这三个人很快就坠入混沌之中，他们都不再言语，不想安慰别人也不指望别人来安慰他们，只是默默地喝着闷酒。

三个人用浊酒排遣愁怀时，柳茗的家里来了一位穿军装的不速之客。当时家里只有杨培永和冯英坤，这位不速之客开门见山地告诉他们，他跟杨冯在同一个部队，团里的司务长李劲风丢了手枪，杨冯是最大的嫌疑人，已被隔离审查，部队派他来通知家属，希望家属配合调查，劝说杨冯讲出实情。

柳茗到家时那人已经离开，她的公公婆婆正在焦急地等着她回家，柳茗从未见过他们如此慌乱。两个人说得颠三倒四，幸好是两个人都能讲些什么，柳茗把支离破碎的话语拼凑到一起才基本搞清发生了什么。

冯英坤长叹了口气，推断道："这枪真的有可能是让冯冯拿走的，他去年从学校回来时很生气，说是想一枪崩了他那个班的辅导员，冯冯没有拿到毕业证全是因为他从中作祟。"

"您说杨冯大学没毕业？"柳茗嗫嚅道，打击接踵而至，让她一时反应不过来。

冯英坤慌忙避开了柳茗望向她的目光，她这才意识到柳茗并不知道这件事。

杨培永赶紧解释道："冯冯在学校的表现并不差，有个管毕业的姓吴的辅导员看他不顺眼。"杨培永说完这话也长叹了一口气，他知道这个理由根本站不住脚。

柳茗这会儿已顾不上去想毕业这件事，偷枪是要上军事法庭的，这比没拿到毕业证严重得多。她努力让自己镇定下来，说："杨冯不会去偷枪的，他没有这个胆量。"柳茗这样说并不完全是为了安抚她的公公婆婆，以她对杨冯的了解，她真的不认为杨冯敢去做这种事情。

"但愿真的是错怪了他。"冯英坤说，"可是他们发现丢枪的那一天只有冯冯不在部队，而且离开没多久，他们挨个房间查过，唯一查不到的是冯冯，冯冯碰巧又去过李司务长的办公室。"

杨冯前段时间借着出公差回了趟家。本来这种机会是不会给杨冯的，他因为大学肄业无法转干，在部队仍旧是一个士兵，出差这种事轮不到他。不过他跟李劲风等团里的干部混得很熟，大家都知道他家里的背景，对他一直很照顾，再加上他跟柳茗结婚后少有团圆，这次是去南京出差，他们就把这个机会给了杨冯。

柳茗说："不能因为这个就下结论，他当时确实不在部队，是有嫌疑，不过他们也没有真凭实据，最终会查清楚的。而且，杨冯前段时间回家时也没什么异样。"

"我们希望这事不是冯冯干的，相信组织能查清楚。"冯英坤也开始相信儿子是无辜的，她眼巴巴地望着柳茗，用带了些哀求的口气问道："小茗你能不能代表我们全家去看看冯冯？他现在的心情一定不好。刚才部队来的人也希望我们家能有人去那里，跟冯冯好好谈谈，我真想马上见到他，可你知道，我和你公公不太方便出场……"

柳茗马上说："爸妈你们放心，我可以去的，正好学校马上放寒假，我明天去学校收个尾，后天一大早就可以动身。"

冯英坤感激地说道："你能去我们就放心了。让冯冯配合组织的调查，把事情搞清楚。"

"是呀，让他好好配合。"杨培永跟着说，"不是他偷的枪，组织是会还他清白的。"

冯英坤点了点头，突然又补充了一句："如果这事跟他有关，你要劝他讲出来。"

冯英坤的心情如钟摆一样左右摆动，一会儿觉得杨冯是被冤枉的，一会儿又觉得这事就是他干的。

"嗯，我会跟他好好谈的。"柳茗答应道，她仍然觉得枪不是杨冯偷的。杨冯是有各种各样的毛病，但不至于犯这么大的错误，退一步想，他即使有这个贼心也没这个贼胆。

柳茗很快坐上了去淮安的长途汽车，赶往杨冯所在的军营。

柳茗跟杨冯结婚后去过一次那里，去给大家送喜糖，也是去那里感受一下。柳茗依然向往着军营的生活，她喜欢听嘹亮的军号，喜欢看军人们迈着整齐矫健的步伐从她面前走过，军营里的一切都让她感到亲切，现在她成了军嫂，这里实实在在地成了她的家，离开这里时，她决定一放寒假就马上过来。

柳茗算是如愿以偿，学校还没正式放寒假她就上路了，可这又不是她当初所期望的。她以为她会带着一份好心情回到军营，而且，她真想休息两天再出发，正好也凑上学校正儿八经放了寒假。这段时间她特别劳累，寒假前是学校最繁忙的时间之一。期末考试前要给学生备考，需要准备大量的试题，出考卷、安排考场和监考也很费时费力。考完后密集改卷、登记分数、安排补考，各种事情让柳茗筋疲力尽。最近她总感到小腹有下坠感，畏寒恶心，但杨冯的事太为重要，柳茗心急火燎，半天也不敢耽搁，提着一个很重的箱子登上了长途汽车，箱子里装满了杨冯喜爱的食品。

六个小时的车马劳顿之后，柳茗向往的军营渐行渐近，但她怎么也高兴不起来，一路上她心里都沉甸甸的，她依旧不认为杨冯偷了手枪，并不是特别担忧这件事，她就是高兴不起来，半年前就开始积攒的兴奋劲儿不知去了哪里。

见到杨冯时，柳茗是平静的。正在被隔离审查的杨冯住了个单间，跟上次柳茗来时住的单间差不多，只是门口多了个站岗的，性质就完全变了。杨冯几天没刮胡子，胡子拉碴的那张脸比他离开南京时大了一圈，不知道是这些天没出门吃胖的还是有些浮肿，他的面孔有些变形。柳茗刚进屋，房门还没带上，杨冯就开始发泄自己的愤怒和不满。他说枪绝对不是他偷的，他们不该这样怀疑他这样对待他，愤怒让杨冯变了形的脸更加扭曲。他的声音也很大，刺耳的咆哮中夹杂着一些骂人的话，门外的人一定听得清清楚楚。柳茗却没有计较，杨冯这样的表现倒是让她彻底相信杨冯是被冤枉的。柳茗的嘴角微微往上一扬，提着的心落了下来。她往窗外望了一眼，确定她真的来到了军营，这一望激活了她积攒了半年的兴奋劲儿。更多的欢喜正要涌进柳茗的身体时，她的身体里喷涌出一股热流，剧烈的疼痛让她弯下了腰，她看到红色的液体从她的裤管中流了出来，滴落到落满灰尘的鞋子上。

柳茗被送进了医院，她这才知道自己怀孕了，在她知道她怀上孩子时她也失去了这个孩子。因为是不完全流产，医生很快给柳茗做了刮宫手术。躺在手术台上的柳茗并没有在身体上感觉到太大的疼痛，心里的疼痛几乎攫取了她全部的心思。

柳茗的意外流产放缓了部队对杨冯的审查，半个多月后，柳茗即将回南京了，调查还没出结果，而且没有多少进展。

柳茗回南京前的那一天，两个人早早地上了床。

柳茗的身体基本复原，心情的复原需要更长的时间，她还没有走出失去孩子的伤痛。柳茗和杨冯都没打算马上要孩子，怀上孩子是个意外。但是当柳茗得知孩子不幸流产时她才意识到她非常渴望成为一个母亲，这个小小的还在胚芽状态的生命激发出柳茗所有母性的能量和包容，她由此对杨冯也多出了柔软的爱意。她嘱咐杨冯要多注意身体，也要调节好自己的心情，摆正心态，谁都不想被这样怀疑和调查，但这件事早晚会水落石出，还杨冯清白。

杨冯嘴上答应着，心里是一团乱麻。不管他如何抵赖，枪确实是他偷的。大学肄业的他无法转干，也就没有配枪的资格。离开大学后，他在南京的几个中学同学就催他把枪带回来，他去上大学前就向他们夸下海口，等他毕业转干后混上一把枪，他会带这帮哥们儿去打靶，要用真枪实弹。他的那几个同学不知道杨冯根本没毕业，死要面子的杨冯自然不会告诉他们实情，只能找些理由搪塞他们，但他那个时候还没打算去偷把枪。

杨冯跟团里的司务长李劲风的关系最好，经常去大老李的办公室。去南京出差的前一天，杨冯去跟大老李打声招呼。两个人正聊着天，有个士兵来找老李，他们出去了几分钟。杨冯想抽根烟，发现自己没带打火机，他很随便地翻找大老李的火柴。桌面上没有，杨冯去拉抽屉。抽屉没有上锁，他拉开抽屉，看到了一把乌黑锃亮的手枪。

躺在床上的杨冯又看到了那把枪，枪口正对着他。他浑身一哆嗦，一骨碌坐了起来。柳茗还没反应过来，杨冯已翻身下床，扑通跪在了床前。

"小茗，老实跟你讲，枪是我拿走的。求你帮帮我，帮我藏好枪。我没想到事情会闹这么大，现在部队成立了军师团三级调查组，听说私拿枪支要上军事法庭审判，搞不好要判刑。隔离审查最多两个月，只要他们找不到那把枪，他们就得放我出去，这件事就会不了了之。你一定帮我渡过此关。风声一过我就争取退伍，我们厮守过日子，再生个孩子，我向你保证我以后再也不会干这种蠢事，我会做个好丈夫好爸爸。"

杨冯的声音压得很低，柳茗还是听明白了，她又感觉自己是在做梦，周围的一切都是模糊的，像是在梦里。屋外的路灯很亮，照进屋子，勾勒出所有物体的形状，柳茗能看到杨冯跪在床前，但她看不清杨冯脸上的表情，这让杨冯刚才说的话少了些真实性。柳茗又回放了一遍杨冯刚才说的话，这才确定她不是在做梦。

两个人都哑然无语，只有身体在控制不住地抖动。杨冯是因为害怕，他几乎没害怕过什么，捅下再大的娄子也有他妈妈兜着，他做起事来越发无所顾忌。可这会儿他感觉到了害怕，他需要有个人马上止住他的恐惧，并且帮他彻底解决这个问题。

柳茗不知道自己为什么会打寒战，她也不明白她对杨冯的判断怎么会有这么大的偏差，她的脑子里一片空白，浑身瘫软无力。她好不容易积攒出一些力气，颤抖着声音问杨冯："你为什么会做这种事？"

杨冯听出柳茗没有太生气，柳茗连生气的力气都没有了。杨冯不再那么害怕，甚至嘿嘿笑了声："我原来就是想拿去玩玩，我是打算还回来的，可他们搞出这么大的动静。"

柳茗没有马上说什么，她是军人的女儿，她知道偷枪是件多么严重的事情。

杨冯看柳茗没有大的反应，继续说下去："现在我也不好马上把枪送回来，只能死扛到底。我向你保证我绝对不会拿枪去干坏事，我借枪是想带我的中学同学去打靶，打靶我也不会去了，我求你帮我藏好枪，下次我回南京我们一起把枪扔了……求求你救救我，要不我就没命了……你也不能告诉我爸妈，他们会气死的。"杨冯说着把头埋进了柳茗的怀里，婴孩般嘤嘤地哭求着。

柳茗说不出话来，她的嘴巴也开始打哆嗦，答应或不答应杨冯的请求对她来说都是一个无底的深渊。柳茗最终没有拒绝杨冯，眼泪顺着她的脸庞滑落下来，打湿了杨冯的头发。杨冯继续哭了几声，心里却忍不住笑了。

柳茗又看见托盘里的白色的绒毛和红色的细小的胚胎碎块，最初的形状都还没有出来，可这个柔软无骨的婴孩在柳茗的心里刻下了一道很深的疤痕。

回到南京后,柳茗没有告诉公公婆婆杨冯偷枪的实情,只是把她流产的事情告诉了他们。那块堵在杨培永、冯英坤心里的大石头刚被搬走,又被伤心填满。冯英坤后悔让柳茗去处理这件事,"真不该让你去的,枪不是冯冯拿的,我们还搭上了孙子。"冯英坤哭丧着脸,把这话重复了两遍。

大姨也在家,她是家里最盼着杨冯和柳茗生孩子的人。她特别喜欢孩子,也想趁着她的手脚还利索,亲自帮他们带孩子。"这真是作孽,他们冤枉冯冯,没这事小茗不会流产,我们家的宝宝是被他们害死的呀。"大姨说着一把鼻涕一把眼泪地哭了起来。

杨培永的心情也不好,不过他不想发泄自己的情绪,孩子已经没了,再怎么说也没用,徒增伤悲。他打圆场说:"现在重要的是大人,小茗这次很辛苦,先让她休息。"

杨培永的这句话冯英坤和大姨都听进去了。"小产伤身体呀,这段时间我负责小茗的饮食,好好补补身体,要把气血调理好。"

柳茗坐在他们中间,什么话也没再说。她顾不上其他的事情,只想着尽快拿到那把枪。杨冯告诉柳茗枪在他的同学段雅芳手里,他刚到南京就被部队急招归队,他知道事情败露,在回部队前把枪藏到了段雅芳家里。

当天晚上柳茗偷偷溜出家门,直奔段雅芳家。柳茗只知道段雅芳是杨冯的中学同学,现在在工厂当女工。杨冯没提是哪家工厂,柳茗也没有问。杨冯要求柳茗用脑子记住段雅芳家的地址,不要写在纸上。实际上段雅芳家没有一个确切的住址,她住在一片棚户区中,柳茗很费了些周折才找到那里,她敲门时并不确定她是不是找对了地方。

一阵窸窣杂乱的声响后,一个清秀的女孩来开了门。这女子跟杨冯的年龄相仿,柳茗猜想这就是段雅芳,便开口道:"杨冯让我来取他放在你这里的东西。"

段雅芳定睛看了眼柳茗,"你等会儿。"说着她带上房门。

站在门口的柳茗又止不住地哆嗦起来,心跳也越来越快,她来回踱了几步,努力让自己镇静下来。

房门再次打开时,段雅芳的手里拿着一个牛皮纸袋,她的手也在发抖,纸袋差点从她手上滑落下来,她慌忙把纸袋塞给柳茗。

柳茗颤抖着接住纸袋,她没敢打开纸袋看上一眼,只用手在纸袋外摸了摸,她摸到了手枪的轮廓。

"那我走了。"柳茗朝段雅芳点了点头。

段雅芳轻点了下头,没说什么。

柳茗刚转过身去,段雅芳就急忙关上房门,她的动作太慌乱,手重了些,关门声很大,整个小屋都跟着一震。

柳茗没听见身后的动静,她的全部注意力都在怀里揣着的那把枪上。

段雅芳瘫软的身体顺着带上的房门滑落下来,她坐在地上,抱紧自己的膝盖,把头埋进臂弯中。

那年段雅芳十六岁,家境厚实的杨冯用一双桃花眼望向她时,她心甘情愿地做了杨冯的俘虏。一直到现在段雅芳都不知道她有没有爱过杨冯,是不是还在爱着他,从一开始段雅芳在杨冯这里就是卑微的,她更像是一个青楼女子,杨冯是一个富家公子,他们的交往跟爱无关。

杨冯从未说过他有一天会娶段雅芳,段雅芳也从未问过。

有一天杨冯告诉段雅芳他要结婚了,段雅芳没有说什么,她在心里也没抱怨杨冯,只是有一些哀伤。杨冯拿出柳茗的照片给段雅芳看,跟柳茗定下关系后杨冯把柳茗的一寸标准像放进了自己的钱包，常拿出来显摆。

"她真漂亮。"段雅芳说道，她并不嫉妒这个女人，她的赞叹是由衷的，可眼泪不争气地流了出来。

杨冯看到了段雅芳眼角流出的一行泪水，他意识到看照片的这个女人不是他的那些狐朋狗友，赶忙收起了照片，抱了下段雅芳瘦削的肩膀，又用手轻抚她的头发。杨冯发现段雅芳的头发很柔软，他的手在丝滑的头发间来回游动着。

杨冯是段雅芳的第一个男人，段雅芳是杨冯的第一个女人，他们两个第一次交欢后杨冯都没这么温柔地对待她，段雅芳有些不知所措，小声搪塞道："我的眼睛里进了个小飞虫，对不起。"段雅芳使劲搓揉着自己的眼睛，抹掉了那些泪水。

今天段雅芳见到了柳茗，柳茗比照片上还要漂亮。段雅芳看得出柳茗有些紧张，身体绷着，眼神却像流水那般温柔地流转着，那种纯净的眼神段雅芳几乎没有见过，也让她心生愧疚。杨冯把枪藏在段雅芳家的那一天他俩又云雨了一番，杨冯并没有因为结了婚就收手，段雅芳也从未拒绝过杨冯，段雅芳第一次想到她是应该拒绝杨冯的。

柳茗自然不会知道这一切，她都没猜疑过杨冯跟段雅芳是否还有其他的关系，也没想过杨冯怎么会把枪藏在段雅芳这里。她着急忙慌地往家奔去，那把枪像是一个定时炸弹，在颠簸的脚步中越发烫手，怦怦的心跳犹如炸弹倒数计时器的嘀嗒声，越来越急促，这颗炸弹随时都有可能在她的心头引爆。柳茗不敢有片刻的松懈，只是在经过一个垃圾箱时她稍微有些犹豫，她想把包着枪的牛皮纸袋扔进垃圾箱，四下无人，也没有路灯，她可以神不知鬼不觉地从煎熬中摆脱出来。可是这之后会发生什么呢？枪里有子弹，一直想当兵的柳茗并不知道如何用枪，也就不知道如何卸除子弹，带着子弹的手枪若是落到坏人手里不知道会酿成怎样的恶果。柳茗叹了口气，继续往前走，还加快了脚步。

到了家门口，柳茗才放缓脚步，蹑手蹑脚地上了楼，摸到洗手间门口。洗手间里没人，这让柳茗在这段时间里第一次感觉到喜悦。她进去后反身锁好门，又拖过来一个放杂物的木架，抵挡在门旁。她按照杨冯说的摸到了柜子后的一块瓷砖，用事先准备好的一把小刀一点点地挪动着这块瓷砖。瓷砖慢慢地移了出来，柳茗把手伸进墙内，里面果然有不小的空间。柳茗把牛皮纸袋塞进去，又战战兢兢地把瓷砖放回原处。

回到卧房后，柳茗脱下外套，里面的毛衣是湿的，毛衣里的衬衣更是湿漉漉的。柳茗脱下毛衣的劲儿都没了，穿着被汗水打湿的衣服瘫倒在床上。她疲累至极，却完全没有睡意，只能大睁着眼睛望着天花板。她害怕回想这些天发生的事情，可她越是躲避越是躲不过去。她始终没敢把枪拿出牛皮纸袋，这会儿那把枪蹦到了她的面前，亮铮铮地晃眼。柳茗曾无数次地想象过自己持枪的英姿，真实的经历竟然是这样地狼狈，让她更感悲哀的是她在这个过程中扮演的是如此不堪的角色。

柳茗离开军营后，杨冯再一次陷入恐惧中。

柳茗在部队时，调查部门几乎停下了对杨冯的当场盘问，但外部的调查始终都在进行中。柳茗刚一离开部队他们就密集地审讯杨冯，扛了三天后，杨冯交代了一切，只是没提段雅芳。杨冯搞不清他为什么会让柳茗转移枪支，是不想把段雅芳卷进偷枪案，还是把枪放在段雅芳那里让他不放心？柳茗到家后的第二天给他打过一个电话，他问了句"都好吧"，柳茗回了句"都好"，这是柳茗走之前两个人约好的暗语，杨冯确定柳茗已取到枪，并且把枪藏到了家里的洗手间。

杨冯是在九岁时发现的这个秘密。那一年他看了一部记不清名字的电影，情节和人物也没给他留下什么记忆，他只记得电影中的一栋房子里有一面可以移动的墙壁。他开始在家里四处探查，日本人当初盖这栋房子时会不会也留下什么机关。没有哪面墙是可以移动的，这让他有些扫兴，但他没有放弃搜寻，终于发现了那个可以移动的瓷砖。杨冯眉开眼笑，心里一阵狂喜，他有了一个只属于他的秘密之地。

从那一天开始，杨冯的心里也有了一个黑洞。

杨冯一直独守着这个秘密，告诉柳茗已是迫不得已，现在面前审问他的两个人也会知道，很快会有更多的人进入他的秘密领地，他感觉他心里的那个黑洞也暴露在光天化日之下，这让他无比沮丧，忍不住大哭起来。

审问杨冯的两个人冷冷地看着痛哭流涕的杨冯，其中一个追问道："现在枪在何处？"

杨冯止住了哭泣，咽了口唾沫，嗫嚅道："应该在我家……在洗手间的墙洞里。"

"不是你亲手放进去的吗？"另外一个人问道。

"不是……是柳茗，我爱人帮我放的。"杨冯把柳茗供了出来并不是为了坦白从宽，无法独自面对这一切的他需要有另外一个人陪他，他想都没想这会给柳茗带来怎样的伤害。

杨家再次来了不速之客，这次来了三个人，他们进了家门后直奔洗手间。房子里的穿衣镜太多，家里好像瞬间涌进来很多的人，每个人都行色匆匆。

杨冯招供后，调查人员当天就来了南京，赶到杨家时已是晚上九点半。杨家的人都在，调查人员拿着枪走出洗手间时，他们拥在洗手间门口，只有柳茗没走出她和杨冯的卧室。这三个人进了家门后，她就知道下面会发生什么。调查人员没有在杨家审问柳茗，而是在第二天去了柳茗的学校，柳茗接到校办的电话后也去了学校。

柳茗在校长办公室见到的是两个穿军装的调查人员，另外一个已带着那把手枪回了部队。

来学校报到时柳茗曾来过校办，这是第二次来，上次是在那间大办公室，这次换成旁边的一间小屋子，气氛是完全不同的，柳茗的心情更是天壤之别。

柳茗承认手枪是她放进去的，年长的调查人员问道："你知道这是包庇罪吗？"

"知道。"柳茗小声回答。

"那你为什么还会这样做？为什么没向组织报告？"年轻一些的那一个军人质问道。

柳茗低下了头，没有回答，她也不知道她为什么会去做这种她不齿甚至憎恶的事情。她的眼前又出现了那个放着婴孩碎片的盘子，盘子白得瘆人，里面的血迹是新鲜的，好像刚从她的心里滴出来。

"你的公公婆婆和家里其他的人知情吗？"

柳茗低着头，没有看到哪一个人问的她。话音落下后，她抬起头，很肯定地说："他们都不知道。"

柳茗想起段雅芳是知道这件事的，那张眉清目秀的面孔从她的眼前一晃而过，惊慌让那张脸变得楚楚可怜，柳茗不忍心报出她的名字。

两个调查人员对视了一眼，没再问更多的问题。

柳茗在心里吁了口气，如果调查人员追问还有谁参与其中，她不得不供出段雅芳。可是略过段雅芳这个重要的环节后，她知情不报的问题就更加严重，按照现在的这个时间点，她在去军营前就已经知道枪是谁偷的了。

柳茗张了张嘴，又把到了嘴边的那个名字咽了回去。段雅芳跟她一样是一个受害者，她不想再把段雅芳牵连进来。

离开校办后，柳茗没去自己的办公室，她害怕碰上认识的人，低着头走出校园，来到公交车站。公车进站后，她又决定步行回家。走回家要用一两个小时，这正是她现在想要的，时间拉得越长越好。柳茗走得很慢，走过几处不大有人的地方，她总是停下脚步，在那里站上一会儿，把时间拉得更长。

到了离家不远的地方，柳茗看见楼下的张书记下了公交车，也在往家走。柳茗想躲开他，张书记已经看到了柳茗，他站在那里，朝柳茗招了招手，柳茗只好朝张书记走过来。

柳茗到了跟前，张书记告诉柳茗："你婆婆去了趟学校。"

看来张书记也知道那件事了，柳茗面红耳赤地站在那里。

张书记接着说道："学校领导开了一个紧急会议。这个问题挺严重，但你是初犯，你婆婆也来求过情，而且你上学期的表现非常好，工作努力认真，你在学校的表现大家都很赞赏，考虑到方方面面的因素，学校决定从轻处理，保留你的工作，不过正式开学后你要在全校大会上做一个检讨，当然，越深刻越好。"

柳茗诚恳地说："谢谢张书记，给您给学校造成这么大的麻烦，我一定会做一个深刻的检讨，也保证不再犯错误。"

张书记点了点头，说："很快会有人通知你学校的决定，我提前告诉你一声,这样你事先有个思想准备。"

"谢谢您,真的很对不起。"柳茗再一次表达着自己的感谢和歉意,她请求道,"我要做检讨的事别告诉我的公公婆婆,好吗?"早上柳茗出门前跟冯英坤打过一个照面,冯英坤一夜未睡,憔悴不堪的她满怀歉意地看着柳茗,那种紧张讨好的表情让柳茗觉得很心酸。

张书记叹了口气,还是点头答应了:"唉,我怎么说好呢?小柳,你是个好人,你公公婆婆都是好人,就是太惯着杨冯了,这反而害了他。"

柳茗也意识到了这一点,她还意识到她并不了解杨冯。柳茗的胸口钝痛了几下,辐射到身体的其他部位,胃里一阵痉挛。她的额头渗出汗来,寒风吹过,光滑的额头上结出细碎的冰碴。

因为有过硬的关系,杨冯没有上军事法庭,部队给了个免于刑事起诉,具结悔过,开除军籍和党籍的处理。杨冯本来应该进监狱的,冯英坤再次动用她手中的权力把儿子捞了出来,还把他塞进省委基建办公室。虽然只能在那里当一个最普通的工人,但杨冯知道他妈妈很快就会为他安排机会,他的上升空间远远大于他身边的那些人。

知晓了这一点后,杨冯不再灰头土脸,墙里的那个黑洞被堵死了,他心里的黑洞却完好无损地保留下来,甚至变得比原来的那个大了许多。

杨冯去上班的第一天就昂首阔步,他不用装不用夹着尾巴做人,一天都不用。

这件事发生后的几个月里,冯英坤却过得谨小慎微如履薄冰。她自知她又犯了不该犯的错误,心里很是自责。冯英坤所犯的错误几乎都跟自己的儿子有关,她看不起这些以权谋私的作为,可是杨冯每次出了问题,她又理所当然地为儿子放弃所有的原则。她曾寄希望于杨冯结婚后能有所收敛,别再让她厚着脸皮出来收拾烂摊子,没想到杨冯这么快就捅出娄子,不仅比以前犯的错严重,还把柳茗牵扯进来。现在冯英坤又特别希望杨冯和柳茗能尽快生个孩子,她认为杨冯当上父亲后会有好的改变,才能真正成熟起来。杨冯回南京后跟柳茗天天住在一起,加快了柳茗怀孕的步伐,冯英坤觉得这是坏事变好事,对杨冯偷枪的行为也就释然了。

柳茗也特别渴望有个孩子。那个还未成形的孩子后来很多次出现在柳茗的梦中,有两次那个孩子在她的梦里长大了许多,一次是一个一岁左右的蹒跚学步的小男孩,一摇三晃煞是可爱;还有一次是一个两三岁的小女孩,蹦蹦跳跳地唱着儿歌,柳茗甚至听到那个女孩叫了她一声"妈妈"。

杨冯回南京工作半年后,柳茗再次怀上了孩子,不幸的是这个孩子也是在一个月的时候流产了。

柳茗第三次怀孕时,冯英坤和大姨让她停下工作,在家里保胎,柳茗不好意思向学校开这个口。柳茗认为她是走后门进的药学院,之后又发生她包庇杨冯偷枪的事,她的行为导致学校的荣誉受到损伤,愧疚不安的她更加努力地工作。她也知道习惯性流产的后果,如果这次怀孕再出意外的话,自己生孩子的难度就更大了。

柳茗这一次极为小心,除了学校的工作,她停下了其他所有的事情。这期间她收到过一个大学同学的邀请,邀请柳茗去参加她的婚礼。柳茗很想去,去的话很有可能见到叶虹和林凯飞,还有其他的同学,这是一个难得的机会。柳茗曾经邀请过同学来家里玩,只是她住在门槛很高的地方,没有哪个同学来她家串门。工作以后同学间的联系也不是太多,有过几个小范围的聚会,想到柳茗属于另外一个阶层,也就没人提出约她过来。没有了你来我往,彼此间的关系就有些疏远。

柳茗想念着昔日的同学,却不得不错过跟同学团聚的机会。尽管她无比小心,腹中的胎儿还是没保住。这次胎儿长到了三四个月,已经成形,是个男孩。

柳茗跟在南京的同学几乎断了来往,跟外地的三四个同学一直保持着书信来往,"瓜子脸"孙红艳是其中的一个。孙红艳也在当老师,一个教中学一个教大学,但柳茗教的大学生也是从头开始,她和孙红艳教的东西差不了多少,遇到对教学有帮助的辅助材料,柳茗总是多备下一份,寄给孙红艳。

有一天柳茗收到孙红艳寄给她的钱,请她给叶虹的孩子买份礼物,去叶虹那里时带给叶虹。

柳茗这才知道叶虹和林凯飞生了一个女儿,孙红艳不知道柳茗跟他俩已有两年多没见面。

来到南京后,柳茗第一次去了林凯飞和叶虹的家。她找到叶虹跟她说的那个筒子楼,不确定他们是不是还住在这里。上到三楼往里走时,她隐隐约约地听到了婴孩的哭声,她便循着哭声走了过去。

林凯飞正抱着孩子在屋子里来回踱步,听到敲门声,他把小人儿交给叶虹后来开了门。看到站在门口的柳茗,他先是惊讶,很快惊喜地叫出柳茗的名字。

正在坐月子的叶虹抱着孩子靠在床上,听到柳茗的名字,她立刻坐直了身体,扭头望向屋门。"柳茗,柳茗,真的是你呀!"叶虹激动地叫着。

柳茗几步奔到叶虹的身边，她看见叶虹眼里的泪光，她自己的眼睛也是湿润的。

柳茗赶紧转过头，把手上的东西放下来。"这是孙红艳和我给孩子的。"柳茗说，"有两套现在可以穿的小衣服，还有几件等她大些时候穿，麦乳精是给你的。"

"怎么买这么多东西。"叶虹说。

柳茗笑了笑，把目光转向叶虹怀中的婴儿。

"我可以抱抱她吗？"柳茗问。

"当然，她喜欢你，你一进门她就不哭了。"叶虹说着把孩子交给柳茗。

柳茗小心翼翼地接过来，学着叶虹抱孩子的样子，先托住婴孩的脖子和脑袋，抱进怀里后，孩子的小脑袋稳稳地靠到了柳茗的左臂弯里。

柳茗问："你们给她起名字了吧？"

"叫林一帆。"林凯飞说，"船帆的帆，莱蒙托夫那首诗里的小船的帆。"

"好有诗意的名字。"柳茗说。

叶虹想谢谢柳茗送给他们那本莱蒙托夫的诗集，犹豫了一下，没说出口。她和林凯飞为柳茗买的结婚礼物还收在中间抽屉里，也是一对上海牌手表，只是跟柳茗送给她和林凯飞的样式不同。他们为柳茗买这对手表时还没去上海，是在南京买的。林凯飞也想到了那对手表，隔了那么久，不知道该不该拿出来。

叶虹和林凯飞最终都没提这事。

柳茗的心思全在孩子身上，她坐到林凯飞搬过来的椅子上，想出各种办法逗孩子，像抱着自己的孩子般无比欢喜。孩子望着柳茗，咧嘴笑了，柳茗的心完全融化在这粉嘟嘟的肉团里。

叶虹的眼睛里又有了泪光,她爱的男人和她最好的朋友环绕在自己身边,她还成了母亲,有了一个可爱的女儿。

屋子里弥漫着甜甜的婴儿的奶香,时间不再流淌,凝固在醇香浓厚的气息中。

可这终究不是一个永久的画面,孩子要吃奶了,柳茗把孩子抱到叶虹手上,起身告辞。

"你去送送柳茗。"叶虹跟林凯飞说。

林凯飞点点头,柳茗没拒绝。

两个人默默地走出楼道,阳光洒落到他们的脸上。

他们彼此看了对方一眼,依旧是当年的模样,早已熟悉的轮廓,没有任何的改变。脸上都多了几道皱纹,只是他们还很年轻,皱纹太浅,匆匆的一瞥是看不到的。他们又分明感觉到对方的变化,分别后的这些年里一定发生了很多事情。

"你都好吧?"

林凯飞和柳茗同时开口,问了同一句话。

他们不好意思地相视一笑,很多的话被这淡淡的一笑轻轻带过。他们从1975年走到了1977年,这两年中国发生了天翻地覆的变化,个人的事情太微不足道,不足挂齿,可是在这两年里确实有很多的事情发生在他们身上。

"都还好。"两个人又同时说道。

他们明明是想更多地知道对方的境况的,无论是好的还是坏的。或许发生的事情太多,真要说的话,也不知该从何说起。

柳茗只好跟林凯飞说:"你快回去吧。"

林凯飞只好停下脚步,他再送一程,又能送多远呢?

"你多保重。"林凯飞跟柳茗说。

"嗯，你和叶虹也多保重，你好好照顾叶虹和孩子。"柳茗说完独自朝前走去。走出去十多米远，她想起有句话她没提，她扭过头去，看见林凯飞站在原地望着她，好像也有什么话想跟她说。

柳茗往回走了两步，林凯飞往柳茗这里走了几步，他们都想问一句，下次什么时候见面？可他们都没再往前走，互相朝对方挥了挥手，什么话也没说，用微笑再一次道别。

第八章

　　柳茗渐渐走出了林凯飞的视线，狭长的街道掩映在绿树下，曲径通幽处是宽阔的主路，一直通向公司的正门。林凯飞站在那里有些恍惚，眼前的小路依稀通向更远的地方，穿过校园，延伸到开满梨花的梨花渡。林凯飞定睛望向那里，没有看到梨花，只有斑驳的树影。柳茗应该是从这条路来的吧，不知她又消失在哪一个拐角。

　　叶虹在家喂孩子吃足奶，把孩子抱直，让那个小脑袋靠在她的肩膀上，轻轻拍打着婴儿的后背，拍出一个饱嗝后，她把睡着了的孩子轻放到自己的身边。

　　林凯飞回到家里，看见叶虹坐在床上发呆。叶虹感觉刚才做了一场梦，柳茗出现在她的梦里，梦醒之后柳茗已没了踪影，似是而非的重逢让她更加怅然若失。

　　叶虹和林凯飞都沉默不语，没提柳茗的到访。也许是分开了太长的时间，长到思念都够不到的地方，愿望变成现实时，反倒让人觉得不真实。

　　可是那包东西就在他们的身边，叶虹打开来，一条粉紫色的小裙子让叶虹眼睛一亮，大概只有柳茗知道这是她最喜欢的颜色。叶子花图案的女童毛衣新颖别致，也只有心灵手巧的柳茗能编织出来。

柳茗确实来过，叶虹和林凯飞开始期盼下一次的相聚。

柳茗并没有再次出现，直到林凯飞和叶虹搬离这个筒子楼搬进一个二居室的小房子，柳茗也没有出现过。

搬家那一天叶虹问林凯飞："柳茗再来这里找不到我们怎么办？"

林凯飞想了想："上次她来你给了她你单位的号码吧？"

"嗯，那个号码轻易不会换。"叶虹思忖片刻，又说，"我有她家的号码。"

"要不要给柳茗打个电话？"林凯飞问道。

"好呀，告诉她我们家的新地址。"叶虹兴奋地说，没高兴两分钟她就泄了气，"如果电话是杨冯接的怎么办？柳茗不是告诉我们杨冯调回南京了？那杨冯也会在家。"

叶虹最终没打这个电话，心里盼望着有一天接到柳茗的电话。她和林凯飞的单位都不是那么大，找到他们并不难。

可是柳茗一直没跟他们联系，不是几个星期，也不是几个月，是几年的时间。如果柳茗在几年的时间里都没跟他们联系，她一定有不联系的原因。

每次说起柳茗，叶虹和林凯飞的心情都会低落下来，陷入莫名的忧伤和无奈，所以他们很少聊起柳茗，心照不宣地把柳茗和那些共同的往事深埋在心里。

每次想起叶虹和林凯飞，柳茗也是同样的心情，她也是轻易不敢触碰那些共同走过的日子。可是每一次遇到不顺心的事，她又会在第一时间想到他们，她感觉他们就陪在她身边，陪着她走过那些沟壑低谷。

在外人的眼里，柳茗这些年过着令人艳羡的生活。婆婆依旧身居高位，可以呼风唤雨。她自己的父母获得平反，落实政策后，他们搬回大房子，重回重要的工作岗位。她的丈夫杨冯靠着母亲的关系去军工学院进修，为将来的转干和提升做准备。她的弟弟上了大学，大学毕业后留校当教师，自己又开了个图像影像编辑店，事业风生水起。她妹妹也嫁进高干家庭，选择走仕途的妹夫三十出头已是副局级。她在工作上也得心应手，本来天赋就高，加上她比任何人都努力认真，她成了学生心目中最好的老师。

最最重要的是她终于当上了妈妈。

柳茗第四次怀孕时，再次出现先兆流产的症状，她只能全休保胎，在家躺了好几个月。这不是柳茗的风格，她也没有让冯英坤出面，这一次是她所在的系科照顾她，让她休息一个学期，在家静养，保住这个胎儿。柳茗接受了他们的好意，她知道这是要孩子的最后的机会。过意不去的她揽下编教材等不少坐在床上可以完成的工作，腹中的胎儿即将临产时，她编写的教授英语的教科书也瓜熟蒂落。

柳茗生下一个女儿，女儿的名字是柳茗起的，叫"杨明宽"，小名"宽宽"，她希望女儿将来要走的路是一马平川，宽阔敞亮。

柳茗好像拥有了一切，可她是坐在过山车上，别人看到的是腾云驾雾春风得意，凄风苦雨都在她的心里。她要死死抓牢手上的那个把手，过山车横冲直撞，她随时都有可能从飞驰的车上摔下来。

这样的个中滋味只有柳茗自己能尝到，她的婆婆冯英坤心里也明白，所以宽宽的到来让冯英坤无比欣喜，不仅仅是有了孙辈，她还认定杨冯会从此改邪归正。第一次抱起自己的孙女，冯英坤激动地落下泪来。

有了孩子的杨冯似乎真的成熟了不少，他开始专注地做一些事情。冯英坤安排儿子去进修是为了帮他铺出一条当官的路，没想到杨冯到了这里真的如鱼得水，他在这里找到了发财之路。八十年代初，很多基建项目上马，必须先清除那些旧建筑。军工学院拥有定向爆破的专利，这是拆旧建新大破大立的最有效的办法。恰好杨冯的关系网很大，手也够长，可以马上够到那些急于上马的项目，有些项目还在规划中就被他盯上。只是来进修学习的杨冯成了这里举足轻重的大人物，学院的领导甚至决定给他发了军装，军装上佩戴的是少校的徽章。出门谈项目时没有军籍的杨冯会穿上军装，他越有身份就越有说服力。父母的老战友也因为他"有出息"而愿意大力相助，谈下更多的项目的可能性就大了很多。杨冯很知道如何驾驭这样的身份，他从来没被什么人怀疑过。当然他平时不会穿军装，怕万一碰上知道他底细的人。现在这身军服成了他的戏装，他再也不需要用军装炫耀自己，他在乎的是穿着军装谈下的项目和这些项目带给他的金钱。

每次做成一个项目，杨冯都能拿到回扣，没有回扣他是不会牵线搭桥的，对方对这点心知肚明，也就不会在回扣上怠慢杨冯。项目做成，他们才能赚到钱，这又是稳赚的生意。何况他们也为自己划拉了一部分，进了他们的私囊。你好我好大家好，何乐而不为呢。有些人就是以给杨冯咨询费的名义在单位要来的钱，反正杨冯自己不会去财务那里，帮杨冯办手续拿钱的人会偷偷给自己留下一部分。这些操作杨冯大多不知情，他拿到了足够的钱，无暇再顾及钱是怎么来的、该来多少。他自以为他是最会玩的那个人，在几边都能拿到钱。军工学院很早就发现杨冯在拿回扣，可杨冯是只会下金蛋的母鸡，谁也不敢得罪他。他们不仅没有批评阻止他，反而以出差补助等为由头多给他一些钱。

金钱和权力敲开了藏在杨冯心里的那个黑洞的洞门，这扇洞门已封闭了几年，一经打开就关不上了。欲壑难填，源源不断的金钱没有填满这个黑洞，反而让这个黑洞越来越大。

随着外地项目的增加，杨冯常常出差。杨冯也特别喜欢往外地跑，在外地他完全不用掩藏他心里的那个黑洞和他心底的欲望。

杨冯没有想到在珠海出差时遇到了张向林。他那天穿着军装，在珠海他不担心穿军装被熟人碰上，偏偏碰上了老同学张向林。两队人马从两个方向在酒店的走廊里擦肩而过，走廊很宽，本来他们不会注意到对方，可杨冯被大家簇拥着，耀武扬威，加上就他一个人穿着笔挺的军装，非常扎眼，迎面走来的那些人不自觉地看了眼这队人马，而且这些人的目光都投到了杨冯身上。

这样的注目礼让杨冯很是得意，他把头扬得更高，故意不去看这帮人，只用不屑的余光稍微扫了他们一眼。这一眼吓了他一跳，他看到了张向林。张向林穿着便装，却比他更加引人注目。他装作没看到张向林，仓皇加快了脚步，他身边的几个人也跟着加快了脚步。他们刚在酒店的会议室开完洽谈会，杨冯也住在这家酒店，本来他们要一起去酒店里的饭馆用餐，杨冯怕在那里再遇上张向林，推托自己今晚要打一个重要的电话，赶紧打发走了那些人。

杨冯看看四下无人，准备先回房间。他不敢坐电梯，想从楼梯上去。杨冯刚拐过弯去，一个人挡住了他，又吓了他一大跳。

站在他面前的人是张向林。

"我可是侦察兵出身，你这本事就别跟我玩捉迷藏了。"张向林讥笑道。

"我……我……"杨冯上气不接下气，刚才的气焰一扫而光。

"你看你，刚才那嘚瑟劲儿去哪儿了？我以为从哪儿来视察的首长呢。"张向林看了看杨冯的肩章,"他妈的还是真的,你什么时候混上少校了?是不是从哪儿偷的?你胆子不小啊,以前光知道你偷女人,你还敢偷这个?快,坦白从宽抗拒从严,老实交代。"

杨冯朝四周看看,这个地方挺隐蔽,没有别人,他几句话做了个交代,没提拿回扣的事,他不说张向林也会明白。

"行啊,看样子你小子混得不错。我们进了同一个战壕,我们那些一起踢足球的同学差不多都奔着钱去了。"张向林用拳头捶了下杨冯的肩膀。

"你来珠海干什么?"

"我在这里开辟了新战场,常年驻守此地。"

"你在这下海了?"

"是啊,来了两年了,你不知道吗?你被开除军籍我可是知道的。"

"好事不出门,坏事传千里嘛。"杨冯嘿嘿一笑,"不过我现在觉得这也是好事。"

"能赚上钱就是好事,我主动脱了军装。开始的时候是小打小闹,还得瞒着我家老头子,他要是知道了准说我不争气。我当然想干大的,正巧我爸的一个老部下来看他,我爸不在家,我就跟他闲聊,得知他改行来珠海搞房地产。他说看我是块料,问我有没有兴趣跟他一起干。我当时还挺沉得住气,先跟他来了趟珠海,回北京后立马辞职。夏天没拦我,我做事她从不拦着,我爸可被我气坏了,我转业他就很生气,这次差点气死。后来我赚了不少钱,他就不说我了,有时还会表扬我几句,说他养的儿子有眼光有魄力。"

"你说你在这儿搞房地产,那我们还真的是一个战壕的战友。"

"对呀,你刚才说你管着搞爆破,看看,你搞破坏我搞建设,我们这不是在干一件事嘛。"张向林又用拳头捶了下杨冯,"走,找个地方好好聊聊。"

两个人的兴致都很高。杨冯问："去哪？"

"当然得找个有意思的地方。这里新开了一家洞穴式的饭馆，上面就是吃饭的地儿，有大洞小洞，小洞像个小包间，很私密，我们先边吃边聊。下面也有洞，那可是温柔乡，可以让你彻底放松下来。"

杨冯的兴致更高了，有意思的地方肯定是那种风月场所。

"四个人的你敢玩吗？"张向林随口问道。

"有什么不敢的。"杨冯撇了撇嘴，"现在没有不敢做的，只有不想做的。"

两个人边说边往外走，刚走出去几步，张向林突然停下脚步："算了，柳茗是我妹啊。"

杨冯回了一句："夏天还是我姐呢。"

"我可不想把你拐带坏了，对不起我妹。"张向林依然有些顾虑。

"这种事我还需要你拐带吗？"张向林露出不屑的神情。

"是啊，你看着挺老实，不过我从你穿开裆裤那会儿就知道你是什么货色。我送你一句话，偶尔玩玩，别玩过火，也别当真，柳茗是个好女人。"张向林说着又迈开了步子，"哎，柳茗知道吗？"

"怎么能让她知道呢？好在她大部分的心思在孩子和工作上，瞒她并不难。"杨冯又反问一句，"你常年在外，夏天放心吗？"

"她是个明白人，不明白也得装明白。我也不会过分，我刚才送给你的那句话也是送给我自己的。"

"你打算在这儿安营扎寨了？"

"怎么可能？我早晚会回北京，那里才是我的根据地，家也在那里。我的宝贝儿子快要上小学了，他们不想过来，那我回去。"说到自己的儿子，张向林瞬间收敛起锋芒，脸上的神色柔和了很多。

杨冯有些诧异地看了眼张向林，他也很喜欢自己的女儿，但他只是喜欢，张向林应该很爱很在乎他的儿子吧。

柳茗的确在女儿和工作上花了很多心思和心血，但她对杨冯也是在乎的，毕竟杨冯是她的丈夫。在乎一个人的时候，可能会变得很迟钝，也可能会变得很敏感。柳茗属于后面这类人，她又很聪明，能觉察出杨冯的脱胎换骨并不像表面看到的那么令人欣慰。她的身边像是埋了个定时炸弹，随时都有可能爆炸，更让她害怕的是引爆器不在她的手上。

柳茗的日子过得胆战心惊，只是她没有多余的时间去面对那些还没有完全显山露水的问题，家里和学校的各种事情让她忙得不可开交。她只能自欺欺人地忽略那些疑团，安慰自己那些怀疑都是空穴来风。

学校给柳茗分了一套小两居的房子，冯英坤觉得那套房子又小又旧，跟家里的别墅没法比，又没有大姨和保姆帮忙照顾，宽宽去那儿住肯定要吃苦，所以她反对柳茗他们搬去那里。杨冯对这事的态度模棱两可，他经常出差，南京的家倒像是一个暂居的客栈。杨宁原来就惦记着让弟弟一家人搬出去，她听到这个消息，跟她正在谈恋爱的男朋友一合计，准备马上结婚，他们要在家里常住下去。一个屋檐下容不下这么多的人，柳茗又分到了房子，他们离开是理所当然的事情。

柳茗也赞成搬到那套小房子去，在她看来，外在的条件不是最重要的，更重要的是她希望宽宽能够在一个平常且正常的环境中长大。冯英坤对自己的孙女很是宠爱娇纵，跟她当年娇纵杨冯一样。每次柳茗看不下去想管的时候，都被婆婆堵了回来，碍于情面，柳茗不好多说，搬出去独立生活后，冯英坤也就不会太干涉柳茗对宽宽的管教。

柳茗知道杨冯指望不上,自己带孩子会更加辛苦,可她觉得这是值得的,也是一个母亲必须去做的事情。

在妈妈的陪伴和调教下,宽宽明显懂事起来,这让柳茗很是欣慰。她在女儿的名字里又寄予了新的寓意,希望宽宽能长成一个明白事理、宽以待人的人。

柳茗常带女儿回去看爷爷奶奶,杨宁结婚后也很快怀上了孩子,儿子一家搬出去独住也就不再让冯英坤感到空落。她和杨培永都心满意足,儿子女儿都已成家立业,他们可以好好享受天伦之乐。

杨培永在他最开心的时候突发脑溢血,晚上睡着觉就彻底睡了过去。

杨培永走得很安详很幸福,但这样的离开对冯英坤的打击太大。晚上上床睡觉时还好好的,早晨醒来,睡在她身边的那个人已经咽了气。

冯英坤那段时间如丧考妣失魂落魄,出去上班时,她强打精神,回到家里睹物思人,悲不自胜。大姨在的话还能帮她分散下哀伤,杨宁却让大姨也离开了他们家,大姨搬到了自己儿子家。冯英坤不想让大姨走,可又怕杨宁不高兴。杨培永去世后,冯英坤对自己女儿的态度发生了变化,常用讨好的眼神看着杨宁,她指望杨宁以后照顾她给她养老,她能住在这里好像变成了杨宁施恩于她。

柳茗带宽宽回婆家的频率高了起来,有的时候杨冯跟着一起来。柳茗能看出冯英坤见到他们很开心,所以她尽可能多回去陪陪冯英坤,给她做些好吃的,陪她聊聊天。杨宁并不希望柳茗和宽宽常回来,但又不好阻拦。柳茗装作没看到杨宁拉下的冷脸,做饭时都多做些,杨宁两口子从不客气,跟着一起吃。杨宁在害喜,特别喜欢吃柳茗做的菜，也就不再给柳茗脸色看。

杨宁顺利地生下一个大胖小子，冯英坤也走出了丧夫之痛。

生活的压力刚减轻一些，柳茗的父亲柳尚民又进了医院，而且情况很紧急。他在体检时发现腹腔里长了肿瘤，医生怀疑是胰腺癌，需要马上动手术。手术的结果不容乐观，最好家属都能到场，这就意味着凶多吉少，很可能是去见最后一面。

柳茗接到她弟弟打来的这个电话后马上请同事帮她代几天的课，跟同事交接好后，她赶去幼儿园接上宽宽，然后去了火车站。在学校时她给杨冯打过电话，杨冯说他随后会赶去上海。

柳茗跟杨冯结婚后，柳尚民再没说过一句杨冯的不好。不是他对杨冯有所改观，他只是不想影响女儿的婚姻。他跟女婿闹别扭的话，最苦的会是他的女儿。柳茗自然不会把杨冯的短板告诉父亲，柳尚民对杨冯偷枪那件事更是完全不知，他们平时又不生活在一起，偶尔聚上几天，也很难看出新的问题，或者闹出什么矛盾。几年下来，杨冯在岳父这里顺眼了许多，特别是宽宽出生后，柳尚民真的希望柳茗跟杨冯就这样好好地过下去。

到了上海，柳茗带着宽宽直接去了医院。柳尚民进手术室前，除了杨冯，家里其他的人都来了。医院楼下的大厅被前来等待手术结果的人挤满，里面有柳尚民单位的领导和同事，有他多年的老战友和朋友，还有不少从工厂来的工人师傅，为他开过车的司机，办公室打扫卫生的勤杂人员……站在最前面的是一个姓汪的师傅和他的老父亲，汪师傅是个普通工人，柳尚民到工厂视察时听到别人在用开玩笑的口气聊他家的境况。因为房子太小，到了晚上睡觉的时候，汪师傅的父亲先躺到带轮子的床垫上，再让家人把他推到床底下。他晚上是不能起夜的，要等到早上其他人把他和床垫从床板下拉出来。柳尚民知道后很难受，寝食不安，无法放下这件事。他想方设法，去有关部门据理力争，为汪师傅争取到了分房，终于让他的老父亲每晚能够在自己的床上睡觉。

工作能力很强的柳尚民从不恃才倨傲，他是一个仁义厚道的谦谦君子，尊重所有的人，平等对待所有的人，也帮过很多人。他关心周围人的疾苦，对遭遇不幸和困苦的人总是心怀悲悯，尽力相助，很多人发自内心地感激他尊重他，听说他生病要做手术，他们从四面八方赶了过来。他们都在为他担心，为他祈福。

柳茗和她的弟弟妹妹下来过几次，劝他们先回去。可每次下来，看到的人反而比上一次还多，原来的那些人没一个走的，又不断有更多的人赶了过来。

杨冯却始终没有出现。

柳茗已经忘了杨冯也要来上海，她心焦如焚地等在手术室外，看着手术室的外门一次次开启，又一次次关闭。里面有十几间手术室，不同的手术间里进行着不同的手术。医院允许家属待在手术区，但他们只能等在大门外。接受完手术的病人会被推出来，有的时候只有医生出来，跟家属交代几句。有的家属笑逐颜开，有的家属当场号啕大哭，从他们的反应上就知道手术的结果。

推进推出的病人都挂着吊瓶，那些输液管在柳茗的眼前晃动着，虚幻成一根打了很多结的绳子。1966年"四人帮"在上海横行猖狂时，柳尚民曾让两个受到迫害的市委领导在他家躲藏了一段时间，在那个年代，这需要巨大的勇气和胆量。同时他又极其担忧家人的安危，他将一根隔一段就打个结的背包带的一端固定在窗户上，另一端可以随时放到楼下，如果他做的事被造反派发现，危急时刻他要用这根绳子救命，藏在家里的人和他的三个孩子可以用背包绳索滑下去。上面打上那些结是为了防止滑得太快而擦伤或摔伤，为家人为别人他总是考虑周全，细致缜密。

因为柳尚民的刚正不阿，他所受到的攻击和不公要比常人多很多，但他从未做过违心的事，也从未向恶势力低过头。为父亲所受的委屈和苦难，为他的忍辱负重，为他命悬一线的生命，柳茗的心里一阵阵抽痛，眼泪一次次地往外涌，又被她一次次地强压回去，她不能在母亲面前哭，她不能乱了方寸。

手术室里，医生打开了柳尚民的腹腔，发现他长的不是胰腺瘤，而是长在腹腔里的嗜铬细胞瘤。这种肿瘤很少见，全上海建国以来总共有五十多个患者。非常幸运的是这是早期的细胞瘤，刚刚开始发生病变，外面的包膜完好无损，这为手术成功和完全根治提供了根本的保障。

医生马上改了手术方案，完整地切除了这颗肿瘤和外面的那层包膜。

手术室外，等待手术结果的人们忧心如焚。门外有少量的座椅，大家都很自觉，座椅留给上了年纪的人。柳茗家只有唐亚楠坐在椅子上，其他人站在她身边。唐亚楠虚弱地瘫倒在椅子上，好几次差点从椅子上滑下来。

为柳尚民做手术的医生终于走出手术室的大门，唐亚楠腾地站了起来。医生走到他们身边，把这个结果告诉他们。唐亚楠又一屁股跌到椅子上，怎么也站不起来。这个惊喜太意外，喜悦太多太重，全灌进她的身体，她的身体重得谁也扶不起来，就由着她坐在那里又哭又笑。柳茗不再强忍泪水，潸然泪下。她飞奔到楼下，把这个好消息告诉给楼下的人，等待的人群中发出一阵欢呼，有些人跟柳茗一样兴奋地哭了起来。

杨冯一直没来上海。柳茗带着宽宽回到南京后才见到他，他也刚进家门。

"你……你们回来了？爸还好吧？"杨冯有些慌张。

柳茗没注意到杨冯的神色，她兴奋地讲述着手术的过程和结果，父亲转危为安让她兴高采烈，讲着讲着她才想起杨冯没去上海。

"你不是说随后就到吗？"柳茗看到了杨冯还没打开的旅行包，"你去哪了？"

杨冯已镇定下来："我去了宁波，单位临时有个急事，又没有别人能顶上，非让我去。爸没事，我太开心了，我就知道他没事，爸吉人天相，一定会长命百岁。今晚我带你和宽宽出去吃大餐，我们好好庆祝一下。"

宽宽一听出去吃好吃的，高兴地蹦跳起来。"我想吃松鼠鱼、鸭子、梅花糕……"宽宽扳着手指头数着她想吃的东西。

杨冯满口答应："好，好，我们这就出门。"

一旁的柳茗也就偃旗息鼓，对杨冯没去上海没再追究。

第二天柳茗先去学校上课，回家后她把三个人出门时穿过的脏衣服敛好，开始洗衣服。洗衣服前她挨个掏了下衣服口袋，在杨冯的夹克口袋里掏出两张从宁波到南京的火车票。她看了眼时间，跟她和宽宽从上海回来的时间几乎重合，这应该是杨冯出差的车票。可是杨冯怎么没拿去报销呢？杨冯是个在钱上挺计较的人，出公差，单位可以报销，杨冯总是在第一时间把钱拿回来。而且这是两张同一方向的票，不是来回车票，这么说杨冯不是一个人去的宁波。杨冯每次都是一个人出差，他跟别人说他能力强，一个人就能把事情办好，而且干得很漂亮。

杨冯做的事情是要拿回扣的，不可能带上另外一个人。这些柳茗并不知情，她也不知道杨冯已经拿了很多钱。杨冯把钱存进了不同的银行，然后把存折和存款单放进一个手提密码箱里，这个密码箱成了杨冯的新的黑洞。

不过柳茗知道杨冯喜欢独自出门，她把这归因于杨冯不是一个宽容的人，跟人近距离相处容易出问题。他嘴巴很会说，也有很热心的时候，但出差时要跟别人吃住在一起，杨冯会很排斥。

一阵晕眩朝柳茗袭来，她站立不稳，蹒跚着走到椅子边，坐了下来。她不是一个喜欢琢磨别人的人，更不喜欢猜忌别人，无论是对自己的家人朋友还是对一面之缘遇上的人，她一向推心置腹，真心实意地相信别人。她也有足够的智慧和判断力，如果碰上对方作假或说谎，只要不是太过分，她一般不会点破，一笑了之不去计较，以后她会跟这种人拉开距离。杨冯是个例外，她跟杨冯很难分割。一起生活了这么多年，她对杨冯是有感情的。特别是有了女儿后，杨冯成了那个跟她密不可分的人。这个在生活中离她最近的人，恰恰是她最无法信任的人。偷枪事件只是个开始，从那以后她就生活在不安中。她试图去真正地了解杨冯，也希望杨冯会像他承诺的那样痛定思痛，悔过自新。可她对杨冯了解得越多，她看到的破绽和问题也就越多。

这些年里柳茗时不时出现幻听，"嘀嗒嘀嗒"的声响，是定时炸弹爆炸前发出的声响。只是那个炸弹一直没有爆炸，她怀着侥幸心理不断安慰自己，有了孩子后，杨冯真的成熟起来，起码他在努力成为一个负责任的人。他一改以往吊儿郎当的作风，工作上似乎也很勤勉，有的时候到了废寝忘食的地步。她也看到了军工学院给他配备的军装和军衔，这应该是他积极要求上进同时表现不错才能得到的肯定。

柳茗的耳边再次响起"嘀嗒嘀嗒"的声响，比以往任何一次都要强烈，而且越来越密集。柳茗很快猜出个大概，杨冯这次去宁波不是出公差，至少不全是公事。他是跟另外一个人一起去的，同行的是一个女人，他们有着不一般的关系。在这种事上，女人对男人的第六感常常很准。很多人以为那些被丈夫欺骗了的妻子们一直被蒙在鼓里，全世界都知道了，她们却是最后知道的人。其实她们有可能是第一个有所感觉的人，有些人会装糊涂，有些人会自欺欺人地找出各种理由说服自己，宁愿不相信自己的感知。柳茗既不属于前一种人也不是后一种妻子。杨冯闹出过太多的事情，他因为偷枪差点上了军事法庭；他把爆破工程包给没有经过培训的农民承包商，出了事故，这种不合格的工程又给新的建筑物的安全留下隐患……柳茗担忧的是这些事情，没有想到过婚外情，长了一双桃花眼的杨冯从未在男女之事上翻过船，甚至表现得有些害羞和木讷。大姨以前骂他不会讨女孩子喜欢，柳茗抱怨过他不够浪漫，每次这样说他，他会一本正经地说：我不浪漫，可我靠得住呀，你是想让我浪漫还是想让我花心？

一张楚楚可怜的面孔从柳茗眼前一闪而过，那是段雅芳，杨冯的中学同学。杨冯怎么会把枪藏在段雅芳那里呢？他如此信得过的人一定跟他有很深层的交往，不是精神上的就是肉体上的，段雅芳跟杨冯更像是肉体关系。那一次柳茗的心绪全在那把枪上，完全顾不上去想其他的事情。

柳茗豁然明白，杨冯在婚姻之外一直有别的女人。

柳茗看了下手表，该去幼儿园接宽宽了。杨冯极少去接孩子，也很少做家务，家里家外的大事小事基本上都是她在做，她从无怨言。柳茗按住胸口，深深地吸了口气，又深深地喘了口气。她带上从上海给婆婆买的糕点，骑上自行车去了幼儿园，接到宽宽后她没回家，决定今晚把宽宽放到婆婆那里，她不想当着孩子的面跟杨冯谈那些事情。

坐在自行车前座的宽宽一路喋喋不休地讲着幼儿园里的开心事，柳茗没有打断女儿，尽可能用轻松的语气回应几句。

柳茗在上海时给婆婆打过电话，把好消息报告给她，让她放心。冯英坤见到柳茗，又拉着她问个不停，柳茗只能再重复一遍。如果没有看到那两张车票，柳茗很愿意一遍遍地讲述自己的父亲如何化险为夷，可她现在实在不想说话。好在宽宽拉着奶奶去看她今天画的画，柳茗赶紧告辞，她说明天一早会来接宽宽，去学校上班前先把宽宽送去幼儿园。

柳茗回到家里，杨冯还没回来。柳茗没去做饭，枯坐在饭桌边的椅子上，没去想任何具体的事情，她已经没有气力去想什么了。

屋子里光线渐渐暗了下来，柳茗没有起身去开灯，她的眼睛早就陷在黑暗中，没发现天色已晚，也没发现杨冯进了家门。

房子一进门是个很小的厅，连着两间卧室和厨房。厅里勉强挤进来两个小沙发和一张四人座的饭桌，沙发间有个小茶几。平时他们在这里吃饭，有客人来也在这里待客。

杨冯进门后随手按了门旁的电灯开关，看见了悄无声息的柳茗。

"你在家呀？怎么没开灯？宽宽呢？"杨冯问。

柳茗惊了惊，"我把她送到奶奶家，明早再去接她。"

杨冯没觉出异常，有的时候宽宽会在奶奶家过夜，小两口可以享受二人世界。他嬉皮笑脸地说："那今晚我们好好亲热亲热。"

柳茗冷冷地看了眼杨冯，伸开右手，里面是那两张车票。"这是怎么回事？"

杨冯心里咯噔一下，故作轻松道："喔，火车票呀，我不是告诉你我去宁波出差了吗？"

"你不是说你一个人去的吗?"柳茗逼视着杨冯。

杨冯知道柳茗手上握着的是从宁波回南京的票,他灵机一动,振振有词地说:"去是我一个人去的,第二天小岳也去了,我那个同事小岳,那个小伙子,你见过的。他们说给我个助手……徒弟,让我带个徒弟。下次再碰上紧急情况,有个能顶替的。爸这次做手术我没去成上海,我们领导也觉得过意不去。"

杨冯观察着柳茗脸上的表情,又补充了一句:"你不相信的话,明天我让小岳跟你说。"

杨冯盘算着,明天柳茗有一上午的课,下午以后才能见到小岳。他一到单位就去找小岳,让小岳帮忙圆个谎,小岳会帮忙的。

杨冯等着柳茗的回应,先听到了敲门声。杨冯心想这人来得正是时候,转移下柳茗的注意力,客人走后她也该把车票的事忘到脑后,八成不用找小岳了。

杨冯笑嘻嘻地拉开房门,脸上的笑容和整个身体都僵在了门口。

站在门外的是"大波浪",杨冯就是跟她一起去的宁波。

相比于他在其他方面的胆大包天,杨冯在情色上是收敛的,出差时才敢放肆,这也是他喜欢出差,特别是去南方沿海城市出差的原因之一。在南京他不敢太造次,以前有个段雅芳,他只是偶尔去段雅芳那里偷欢。段雅芳嫁人后坚决不再跟他做这事,杨冯对她的兴趣本来就淡了很多,他和段雅芳干脆断了联系。"大波浪"姓祝,跟杨冯在一个大单位里,已经结婚,有一个两岁多的儿子。她把一头长发烫成了大波浪,这是杨冯叫她"大波浪"的表面上的由头,实际上是她的高胸丰臀,如大波浪般撩拨着杨冯的情欲,杨冯有种强烈的在这个女人的丰肌腻理里冲浪的冲动。

以前杨冯拈花惹草时从不需要铺垫,可他跟"大波浪"到底在一个系统里,不能太着急。杨冯先是用物质讨好"大波浪",每次出差回来都给她带些礼物,多半是她从未见识过的新鲜玩意。杨冯见"大波浪"很乐于接受他送的礼物,选礼物时就大胆起来,他说下次要给"大波浪"买外国女人喜欢的内衣,"大波浪"没说不行。杨冯又说要估摸下尺寸,顺势摸了"大波浪"的前胸后臀。"大波浪"半推半就,没有拒绝,这彻底激发出了杨冯的色胆。去他家或在南京找个酒店都不方便,杨冯就开始寻觅机会带"大波浪"去趟外地。"大波浪"对杨冯在外面捞外快的事早有耳闻,她也想赚钱,就答应跟杨冯去宁波。哪知道宁波之行是偷鸡不成蚀把米,杨冯根本不是带她去赚钱的,跟她不对付的人还把她跟杨冯的事告诉了她老公。他们刚在家大吵一顿,她老公要跟她离婚,她完全不想闹到这个地步。

"怎么不请我进去?不欢迎我吗?""大波浪"说着一把推开挡在门口的杨冯,自己闯了进来。

柳茗站起身来,面无表情地看着这个不请自来的女人。

"大波浪"瞄了眼柳茗。"你是他老婆吧?你知道他在外面追女人吧?你知道他带我去宁波想干什么?"

柳茗马上明了杨冯是跟这个女人一起去的宁波。

"大波浪"把头转向杨冯:"你不是说带我去宁波做项目吗?什么做项目,你跟我喝酒,把我灌醉,你就是想跟我干那事,你说是不是?"

杨冯耷拉着脑袋,一声不吭。

柳茗也看着杨冯,问道:"她说的是不是事实?"

杨冯把脑袋垂得更低,他恨不能找个地缝钻进去。

"大波浪"只好转回柳茗:"你怎么不管好你老公?走,你们俩跟我一起去我家,去跟我老公说清楚,是他追我骗我。"

"你跟他是一个单位的吧?"柳茗问"大波浪",语气似乎很平静。

"是……是又怎样?""大波浪"莫名其妙地看着柳茗。

柳茗依旧用平静的语气说:"为什么要去见你老公,我们要找就找他领导,让你们单位知道你们男盗女娼。"

"我没跟他做什么,我根本不想跟他发生关系。""大波浪"狡辩道。

柳茗盯着"大波浪"的眼睛,一字一句地说:"既然你不想,是他在强迫你,那他这是强奸未遂,我们也要去找你们领导,你是受害人,也是证人。"

"大波浪"一哆嗦,后退了半步,慌不择言道:"你这个恶婆娘,怪不得杨冯敢在外面为非作歹。"

柳茗咧开嘴,露出瘆人的一笑:"苍蝇不叮无缝的鸡蛋,你也不是什么好东西,别装得像个良家妇女。你等不到明天见领导,那我们现在去你家,跟你老公说清楚。"

"你,你这个泼妇,我,我……""大波浪"狠狠地瞪了眼柳茗,又气急败坏地瞪了眼杨冯,使劲一跺脚,扭头跑了。

屋子里一片死寂,留在屋子里的两个人也没了动静。好半天,杨冯抬起头,偷偷看了眼柳茗,他的目光正好撞上柳茗的目光,他吓得又垂下了脑袋,搜肠刮肚地想着各种理由,他得想个高招去应付柳茗接下来的狂轰滥炸。"大波浪"刚才的表现柳茗亲眼看到,他可以说"大波浪"为了参与搞项目勾引他。"大波浪"本来是性感,今晚不折不扣地把自己变成了荡妇,说"大波浪"色诱他,柳茗有可能会相信,当然他没有完全做到坐怀不乱,他要好好检讨。

可是柳茗根本没给他这个机会,她问的是另外一个问题:"你是以去上海的理由跟单位请的假吗？"

"是。"杨冯支吾道。他这次并不是去出公差，接到柳茗的电话后，他跟领导说老丈人住院做手术，有生命危险，要请假去上海，领导马上准了他的假。他又跟"大波浪"说宁波有个私活，可以带上她。"大波浪"找了另外一个理由也请了假，跟他去了宁波。杨冯并不想承认，只是他现在脑子很乱，编谎话也不是那么容易，露出马脚还得用更大的谎话去遮盖，他做不到自圆其说，干脆说了实话。柳茗肯定会很生气，但他自信他有本事把柳茗哄好。那次他偷枪，柳茗不是也放过他了吗？

"我错了，我做错了，我很后悔，我以后再也不会做这事了。"杨冯伸手打了自己两个耳光，心里的确很后悔，他后悔勾搭"大波浪"，兔子不吃窝边草，外面有那么多的花花草草，他怎么会招惹同一个单位的人呢？

柳茗站在那里，心如死灰。她在手术室外焦急等待的时候，杨冯竟然利用她父亲生病，带上他的情人去了宁波。

杨冯看柳茗没有发作，伸手把她拉进自己的怀里。柳茗在杨冯的怀里凄厉地大叫一声，尖锐的声音震开了杨冯环绕在她身上的双臂。

柳茗跑出家门，孤魂野鬼般在街上游荡。

平坦的马路上，柳茗跌跌撞撞步履蹒跚。她不知道她该去哪里，她可以去哪里，她想到过叶虹和林凯飞，那一刻她特别想念他们，想见到他们，可她现在变成了这个样子，他们大概都认不出她了。

柳茗苦涩地一笑，她的心似乎麻木干枯了，她不再哭泣，一滴泪水也流不出来。她漫无目的地往前走着，从马路上走进一个荆棘密布的小路，她不想待在有人的地方。她挣扎着踽踽独行，脑子里一片空白,她不知道该怎么办,今后的路又在何方,她完全困在了这黑咕隆咚的黑暗中。

小路坑坑洼洼,柳茗被荆棘绊倒,摔倒在地。

柳茗无助地坐在地上,浑身瑟瑟发抖,不知从哪里冒出的强烈的怨恨摇撼撕扯着她。她以为她在恨杨冯,恨那个"大波浪",原来都不是,她恨的是她自己,恨自己变成了一个她不喜欢甚至讨厌的人,恨自己像泼妇那样歇斯底里。

路旁未经修剪的荆棘横七竖八,柳茗伸出手,抓扯着缠绕住她的荆棘,像是在撕扯自己凌乱的头发。她一下接一下地洗刷着心中的屈辱,直到把鲜红的血染在衰败的残枝上。

手上的疼痛刺激着她,也提醒着她,她还能感觉到疼痛,痛彻心扉的疼痛。疼痛在黑夜中划开一道亮光,像是铺天盖地的梨花铺开的一条清亮的小河。柳茗又一次想起了林凯飞和叶虹,这一次,她甚至看见了他们,他们站在河岸上,向她伸出手来。

柳茗拉住他们的手,艰难地站了起来。有一天,他们一定会再次相逢,重逢的时候,她要让他们看到她原来的样子。当黑夜吞噬掉一切,她并不渴望凤凰涅槃的重生,她只想做回她自己。

柳茗决定跟杨冯离婚。

杨冯坚决不同意,冯英坤得知此事后也来求情。杨冯一把鼻涕一把眼泪地发誓痛改前非,动静很大,柳茗可以做到充耳不闻,可是当冯英坤可怜巴巴地望着她的时候,她无法做到无动于衷。柳茗也委婉地把自己的想法告诉了父母,柳尚民大病初愈,柳茗不敢提"大波浪",只说她和杨冯在有些事情上南辕北辙,很难再在一起生活。柳茗结婚前柳尚民拦过自己的女儿,强烈反对她嫁给杨冯,当初虽然一百个不情愿,但女儿一旦结了婚,柳尚民还是希望这个婚姻能长久幸福。这些年杨冯在岳父面前一直表现不错，柳尚民以为他当年真的有些误解了杨冯。既然柳茗嫁给了杨冯，他们就是一家人，遇上什么问题，一家人一起努力，总有办法解决。他们还有宽宽，父母离婚对孩子不是件好事。而且柳茗的公公婆婆对柳茗一直很好，特别是冯英坤，对待柳茗就像自己的亲生闺女。柳尚民建议女儿冷处理，也许事情没有那么糟糕，不要冲动行事，铸成更大的错，要先静一静，充分考虑各方面的影响。

柳茗去了趟洪阿姨那里，每隔一段时间她都会去合肥看看洪阿姨和方叔叔。有的时候她会带上宽宽，这次是她一个人去的。

柳茗把一切都告诉了洪阿姨，在洪阿姨这里她从不隐瞒她的失望和不如意。

洪阿姨听完后很生杨冯的气，骂他是个狗东西，不长眼睛，不知好歹，守着这么好的媳妇还出去偷腥。骂完后洪阿姨的气消了一大半，她转念一想，说："那个女人不是说他俩没干成什么吗？"

"这又有多大的不同呢？"柳茗说。

"嗯，还是有些不同的，很大的不同。"洪阿姨一拍大腿，脸上泛出光亮，表情由阴转晴，"也可能杨冯这臭小子在关键时刻收手了呢，如果他和那个女人联手对付你，那就成了敌我矛盾，现在你和杨冯是人民内部矛盾，他有悔改之心，我们得给人家一个悔改的机会。"

柳茗苦笑，又摇了摇头。

洪阿姨继续劝道："我们这种人家，外表看着光鲜，别人以为我们能呼风唤雨，想怎样就怎样。可我们不是神仙，过的也是人过的日子。家家有本难念的经，我们的烦心事没准更多呢。糟心事不是越想越烦吗？阿姨给你出个招，不开心的时候就光去想自己碰上的好事。你想想，你婆婆还在高位上，还能罩着你们，你爸妈也官复原职,宽宽又是一个这么好的孩子,你干着你想干的工作,杨冯的工作也有很大的起色,要看到他的进步。对了,你爸爸刚刚捡回一条命,这可是天大的喜事。你看看你看看,这么多好事都被你碰上了,总不能一件坏事都没有,而且杨冯真能洗心革面奋发图强,坏事还能变好事呢。"

洪阿姨越说越兴奋,柳茗差点被她说服了。从合肥回南京的火车上她想了一路,火车进了南京站,她才坚定了自己的心意,依然决定跟杨冯离婚。

柳茗往家走,远远地看见有个小人儿坐在楼洞口的台阶上,她不用走近就能知道那是自己的女儿。宽宽也看到了柳茗,飞快地朝妈妈跑了过来,奔进妈妈的怀里。

柳茗轻柔地抚摸着宽宽柔软的头发,宽宽抬起头,"妈妈,我等了你好半天了。爸爸在家做饭,他也在等你。"

柳茗拉住宽宽的手,牵着她的手往家走。宽宽的手有些凉,她应该在外面坐了不短的时间。柳茗这才注意到宽宽穿得也很单薄,她伸手搂住女儿单薄瘦弱的肩膀。

宽宽再次仰起头怯怯地问道:"妈妈,你不会跟爸爸离婚吧?"

柳茗在宽宽的脸上看到跟她的年龄不相符的神情,忐忑不安,茫然无助,她的眼睛里甚至流露出惊恐和悲哀。这不该是一个五岁的孩子的眼神,而这个孩子是她的女儿,是她在这个世界最爱的人。

柳茗不知道该说什么好,她张开嘴,想朝宽宽笑一笑。可她怎么也笑不出来,也说不出话来。

"我知道妈妈是在跟爸爸玩游戏,我常跟小朋友过家家的。"宽宽乖巧地拉着妈妈的手往前走,她的善解人意让柳茗心如刀割。五六岁的孩子不用这么懂事体贴，这应该是最无忧无虑的年龄，还没有读书的压力，可以没心没肺地享受快乐的童年。

为了宽宽，柳茗改变了离婚的想法。她跟杨冯再也回不到从前，他们只是貌合神离地生活在一个屋檐下。柳茗开始喜欢杨冯出差，她也找各种机会出门，只带宽宽一个人。母女俩都是在南京转悠，等到放假她们才能去外地。一放暑假柳茗就带宽宽去了上海，想带宽宽散散心，也想陪伴和照顾自己的父母。

柳尚民身体已康复，他又投入到繁忙的工作中，不过他总是想办法抽出时间带宽宽玩。柳茗的弟弟妹妹也都有了孩子，他们的孩子和邻居家的孩子也常来这里凑热闹。

跟孩子们在一起时，柳尚民也变成孩子，而且这个老小孩是最调皮捣蛋的，也最喜欢耍赖。打乒乓球时，他会用糖果贿赂其他孩子输给他，打牌时会偷好牌扔坏牌，下棋时更是为了悔一步棋而吵得不亦乐乎。他找来油彩给孩子们化妆，他总是把他们化成胡汉三、南霸天、座山雕之类的坏蛋模样，他自己常常扮演小兵张嘎或潘冬子。他喜欢看孩子们打打闹闹，他坐山观战，战斗一旦失控，他马上出来熄灭战火，把他们全部收于麾下。家里这么热闹，唐亚楠和柳茗也跟着开心。但唐亚楠立下一条军规，不准这帮孩子在床上闹腾。每次唐亚楠出门去办事，她前脚刚出门，柳尚民就指挥孩子占领了制高点，看着他们在床上蹦蹦跳跳，他抚掌大笑，床上床下欢声雷动，柳尚民还乐呵呵地总结道："别人子孙满堂，我是子孙满床。"

柳尚民让孩子们尽兴地玩，玩过之后要坐下来学点东西，他亲自教他们。柳尚民热爱生活，兴趣广泛。他会吹口琴、弹凤凰琴，也擅长书法、国画、诗词、戏剧、摄影、下棋，中国象棋和国际象棋他都会。他把这些本事一一传给孩子，也给他们充分的自由，孩子们可以选自己感兴趣的东西学，没兴趣的话他不会逼他们。他们想学的，他总是循循善诱，一遍又一遍地讲解，不厌其烦。

父母身体健康心情愉快，宽宽重新找回天真烂漫的童趣，脸上又常常露出欢快的笑容，柳茗看在眼里，喜在心里。

柳茗没有看到的是，她的父亲柳尚民一直在偷偷观察她和宽宽的变化。

柳茗之前含混地提到过离婚的想法，柳尚民就把这事放在了心里，虽然他当时说的是反对的话。他了解自己的女儿，柳茗提出这个想法，一定是有原因的，不仅仅是她嘴巴上说的原因。柳茗这次带宽宽回家过暑假，也跟以前回家有所不同，两个人多少有些闷闷不乐。好在这段时间他们一起过得很开心，柳茗和宽宽似乎又恢复原样，她们笑声不断，这让柳尚民放下心来。柳茗再没提过离婚的事，可见这个坎儿已经过去了。一家人在一起过日子，总要碰上些沟沟坎坎，只要能迈过去，就可以继续往前走了。

1984年的夏天是热闹和喜庆的，洛杉矶奥运会开幕后，家家户户都在看奥运，柳尚民家也不例外。中国运动员的优异表现让举国欢庆，柳家的老小孩带着小小孩天天变着花样搞庆祝活动。柳茗是家里最忙的那个人，她很难坐下来完整地看一场比赛。给一家老小买菜做饭就够她忙的，她还在写论文编教材，为下学期的课做准备。下学期她不用上新课，这个暑假相对轻松些。大部分老师会搬用以前的内容，柳茗不喜欢炒冷饭，中国的发展变化日新月异，跟其他国家的交流不断丰富，大量新鲜的东西涌进来，在英文教学上也应该不断突破。

不过在万家沸腾的日子里，柳茗也心系奥运，她可以边做饭边看比赛，比赛的空当期她就边备课边做家务，这些都是她喜欢做的事情，额外的忙碌给了她额外的喜悦。

欢天喜地的两个星期后，奥运会接近尾声。闭幕式柳茗倒是看得相对完整，洛杉矶那边是星期天的晚上，中国这边是星期一的大白天，柳尚民和唐亚楠都去上班了，家里和邻居家的几个放暑假的孩子都在柳家看闭幕式。柳茗陪这帮孩子一起看，也把她所了解的相关的美国文化介绍给他们。闭幕式中有很多的文化元素，孩子们很喜欢听柳茗的讲解，不断问她各种问题。

到了放烟花这个环节，柳茗知道这届奥运到了最后的告别，她起身去厨房为孩子们做饭。

喜庆的烟花在夜空中争相绽放，每一朵每一轮都精美绝伦，现场的观众和看电视的孩子们不断发出兴奋的赞叹和尖叫。厨房里的柳茗看不到画面，也能从这欢呼雀跃中感知到那些烟花的璀璨绚烂。喧闹的声响中突然传来熟悉的旋律，若隐若现地传进了蒸腾着热气的厨房。

柳茗关了火，走出厨房，走进客厅。电视屏幕上，穿着白衣白裙的男男女女拉着手，一起唱着那首她熟稔于心的歌，《友谊地久天长》。那些音符像是一个个琐碎的片段，在这一刻组成了一首歌，这首歌又串连起一段段的记忆。当记忆再次完整地拼接到一起，那些久远的画面也清晰起来。

柳茗默默地站在那里，跟着他们在心里默默地唱着。她有多少年没唱过这首歌了？上一次唱是在1975年，在离开母校的前一天，她和林凯飞、叶虹最后一次去学校后面的梨花渡，他们三个人一起唱了这首歌。从那以后，她再也没有唱过这首歌。英语课上，她给学生们介绍过很多英语歌曲，但她从来没碰过这首歌。她怕自己在课堂上情绪失控，那么浓烈的感情，轻轻一碰，就会止不住地流泻出来。

曲终人未散,电视机里依旧挤满人群,相互簇拥着,有的人的眼里有泪光闪过。柳茗悄然离开,她没有回厨房,一个人躲进洗手间,在里面反锁上门。她拧开水龙头,打开排气扇,在流水和风扇声的遮掩下,她不再克制自己的思念和怀恋,任由泪水决堤而出。

林凯飞刚刚远航归来,货船正在卸货。卸货不在他的职责范围里,他要参与的是出海前的备舱。但每次卸货清舱他都会留下来,在他看来,备舱要从清舱开始。清舱时会发现一些问题,发现问题后报备,就可以得到及时修理,为下一次航行消除隐患。

林凯飞下次出差不一定跟这艘货轮,他还是会很认真地对待,以防存在的问题不被发现,或者发现了的问题被搁置一边。

每次交船前他总能看到别人看不到的安全漏洞,长年累月积累下的经验给了他火眼金睛,而且他有很强烈的责任心。

叶虹一早接到林凯飞的电话,知道他已安全抵港,也知道他会等清舱完毕才回家。叶虹和林一帆都在家,林凯飞今天到家,奥运会的闭幕式正在进行,叶虹和一帆把工作和作业彻底放下,边看闭幕式边等林凯飞回家。

货船是清晨到的,先要卸下顶部的货物,还要利用卸货间隙对高处的舱面进行清理和检查,卸完堆积的货物后很难够到那里。从顶部到底部花了几个小时的时间,货物搬空后,要彻底清扫从货舱表面铲除下来的铁锈污垢,如果留下残余物,下一步清舱排水时就会堵塞排污管道。工人们开始用高压水枪冲刷货舱,林凯飞再次给叶虹拨了个电话,告诉叶虹他马上出发回家。

家里的电视机的音量很大,远洋货轮上的动静也很大,两个人刚听清楚对方说的话,电视里便传出"友谊地久天长"的歌声,林凯飞和叶虹都沉默下来,握着话筒,静静地听着。像是有心灵感应,他们也在同一时间想起了柳茗,想起了他们三个人在梨花渡一起唱这首歌。那个时候他们即将一起来南京,短暂的分别后他们可以很快团聚。不知道怎么回事,那一天在梨花渡唱起这首歌时,他们的心里满是忧伤和惆怅。

九年以后,叶虹才真正理解了他们那天的心情。

"不知道柳茗怎么样了。"叶虹轻声说。

林凯飞没有说话,电话里传来一阵猛烈的咳嗽声。

开学前,已回到南京的柳茗见到了多年不见的"瓜子脸"孙红艳。她们一直有书信来往,但毕业后一直没见过面。柳茗在江苏,孙红艳在安徽,两个人离得并不远。她们都是英语老师,一个教大学,一个教中学,因为跨了两个省,她们见面的机会也就少之又少。这次孙红艳好不容易得到一个来南京开会的机会,她为柳茗精心准备了礼物,一定要见上柳茗。孙红艳总是说柳茗是她的恩人和引路人,没有柳茗的帮助,全班倒数第一的她怎么可能绝地反击学有所成,又怎么可能成为一个桃李满天下的英语老师。大学毕业后,柳茗还在继续帮她,她对柳茗满怀感激,一见面先给了柳茗一个大大的拥抱,眼圈也红了。

柳茗想带孙红艳在南京好好玩一玩,孙红艳也很想跟柳茗多待些时间,只是她这次算是来出公差,时间上由不得她自己,两个人只能在孙红艳住的招待所里见上一面。

孙红艳也结婚生子,生了孩子后她没瘦回去,瓜子脸变成了圆脸,不过她的性格还跟从前一样直来直去,心里有什么嘴上就说什么。她先是用肺腑之言感谢着柳茗,柳茗刚开口想表达她对孙红艳的感谢,孙红艳又说起了她的一大遗憾。她说柳茗是他们那一级学得最好的，考研究生的话一定能考上，而且能上的一定是中国最好的大学之一，可柳茗一直没走这一步，这让她深感惋惜。

柳茗不是没想过考研，她不仅想过，还曾很认真地付诸过行动，只是没走出去多远就被家庭和工作拖住。杨冯和冯英坤都反对她考研，他们担心柳茗读了研究生，杨冯跟她之间的差距会更大。柳茗生孩子不顺利也是她未能考研的一个因素，三次流产对她的打击很大，对于第四次怀孕才生下的宽宽，她倍感珍惜，在宽宽身上倾注的母爱要远远多于绝大多数的母亲，她也舍不得丢下宽宽去读研。学校里的工作量也很大，在工作要求上柳茗总是有求必应，还自己揽了不少事，干起事来又极认真，自然要耗费很多的时间和精力。家庭和工作上的缠累一次次地泯灭了她考研的愿望，她跟这个梦想渐行渐远。

孙红艳提到此事让柳茗意识到没能读研是她的一大憾事，在这个意气风发尊重知识的时代，热爱读书求知若渴的她却没有继续深造。她今年三十三岁，考研在年龄上限制在三十五岁，当她意识到她很可能跟读研永远地错过，她的心里涌动着无奈和失落，不过她没在孙红艳这里流露她真实的心情，两个人好不容易见一面，那就在见面时多说些快乐的事情吧。

孙红艳的思维是跳跃性的，她并没有追问柳茗为什么没考研究生，她又提起了叶虹。叶虹也是她很感激的人，只是这次时间有限，她没跟叶虹联系。得知柳茗跟叶虹好久未见，孙红艳不相信似的睁大了眼睛。

柳茗的脸上露出了遮掩不住的惆怅，孙红艳赶紧安慰她说，她有预感，柳茗和叶虹很快就能见面。明年是他们毕业十周年，她听说有同学想搞一个同学聚会，大家重回母校，十年以后再相会，没准她们会在那里团聚。

"好呀好呀，我一定会去的。"柳茗兴奋地回应道。

柳茗所期待的毕业十年同学聚会并没有如期而至。

聚会需要有热心人张罗，一年里冒出过四个愿意牵头的人，最后都是半途而废。第一个人还没搞清楚组织聚会该从哪开始就打了退堂鼓，第四个走得最远。他找到了所有同学的联系方式，利用工作便利印好了同学通信录。他又邀请到辅导员郑良和当年教过他们的老师们，甭管这些人当年在学生面前唱的是红脸、黑脸还是白脸，他们都积极响应，这多少出乎组织者的预料，也让他很感动。他还从两个发了财的同学那里拉来些赞助，经费上有了基本的保证。前行的小船最后停在了聚会的时间上，几十个人无法达成一致。学校有关部门对这次聚会的态度也有些模棱两可，给出的时间段也就不是很多，这就更难找到一个大家都能接受的时间点。

来来回回折腾几次后，第四个组织者渐渐明白了症结在哪儿。三四十岁的人是最忙的时候，上有老下有小，还要拼事业，或者忙着赚钱，同学聚会就成了重要的事情里的最不重要的事情。而且工农兵大学生的身份是尴尬的，无论他们在工作和生活中的表现是否优秀，他们都被贴上了一样的标签，杯觥交错把酒言欢需要被认同的理由和欢庆的氛围，如果他们缺乏这样的条件，也就少了重聚的愿望。不少有愿望的人又缺少热情，遇到需要妥协的事情时就不会配合，所以具体到见面时间时才这么难以推进。

第四个组织者的热情一落千丈，回母校欢聚毕业十周年的计划最终胎死腹中，那些最积极的支持者自然很失望，柳茗是其中的一个。

失望之余，柳茗自己安排了一些小范围的聚会。第二年暑假，柳茗去北京参加教材编写工作，她跟张向林和夏天早早约好了见面的时间。张向林已把事业重心从珠海转回北京，在自己最熟悉的地方安营扎寨。

张向林派车来接的柳茗，把她送到他们订好的饭馆。柳茗快步进了饭馆，都没抬头看一眼饭馆的名字。

张向林在这里订了个雅致的包间，柳茗到的时候张向林和夏天已经点好了菜，菜也卡着点基本上齐。三个人都很随意，久别重逢也不需要客套，柳茗进来时张向林和夏天都没有起身，柳茗大大方方地坐到留给她的上座上，扫了眼一桌的山珍海味。

"怎么点这么多菜？还有别人吗？"柳茗问。

"就我们仨。"张向林笑眯眯地回答。

夏天跟柳茗说："你知道这是向林一贯的风格。"

张向林点了一桌好菜，酒却是二锅头，他给夏天和柳茗要了鲜榨果汁。

"反正你俩不喝酒。"张向林给自己斟满了酒，没有敬酒，自顾自喝了下去。

张向林问柳茗："杨冯还好吧？"

"还好。"柳茗说。

"你们还好吧？"夏天问柳茗。

"好。"柳茗不置可否。

张向林边给自己斟酒边问道："他是变好了吗？"

"嗯，还是那样。"柳茗很简单地回了句，她知道张向林和夏天能听明白，"你们俩怎么样？我是说工作，其他肯定比我和杨冯好。"

张向林没有接话，夏天搪塞道："还行，就是忙。"接着她又问柳茗："你呢？除了上课和编教材，你没干些别的？"

"还有什么要干的吗？"柳茗有些不解。

张向林解释道："你娘家婆家都有背景，这么好的资源，你不干些什么不是浪费资源吗?"

柳茗淡然一笑:"我对其他的事情没什么兴趣,学校和家里的事情就够我忙的了。"

夏天说:"这样也好,你就是再忙,心里也是清净的。"

"有人说九百六十万平方公里的土地上已无法安放一张课桌,我今天发现课桌还是有的,就在柳茗上课的教室里。"张向林半开玩笑半认真地说。

"别那么夸张,光我上课的地方就有好几间教室几百张桌椅,都放得很稳当。"柳茗打趣道,"你是走路带风飞了起来,飞得太高,看不到那些在路上走的人,路上走的人要比半空中飞的人多多了。"

张向林举起酒杯。"来,我敬你一杯,敬你和所有脚踏实地的人。"张向林又是一饮而尽,放下酒杯,他补充了一句,"我是认真的。"

柳茗喝了口果汁,并不介意张向林是否认真。

有人进了包间,说是有电话找夏天,夏天出去接电话,很快回来,不过是来跟柳茗告辞的。"不好意思,我做的一笔钢材生意需要我马上去验下货,你们慢慢吃慢慢聊,反正你以后每年都来北京编教材,我们再聚。"夏天说完着急忙慌地走了。

柳茗有些没反应过来,张向林不折腾就不正常了,没想到夏天也这么忙。

"你没想到夏天也下海了吧?"张向林掏出一包红塔山,用ZIPPO打火机点上烟。

"你以前不抽烟的。"柳茗说。

"抽了段时间了。"张向林连吐两三个烟圈,烟雾后面是一张略显沧桑的男人的脸。

"我跟以前不一样了,对吧?"张向林自我解嘲道。

"你不是还在喝二锅头吗?"

"还是我妹了解我,不过还是有不少变化。"

"钱上的变化就不少。"柳茗用轻松的语气说,想让气氛松弛下来。

"这倒是真的,可是现在不是说,'我穷得只剩下钱了'。"

柳茗从张向林的表情上看出他有心事,他陷入沉思,在想一件让他痛苦的事情,接踵而至的烟圈没有遮住他眼睛里的阴郁,那样的伤悲和凄惶不该出现在张向林的脸上,这让柳茗感到莫名的难过。

"星星上几年级了?"柳茗转移了话题,星星是张向林和夏天的儿子,张向林一直很宝贝他。

"三年级。"

"好快呀,再过两年就是初中生了。"

"告诉你一件事。"张向林摁灭了烟头,表情很严肃,"星星不是我的儿子。"

"怎么可能?"柳茗吃惊地望着张向林,她原想用星星改变气氛,以前每次在电话里说起星星,张向林都是兴高采烈得意洋洋。

"是啊,怎么可能?"张向林苦笑,"那个日本电视剧,叫什么来着,《血疑》? 对,就是这个剧,还没播完就有人在我们大院门口搭了个临时的棚子,给人验血型,验一次收五毛钱。这不是没事找事吗? 他们找到个生财之道,给别人家找了麻烦。我们家星星拉着我和夏天去凑热闹,倒不是怀疑什么,他就是觉得好玩。结果很快出来,我是O,夏天是B,星星是A。我不相信,又验了一遍,还是这个结果。我脑袋轰的一声,整个人蒙在那里。开始时我以为抱错了孩子,看了眼夏天,她的表情不对劲。我明白了,星星确实是她的孩子,是她和另外一个男人的孩子。"

柳茗没有吭声，她也蒙在那里。

张向林自顾自说下去："我把夏天拉到一边，质问她是怎么回事，她说她也不知道是怎么回事。来验血型前她可能真的不知道星星不是我的孩子，要不她不会让我们验的。同一个时间段里，她跟两个男人上过床，也可能是三个，鬼知道是几个，她都搞不清星星是哪个男人的孩子。"

柳茗张了张嘴，想说些安慰张向林的话，又实在不知道说什么好。

张向林又点着了一支烟，淡漠地吸了一口。

"瞧我这是怎么了？我们好久没见面，来，说点高兴的事。这年头啊，跟人吃个饭，不是你图什么就是他图什么，要不就像夏天那样，饭没吃完就被人叫走了，难得能跟一个人轻轻松松地吃完一顿饭，我今天跟你吃这顿饭忒开心。你别为我担心，有那么一两个月我的心情很糟糕，后来我想明白了。你猜猜谁点拨了我？"

柳茗想了下，摇了摇头。

"是星星，他跟我说，我就是他爸，永远是他爸。当爸的不能常年不在家，他很想我，想经常见到我，想见到我和他妈妈在一起。你知道的，我对这孩子很有感情，真情和情义不是比血缘更重要吗？我要为他好好地活着，我要做一个好的父亲。我常年在外，没少搞过别的女人，美其名曰工作太累需要放松，还说'我对其他的女人没动感情，不就是在床上锻炼锻炼吗？'你说这不是胡扯吗？夏天不傻，甭管她是有意的还是无意的，她走出这一步也算是步了我的后尘，这是我该得的报应。为了星星，我和夏天都收了手，至少我们在努力。另外呢，这事是个导火索，让我崩溃，也让我认真去想一些事情。这些年我钱没少赚，可我越来越不快乐，还没了安全感，我不想再这样下去，我做生意的态度也有变化，诚信很重要，你对不起别人，想走歪门邪道，你怎么能指望别人对得起你？你赚再多的钱也不会踏实。你不敢相信我的这些改变吧？"

"为什么不相信呢？"柳茗反问了一句，"你看着不正经，也做过不少不正经的事，但我相信你这次是认真的。"

柳茗说着给自己拿来一个喝白酒的酒盅，给她和张向林都斟满二锅头。"来，我敬你一杯，先干为敬。"

"你喝酒的姿势真豪爽，我喜欢。"张向林也干了自己手中的那杯酒，"来，咱俩接着吃接着吹牛。"

那顿饭张向林和柳茗吃了很长时间，确切地说，他们聊了很长的时间。那一桌的佳肴美馔他们最多吃掉了五分之一，说的话快要赶上他们在学校说过的话的总和。在学校时他们很熟，但几乎没有坐下来深聊过。当一起走过的青春渐行渐远，他们竟然可以回到青春开始前的日子。有的时候他们只是默默地坐在那里，什么也不说，傻傻地笑着，这样他们也能感受到很大的满足。张向林又要了瓶二锅头，不喝酒的柳茗那天也喝了不少。后来两个人都醉了，不是喝醉的，是心里醉了。谈得来的朋友聚在一起，不喝酒也会醉的。

毕业十周年的同学聚会没有如愿举行，林凯飞和叶虹跟柳茗一样深感遗憾，让他们感到遗憾的原因也跟柳茗的一样，他们期待跟柳茗在聚会上重逢。

不过这个愿望即使能实现，林凯飞也很有可能无法参加聚会。飞速发展的经济急需中国和其他国家的合作，穿梭在海上的远洋货轮在数量上不断攀升，林凯飞出海的频率也高了上去。按照组织者和参加者原有的计划，他们将在7月重回母校，当年他们是在7月毕业的，而林凯飞整个夏天都在海上。

这一次的航海对林凯飞来说无比艰难。这条中东航线他早就驾轻就熟，问题出在他自己的身体上。

从去年夏天开始林凯飞常常咳嗽，他没有在意，他的嗓子一直不太好。当翻砂工时常年呼吸高温粉尘，出海公务时常在海上遇上风浪，运送的货物中又有煤炭等污染性的物资，清舱时也会接触到有害物体，这些对嗓子都会有侵蚀和损害。

林凯飞没把咳嗽当回事，叶虹让他去医院检查身体，他一直拖着没去。

又要出海前林凯飞打算去趟医院，他咳出的痰里出现了血丝，吞咽时咽喉部有东西顶在那里，还能感觉到疼痛，这些症状以前没有出现过。林凯飞意识到他的身体出了状况，但他没有告诉任何人，包括叶虹。可是一直到出发前他都没有挤出整块的时间去医院做检查，只去公司的医务室多要了些常备药。

巨型货轮刚起航的那个阶段林凯飞感觉还好，而且他的注意力都在工作上，完全忽略了身体上的变化。轮船驶入公海后，林凯飞咽喉部的疼痛明显加重，他吃了些带去的药，除了止痛药能暂时缓解下疼痛，这些普通的药物对他已没有任何作用，他只能靠意志力抑制自己的病情。有的时候他抱着侥幸心理，他只有三十多岁，身体上不该出大的问题，真有什么问题，也很有可能随着时间的推移慢慢自愈。

所以林凯飞在精神上是放松的，也是强大的，靠着精神力量，他坚持完成了将近三个月的出海任务，货轮即将抵达中国的港口时，他耗尽了最后的气力，呼吸困难，很快陷入重度昏迷。货轮还未靠岸，救护车已等在岸上。

这是一个安静闲逸的星期天的早上，轮船靠岸的时候，很多人还在睡懒觉。叶虹早早地起了床,林凯飞今天出海归来,她要做好准备。家里两天前就收拾停当,八岁多的林一帆已是一个不错的帮手,大扫除时没少出力。她盼望着爸爸回来后带她出去玩,9月中旬的天气正好,或许下个周末可以去趟玄武湖,或者去爬中山陵。吃的东西叶虹准备了一些,大部分要去菜市场买新鲜的,叶虹想先等到林凯飞的电话后再去买菜。船靠岸后林凯飞会在第一时间给家里打个电话报平安,之后他会留在货轮上忙活几个小时,这段时间足够叶虹买好菜做好饭。

电话铃终于响了起来,叶虹三步并作两步奔到电话机旁,微笑着接起电话,脸上和心里的欢喜瞬间掉进了冰窟窿。

叶虹带着一帆用最快的速度赶到医院,跌跌撞撞地冲进急诊室。电话上的那个人告诉叶虹,救护车已把林凯飞送到医院,现在人在急诊室。那人没有多说,叶虹也没顾上多问,人在急诊室的话,情况一定很危急。

急诊室是一个很大的房间,挤满了病床、仪器和各种各样的人。医生们都很疲惫,早班医生还未来替班,他们值的是夜班,到这个时候已很困顿,面对病患他们又振作起精神,迅速做出正确的判断。护士们疾步穿梭其间,至少一半的护士小跑着赶时间,还要尽可能表现镇静,不能让看到他们的病人家属更加担忧。急诊科的病人挣扎在死亡的边缘上,病床边的家属都在崩溃的边缘上,他们把全部的希望都放到了医生护士身上。

沉重的气氛压得人喘不过气来,叶虹和一帆像是跌落进一条稠厚的悲伤的河流,她们来到林凯飞身边时都是湿漉漉的,泪水和汗水打湿了她们的衣衫。

林凯飞已气若游丝,这让他显得非常安静。

值班医生告诉叶虹,他们初步诊断林凯飞患上的是咽喉癌,因为拖的时间太长，病情已经恶化，医院下了病危通知。

一帆听到医生的话放声大哭，隔了两张床的那个病患家属也在大声哭着，医生护士都没有停下忙碌的脚步，这是急诊科的常态。

林凯飞似乎听到了哭声，他的嘴唇动了几下，发出了微弱的声音，他在叫着几个人的名字：叶虹、帆儿、柳茗、正宏……

急诊室里一片嘈杂，叶虹还是清晰地听到了那几个名字，她紧紧地握住林凯飞的一只手，哭着说："我和帆儿都在，你睁开眼睛看看我们好吗？"

林一帆哭得上气不接下气，林凯飞睁不开眼睛，他用最后的气力重复了一遍那几个名字。

叶虹知道林凯飞这是在做最后的告别，她站起身，跑出急诊室，找到一间有电话的办公室。她先拨了冯英坤家里的电话，不知有多少次她想打这个电话，这个号码她可以倒背如流。

电话响了很多声，杨宁拿起电话，把柳茗现在的号码给了叶虹。

叶虹又拨了这个号码，有人很快接了电话，话筒里传来"喂"的一声。

叶虹屏住呼吸问："是柳茗吗？"

"叶虹，是你吗？"柳茗马上分辨出叶虹的声音。

"是我，凯飞不行了，他想见你……最后一面。"叶虹说着哭出了声，她哭着报出医院的名字后就泣不成声。

柳茗没有哭出声来，泪水喷涌而出，她却发不出声来。她扔下话筒，换下睡衣穿上外衣跑出门去。出了家门她才想起宽宽也在家里，杨冯出差不在家。

柳茗折回身，嘱咐宽宽在家好好待着，不要一个人出门，有事的话打电话给奶奶或姑姑。

宽宽懂事地听着，最后用劲点了下头。

柳茗飞奔到医院的时候，林凯飞已被推进手术室。柳茗很快找到手术区，星期天的早上，做手术的人并不多，她很快看到了坐在长椅上的叶虹。

叶虹石雕般凝固在长椅上，脸上也纹丝不动，固定在一个表情上。她穿了件浅蓝色的短袖衫，前后胸的颜色深了些，是汗水浸染出的颜色。衣服的其他地方也有斑驳杂乱的深色，只是没像前后衣襟那么集中。

柳茗走过去，坐到叶虹的身边。叶虹看到了柳茗，嘴角抽动。两个人的眼神悄然对上，眼神对上的那一瞬间，融化了千千万万个日子。

叶虹的变化不大，最大的变化是脸上的神情，焦灼、担忧、无助……这些都是柳茗以前在叶虹脸上极少看到的神色。她也看到过几次，却从来没像这一次这样集中和沉重。不过这一切应该都是在今天爆发出来的，时间并不长，还没有在脸部的肌理里刻下痕迹。叶虹的身材跟大学时几乎一样，如果没有脸上的那些慌张，柳茗不敢相信她跟叶虹已有八年多没见面。柳茗又看到了坐在叶虹另一边的女孩，眉眼像极了林凯飞，下巴和脸型很像叶虹，她肯定是林凯飞和叶虹的女儿林一帆。柳茗上一次见她，她还是襁褓中的婴孩，这会儿都长这么大了。

女孩的脸上挂着泪痕，眼睛里满是惊恐不安，柳茗心里一阵心疼，她站起来，走到女孩身边，爱怜地抚摸了几下女孩柔软潮湿的头发，轻声问道："是帆儿吧？"

女孩点了点头，她不认识眼前的这个阿姨，可这个阿姨望向她时，她觉得很亲切。这个阿姨叫她"帆儿"，以前只有她的爸爸妈妈这样叫她。她突然想起她是见过这个阿姨的，在她爸妈最宝贝的影集里见过。不多的照片里,这个阿姨出现的次数是最多的。

柳茗又搂了下帆儿的肩膀。

"别害怕,你爸爸不会有事的。"柳茗用很坚定的语气说,她的身体打着哆嗦,语气却很坚决。

帆儿又朝柳茗点了下小脑袋,柳茗也朝帆儿点了点头。她在心里一遍遍地告诉自己:凯飞不会有事的,凯飞不会有事的……她望向帆儿的目光变得更加坚定。

柳茗又走回叶虹身边,拉住叶虹的手。很多年前,在那次批判她的班会上,叶虹也是这样来到她身边,拉住了她的手。

叶虹感觉到一股暖流涌进她的手心,慢慢流过她的身体。她觉出累来,把脑袋靠在了柳茗的肩膀上。

陈正宏接到叶虹的电话后简单收拾出一个小旅行包的换洗衣物,马上去了火车站,坐上了最早的一班开往南京的火车。坐下来时他不小心碰翻了邻座放在小桌板上的茶缸,幸好那人还没顾上去接开水,只是一个空茶缸滚落下来。陈正宏弓下腰,没有马上找到茶缸,他只能更低地压下他那高大的个子,隐隐约约地看到了那个茶缸,缩在另一边座位的底下,前不着村后不着店。陈正宏伸出胳膊去够,长长的手臂够不到那里,他只好单膝跪地,还是差了一点点。努力了几次后,他不得不跪下另外一个膝盖,趴在地上,这才够着了那个该死的茶缸。

陈正宏站起身,检查了一下茶缸,碰掉了一丁点瓷,也可能是蹭掉了外面的漆,没有大碍。他双手捧着茶缸递给茶缸的主人,连说了两声"对不起"。

茶缸的主人看到了杯子上冒出的伤疤,伤疤很小,他皱了下眉头,没有说什么。

陈正宏坐下后喘了口粗气,他好像从来没有这么狼狈不堪,至少,他很久没有这么慌乱过,这些年他走得很稳,没有什么事情让他这么手忙脚乱不知所措。

陈正宏跟罗姗姗拍拖了两年多,不是谈恋爱,他觉得用"拍拖"这个词更准确。如果非要说成是"谈恋爱",那重点一定在"谈"这个字上。他拖了两年才跟罗姗姗结的婚,那个时候,罗姗姗的舅舅、他们的红娘葛宗海已稳稳地坐在了公司一线领导的位置上。他和罗姗姗举行了一个隆重气派的婚礼,单位里上上下下的领导和单位外更高层的领导悉数到场。这场婚礼后,陈正宏在公司的根基更加牢固,而且水涨船高。

结婚两年后,罗姗姗生下他们的儿子,紧接着她读完了夜大,拿到大专文凭后马上换了工作单位,以干部身份调进了市政府管理远洋运输的部门。

陈正宏和罗姗姗并没有止步不前,整个国家百废待兴朝气蓬勃,面对千载难逢的发展机遇,他们不可能熟视无睹无所事事。当身边的人犹豫着是否下海经商时,陈正宏从没为这个选择纠结过。他决定海陆两栖发展,既在体制内又兼顾体制外,一脚下海一脚留在岸上。让他得意的是他有真才实学,这样左右开弓时他才能做到游刃有余。更让他洋洋自得的是他还读了研究生。擅长读书擅长考试的他绝对不会忽视学识的重要性,他也能轻易地掂量出学历的含金量。不过研究生招生恢复后他没有第一时间去报考,他不打算读完研究生后换工作,他只是要加重自己的分量,让自己变得更强大更无法替代。时机成熟后,他才去报考,而且他一旦出手就不会失手,他以第一名的成绩被录取。他选择在上海读研,这样他在深造期间跟原来的单位一直保持密切的联系,跟他在单位内外建立起来的人脉也保持联系,并且有很好很有效的互动。同时他又通过他的导师拓展出新的领域，雪球越滚越大。陈正宏在学校的表现是响当当的，同一级的研究生中，在校期间他发表论文的数量是最高的，发表论文的刊物的级别也是最高的。他有充分的理由让别人去帮他，但他从来不是只去利用别人，他要给别人带来好处，他深知不计回报帮他的人是极少数，为了拿捏得恰到好处，他没少费心思。

只有一个人对他完全不计得失，这个人是林凯飞。

陈正宏在读研期间开始编写远洋实用英语教材，刚入行时他就创办了相关的内部刊物，这些刊物也给他和葛宗海带来丰厚的回报。这些年他积累了更多的经验和资源，加上学术加持，他可以走得更高更远。可他一个人的力量毕竟有限，每每遇到困难，他一定会去向林凯飞求助。当年他起步时林凯飞就无私地帮了他，这样的帮助从来没有停止过。在业务上林凯飞永远是有求必应，给他的帮助常常超过了他的预期。一向自命不凡的陈正宏有时候会在心里承认，林凯飞的业务能力跟他旗鼓相当，在某些方面甚至超过了他，只是林凯飞不善于也没兴趣去经营，才不会像他这样显山露水。正是因为林凯飞甘于为他当绿叶，他的光芒才能更加耀眼。

陈正宏获得硕士学位时，实用英语教材也瓜熟蒂落。呕心沥血培育出的果实必定鲜美，这套教材不出所料地得到大家的认可和赞誉，很快就在全国各地遍地开花。

这套教材只有陈正宏这一个编写者，陈正宏想过在出版前言中感谢林凯飞，可是一句感谢太轻，这样的轻描淡写让陈正宏都不好意思写出来。这套书应该有两个作者，他应该把林凯飞的名字放在封面上，而不是在前言里一笔带过。可是这样做就减轻了他的分量，而且这个时候的陈正宏完成了他的研究生学业，即将高调回到他原来的单位，他明确地知道他的单位更愿意独享这个成果。林凯飞和他同属一个系统，可他们不在一个单位，他们分别所属的两个单位像是兄弟关系。兄弟间也是有竞争的,有的时候还会有激烈的竞争。如果这是一个无足轻重的成果,兄弟俩可以分享;如果这个成果有足够的价值,可以带来优厚的利益,谁都想最大化地占有这些利益,利益一旦牵扯到分配就会很麻烦。

正式出版前,陈正宏左思右想了好几天,最终决定把这套书的名和利完全留给他自己和他所属的单位。

林凯飞并没有计较,他都不知道背后的纠葛和缠累。他只是很为朋友开心,还诚心诚意帮陈正宏做推广。

坐在陈正宏对面的茶缸的主人去了趟两节车厢之间的热水房,回来时,茶缸里接满热水。他把茶缸随手放到小桌子上,似乎想起了什么,他又把茶缸往里挪了挪,挪到了桌子的最里面,然后朝斜对面的陈正宏微微一笑。他想起了陈正宏刚才的狼狈,忍不住又翘起嘴角。

陈正宏看在眼里,他能猜出这个人为什么会笑,虽然没有恶意,他还是觉得不舒服。不过这次的不舒服稍纵即逝,除了林凯飞,他根本没心思去顾及别人。叶虹今早打来的那个电话让他如雷轰顶,心乱如麻。坐在火车上的陈正宏又回想了一遍叶虹说的话,刚发生的事情他竟然有些记不清了,但他能抓住那些只言片语的要点:林凯飞快不行了,也许就在今天,林凯飞会离开这个世界。他这是去跟林凯飞诀别的,他很快就会失去他的朋友,永远地失去他唯一的朋友……

陈正宏对死亡没有多少恐惧,因为他对死亡没什么概念,他还没有具体面对过生命的逝去。他父亲作为医生自然见过生死,有时会在家里提起某人的离去,但那些人跟他无关。他对死亡完全没有做好准备,他和林凯飞都是三十多岁,他们离死亡很遥远,他还没开始为死亡做任何准备。他习惯于做任何事情见任何人之前做好准备，有备而来，可这次他措手不及，他完全不知道该从哪里开始。

他害怕失去林凯飞，并不是因为林凯飞帮过他很多，对他总是大力相助。如果有利益得失这个因素，这个因素所占的比重也不高，他更是在感情上无法失去这个朋友。他在林凯飞那里总是很放松、很踏实，即使林凯飞什么忙也帮不到他，他还是愿意跟林凯飞做朋友，愿意帮他跟能不能帮上他本来就是两码事。他和林凯飞的很多观点并不一致，他们对人对事的心思和态度也常常不同，可他们对彼此是真心实意的。当然，林凯飞对他更包容，包容了他的任性和私心，而他的那些任性和私心此时此刻让他痛苦不堪。他害怕失去林凯飞的恐惧里还充满歉疚，犹如他对林凯飞的感激里也夹杂着歉疚。感激要用行动去表达，他还从未真正回报过林凯飞，虽说朋友间不讲回报，可他在乎这个，只是他一直没有机会，他一直在等待时机寻找时机。

现在医院下了病危通知，他都不知道能不能赶上见林凯飞最后一面，更不用说表达感激和回报了。如果林凯飞真的走了，他内心的歉疚再也没有弥补的可能。

陈正宏的呼吸越来越重，有种要窒息的感觉。他腾地站了起来，在座位边来回踱步，压在心口的那口气顺了一些后，他又坐了下来。没坐多久，他再次站了起来，重复着刚才的举动，梦游一般在车厢里来回走动。

茶缸的主人用目光追随着陈正宏，开始时只是好奇、不解，这个仪表堂堂却举止怪异的人还让他觉得好笑。渐渐地，他的目光里有了些不安，陈正宏回到座位时，他一口气喝完茶缸里剩的水，把茶缸收进他的拎包。他看了眼手表，估算着还有多长时间能到下一站。他又伸长脖子四处张望，看看有没有空出来的位置，如果对面的这个人下一站不下车,他必须换个位置。

柳茗仍然陪着叶虹和林一帆守在手术室的门外,三个人几乎没动弹过。

不知道过了多长时间,手术室的门打开,为林凯飞做手术的医生出现在那里。

柳茗战战兢兢又满怀期待地看着医生,她希望这个医生也能告诉她们一个好消息,就像上次她父亲生病那样。

可这个医生只是摇了摇头。

叶虹的身体瘫软下来,柳茗扶住她,努力让自己镇静下来,用自己的身体支撑住叶虹。林一帆先跑了进去,柳茗和叶虹相互支撑着走到林凯飞的身边。

林凯飞的气管已被切开,他躺在那里,几乎没有任何生命的迹象。柳茗感到一阵撕心裂肺的痛,好像她正在失去她自己身体的一部分。她终于见到了林凯飞,他们久别重逢,为这一天,她期待、等待了很久很久,可是重逢怎么能这么残酷?

"凯飞,凯飞……"柳茗跪在林凯飞的身边,一遍遍地喊着。他们好不容易相见,他们有好多话要说。很多年前,林凯飞送她走出那个筒子楼,他们没说上几句话就匆匆道别,后来柳茗无数次地后悔过,那天她明明有很多话要说的,她怎么什么都没说就转头离去?这一次,她要跟林凯飞说很多的话,他们不能什么话都不说就再次告别。

"凯飞,你听见我叫你了吗?你答应一声啊,你怎么不理我?凯飞,凯飞……"

林凯飞的睫毛在柳茗的哭喊声中抖动,那好像是很久远的声音,却是这样地熟悉亲切。这个声音像是春天到来时万物复苏发出的声响，又像是潺潺的流水声，不是海涛声，是安宁的河水在春天流淌时发出的声响。他坐在山坡上，看着河水在春天流淌，有人在呼唤他的名字，一遍遍地呼唤着他的名字，从很遥远的地方开始，一点点地清晰起来。他张了张嘴，想回应一声，可他发不出声音。他的手指动了动，想去触摸那个声音。这个声音很温柔，又很坚定，好似码头上坚固的缆桩，可以牢牢地拴住远洋归来的货轮上抛下来的缆绳。

柳茗看到从白被单下伸出了一只手，抖得很厉害，却是充满渴望的。她一把拉住林凯飞的手，死命地攥住，怕她一松手，林凯飞就会永远地离开。"凯飞，我们终于见面了，这么多年，我攒了好多话要跟你说，你不要走，你要好起来，我们需要你……我需要你……我有太多的话要跟你说，只有你有耐心听我说，就像当年在梨花渡，每次我遇到过不去的坎儿，我都会跑到那里去找你，每一次你都帮我分忧解难，带我度过苦难。所以我们叫那里梨花渡，那是我最怀念的地方，你还记得梨花渡吗？春天的时候开满了梨花，还有一条河，河上有一座小桥，你一定记得那里的，你快快好起来，我们要一起回到那里，一起回到梨花渡。"

梨花渡，好久没人提这个名字了，他好像已经忘了这个名字。他以前常去那里，他有多久没去那里了？不，他没有忘记那里，他不久前还去过那里。风暴过后，大海又恢复了宁静。早晨，太阳升起，照在平静的海上，海面波光粼粼，恍如铺了一层花瓣，是梨花的花瓣，雪白晶莹。在海上，每一次看到这样的景象，他总是会想起梨花渡。他不是站在甲板上，他坐在梨花渡的山坡上，看着漂了梨花的河水从山坡下流过，流向远处的小桥。他听到有人在他身边跟他说话，他想起来了，这是柳茗的声音，他听到的是柳茗的声音，呼唤他的名字的是同一个声音。他握住的是柳茗的手，他远渡重洋归来,柳茗牵住他的手,他们一起朝梨花渡走去。

　　船在慢慢靠岸,要靠在梨花渡边。林凯飞挣扎着睁开眼,他想看一眼梨花渡,最后再看一眼。林凯飞看见了泪眼婆娑的柳茗,还有哭成了泪人的叶虹和帆儿。他真的回到了梨花渡,河堤上多出来一排柳树,柳树上缀满清亮的叶子,一阵和煦的春风吹过,柳叶和梨花一起飘向小河,铺着梨花和柳叶的小河上,一叶白帆迎风而过。

　　这么美好的景象让林凯飞无比留恋,他最爱的女儿和他生命中最重要的两个女人都在这里,他怎么能离开这里?在海上苦熬了三个多月后,当货轮进入中国的海域,他知道他可以安心地走了,他再也没有丝毫的力气支撑起他自己的生命,可是现在他无比留恋这个他已经放弃的尘世,他要留在柳树下、青叶旁,他要拼尽他全部的气力留在这里。

　　大船靠岸,他的生命之舟渐渐地沉入海底,一片柳叶在触底前托起了他。那片柳叶多像是一叶小船,载着他的生命浮出海面,再次起航。

　　柳茗感到她握住的那只手渐渐停止了颤抖,开始有了温度,一股温热的气息在柳茗的掌心里回转。

　　监护仪发出声响,显示着林凯飞的生命体征在归来。

　　给林凯飞做手术的医生赶了过来,惊讶又欣喜地看着眼前的情景。

　　从头到尾,柳茗再也没有放开林凯飞的手,好几个小时,直到确定林凯飞没有了生命危险,柳茗才起身离开。

　　她站起来时头重脚轻,差点栽倒在地,叶虹扶住了她。

　　两个人一起往外走,到了医院门口,叶虹含着眼泪对柳茗说:"谢谢你救了他,他有了活下去的愿望。"

"是他救了我们。"柳茗用力搂了下叶虹,叶虹也搂住柳茗,两个人紧紧地拥抱在一起。

松开手时,柳茗跟叶虹说:"别担心,他会好起来的。你自己要多保重,我明天会再来,你快去陪他吧。"

"嗯。"叶虹点了点头,她不想客气,她需要柳茗,这个时候,柳茗是她最强大的依靠。

柳茗走出医院,正在找公车站,听到有人叫她的名字,是一个男人的声音。

柳茗转过身,疑惑地看着那个朝她走来的男人。她感觉自己刚刚死了一回,死神就站在她的面前,她从死神那里抢回了林凯飞,现在的她精疲力竭,眼前的一切都有些不真实。

"柳茗,你也是来看林凯飞的吗?"那个男人问道。

提到林凯飞,柳茗惊醒过来,她认出这个男人是陈正宏。惊醒过来的柳茗又有些茫然,她曾很多次地想象过她和陈正宏的重逢,真的再次相见,她差点没认出这个曾让她魂牵梦萦的男人。陈正宏是有不少变化,但远没到让人认不出的地步。他仍然英气逼人,看上去更有魅力了,男人只有在真正成熟以后才能散发出这样的魅力。可这样的魅力并没有在柳茗心里激起多少波澜,她做不到心如止水,她深深地爱过这个男人,只是那段刻骨铭心的初恋已随风而逝,再也不会波涛汹涌。

"叶虹一早给我打来电话,你见到他们了?林凯飞怎么样了?"陈正宏急急地问。

"他还好,病情没继续恶化,应该是控制住了。"柳茗的脸上浮现出一缕笑意。

陈正宏松了口气:"这就好,这就好,那个电话把我吓坏了,我以为……赶紧赶了过来,我怕……"

陈正宏语无伦次地说着，他的脸上汗津津的，能看出他的急切和担忧，这让柳茗对他心生好感，愿意跟他多讲几句话。

柳茗问道："你跟他们一直有联系吗？"

"是呀，我们从没断过来往，倒是你，消失得无影无踪。"陈正宏很快恢复了正常，他开始数落起柳茗，说着说着，他忘了柳茗跟他早已不是恋人。他摆出教训人的姿态，还带了明显的怨气，他对柳茗接受了杨冯一直耿耿于怀。在学校时，跟张向林的过节让他讨厌所有的部队学员，包括杨冯，现在他似乎只讨厌杨冯。

柳茗并不生气，她不在意陈正宏想些什么或者说些什么，她已经把那段感情放下了，现在她只关心宽宽一个人在家是否安全，林凯飞是否能够康复，她怎么样能更好地帮助叶虹和帆儿。

等陈正宏抱怨完，柳茗客气地说："那我走了，你去看凯飞吧。"

柳茗的冷淡让陈正宏感到吃惊，也有些接受不了，他还在爱着柳茗，他以为柳茗也还在爱着他。

陈正宏是在跟柳茗分手很多年后才明白，他对柳茗是一见钟情，那天柳茗出现在他的宿舍时他就动了心。开学后的第一节课上，他又在教室里见到了柳茗，原来这个让他心动的女孩是他的同班同学。可他不能允许自己在大学谈恋爱，他不得不跟柳茗保持着距离，又忍不住一次次地走近柳茗。在文艺宣传队和学校体育队，他们越走越近，离得越近他越自欺欺人，他一遍遍地告诉自己他并没有爱上柳茗，后来他似乎真的说服了自己，直到那天他看到站在高高的梯子上画画的柳茗。风吹起柳茗的头发，也吹拂着他心里即将熄灭的火苗，那个被压抑了将近两年的火苗迅速燃烧起来，很快火光冲天，他再也无法捂住无法扑灭。他也不想捂了，由着火花四溅。之前克制得越艰难，爆发时就越猛烈。他甚至以排练演出为名召集来一帮同学，搞了那个地下舞会，宣告他对柳茗的爱情。后来他每次想起这件事都会无比震惊，他怎么能这么无所顾忌？这怎么可能是他做的事情？他怎么可以变成一个完全不同的人？

每每想起那两场舞会，陈正宏总是心潮难平。他也会感到后怕，他庆幸自己没有被追究，他如愿以偿回到了上海，而且在上海风生水起，平步青云，他的事业和家庭足以让很多人艳羡。可这一切的代价也是昂贵的，他牺牲了自己的爱情和追求爱情的勇气，他在心口划下一道伤口。开始时只是一个很小的伤口，都没有滴出血来。后来这个伤口渐渐变大，岁月经年没有弥合这个伤口，反而不断撕扯着这道伤口。他的生活在外人眼里越是完美，他心里的这个伤口就越是无法愈合。

现在他爱的那个女人就站在他的面前，他又一次感觉到了疼痛，疼痛中还夹杂了一些久别重逢的欣喜。他突然想抓住些什么，留住些什么。他朝四周望了望，看看附近有没有他看得上的饭馆。

离他们二十多米远的那家酒楼看起来不错，陈正宏有些害羞地邀约柳茗："既然凯飞已经脱离危险，我可以稍晚进去看他，要不我们俩一起去吃顿便饭，叙叙旧，我请客。"

那抹羞涩出现在一张成熟世故的脸上，让柳茗觉得有些突兀。柳茗也是在过去了很多年后才醒悟，她在看到陈正宏的第一眼时就爱上了他，爱情萌发在她去陈正宏的宿舍借铅笔的那一天，并不是发生在她后来以为的运动场上，陈正宏在撑竿跳比赛时的英姿和表现只是让她对这个男人更加着迷。这一切在开始的时候她没有意识到，可是她在无意识间不再接纳其他的男人。原来她跟陈正宏相恋之前就心有所属，原来有这个男人在她的心里，她跟林凯飞相熟后她才会那么迟钝，陈正宏向她求爱时她才会那么痴狂。可她和陈正宏身在逆向而行的两列火车上，火车轰鸣而去，风驰电掣，带走了他们风驰电掣的初恋，只留下空寂的车站。他们来过,他们在这里相遇,又离开了这里。他们渐行渐远,再无交集的可能。她不再爱这个男人,她只是有些怀恋那段跟这个男人有关的青春岁月。

柳茗淡然一笑,依旧用平和、客气的语气说:"不了,我家里还有事,我得走了。"

"一顿饭不会花多少时间。"陈正宏仍在争取。

柳茗没再说什么,她多看了一眼陈正宏,转身离开,她急着赶回家去。

陈正宏怅然若失地望着柳茗的背影,深深地叹了口气,不是为柳茗,是为他自己,他知道他彻底失去了柳茗。他们早就分手了,可陈正宏的心里一直留了些念想,现在连那些念想都留不住了。

杨冯也在回家的路上,他心情极好,哼起了小曲。他把手上拎的手提密码箱抱进怀里,银色的密码箱在太阳下发出光来,杨冯左看右看也看不够,恨不能凑上去亲上一口。

这个密码箱是他的大宝贝,里面有他全部的家当。杨冯把这些年挣的钱存进银行,现在他有八个存折,总共有二十九万三千二百七十块钱。总钱数在不断发生变化,杨冯可以清清楚楚地记得每一次的变化。这次去无锡又满载而归,加上这笔钱,总数可以过三十万了。每次出差杨冯都会带着密码箱,放在家里他都觉得不安全,即使柳茗从未要求他打开这个密码箱。杨冯告诉柳茗手提箱里保存着单位的一些合同,柳茗自然不会干涉他的工作,特别是他单位的事情。

杨冯把密码箱抱得更紧,想到去无锡的火车上他差点丢了他的大宝贝,杨冯又吓出了一身冷汗。

因为是早班车,从南京去无锡的火车很空,两个人的座位一般只坐一个人。杨冯上车后看到一个穿着白色短袖衫的女孩独自坐在那里，衣服很合身，恰到好处地勾勒出她的曲线。她对面的座位正好空着，杨冯兴冲冲地坐到了她的对面。近处看她才看出年纪，差不多三十岁的年龄。她的皮肤很好，这让她显得年轻。杨冯并没感到失望，这是一个妩媚的熟女，正是他现在的口味。她的头发松散地盘在头上，露出光滑的额头和漂亮的美人尖，杨冯暗暗地给她起了个名字，叫她"美人尖"。杨冯喜欢给他感兴趣的女人起外号，这些外号只有他一个人知道。

杨冯穿着军装，"美人尖"对他的印象也很好。两个人自然而然地攀谈起来，越聊越投机。"美人尖"一口吴侬软语，杨冯听得酥酥的，琢磨着是不是该约她在无锡做些什么。

快到无锡时，杨冯要去趟洗手间。在火车上他去洗手间都是带着密码箱的，这会儿他有些犹豫，他这样做的话就是不信任面前的这个美人儿。杨冯把密码箱留在了座位上，说他很快回来。

"美人尖"轻微地点下头，漫不经心地望向窗外，这让杨冯放下心来。

杨冯打了个来回，很快走回座位。还没到他就觉得不对，他从洗手间的方向走回来，先可以看到坐在座位上的"美人尖"，但那个座位空着。

杨冯一个箭步奔回自己的座位，他的密码箱也不翼而飞了。

杨冯顿时魂飞魄散，他快速地搜寻了两个车厢，根本没有"美人尖"和密码箱的踪影。火车再有十多分钟进站，进站后那就是大海捞针，不可能找回他的密码箱。

杨冯的样子看起来很吓人，又穿着军装，一个乘务员向他走来，想询问出了什么事。

杨冯一把抓住乘务员的胳膊，亮了下自己的军官证，叫道："紧急情况,我的密码箱被一个女人偷走了,三十多岁的女人,穿白衣服。里面是国家军委的绝密文件,绝对不能落到阶级敌人的手上。"

乘务员也吓坏了,杨冯推了他一把,他清醒过来,火速联系上列车长。

列车徐徐进站,所有的乘客不准下车。车站紧急调动人马来增援,只留下几个下车口,离开火车时要被严格检查,同时派人在火车上进行地毯式搜索。

"美人尖"拿走密码箱后很快在白衬衣外套上黑色的外套,她并不是惯犯,只是刚才从杨冯的嘴里得知他挣了大钱,她猜想这个精巧的箱子里是满满一箱的钞票,碰上杨冯去了趟洗手间,她临时起了贼心。

车上车下严阵以待,"美人尖"想这很可能跟她手上的密码箱有关,她只好躲进她身边的洗手间,把密码箱扔在那里,然后下了车。她穿着黑色的衣服,手上只有自己的行李,很顺利地通过了检查。

负责搜查列车的人在洗手间里找到了密码箱。

杨冯从列车长手上接过密码箱。没有抓到那个偷密码箱的人,列车长深表歉意,自认为自己的工作没做好,惴惴不安的他忘了让杨冯打开箱子查验。列车长瞟了眼杨冯的少校肩章,丝毫没有怀疑杨冯的身份。杨冯像首长那样拍了拍列车长的肩膀,表扬了他们的工作,并且说他们很快会收到国家军委的感谢信,然后在列车长的感谢声中扬长而去。

杨冯抱着失而复得的密码箱走到家门口,看看四下没人,他凑上嘴亲了口箱子,笑嘻嘻地开了家门。

一个人在家的宽宽紧张地听着门口的动静,看见进来的是爸爸,她欢跳着奔进杨冯的怀里。

"想爸爸了吧?爸爸给你带了好东西。"杨冯把密码箱放到一边,拉下肩上的背包,从背包里拿出一盒惠山泥人,递给宽宽。宽宽打开包装盒,是一对可爱的男娃娃女娃娃。爸爸经常出差,却很少给她买礼物,宽宽喜出望外,捧着那盒泥娃娃爱不释手。

"哎,你妈妈去哪了?"杨冯发现柳茗不在家,"怎么把你一个人留家里?"

"妈妈去医院了。"

"去医院?她出了什么事?"

"妈妈接了个电话,去了医院。"

"谁打的电话?是奶奶还是姑姑?"

"不是她们打的,妈妈让我有事给她们打电话。"

……

父女俩正说着话,柳茗也赶回了家,看到家门虚掩着,柳茗一惊,慌忙推开家门,看到杨冯已回家,她大大地喘了口气。

"你去哪了?怎么把宽宽一个人放家里,你该把她送我妈那里。"杨冯面露愠色,口气是温和的。

"早晨接到叶虹的电话……林凯飞病危,我来不及把宽宽送奶奶家,我在医院陪叶虹,等手术结果,还好,结果还好……"柳茗解释道。

"叶虹?林凯飞?"杨冯装出不认识他们的样子。

"我们的大学同学呀,我们一起去吃的他们的喜酒。"柳茗说。

杨冯似乎恍然大悟:"想起来了,叶虹是你的好朋友,你们常联系吗?"

"我们好久不见,这都多少年没见了,都八年多了。"

"嗯,这就好。"

"什么这就好?"

杨冯发觉自己说了实话,赶紧说:"你不是说林凯飞没事了?这就好。"

跟柳茗说话的时候,杨冯的眼光扫到那个保险箱上。他咧嘴笑了笑,再次为他那天的急中生智感到得意,他在心里跟自己说:杨冯你他妈的怎么这么聪明,你是难得的将才,要不是你指挥有方,他们怎么能找回这保险箱。

柳茗看到了杨冯脸上的笑,她以为杨冯在为林凯飞的转危为安高兴。

心情极好的杨冯跟柳茗说:"你怎么跟他们这么久不联系?你们是好朋友,应该找些机会多见见面。"

柳茗点了点头,坐到饭桌边的椅子上,她要梳理下她的思绪和心情。这一天发生了太多的事情,她恍若用一天过完了一辈子。

第九章

　　柳茗跟林凯飞和叶虹又恢复了密切的联系。这次杨冯没从中作梗。他时不时在外面寻花问柳，又忙着赚钱，心思已不全在柳茗身上；而且他知道林凯飞得的是绝症，很可能不久于人世。

　　林凯飞积极配合治疗，努力活下去。手术后他很快开始进行放射治疗，他选择一周连续做六天的治疗，这样的强度更增加了他的痛苦，有的时候会让他生不如死，但他再没想过放弃，无论是放弃希望还是放弃生命。

　　柳茗每天都来医院看林凯飞，工作太忙的话她就在医院少待些时间，不管怎样她都要挤出时间来陪陪林凯飞，也跟叶虹替换一下，让叶虹多些喘息的时间。时间充裕的话柳茗会先在家里做些吃的，带到医院来。林凯飞最开始靠插胃管进食维持生命，慢慢地可以吃一些流质的东西。柳茗也会帮着照顾一帆，有的时候她把一帆接到自己家里，一帆就在她家过夜。如果周末时能有整块的时间，她会带一帆和宽宽一起出去转转。一帆喜欢城市中的自然风光，特别是在舒适宜人的季节去看那些美景。她等着爸爸回来带她去的，现在是柳茗阿姨带她去。

出现在林凯飞、叶虹和林一帆面前的柳茗像一缕和煦的春风,总是能让他们感觉到安详和生机。其实柳茗心里并不轻松,林凯飞的病情似乎是控制住了,并且朝好的方向发展,不过这期间常有反复,压在柳茗心头的那块石头始终是沉甸甸的。每次去医院前,她的心情都忐忑不安,直到最后一分钟她才能调整好她的心情和表情。林凯飞、叶虹和林一帆都依恋着她,她同样深深地依恋着他们。她害怕失去林凯飞,这么多年来,林凯飞是她唯一的灵魂知己,是那个真正了解她的人。而且,无论她在高山还是在低谷,哪怕是在她最脆弱最无助的时候,她也知道有一个人一定会慰藉她守护她。岁月流逝得越深,柳茗越发明白了这点。她跟叶虹也很亲近,可是那个可以让灵魂栖息的港湾在心灵的最深处,只有林凯飞能带她抵达那里。那种默契和懂得看似风轻云淡,却沉静如海。大海最强大的力量并不是彰显在掀起滔天巨浪,而是可以让惊涛骇浪归于宁静,让疲惫的小船回到安宁的港湾。

林凯飞也终于停靠到他的港湾。几周下来,他身体内的癌细胞得到控制,不再有新的发展,似乎是消失了。更让他感到欣慰的是,失散多年的柳茗又回到他的生活中。虽然这些年里柳茗从没离开过他的想念,他能感觉到柳茗就在离他不远的地方,可那是有缺憾的,那不是完整的相聚相守。

林凯飞离开医院的那一天,柳茗和叶虹都激动万分,三个人更加感受到久别重聚的喜悦,他们可以好好地享受他们的团聚了。他们缺席了对方生活中的八年,分开了太久的时间,他们都特别珍惜能够在一起的日子。

等林凯飞的身体恢复到可以出去走走的状态,柳茗带他和叶虹去了南京的古城墙。这道始建于元朝完工于明朝、历时二十八年建成的古城墙已是垂暮的老人，曾经光滑紧致的表面长满杂草，满是皱褶和坑洼；伟岸的身躯也佝偻下来，不少地方已坍塌。可柳茗第一次来这里就喜欢上这里，宫城、皇城、京城和外郭城组成的四重城墙还依稀可见，经历了六百多年的风雨和战火，还可以固守住一排排完整的墙垛。柳茗第一次来这里是她的表姐唐蕾带她来的，那一次她就想带林凯飞和叶虹来这里，这一等就等了十年。

不出柳茗所料，林凯飞和叶虹也很喜欢这里，而且他俩跟柳茗一样特别喜欢古城墙下的藏兵洞。掩藏在山坡下的石墙张开拱形石门，迎接他们的到来。三个人在这里玩起了捉迷藏，没有什么地方比这里更适合玩这个游戏，藏兵洞里有各种地堡暗道，可以帮他们很好地隐蔽自己，不让对方轻易找到。可三个人都有些沉不住气，轮到他们中间的某个人要藏好时，这个人总是藏了没多久就暴露了自己，或许他们心里更希望对方很快找到自己。玩捉迷藏的另一方总是很急切地找到那个"消失"了的人，找到后三个人都是兴高采烈，像小孩子玩捉迷藏时那么热闹。

他们又找回了彼此，也找回了自己。当他们在一起时，他们自己也变得完整。

一帆和宽宽也成了好朋友。她们都喜欢画画，柳茗第一次带一帆来他们家，一帆看见宽宽在画画，也跟着画了起来，两个小姑娘边画边聊，很快就熟了起来。那个晚上一帆在柳茗家过夜，家里只有两间卧室，一帆跟宽宽睡一间，睡在一张床上。她们叽叽喳喳说到很晚才睡，柳茗没去打断她们。宽宽在学校有几个要好的同学，去外公外婆家过暑假时，她跟小伙伴们玩得也很开心，但没有哪个孩子像一帆这样跟她这么投缘。冥冥之中有种与生俱来的亲近，让她们一见如故。

两个孩子的亲近给了柳茗、叶虹和林凯飞更多小聚的机会。正好远洋公司考虑到林凯飞的身体状况,安排他把工作重点转到了管理方面,这样他很少出差,大部分时间都在南京,周末时他们几个可以经常相聚。南京有很多名胜古迹,不过他们更愿意另辟蹊径,去一些游客不多又很特别的地方。林凯飞去年去林业大学查资料时在校园里看到过鹅掌楸,这是一种木兰科乔木,不仅高大而且古老,是冰川时代就有的树种,与恐龙同时代。恐龙早已在地球灭绝,只留下些化石。鹅掌楸却坚韧地生存下来,成了"活化石"。林凯飞去年就许诺带一帆去看那种神奇的树种,一直没有去成,这下子他们的队伍壮大了,三个大人带着两个孩子一起去了趟林大校园。盛大的鹅掌楸枝繁叶茂,满树的鹅掌叶正在由绿变黄,黄绿相间,煞是好看。来之前林凯飞做过研究,他发现南林校园里的鹅掌楸是中国鹅掌楸和北美鹅掌楸的"混血",明孝陵内有一株远渡重洋来到中国的北美鹅掌楸,那是南京唯一的一株北美鹅掌楸。两个星期后,五个人又结伴去了明孝陵,这时已是深秋,落羽杉、银杏树、枫树、梧桐、明陵榆等不同的树种一一蜕变出各种颜色,五彩斑斓,石板路上也铺满红的黄的金色的树叶。飘飞的彩叶带着他们来到文武方门的红墙内,那棵鹅掌楸跃然眼前。这棵气宇轩昂的鹅掌楸已换上华美的锦衣,满树的金黄映衬在碧蓝的天空中,让树下的人们发出一声声惊叹。到了来年春天鹅掌楸开花的季节,几个人又去了趟那里。这一次又是黄绿相间的景致,绿的叶子黄的花。繁茂的绿叶捧出一朵朵娇嫩的花朵,花儿也糅合了绿色和黄色,像是双色的郁金香,散发着芬芳的气息,周遭的空气也香甜起来。赏花的人自然又是一番感叹,一个个心花怒放。

这样的流连总是给柳茗、叶虹和林凯飞带来很多的快乐和内心的安宁，这是他们大学毕业时所期待的愿景，很多年后终于得以实现。而且，他们都有了孩子，很可爱的孩子，这是他们在梨花渡期许时没有想到的，这让现在的他们更加感恩、知足。朋友都在，他们还有了孩子的陪伴和祝福。

他们喜欢出去看风景，更多的时候他们会在各自的家里聚会。杨冯仍旧经常出差，他不在家时，林凯飞和叶虹会带着一帆来串门，或者是柳茗带着宽宽去林凯飞家玩。去林凯飞家的次数明显多于来柳茗家，在那里更放松更尽兴。一帆和宽宽躲在一帆的房间里玩她们的，吃饭时才出来。三个大人会一起做饭，边做饭边聊天，他们总是有说不完的话，从厨房聊到饭桌旁，吃过饭后又会坐在那里接着聊。

除了聊工作上、生活中的事情，他们还会聊文学作品，这是他们从大学就开始的习惯。不同的是他们再也不用搞地下活动，可以大张旗鼓地聊他们喜爱的作家和作品。第一次去林凯飞和叶虹的这个二居室的小家，柳茗第一眼看到的是一排排的书橱。在一个不大的空间里，书橱占的比重相当高。林凯飞和叶虹买了不少书，那些也是柳茗喜欢的。柳茗在这里看到了他们三个都非常喜欢的雨果的《九三年》，他们一致认为这是雨果最好的作品，而他们最喜欢的人物形象也都是郭文。郭文身上闪耀的人性和爱的光辉让他们深深迷恋，也让他们第一次认真思考革命的意义和革命的最终目的。柳茗、林凯飞和叶虹在骨子里都是理想主义者，《九三年》所呈现的理想主义不是空洞的，而是从一个残酷又失控的年代保留下来的希望，历尽磨难后还未泯灭的希望的亮光。这样的希望感动了他们，也一直留存在三个人的心里。

柳茗也看到了夏洛蒂·勃朗特的《简·爱》，她记得当年她和叶虹是一起读的这本书。简·爱毅然离开罗切斯特和桑菲尔德庄园的那一段震撼了她们，简·爱重视的是平等和"友好坦率"，并不是万贯家产和显赫的门第，这也是柳茗和叶虹看重和不看重的东西。书中还有一个章节让她们很感动，就是简·爱在寄宿学校的朋友海伦的去世。看上去逆来顺受的海伦内心是那么强大，她的所行所想教会简·爱如何爱自己，又让简·爱懂得了如何爱别人。读海伦去世的那一段，柳茗和叶虹也是靠在一起。告别世界的海伦是平静的，简的脸靠在她的肩膀上，简的胳膊搂着她的脖子，她们也偎依在一起。海伦说的最后一句话是"晚安，简"，她听到的最后一句话是"晚安，海伦"，在她们的友情面前，死亡不再是一件令人恐惧的事情。

柳茗从书橱里拿出《简·爱》，又一次回到这部作品中。

叶虹从厨房走出来，看到柳茗手里拿的书，她开口道："我常常想起海伦对简·爱说过的一些话。"

柳茗轻声回答："我也是。"

"哪怕全世界的人都恨你，都相信你坏，只要你自己问心无愧，你也不会没有朋友的。"叶虹重复了一遍海伦对简·爱说的这句话，"我很喜欢这句话。"

柳茗又说了句"我也是"，然后她说："我后来也常常想起海伦对简·爱说的另外一句话，海伦遇到责难和不公时，简·爱不理解海伦的忍受和宽恕，海伦对她说，遇到命运注定要你忍受的事，你光说受不了，是软弱和愚蠢的。"

这次叶虹回了句"我也是"，接着她强调说："这是我非常喜欢的一句话。"

柳茗把《简·爱》放回书橱，又拿起普希金诗选。她还记得当年林凯飞可以把《致大海》整首诗背诵下来，又满含激情地为叶虹和她朗诵。大海"翻滚着蔚蓝色的波浪，和闪耀着娇美的容光"，波澜壮阔的《致大海》曾让他们豪情万丈。

林凯飞听到柳茗和叶虹在聊文学作品，也走了过来。

"普希金的诗可以把我们带回我们的青春岁月。一切都是瞬息，一切都将会过去，而那过去了的，就会成为亲切的怀念。"柳茗用了《假如生活欺骗了你》中的诗句，感叹道，"那些青春飞扬的日子真的成了过去，也真的成为亲切的怀念。"

"是呀，有的时候真的觉得自己被生活欺骗，不过，忧郁的日子里需要镇静，相信吧！快乐的日子将会来临，心儿永远向往着未来。"林凯飞也用了《假如生活欺骗了你》中的诗句。

柳茗又望了眼身旁的书橱，笑道："面对你们家的书橱，以为是我自己的书橱，怎么里面有这么多重样的。"

林凯飞笑道："我们本来就是一样的人，自然会喜欢一样的书。"

三个人喜欢的歌曲也是一样的，有次柳茗在翻看《外国名歌201首》时，看到里面夹了张折起来的纸，从反面透出来的痕迹看是歌谱。柳茗打开来，看到了《忧愁河上的桥》的歌词和曲谱，是手抄的，柳茗认出这是林凯飞的笔迹。不知道林凯飞什么时候找到了这首歌，柳茗很想听林凯飞吹这首歌，她刚要开口问林凯飞，突然想起她很久没听林凯飞吹口哨了。吹口哨需要调节好气息和呼吸，对口腔肌肉和肺活量的要求都很高，林凯飞生了场大病，得的是咽喉癌，又伤到了肺部，不知道他还能不能吹口哨。柳茗又想起她第一次听林凯飞吹口哨时的情景，林凯飞说他会好好练习，他会为柳茗吹奏很多的曲子。他也曾答应过柳茗，他会找到这首《忧愁河上的桥》，有一天，他会为柳茗吹这首歌。

想到这些，柳茗心里很难过，她手里的这张歌谱已经有些陈旧，有的字迹和音符开始变得模糊。过去的这些年里，林凯飞一定一次次地拿起过这张纸，也很可能一遍遍地练习过。那个想听这首歌的人又回到了他的身边，可他是不是已经没有气力去吹奏了？

无以诉说的忧伤和担忧漫无边际，淹没了柳茗刚看到歌谱时的欣喜。她照着原来的折痕把歌谱折叠起来，她的手有些哆嗦，折痕也不是很清晰，这让她多花了些时间和心思。折好后，她默默地把这张歌谱放回了原处。

柳茗跟表姐唐蕾一直有来往。恢复高考后，在柳茗的鼓励和帮助下，唐蕾考上大学，学的是英语专业。唐蕾大学毕业后进了旅行社，她喜欢旅游，喜欢跟人打交道，不喜欢坐办公室或者当老师，当导游就成了英语专业出身的唐蕾的最佳选择。

到了1988年，从国外来的游客越来越多。这次唐蕾接了一个从美国来的五十人的大团，本来就够她累的了，偏偏有五个从匹兹堡来的人对大团要去的一些地方没兴趣，想从大团分出来，在南京单独玩几天，然后从南京去西安。唐蕾联系好了西安那边的导游，在南京的这几天还没找到人，她带的另外四十五个人马上要出发去河南嵩山。大家都忙得团团转，唐蕾只好向柳茗求救。柳茗没当过导游，当英语老师的她好歹在语言交流上没问题，对南京又很熟悉。恰巧学校那两天开运动会，可以离开几天，柳茗就答应了表姐。

这个小旅行团里有两对夫妻，只有那个叫泰德的五十岁左右的工程师是一个人。他并不是单身，二十多岁就结了婚，婚姻很美满，不过夫妻俩的爱好不同，他喜欢旅游，太太喜欢在自家的花园侍弄花草。每隔两年泰德会报一个旅行团，或者自行安排，独自去不同国家旅行。在这个小旅行团里他是一个人，所以他跟柳茗常走在一起。

柳茗是个做什么事都很认真的人，她尽心尽力地带着这五个人游览了南京的名胜古迹，还带他们去吃了南京的各种特色小吃，又按行程安排把他们送到火车站。火车晚点，柳茗可以让这五个人在贵宾室自己等，贵宾室的接待人员说他们保证把这五个人送上火车。柳茗联系上唐蕾，唐蕾也说没问题。但柳茗从这五个人的表情上看出他们多少有些紧张，特别是其中的两位女士。

柳茗决定留下来，得知柳茗会送他们上车，五个人都踏实下来，两位女士喜笑颜开，快活地挥舞着手臂。

几个人边等边聊天。跟前面几天一样，泰德跟柳茗聊得更多一些。他告诉柳茗，他们五个人对柳茗的印象非常好，柳茗是他们遇到的最尽职尽责也最会游玩的导游。

柳茗笑着告诉泰德："我只是一个业余导游，而且这是我第一次当导游，也可能会是唯一的一次。"

泰德很惊讶："那你是做什么的?"

"我是个英语老师。"柳茗简单地向泰德介绍了自己的工作。

"听起来很有意思。"泰德边听边点头，突然又问，"你想过去美国留学吗?"

"想过。"柳茗如实答道，"只是没有合适的机会。"柳茗没再多说，她不可能把一个工农兵大学生的遭遇告诉泰德。

"你的英语这么好，如果你愿意来美国留学，我可以做你的经济担保人。"泰德承诺道，他看着柳茗，满脸真诚。在中国旅游时，泰德接连遇到几个想让他做担保的人，柳茗是唯一一个英语很流利却无所求的人。他认为柳茗是个值得他帮助的人，如果柳茗需要他的帮助。

泰德从背包里找出一支笔和一张纸片，在纸上写下几行字，交给柳茗。"这上面有我的详细地址，我大概二十多天后结束旅行回到这里,你想让我做担保人的话写信告诉我。当然我会跟我太太商量,她是个很热心的人,我想她会同意的。对了,我太太叫露西。"

柳茗接过那张写了地址的纸条,除了表达感谢,她没再多说什么。她只是来帮唐蕾带好这个小旅行团,让团里的每个人在南京有个愉快的旅行,并没有其他的想法和目的。

送走泰德和那两对夫妻后,柳茗才认真地想了下泰德提及的这件事情,攻读硕士的梦想再次迸发出火花。她三十六岁了,已超过三十五岁的上限,在国内她不再有考研的机会,去美国留学的话她才有可能实现这个梦想。而且,这个学位还会影响到她未来的发展。

柳茗马上去找了林凯飞和叶虹,她简单地说完这件事的整个过程以及她的想法后,三个人都沉默下来。他们好不容易又聚到了一起,如果柳茗去美国留学,这意味着他们将再次分别。

林凯飞先打破了沉默,他对柳茗说:"你一直想读研究生,去留学的话能实现这个愿望。这是一个机会,有些机会一辈子只有一次,失去或错过会留下很大的遗憾。如果试都没试,没去争取就放弃了,将来会更觉得遗憾。"

柳茗轻轻点了下头。

林凯飞接着说下去:"你在大学工作,这些年遇到一些不如意的事情,很多跟学历背景有关。我们是工农兵大学生,天生就跟恢复高考后进校的大学生不一样,我和叶虹还好些,可你在大学工作,压力比我们大。你总得提职称,那就躲不过论资排辈,有些事情我能理解,但也觉得很无奈,特别是当不公正的对待发生在你身上。"

柳茗定睛望着林凯飞,他们都不看重形式上的东西,不过当游戏规则在形式上不留余地时,每一个身在其中的人都跳不出条条框框的限制。有几个跟柳茗同时进校又没考研究生的工农兵大学生去了学校的行政部门，改换轨道也是一个不错的选择，可柳茗还是想继续做教学工作，这样她就有些先天不足。作为工农兵大学生，无论她的课讲得有多好，无论她有多少科研成果，在评职称时她总是低人一等。学校有了不少公派出国名额，机会一直没落在她的头上。柳茗从来不跟家里人提她在学校遇到的烦心事，她怕冯英坤去找他们，这已是整个社会的态势，随着更多的四年制大学生和研究生的入场，她的发展空间会更加狭小。柳茗会向林凯飞和叶虹倾诉心中的苦闷，她也从他们这里实实在在地感受到她在工作中的价值，可她的价值还需要得到世俗世界的认可。

这也是林凯飞没有阻止柳茗的原因，他在感情上舍不得柳茗离开这里，在理智上，他知道这对柳茗来说几乎是唯一的可以改变境况的出路。他也深知柳茗求知若渴，失去了继续深造的机会，终会留下很深的缺憾。人生不可能圆满，可他希望柳茗的人生少些缺憾、多些心想事成的满足。

叶虹咧嘴笑了笑，她为柳茗得到这个机会感到高兴。她又笑得有些勉强，好像分别已在眼前。不过为柳茗着想的话，她也赞同林凯飞刚才说的话。"是呀，这是一个可遇不可求的机会。"叶虹说，"我听到的出国留学的人都难在找担保人上，连公派的都需要担保人，自费留学的就更难找到担保人了，而泰德是主动提出来的。我没见过泰德，但我感觉他很诚恳很实在，真心想帮你。这像是上天给你的机会，你应该去的。"

柳茗的心情轻松下来，她的想法得到了林凯飞和叶虹的认可，她做决定时也就轻松了许多。"不过，即使我想去，也不一定能去成。"柳茗又说，"自费留学的人并不多，可见不容易，要比在国内考研难很多。"

"你要相信你自己。"林凯飞鼓励道,"你有这个愿望,你有实现这个愿望的能力和天资,你又很努力,那就像鸟儿那样飞去你的山。路可能很远,山可能很高,只要你坚持下去,你一定会飞到的。而且,你永远不是一个人在飞翔,我们在陪着你,你为自己飞翔,也为我们飞翔。"

柳茗用力点了下头,她感觉自己瞬间被勇气和力量充满。唯一让她顾虑的是宽宽,她不可能带着宽宽去留学,她不想缺席宽宽的成长,也舍不得跟宽宽天各一方。她也舍不得离开林凯飞和叶虹,在他乡,她可能会交到新的朋友,但是很难再遇上像林凯飞、叶虹这样的朋友,也很难有这样的交流,围坐在一起畅所欲言,又心有灵犀惺惺相惜。

柳茗没有像当年辞掉工厂的工作去上大学那样毅然决然,她现在已不是孑然一身,她有了牵挂和不舍。回到家后,柳茗决定再想两天,然后做出最后的决定,做好决定她就不会再改主意。

杨冯又去出差了,说是傍晚到家,柳茗赶紧忙着做饭,宽宽在自己的房间做作业。柳茗做饭的时候也在想申请留学的事情,正好杨冯很快到家,她想跟杨冯商量这件事。

柳茗多炒了两个菜,饭菜都做好了,宽宽也做完了作业,杨冯一到家就可以开饭。杨冯没有按他说的时间到家,也没打个电话回来,柳茗隐隐担忧起来。"大波浪"之后,杨冯没再闹出男女之事,可他从未让柳茗真正放下心来。

柳茗正在坐立不安,房门的锁孔转动了一下,杨冯到家了。柳茗松了口气,看来这次的担忧是多余的,她微笑着朝房门走去。

杨冯出现在柳茗的面前,他身后还跟着四个公安局的人。面对突然上门的公安人员,柳茗并不觉得意外,她只是感到很悲哀。杨冯惹出太多的事情，他不出事反倒不正常了。几年前柳茗就因为杨冯去过公安局，那一次是因为杨冯无证驾驶出了车祸。杨冯让他妈妈的司机把车开出来，带上他和两个女孩出去兜风。到了郊外，杨冯跟司机换了位置，由他开车。几个人在车里打情骂俏，玩到兴头上的杨冯想抽支烟，他一手握方向盘，用另外一只手去找烟，烟从他手上滑落，他低下头去找掉在车座边的烟。郊外的车不多，但杨冯弯腰时车子正好遇上弯道，杨冯手里的汽车却继续直行，连撞了三棵树后跌进旁边的麦田。杨冯撞断了小腿腿骨，幸好没出人命。警察赶到后一查，发现杨冯根本就没有驾照。杨冯进了公安局，又是冯英坤把他捞了出来。冯英坤不好亲自去公安局，柳茗不得已去公安局为杨冯办那些手续，才知道了具体的细节，冯英坤的司机也因此丢了工作。

　　柳茗不知道这次出的是什么事，心如死灰的她甚至不想知道，可她知道她是躲不过去的，公安局的人就站在她的面前。

　　紧跟在杨冯身后的警察是个负责人，他亮了下证件，很严肃地跟柳茗说："杨冯聚众看黄色录像，我们要对你们家进行搜查，看看这里是否藏了更多的黄色录像带。"

　　柳茗心里咯噔一下，杨冯这次是去上海出差，说是去搞培训。前几天他说要开个业务会议，没有场地，借用了柳茗的妹夫家里的房子，那个房子平时没有人住。

　　柳茗问道："他们是在哪里聚众看录像的？"

　　那个负责人报出了地址，正是柳茗妹夫家的房子。

　　柳茗如五雷轰顶，她的绝望到了极点，又掺杂着强烈的愤怒，这么说她在上海的妹夫也会被牵扯进来。

　　南京公安局这次确实是跟上海公安局联合行动。杨冯那帮人看黄色录像已经有段时间，有次他们在一个培训部的教员家看录像，被这个教员的十多岁的儿子在窗户外看到。他趁父亲不在家偷了盘录像带，又约了几个高中生一起看，被公安局发现。南京公安局的人开始顺藤摸瓜，杨冯这几个人这次去上海已在上海公安局的监控之下。杨冯坐火车从上海回南京，一下火车就被公安人员捕获，他们在他的旅行包里搜出了三盘黄色录像带。

柳茗的身子晃了晃，有只小手扶了她的胳膊，又紧紧地攥住她的手。柳茗感觉到那只小手在她的手心里哆嗦着，她知道这是自己女儿的手。不知道宽宽什么时候走了过来，宽宽肯定听到了这一切。

柳茗没敢看宽宽的眼睛，她也紧紧地攥着那只小手，她要保护自己的女儿，不能让宽宽受到更多的伤害。

柳茗跟公安人员说："我家里肯定没有，我们没有录像机。"

公安回应道："我们带了放像设备，搜出的录像带我们要当场检查。"

柳茗请求道："你们能不能不要当着孩子的面搜查？先搜一个房间，我们在另外一个房间等着，这个房间结束后我们换过来，你们再搜另外一间。"

那个负责人想了几秒钟，说："可以。"他留在厅里看着杨冯，其他几个人开始进行搜查。杨冯本来戴着手铐，考虑到家属的情绪，到了家门口，他们卸下了杨冯的手铐。

柳茗带着宽宽坐在另外一个房间里。宽宽偎依在妈妈的怀里，母女俩自始至终没说一句话。柳茗时不时地轻轻拍打宽宽的后背，宽宽还是婴儿时，每次喂完奶，柳茗也是这样拍打宽宽的后背，帮她拍出奶嗝，让宽宽舒舒服服地安静下来。

时间静止下来，又在迅速地旋转，不知道过了多长时间，搜查工作总算结束了。他们在柳茗家里没有发现黄色录像带，但杨冯不能因此留下来。

"我们要把他带去公安局做进一步的审查。"那个负责人对柳茗说。

柳茗没有说话,木然地点了下头。

他们走后,柳茗没有给自己的婆婆打电话,冯英坤还是很快知道了这件事。她没有顾上唉声叹气,甚至都没有去想是怎么回事,马上开始联系几个跟这事能搭上关系的人。一通电话打完后,她瘫坐在沙发上,她的身体和精神几近虚脱,连唉声叹气的力气都没有了。

杨冯在冯英坤的庇护下全身而退,连案底都没留,可这件事在柳茗的心里烙下的伤害是无法抹去的。公安人员上门的那一天,柳茗始终不敢看女儿的眼睛,可她知道那双眼睛里会有怎样的惊恐。女儿是她不可触碰的底线,她无法忍受宽宽的心灵受到这样的摧残,她必须把女儿带离这样的境地。

柳茗又一次去公安局领回杨冯。回家的路上,她平静地告诉杨冯,她决定申请去美国自费留学。

"好呀。"杨冯答应得很爽快,倒不是因为他刚走出公安局的大门,心里有愧疚,想让柳茗高兴。他认定柳茗根本去不成,去申请留学跟申请成隔着十万八千里,不知道哪个关卡就把柳茗给拦住了。

泰德回到匹兹堡没几天,收到了柳茗的来信。

泰德刚到家时就跟自己的太太露西说起过柳茗,每次旅行归来他都会把一路的见闻详尽地讲给露西听。很少出门旅行的露西对丈夫口述的旅行倒是很感兴趣,她特别喜欢听泰德讲那些他在陌生的地方遇到的人，以及跟这些人有关的故事。听了泰德的讲述，露西对柳茗的印象也很好。"她确实是一个很好的导游，有机会的话我想见到她。如果你再去南京的话我可以跟你一起去，这样我就可以见到她了。"露西半开玩笑半认真地说。

"茗不是一个职业导游，她在大学教英语，她只带过我们那个小旅行团。"泰德说。

"嗯，如果茗愿意再做一次导游，我愿意跟你去趟南京。"露西仍旧是半开玩笑半认真，这是他们夫妻俩的说话模式。

"不过你也有可能在美国见到她，我说她如果想来美国留学，我们可以做她的经济担保人。她当时没有表态，这是一个很大的决定，我想她需要好好想一想。对我们来说也是不小的决定，你也需要好好考虑考虑。"

露西思忖片刻，说："我们应该去帮助那些愿意努力往前走的人。如果茗想在学业上有新的提升，我们又能帮到她，我支持你去做这件事。"露西说这几句话时的语气是认真的，紧接着她又补充了一句，"我是认真的。"

泰德每天傍晚去开一次自家的邮箱，里面一般是广告和账单。泰德在几张广告宣传页中看到了一封来自中国的信，信封上没有寄信人的姓名，他猜这是柳茗写来的，在中国时他只给过柳茗他们家的地址。

泰德打开来一看，果然是柳茗写来的，柳茗告诉泰德她决定申请来美国留学，如果泰德和他的太太露西愿意做她的经济担保人，她将不胜感激，她会珍惜这个机会，学有所成。她也承诺她在经济上会自己想办法解决，她不想给泰德和露西增添更多的负担。

泰德拿着信去找露西，露西正在房子后面的花园里忙碌。他们有一个很大的后院，露西在后院里种了三十多种花，花园里四季都有鲜花盛开，即使是在寒冷的冬季，一品红和各种颜色的山茶花也会在这里傲雪凌霜。现在正是春光明媚的时节，也是鲜花盛开的季节。蜿蜒的花藤下，一簇簇的紫罗兰、勿忘我、杜鹃、水仙、牡丹、芍药、月季……争相吐露花蕊，一拨接一拨地绽放。身体开始发福的露西在花园里是极灵巧的，而且满心欢喜。院子里的花草天天有变化，她每天都要来这里松土施肥浇水，或者只是走走看看。盛开的花儿魅力无穷，让她挪不动脚，含苞待放的花儿又给她无限的遐想。她和泰德没有孩子，这些花草像是他们的孩子，露西喜欢跟花草亲近，跟它们说说话。这是露西很少出去旅行的原因之一。每年夏天她都会跟泰德去离他们家不远的海边住上几天，两三个星期以上的旅行她是不去的，她舍不得把她养的花儿长时间地留在家里。他们可以雇个园丁帮着照顾，但露西认为花儿是有生命和情感的，她离开的时间长了，她的花儿会很想她。而且，花儿天天都有变化，她也不想错过了它们的成长。

"看来你可以在美国见到茗了，茗已经决定申请来这里留学。"泰德告诉露西这个消息。

"太好了，那你可以着手帮她做担保。"露西正在"勿忘我"花的旁边查看，"勿忘我"的叶子从六片长成了八片，是时候为它们略微施些肥料了。露西的眼睛跟"勿忘我"的花瓣一样是淡蓝色的，柔和、温润、纯净，这会儿又多出些喜悦。能帮到别人总是给她带来喜悦，她相信万事互为效力，万物互有关联，人与人之间的相处就应该是互相帮助，就像是大自然里的花草虫鸟，花草喂养了虫鸟，虫鸟又把花籽带到更多的地方，花儿漫山遍野地绽放，祝福了大地，也祝福了大地上的万物生灵。

柳茗仍像往常那样，过几个月去趟方叔叔和洪阿姨家。方叔叔离休后有些郁郁寡欢，一时适应不了闲居在家的生活。他不开心多多少少影响到洪阿姨的心情，不过柳茗的到来总是让她很快忘了那些烦心事。她立马精神焕发，感觉有好多事情要做，当然最重要的事情是跟柳茗唠嗑。

洪阿姨询问柳茗的近况，柳茗简单地回了句："都还好。"

"不对呀。"洪阿姨盯着柳茗的眼睛，说道，"你以前什么都跟我说的，现在你什么都不想说，我知道一定发生了什么事。"

"嗯，我想去美国留学，这对我来说是一个很重大的决定，就跟我当年离开工厂去上大学一样。"柳茗把来龙去脉简短地告诉了洪阿姨，她在洪阿姨这里是没有秘密的，这次她开始时没多说，是觉得这件事才刚刚开始。另外她自己的父母和她的婆婆都反对，洪阿姨很可能也会反对。

洪阿姨却说："我赞成你去留学，你要做你想做的事情，不要等到以后去做，你不知道以后你还有没有机会，你都不知道你有没有以后。一定要善待自己，不委曲求全，不为别人而活，为别人活的话，只为那些真正在乎你的人活。"

柳茗有些意外地看着洪阿姨。

洪阿姨淡然一笑，笑里五味杂陈："阿姨这几个月有些变化。你方叔叔退下来后，不少人对我们的态度发生了变化。我不是那么在乎权力，也不留恋那些权力。我只是有些寒心，以前我以为人与人之间的交往都是有人情在的，都出于真心，原来很多笑脸是给权力的，不是给我们的。不过呢，他们冷落我们也是件好事，我还懒得搭理他们呢。我学会了及时止损，不能让那些人占用我宝贵的时间。何况人一辈子也没那么长，这段时间我们接连有两个老战友去世，没有谁能逃掉死亡，那就在活着的时候好好地活，好好过好今天。好好过好今天不是得过且过，我们要更加珍惜那些真心对我们好的人，要抓紧时间去做我们想做的事情。"

"所以您赞成我去留学？"

"我举双手赞成。我以前总是劝你守住那条大路，现在想想，何必蜂拥在一条路上呢？每个人都有一条只属于自己的路，走下去才知道这是一条路，走下去才有可能走到海阔天空，只是大多数人怕孤单，走都没敢走，第一步就没迈出去，都挤到了别人的路上。其实没有哪条路上只有一个人，在你自己的路上，始终有家人朋友陪你走。不一定能陪你走完全程，但一定会陪你走很远。陪你走某段路的可能是不同的人，但你从来就不是孤身一人，一定有人陪在你的身旁。阿姨保证陪你走这段路。"

"这十多年来，您和方叔叔给了我很多的帮助和鼓励。"

"我们是忘年交嘛，不帮你帮谁？实际上我们就帮了点小忙，有时候帮的还是倒忙。对你帮助最大的是你自己，你聪明能干，心地善良，我特别喜欢你的执着劲儿，你能坚持不懈地走下去。出国这事你做了决定，那就大胆往前走吧，阿姨可以当你的啦啦队的队长，坚决支持你。"

柳茗感激地看着洪阿姨，上一辈人里，只有洪阿姨支持她申请留学。洪阿姨说话时的语气波澜不惊，她比以前平和了，可她的话里蕴含着力量，给了柳茗更多的勇气。

洪阿姨又说："你对我和你方叔叔还是那么好，那么贴心。人啊，遇上事，或者他的身份、地位发生了变化后，才能知道谁是他的真朋友。也不是风光不再时才能看到世态炎凉，有些人是在事业成功后失去一些朋友，嫉妒朋友有了自己没有的。不过这些人根本就不是朋友，大浪淘沙，留下的都是金子。"

听到这番话，柳茗很为洪阿姨高兴。方叔叔退下来后，她是有些担心洪阿姨的心情受影响,看来洪阿姨已经迈过了这个心坎。

柳茗说:"今晚我给你和方叔叔做顿大餐,我带了你们喜欢吃的香椿芽和盐水鸭。"

"今天我做饭。"洪阿姨说,"你陪你方叔叔说说话,他在他房间,没准正在面壁呢。他心里有些疙瘩,你帮我开导开导他。"

"好呀,我这就去。"柳茗说着去了方叔叔的房间。

泰德接到柳茗的信后就去咨询如何做经济担保。做经济担保不是件简单的事情,特别对重视个人隐私的美国人来说。他们需要汇总所有的经济信息,包括工资收入、银行存款、房屋等固定资产、退休金、股票等,他们要到雇主和银行那里开出证明,有些还需要做公证,然后把所有的材料提交给美国驻华使馆,来鉴定他们是否具有经济担保的实力。泰德和露西在最开始并不知道这些细节,他们从未帮任何人做过担保。了解了这些要求后,他们信守承诺,按照要求提供了所有的材料,为柳茗做好了经济担保。同时他们还给很多大学发信索要学校的概貌介绍和申请表,这本来不是经济担保人要管的事情,他们也去做了。柳茗在收到经济担保资料的同时,也收到不少大学研究生项目的申请资料,她选出了自己想申请的几个学校。专业上她决定选修英语和教育结合的项目,这是她大学毕业后所从事的工作,也是她打算在研究生毕业后继续从事的职业。教授第二语言不同于教授母语,况且学无止境,柳茗希望通过系统的学习进一步提高自己。

柳茗还去考了托福,离满分差九分,是一个相当不错的成绩。

可是出国之路并不顺畅,在二十世纪八十年代,出国留学,特别是自费留学还没有形成潮流,绝大多数想出去留学的人是在逆流而上,半途而废的大有人在。柳茗等到了三所大学的录取通知书,可是去上海美国领事馆申请签证时被拒签,那个时候能拿到学生签证的人凤毛麟角。柳茗的父母和婆婆都让她到此为止,杨冯只是心中窃喜,他的判断没错,不过柳茗比他当初预想的要走得远,走到签证这一关才被绊倒。

家里人都以为柳茗放弃了留学的念头,柳茗却决定从头再来。她重新考了托福,这次几乎是满分,泰德和露西又帮她找到一些更合适的学校,柳茗希望能申请到部分奖学金,这样才更有可能拿到签证。可重新来过的压力比第一次大很多。有几次柳茗心灰意冷,也冒出了放弃的念头。不过她最终没有停下来,林凯飞、叶虹和洪阿姨一直在为她打气,鼓励她继续走下去。

"你永远不是一个人在飞翔,我们在陪着你,你为自己飞翔,也为我们飞翔。"

柳茗的耳边常常回响着林凯飞对她说的这句话,她愿意为她的朋友们去飞翔。

柳茗没有想到她要飞那么长的时间,从泰德提出为她做担保,到她最终拿到去美国的签证,过了整整四年的时间。

这期间,林凯飞和叶虹离开了南京,调到上海工作。

陈正宏策划的那套远洋英语教材一直是这个行业的翘楚,公司决定再接再厉,编写推广其他语种的相关教材,同时兼顾一些管理工作。陈正宏终于等到了把林凯飞调到上海的机会。林凯飞不仅有丰富的远洋经验,还掌握了阿拉伯语、西班牙语、意大利语等多种外语。每次出海都会有一些大块的时间,林凯飞会利用这些时间学习外语,既丰富了海上的生活,又提升了自己的工作能力。林凯飞可以用当地人的母语去跟他们打交道,而且,语言是文化的载体,他通过学习语言更多地了解了合作伙伴的文化习俗,合作起来自然通顺很多。他转到管理部门后,他负责的项目也一直是行业内的标杆。陈正宏相信,林凯飞是那个最合适也最有竞争力的人选,如果林凯飞能来,公司还可以帮叶虹调到上海的中学工作。

林凯飞和叶虹认真考虑了几天,决定回上海。他们各自父母的年纪越来越大,梁彩云和柳茗的父母也在上海。他们了解柳茗,知道柳茗如果开始做什么事,就会坚持走到底。柳茗去美国后很可能会把宽宽放到父母那里,林凯飞和叶虹希望能替柳茗尽孝心、帮忙照顾宽宽,让柳茗去异国求学时没有后顾之忧。

柳茗终于心想事成,即将去纽约州立大学奥尔巴尼分校深造。

杨冯一直没有坚决反对柳茗去美国,开始的时候他觉得柳茗根本去不成,等到柳茗拿到了签证,他也无话可说了,只是希望柳茗把宽宽放到上海的外公外婆家,柳茗也觉得这样安排她可以更放心一些。

对柳茗去美国留学这件事柳尚民和唐亚楠都有所保留,但唐亚楠比柳尚民更加反对。柳茗插过队,她特别不希望女儿再去洋插队。物质条件应该比柳茗当年插队时好不少,可读书是要吃苦的,又是去一个完全陌生的环境中做一个高龄学生。唐亚楠认为柳茗现在的生活很稳当,完全没必要去吃这个苦。

柳尚民对这事的态度实际上是矛盾的,虽然他嘴上跟唐亚楠一样并不赞成,但他并没有特别反对。柳茗上学前就在看连环画时自学了不少字,上学后喜欢看大人的书,二年级开始看长篇小说,小小年纪就开始考虑一些严肃的问题。在柳茗渐渐长大的过程中,柳尚民发现她对政治时事很敏感。柳尚民的同事朋友来访时,柳茗很关注地聆听他们谈论的国家大事。柳尚民不愿女儿将来走仕途,他希望柳茗能学一门专业,有一个专长。他潜移默化地影响了女儿的生活态度和选择。后来柳茗长成一个见识广博又有独立思考能力的人，对知识孜孜以求，柳尚民在心里很为女儿骄傲。柳茗出国留学是为了更好地学习知识，提高自己的能力，柳尚民是赞赏的。只是这一走天高地远，他们很难相见，而且自费留学这条路并不是那么好走，有些艰辛可能是他现在还想象不出来的。柳尚民又很心疼女儿，也为女儿担心。

柳尚民和唐亚楠在不同程度上反对柳茗出国留学，不过当柳茗询问父母能否把宽宽放到他们身边时，柳尚民和唐亚楠又毫不犹豫异口同声地答应下来。即使柳茗不问他们，他们也会建议柳茗把宽宽送到外公外婆这里。做父母的总是想方设法帮上自己的孩子，宽宽又是他们非常疼爱的外孙女。而且，柳尚民的心里有种感觉，除了渴望增长学识，柳茗执意出国留学跟她的婚姻和宽宽也有关系。柳茗没再提过要跟杨冯离婚，可柳尚民能看出来，女儿并不幸福，而他真的就跟当初担心的那样，是无能为力的，他只能看着，什么也做不了，这比他能做些什么还要让他难过。婚姻的不幸又会影响到下一代，影响到宽宽的成长。柳茗拿到签证后，柳尚民不再犹豫，他不再说反对的话，甚至对柳茗说了些鼓励的话，他祈望这一次的改变能成为女儿生命中的一个转机。他也一定要亲自照顾宽宽，这样女儿可以安心学业，宽宽也能在一个正常的幸福的环境中生活。

宽宽的去处定下来后，柳茗正式开始办出国手续。第一步是去学校办手续。大学是少有人员流动的地方，离开的人也是去其他的大学或科研机构，之前有老师为了下海做生意辞职，毕竟是少数，出国的人倒是有一些，多是公派出国。柳茗开始时希望学校能保留她的教职，让她停薪留职。学校没有答应她的请求，作为自费出国人员,如果她执意要走,只能放弃这份工作,之前几个自费留学的都是这样离开的。冯英坤退居二线以后手上没了实权,不过她以前提携过的几个人还在重要的位置上,冯英坤想去找他们,帮柳茗办理停薪留职,被柳茗拦了下来。毕业分配时,她靠冯英坤的关系来了南京,她不想让冯英坤再次为她的事情去求人。没有了退路,她会更加努力,会让自己更加勇敢和坚强。当年为了上大学,她丢掉了工厂的工作。二十年后,在四十岁应该求安稳的年龄,她又一次决绝地砸掉了手上的铁饭碗。

该办的事情都办好后,柳茗准备带着宽宽离开南京,先把宽宽送到自己的父母家。

启程的前一天晚上,柳茗和杨冯带着宽宽去跟冯英坤道别。

那栋二层小楼不再像柳茗第一次来这里时那么扎眼,先富起来的一批人盖出了更多的独门独院的别墅,比这一栋招摇,门前也比这里热闹。杨培永去世、大姨和杨冯一家三口相继离开这里后,这里冷清了许多。这次是来告别的,柳茗更加觉出这里的清冷。她想起第一次来这里的情景,特别地想念大姨。杨宁让大姨离开后,柳茗跟大姨见面的机会少了很多。大姨这会儿住在青岛的女儿家,柳茗也就无法去跟她见上一面了。

柳茗一家三口坐下后,杨宁出来跟他们打了声招呼,说了几句客套话,很快回了自己的房间。

冯英坤抖抖索索地拉住柳茗的手,又用另外一只手拉住宽宽的手,柳茗想让气氛轻松些,她嘴唇微启,还没笑出来,冯英坤的眼泪先落了下来。

柳茗放弃了堆挤笑容的努力,她把自己的另外一只手放到冯英坤的手背上,握住了婆婆的手,这是柳茗第一次用两只手紧紧地握着婆婆的手。

冯英坤闭了下眼睛，硬把泪水堵了回去，她对柳茗说："你学成后早点回来。"

"嗯。"柳茗点了点头。

冯英坤又转向自己的儿子："你把小茗和宽宽送到上海后，陪她们在那多住几天。"

杨冯挠了下后脑勺。他明天会跟柳茗和宽宽一起去火车站，但他要去广东湛江，不是上海，湛江那边有可能谈下一个大项目。

柳茗赶紧说："妈您放心，我们安顿好后他才回来。"

"这就好。"冯英坤满眼不舍地看着宽宽，叮嘱道，"宽宽你要多回来看奶奶。"

"我会常回来，奶奶我会很想你。"宽宽说着哭了起来。

刚才止住的泪水又夺眶而出，冯英坤也跟着哭了起来。

杨冯瞪了眼宽宽，不知道说什么好，束手无策的他不断抓挠着自己的头发。

还是经历过很多风浪的冯英坤先平静下来，她松开拉着宽宽的手，对柳茗说："小茗你跟我来一下，我有样东西给你。"

冯英坤只拉着柳茗一个人进了她的卧室。

冯英坤卧室里的摆设跟柳茗刚嫁到杨家时几乎一样，没添什么家具。开始时是因为工作忙，杨冯又不断添乱，她没有多余的时间和精力重新布置房间。杨培永去世后，她又有意让这间房子保持原样。

衣柜依墙而立，冯英坤打开左侧的衣柜门，里面有三层隔板，衣服叠放在隔板上。第一层隔板的下面缀着个上了锁的小抽屉，冯英坤从口袋里掏出钥匙开了抽屉。家具年久失修，冯英坤也上了年纪，她费了些力气才拉出来这个小小的抽屉。

冯英坤先从抽屉里拿出一个包裹在手绢里的金手镯，这个金手镯她收了很多年,是家里的镇宅之物,庇护一家老小。

"小茗,金子最沉实,你戴上它就有了底气。现在你跟风筝一样往外飞,这金子像个大秤砣,能拉住你,你飞得再远再高也会飞回来。真要是缺钱花,你就用它换些钱。"冯英坤说着拉起柳茗的手,要帮她戴上。

柳茗缩回手:"妈,手镯您留着,我也放心不下您,手镯留给您。"

冯英坤又把柳茗的手拉了回来,用力拉住:"你戴上我才放心,要不你走了以后我天天提心吊胆。"

柳茗不好再拒绝,看着冯英坤把金手镯戴到她的手腕上。

"妈,谢谢您。"柳茗的眼里闪过泪光。

"大小正合适。"冯英坤心满意足地笑了。她又去抽屉里摸出一个信封,里面有一千美元。她和杨培永没有多少存款,杨培永去世时总共留下三千多块钱,当然跟普通人家比这是不少的钱。这些年她自己又多攒了些,托人把这些钱换成了美元。

冯英坤把信封直接塞进柳茗的衣服口袋。

柳茗伸手去掏,摸到一个信封,她猜到里面是钱。

"金手镯我收下了,这个我不能要。"柳茗坚决地说。

冯英坤拼命按住柳茗往外拿信封的手:"我每个月有工资,不会缺了钱,你去读书要花很多钱,又没了组织,生个病都不知道找谁去。"

柳茗坚决不收,她知道自己的婆婆没多少钱。两个人推来推去,信封最后到了冯英坤的手上。

冯英坤带着哭腔说:"就算是我借给你的,你以后再还给我。"

柳茗只好接过这个装了钱也装满了心意的信封,再不接受会让她的婆婆伤心。

看柳茗收下了钱，冯英坤舒心地喘了口粗气，她并不想让柳茗日后还这笔钱，但她对柳茗学成归来的前景是很期盼的。

"别担心回来没工作，药学院肯定想让你回去，而且南京有这么多大学，你没准去了更好的，不用我托关系，你学成回来大家肯定抢着要你，根本用不上我找人。"冯英坤说这些话时声音洪亮有力，她以前坐在主席台上展望未来，声音也是这么洪亮有力。

婆媳两个并肩往屋外走，快到门口时，冯英坤压低声音嘱咐柳茗："手镯冯冯能看到，钱就别跟他提了，宁宁也不知道。"

杨冯在厅里等得有些不耐烦，看见他妈妈和柳茗从卧室走出来，他拉着脸从沙发上站了起来。

冯英坤见到儿子的表情和动作，知趣地说："我不多留你们了，明天你们要赶火车，早点休息。"她把儿子、儿媳和孙女送到楼下，又跟着他们走到院门口。

"妈你别跟着了。"杨冯又不耐烦起来。

"好，好，我就不送你们了。"冯英坤停住脚步，跟柳茗说，"问你爸妈好，你路上小心，在那儿也要特别小心。"

"妈您放心，我一到那里就给您写信，您要多保重自己。"

柳茗跟冯英坤依依不舍地道别，走出去一段路，她扭头往回望去，冯英坤还站在门口，在昏暗的灯光下和柳茗的泪眼中，那个苍老瘦小的身影模糊成一片昏黄的光晕。

第二天早上，一家三口一起去了火车站，杨冯要坐的火车比柳茗、宽宽的早半个小时，倒像是柳茗来给他送行。

泰德给柳茗寄来去美国的机票。本来从上海离境对柳茗更方便一些，泰德不知道这些，订的是从北京起飞的机票。柳茗觉得这或许是更好的安排，跟宽宽的分离让她肝肠寸断，从上海到北京过渡一下，多少能减少些她的离愁别绪。没有机场的告别，她甚至可以欺骗自己，当作她们母女只是身在一片国土上的不同的城市，而不是远隔重洋。

柳茗先在上海陪宽宽和父母住了几天，帮宽宽在上海安顿下来。临离开上海的前一天，林凯飞、叶虹和林一帆一家三口都来了柳茗家，一是为了跟柳茗的父母熟悉，日后他们会经常过来，二是来为柳茗送行。

叶虹拿出一个小礼品盒，递给柳茗。"这是我们送给你的礼物，很小很轻，不会占了行李的分量。"

柳茗接过来，打开盒子，里面是一只飞鸟。宝蓝色的鸟儿，羽翼丰满，翅膀上也有紫色的纹路，像极了她少年时失去的那个飞鸟形状的发卡。

叶虹告诉柳茗："凯飞很早以前就跟我说过那个发卡的故事，我们一直想找到同样的发卡，找了很多年，总算找到了，你看像不像？只是这个是胸针，不是发卡。"

"像，真像，不是像，就是同一只飞鸟。到了我这个年纪，胸针比发卡更合适。"柳茗小心翼翼地把鸟儿拿出盒子，捧在了手心里。

"你看，鸟儿飞回来了，它要跟你一起再次起飞。"林凯飞说。

柳茗记得林凯飞当年对她说过，这只鸟儿只是飞去了另外一个地方，有一天它会飞回来的。柳茗望着鸟儿的眼睛里有些湿润，她怎么也没想到他们会帮她找回她的飞鸟，她自己都放弃了，他们没有放弃。

叶虹又说："明天我不去车站送你，等你回来，我去车站接你。凯飞也买好了车票，他陪你去北京，送你去机场。"

柳茗望向林凯飞，林凯飞只是笑了笑，没有说话。柳茗接受了林凯飞和叶虹的好意，离别的时候，她真的很需要朋友的陪伴和鼓励。很多人羡慕她能去美国的机缘，林凯飞和叶虹最知道她离乡背井的苦涩和无奈。

第二天，林凯飞先来柳茗的父母家帮柳茗拿行李，柳茗要带两个大旅行箱，柳尚民拜托他的司机把他们送上火车。柳茗坚决不让家里任何人去车站送她，她受不了车站的告别。

上海是始发站，人不是那么多，幸运的是，林凯飞和柳茗补上了卧铺票，都是下铺。这样空间大一些，便于放那两个大旅行箱，晚上也可以睡得踏实些，减少柳茗的舟车劳顿，她还有很长的路要走。

一切都安排好后，两个人在各自的铺位上坐了下来。这是他们两个第一次一起坐火车，而且只有他们两个人。他们面对面坐着，话却不多，有些像初次见面，不知道该从哪里开始。他们转而望向窗外，若有所思地看着外面一一闪过的风景。铁道边没有繁华的闹市，串联起的是一些低矮的楼房。夕阳还未散尽，却渐渐地可以看见被无数只手扯亮的灯火。有了灯火，就更有了家的氛围。柳茗看见房舍上袅袅升腾的炊烟，院子里搭晒的衣衫，列车经过一幢靠近铁轨的两层简陋楼房时，她甚至看清了厨房里的炉灶，客厅里的桌椅，围坐在饭桌边的一家老小和围着围裙穿梭忙碌的主妇。

想到父母和宽宽这个点也该吃晚饭了，饭桌边不再有她，柳茗潸然泪下。坐在她对面的林凯飞起身离开了一会儿，他知道这个时候说什么话都是多余的，柳茗需要一个人静一静。这是一个人的告别，跟故乡和家人的告别，广袤的世界里，只能容得下一个人。

林凯飞回来时，柳茗已经平静下来，天色也完全暗了下来。熄灯以后，他们躺到各自的小床上。上铺有个人很快打起呼噜，林凯飞和柳茗却没有睡意。卧铺车厢在夜晚是不报站名的，如果有人中途下车，乘务员会在到站前过来，小声通知这个乘客。

火车在黑夜中穿行，林凯飞和柳茗安静地躺在那里，心里却起了波澜。卧铺车厢的播音喇叭安然入睡，可他们知道，下一站是南京，火车也会经过离他们读大学不远的城市。他们的心里都涌动着一个强烈的愿望，就是在那里停留一下，去梨花渡看看。多少往事仿佛就在昨天，哪知道这中间隔了万水千山。这么多年过去了，不知道现在的那里是一番怎样的景象，是否还有当年的安宁？可是两个人都没有说话，只是在火车驶过那里的时候，他们侧过头，望了眼旁边铺位上的那个人。

到北京后，林凯飞和柳茗先找到一家离机场不太远的酒店。酒店办入住手续的人以为他们是夫妻，只给了一个房间。

柳茗和林凯飞对望了一眼，两个人在同时想到了同一个人，那是叶虹，那也是他们两个人不能逾越的底线。

"对不起，我们需要两个房间。"柳茗说。

酒店的人看了眼林凯飞和柳茗，又开了一个房间，在第一间的隔壁。

林凯飞先帮柳茗放好行李，又去了自己的房间。两个人稍事休息，一起出了酒店。他们先找到一家饭馆吃了晚饭，晚饭后，他们没有回酒店，随着熙熙攘攘的人流走进北京的大街小巷。柳茗很喜欢北京，喜欢北京的大气和从容。她以前来过好多次北京，都没有好好地玩过。也不能说她没在这里游玩过，那些著名的景点她去过不少，不过多是她一个人去的。张向林和夏天都是北京人，反倒不喜欢去游客如云的地方，他们见面都是在饭馆里。

这次在北京只待一个晚上，柳茗没有时间去跟张向林和夏天见面，也没有时间去看哪个景点，就在街上信马由缰。不用急着赶路,走走停停,她喜欢这样的随意,越发觉出北京的好来。而且她的身边走着一个她喜欢的人,跟她一起身在其中。柳茗恍然明白,她这一次为什么会有不一样的感受,为什么能更加感触到一座城市的美好。

他们走了很远的路,也坐在街边聊了很久。

他们聊的事情大多是他们熟悉的,是他们亲身经历过的,有很多是他们共同经历的,再次聊起这些往事,他们还是觉得很新鲜。他们又一次次地回到从前,回到了那些事情发生的时间和地点。

"人生走过了几十年,当我往回看时,我最让人羡慕的,不一定是最感动我的,也不一定是我最留恋的,甚至都不是我在乎的。"柳茗说,"最让我怀恋的是情感,我们留不住岁月,我们能留住的是情感,就那么几份情感,抵得上几十年的岁月。那不是物质上的东西,也不是声名,没有人羡慕,也不需要别人仰视,别人可能都看不到,只在我们的心里。"

"这是我们活着的底气和勇气。"林凯飞说,"往前看,会有各种艰险,会有衰老和死亡,我们还敢往前走,也是因为有那么几份情感,有那么几个不会走散的人陪在我们身边,数量可能不是那么多,有几个就足够了。"

"这段时间我的耳边常常回响着莱蒙托夫的《帆》,你知道那条小船为什么敢于在风暴中起航吗?"柳茗问道。

"因为它有足够的勇气。"

"你知道它为什么能一直前行吗?"

"因为它很执着。"

柳茗接着问下去:"还有呢?"

林凯飞停顿片刻,回答道:"在它用尽了它最后的勇气和力量,总有一缕风吹过来,推着它往前走,所以它永远都不会搁浅,更不会沉没。"

柳茗目不转睛地望着林凯飞。或许连林凯飞自己都不知道，至少不全然知道，在人生之路上，他送了柳茗一程又一程。柳茗知道，在那些险峻之处，有一个人会等在那里接送她，林凯飞在那里，她才敢不避艰险，她才能勇往直前。林凯飞也值得柳茗这么信任他，他对柳茗的担当是从心灵的最深处流淌出来的，是自然而然地流出来的，溪水般清澈绵长。过去了将近二十年，这股溪流依然清澈见底，没有杂质，没有被岁月和世事污染。

"谢谢你。"柳茗对林凯飞说。黑暗中，柳茗的眼睛发出光来，跟皎洁的月光交融在一起。

"朋友间不用说谢谢。"林凯飞对柳茗说。朗朗的月光中，林凯飞的眼睛也发出光来。

月光很好，两个人一起望向夜空。一轮圆月轻悬在半空中，散发着温润明亮的光泽。这么圆的月亮，让两个人不忍细看。他们的心里隐隐作痛，飘过一缕忧伤，像是那缕飘过月亮的白云，很淡很淡，还是在月亮上留下了痕迹。

"想起毕业时我们唱的《友谊地久天长》，现在真的要远隔大海重洋。"柳茗说，她的声音里也带了些忧伤。

"离别也是重逢的开始。"林凯飞说，他的语气是坚定的，"我每个星期都会给你写封信，你永远都不会孤独前行。"

"嗯。"柳茗轻轻答应了一声。

林凯飞嘱咐道："不要一个人走夜路，实在躲不掉的话，你也不要害怕，我们在陪着你。抬头仰望星空，总有几颗星星是为你闪亮的。"

"如果那天下大雪，天上没有星星呢？"

"那你就在心里叫我们的名字，一遍遍地叫，我们能听到，你也可以听到回响。"

"嗯。"柳茗又轻轻回了一声,泪水流过洒满月光的脸颊,打湿了她的衣衫。

林凯飞和柳茗在那轮圆月下坐了很长时间,也聊了很长时间。他们说了很多的话,两个人最想说的,是同样的一句话,可他们始终没有说。

林凯飞很想一直这样聊下去,或者什么都不说,就跟柳茗静静地坐在这里。

柳茗也是这样想的。

可是柳茗已经很累了,林凯飞看得出来,他站起身,说:"不早了,我们回酒店吧。"

两个人走回酒店,林凯飞先陪柳茗走到她的房间门口。"你好好睡一觉,后面这几天会很累。"

林凯飞说完朝自己的房间走去。他步履沉重,那句他最想告诉柳茗的话他还没说。他想告诉柳茗他爱她,他毫无保留地爱着她。很多年前他就想告诉柳茗,他还没有说出口时,柳茗把她的爱给了陈正宏,他的朋友,他只能祝福他们。再后来,他跟柳茗的朋友叶虹走到一起。此生他最大的幸运是遇到柳茗和叶虹,他也一直用始终如一的情感去回报他的幸运。对于两个他终生爱着的女人,一个他给予了婚姻,另一个他给予的是选择的自由和尊重。婚姻和放弃都出于他对她们的爱。因为爱叶虹,他与她一同走进婚姻的殿堂,同栖双飞;也是因为爱柳茗,他放手让她走自己的路,而他,愿意用一生的祝福去伴随她的自由。

柳茗没有马上进自己的房间,她在望着林凯飞的背影。这个男人是她在最好的年华遇到的,可是她错过了。她在爱情上最狂热的时候，恰恰是她最不懂爱情的时候。她做到了飞蛾扑火，烧掉的却是她最不该错过的爱情。等到她意识到，她已经没有这个机会，连表白的机会都没有了。她慢慢学会了祝福，祝福林凯飞和叶虹，她对他们的爱是双份的，是给他们两个人的。她也学会了把那份感情藏在心里，从那以后，她再也没有孤独过，最绝望的时候，她还可以坚持下去，她知道她不再是一个人。她之所以能有勇气抛开一切重新开始，也是因为他们陪着她，陪她远渡重洋，陪她往前走。她知道他们也把全部的祝福都给了她，她得到的祝福也是双份的。

在他们分别前的最后一个晚上，林凯飞和柳茗都想说出那句话。就让他们做一天的恋人吧，一个晚上也好。至少，他们要让那个他们深爱着的人知道他们心底的那份感情。他们可以不再往前走，继续把这份感情深埋于心，可是，此时此刻，他们都有强烈的冲动说出那句话。

"凯飞。"柳茗叫住了林凯飞。

林凯飞停住脚步，转身望向柳茗。

柳茗："有句话，我一直想告诉你。"

林凯飞："那也是我一直想告诉你的。"

柳茗："那我就不用说了。"

林凯飞："这句话我会永远留在心里。"

柳茗："我也是。"

那句话他们还是没有说出口，他们只是相视一笑，互道了一声"晚安"。

第二天，林凯飞和柳茗都起了个大早，去赶早班飞机。他们昨晚回到各自的房间后久久无法入睡，到了后半夜才睡了一会儿。

林凯飞见到柳茗，一眼看到她胸前别着的那个飞鸟形状的胸针，叶虹和他送给柳茗的胸针。

柳茗的目光也落到那只飞鸟上，她对林凯飞说："我不知道这只鸟会飞去哪里，能飞多高多远，但我知道它是从哪里起飞的。"

鸟儿立在柳茗的心口上，羽翼随着柳茗的心跳起伏，似乎正在准备高飞远翔。

林凯飞的目光从飞鸟转向柳茗的眼睛："我喜欢看着这只鸟儿自由自在地飞，飞去任何它想去的地方。不过，累的时候一定要停下来歇一歇。我希望你能飞得很高很远，可我更在乎你飞得累不累。"

柳茗抬起头，也望着林凯飞的眼睛。短暂的对视后，他们推着行李朝外走去，出租车已在那里等他们。

他们住的酒店离机场不远，很快就到了首都国际机场。柳茗先进去拿到登机牌，托运好行李，又出来找林凯飞。林凯飞站在那里等她，他的眼里有很多的不舍，还有不安和不甘。柳茗突然意识到，这一次的告别就是生离死别。林凯飞知道自己的身体状况，柳茗心里也明白这是一个无法逃避的事实，她这一路只是自欺欺人地不去碰及这个事实而已，可是现在……

"你答应我，要经常去医院复查。"柳茗对林凯飞说。

林凯飞微笑着点了点头："别担心，我没事的。"

生离死别的时候，林凯飞想起了什么，他告诉柳茗，他早就找到了那首《忧愁河上的桥》的曲谱，只是一直没有机会吹给她听。

"你现在吹给我听好吗？"柳茗祈求道。

清亮的口哨声悠然响起，迅速压过四周的嘈杂。这里看不到外面的风景，没有季节的更替和时光的流逝，只有在离去和告别间徘徊的人群。清澈的哨声在人群中有了回响，又在柳茗的心底激荡。柳茗泪如雨下，模糊的泪眼中，她看到了那座忧愁河上的桥，伫立在她伸手可及的地方。

在人潮涌动的大厅里，林凯飞无所顾忌地吹着他的口哨，柳茗无所顾忌地让她的眼泪和感情倾泻而出。这一刻，他们都倾尽他们所有的爱恋，倾其所有的时候，他们拥有了一切。

柳茗紧紧地抱住了林凯飞，她对他的所有的情感，所有的留恋，都在这温柔的拥抱中了；她对年迈的父母和年幼的孩子的牵挂，还有对未知的没有退路的明天的忧虑，也都在这无助的拥抱中了。

林凯飞也紧紧地抱住柳茗，在她的耳边叮嘱道："你答应我，你要好好地照顾自己，好好地活着，无论遇到什么难事，都要坚持下去，再多往前走一步，你就可以看到海阔天空，就可以像鸟儿般自由地飞翔。"

第十章

柳茗来到了纽约州的州府奥尔巴尼，她要在这里开始她在美国的大学生活。

奥尔巴尼的秋天来得早，8月底已有了明显的秋意。刚刚来到这座美丽安宁的城市，柳茗感到一阵脱胎换骨的轻松，可是这份轻松伴随着诗情画意的美景很快褪为模糊的背景，繁重的学业和生存的压力接踵而至。

泰德这个经济担保人说到做到，柳茗到美国时，他专程开车从宾州来到纽约州去机场接她，很少离开家的露西也一起来了。他们一见面，露西热情地拉住柳茗的手，连连说着欢迎柳茗到来的话，尽情表达她的喜悦。望着露西那双满含真诚和笑意的眼睛，柳茗忘掉了旅途的劳累和对新生活的胆怯。

泰德和露西把许多事情安排好了，带着柳茗办好了入学的所有手续，还留给柳茗三千美元。柳茗推不掉，只好暂时留下。她不想动用这笔钱，也急于尽早还上泰德出的机票钱。她除了在学校的咖啡厅打工外，还找到一家中国餐馆打黑工。

学校和打工的事情都有了着落，柳茗的心却迟迟无法安顿下来，挥之不去的思念让她常常恍惚，不知道自己身在哪里。柳茗以为自己做好了远渡重洋的准备，到了美国她才发现这个准备永远也做不好。"西出阳关无故人"，在散失了故土气息的土地上，乡愁成了她无法卸下的重担。学业和生计的担子再重，她咬咬牙也扛起来了。可是乡愁和思念无声无息，却丝丝密密地缠绕住她，有的时候让她无法呼吸。她想宽宽，想父母，想林凯飞和叶虹，她想回家。每当飞机从她头顶的天空中飞过，她都会痴痴地望着，想着这架飞机是不是飞往中国的，能不能带她回家。有一天柳茗去一个中国同学家小聚，她炒菜时将菜倒入热锅里的"刺啦"声，竟让柳茗鼻子一酸，热泪盈眶。原来乡音不仅是语言和音乐，能让一个人思乡的都是乡音。有人开车会把音乐声开得很大，当这样的汽车从柳茗身边驶过，强烈的贝斯节奏会让她以为听到的是中国的锣鼓声。她太想家了。

尽管在生活上省吃俭用，但柳茗从不吝惜买电话卡的钱。那时候的通信还不发达，从美国打到中国的电话，一分钟要一块七美元，是一笔很大的开销。可是每次宽宽接到妈妈的电话，常常哭得说不出话来，柳茗在这边也是泣不成声。

柳茗常常觉得自己坚持不下去了，可是她已经没有退路。林凯飞的来信成了柳茗的精神支柱。每个星期她都会收到林凯飞的来信，每封信柳茗都会读上好几遍。林凯飞和叶虹定期去看望柳茗的父母和女儿，林凯飞的信里多半是讲一些柳茗牵挂的生活琐事，宽宽的成长，父母的身体……在称呼上，林凯飞随了宽宽，称柳茗的父母"外公外婆"。

"外婆教宽宽读唐诗，宽宽很快能背十七首了。宽宽指着人家挂在门上的抹布说,遥看破布挂前川,这让外婆哭笑不得。"

"宽宽画的春姑娘被学校推荐参加画展,那天外婆、叶虹、帆儿和我都去了。画展上有青少年书画协会的人招募参展儿童小画家。宽宽的画赢得创作奖,我们都很激动,但宽宽本人却不太在乎,她忙着跟来看画展的小孩玩,玩得不亦乐乎。"

"今天才知道,外公原名柳池。后来在抗战期间参加革命从事公安工作,出于保密原因,他不得不放弃颇有诗意的原名。人如其名,外公既像潺潺流水边的青柳,又如被翠柳环绕的一池碧水。柳树依依,池水涓涓。"

"外婆、叶虹和我开始轮流每周日送宽宽去少儿书画协会学画。宽宽擅长画国画人物,也画风景、山水和工笔花鸟。老师一般让孩子自己创作,然后点评。帆儿也喜欢画画,现在忙着高中学业,很少画了。帆儿只是喜欢画,宽宽却是有天赋的,跟她的妈妈一样很有绘画天赋。宽宽的想象力和创作能力明显高出其他的孩子,每次上绘画课,老师表扬最多的孩子总是宽宽。"

"退居二线的外公参加了扶贫工作,他刚从鄂皖豫山区回来,神色很凝重。询问之下,他说,老区人民太穷太苦了。战争年代老百姓给予我们很大的支持和帮助,我们承诺让他们过上好日子,可是现在的老区还是那么落后贫困,我们对不起老区,对不起那里的人民。完全可以安享晚年的外公,仍然如春蚕吐丝一般发挥余热。他总念叨他从来没有忘记自己是农村走出来的孩子,是普通老百姓中的一员,要与普通人同呼吸共命运。我想这就是为什么他身居高位,总是平等地善待所有的人,心里惦着所有人的原因。"

"宽宽参加选送法国国际儿童画展的作品竞赛,当场作画、选评。宽宽的位置正好在窗边,我们在外面可以看到。宽宽画的国画,起了个名字叫'好奇'。一个男孩儿头上顶片树叶,在大太阳下聚精会神地看两只蚂蚁打架,太阳公公在天上笑眯眯地看着他们。这幅画最终获得国际儿童创意奖,可喜可贺。"

"外公给宽宽弄了一窝小猫,小猫玩耍打架,宽宽急死了,说姐姐给你们讲故事吧,她拿起一本书念给小猫听,可小猫不听,继续打架。"

"外婆晚上泡脚,宽宽杵着个大拖把在边上等着,外婆一泡完,宽宽就把地上的水拖干净,又帮泡好脚的外婆倒掉洗脚水,还帮外婆按摩。她说外婆白天给她包荠菜馄饨站累了,她要好好照顾外婆。"

"外公今天用毛笔写了一幅字,是李商隐的诗句:历览前贤国与家,成由勤俭破由奢。这是外公的写照,他一向俭朴节约,珍惜粮食。不论谁淘米,如果他在家里,他都会去水池把失落在内的米粒捡起来。家里没有豪华的家具和装饰,但是很干净,外公喜欢把地扫得干干净净,把家里擦得窗明几净,常常亲力亲为。"

"外公喜欢种植花草制作盆景,最近他种的好几盆植物都开花了。"

……

每封信的篇幅不是那么长,最多两三页纸。信的主要内容是林凯飞写的,叶虹每次在信的最后加几句话,都是告诉柳茗他们一切都好,又一再嘱咐柳茗要注意身体。

柳茗十六岁离开家去插队,从那以后她再也没有跟父母长期生活过。小时候在家时父母也都忙于工作,她跟父母的交流并不多,父母的很多经历她是不知道的。林凯飞每个星期都会去看柳茗的父母和宽宽,有时候在一个星期里去不止一次,给柳茗的信里他一定会描述他们的近况,柳茗从林凯飞的信里更多地了解了自己的父母。宽宽在信里也是活灵活现，好像还生活在柳茗的身边。

柳茗也给林凯飞和叶虹写信，一般是两个星期写一封。她在信里多是报喜不报忧，具体的生活和学习她说得不是很多，她也很少提及她对家人朋友的思念，虽然她每天都无比地想念他们。她在信里写了不少奥尔巴尼的自然风光，万紫千红的景色总是美好的，林凯飞和叶虹并没有完全放下心来。柳茗一个人在异国他乡打拼，开始阶段一定不容易。不过他们从一封封来信的字里行间看到不断的变化，他们能感觉出柳茗越来越适应了在美国的学习和生活。柳茗的第一门课得了"A"，她的学习成绩一直很好，生活也稳定下来，一切是朝好的方向变化的，这让林凯飞和叶虹感到很欣慰，也很为柳茗开心。

柳茗很少收到自己的丈夫杨冯的来信。圣诞节前，柳茗意外地收到杨冯寄来的一张圣诞卡和一封短信，还有离婚协议书。

柳茗走后杨冯时不时带女人回家，导致其中的一个人怀孕，这个女人坚持要跟他结婚，杨冯不得已向柳茗提出离婚。虽然她的婚姻早就千疮百孔，但真的要离婚的时候，柳茗心乱如麻思绪万千。她想念大姨，想念她的婆婆冯英坤，也想念她在南京度过的日子。她到南京后很快结了婚，她的婚姻生活也是她在南京度过的十七年。她怀念南京，怀念那座美好的城市和她在那里遇到的那些美好的人，那座城市和那里的很多人都是她留恋的。

因为这些想念和怀恋，柳茗在离婚协议书上签字的这一刻，她愿意忘掉那些不好的记忆，也放下了对杨冯的怨恨，她愿意祝福杨冯和他即将出生的孩子。

柳茗去邮局寄出签了她名字的离婚协议书后，匆匆赶去餐馆打工，她连难过的时间都没有。她在这家餐馆身兼数职，她的英语好，老板安排她接听订餐或叫外卖的电话，没有电话进来时，她在后厨帮着包饺子、馄饨，剥虾洗菜，几乎没有空闲的时候，很想停一天的柳茗也就不可能向老板提出这个请求。

这家餐馆有两个大厨，其中有个姓涂，是福建人。柳茗做事一向认真麻利，人又好，涂师傅特别喜欢跟柳茗搭档。柳茗一点也没让自己的心情影响工作，但她脸上带着明显的憔悴。快到打烊的时候，涂师傅专门为柳茗做了碗热乎乎的福建海鲜面，柳茗很感激。独自吃面的时候，她的眼泪一滴滴地落入汤面中。

1992年的最后一天，几个美国人来柳茗打工的饭馆聚餐，他们想在这里迎接新年的到来。美国餐馆一般开到晚上九点，中国人开的餐馆一般也是九点，但老板觉得有生意做是件好事，柳茗和涂师傅答应留下来，等到这帮客人走后再打烊。

最后只剩下这一桌客人，柳茗和涂师傅也没有多少事情可做，边等他们边随意地聊些事情。柳茗告诉涂师傅，她很快会换到另外一家餐馆打工。那家餐馆离她租住的地方近些，可以帮她节省些路上的时间。涂师傅说他可能也不会在这儿待多久，他很想自己开家饭馆。

两个人正说着，听见那一桌客人唱起歌来。新年即将来临，他们一起唱起了《友谊地久天长》。这是西方的文化风俗，在跟即将过去的一年告别的时候，在新的一年开始的时候，很多人会在一起唱这首歌，无论是手拉着手，还是用其他的方式。

柳茗站起身，朝他们走去。他们拉起柳茗的手，柳茗跟他们一起唱了起来。歌声中，柳茗看到了林凯飞和叶虹，他们拉起了手，一起唱着这首歌。

他们在《友谊地久天长》的歌声中迎来了1993年。

陈正宏喜欢在每年开始的时候制订当年的计划,他把1993年的重点放到职务的升迁上,希望能从副处升到正处。当然,他也希望能在经济上有新的斩获。他没有锁定具体的数目,对他来说,官职比金钱更重要。

相对于其他的工作单位,远洋公司跟国外的来往要多很多,夹带国外私货再进行倒卖的机会也就多出来不少。陈正宏很有心机,善于钻营,同时他又是清高的,看不起那些靠这种手段挣钱的人,他在很长的时间里不屑于干走私之类的事情。

罗姗姗对此很有意见,陈正宏占着天时地利人和,不赚这钱简直是浪费资源。罗姗姗不断给陈正宏吹枕边风,儿子越来越大,需要花钱的地方越来越多,身边不少人都在干这种事情……陈正宏的心思动了起来。开始时他是小打小闹,渐渐地尝到了甜头,他的胃口也大了起来。他找到了冠冕堂皇的理由,不再认为这是不干净的勾当。在吨位那么高的货轮里夹带些私货,影响不到公司的运营。"引进"的产品进入市场后,对搞活经济还能有所贡献。当然走私是违法的,但陈正宏认为,只要不去碰那些危险物品就无伤大体。

陈正宏走得很稳,这是他一贯的做事风格,他也不是特别贪心,一两年下来都很顺利,直到有一天,市场上发现了假药。公安人员追查下去,追到了陈正宏经手的货物上。陈正宏并不知道那批货物中有假药,可那些假药确实跟他有关,陈正宏很快被公安部门约谈。

从公安局走出来,陈正宏失魂落魄。他记不清他是怎么走回单位的,进了单位的大门他更加惶恐。这里的人很快就会知道此事,虽说发现得早,那批假药流入市场后还没有闹出人命,他不至于进监狱，可他处心积虑建立起来的名声会毁于一旦，这对他来说是奇耻大辱。葛宗海已经退休，不再有权力帮他摆平这事。他自己现在的位置也不低，这也正是让他无比痛心的地方，他今年的规划是在官职上升半级，可他很可能会因为假药和走私失去他现在的位置，别说升职，现在的职务都很难保住。

几近崩溃的陈正宏去找了林凯飞，他需要把这件事讲给一个脑子清醒的人听，或许能帮他出出主意，至少能听他说说。除了他的老婆罗姗姗，林凯飞是陈正宏唯一敢坦白的对象，即使被林凯飞骂一顿，他也必须把压在他心里的恐惧倾倒出来。

林凯飞的办公室跟陈正宏的挨得很近，里面没有别人。陈正宏进门后从里面反锁上门，一股脑地把一切告诉了林凯飞。

林凯飞听陈正宏讲完，问了一句："你向他们承认了吗？"

"没有，我完全蒙了，他们跟我谈话时我跟死了一样，什么话也说不出来。"

"等你活过来能说话，你告诉他们，这事……是我做的。"

陈正宏不解地看着林凯飞。

林凯飞一字一句地说："是我让你走私的货物，跟你无关。不过你必须答应我，你再也不会做这种事，不做违法的事，清清白白地做人。"

陈正宏又蒙在那里，僵坐在椅子上，好半天他才说出话来："我答应你，我再也不做违法的事，清清白白地做人，可我来找你不是让你去替我顶罪的。我这个人是自私，要面子，但我不能让朋友去干这种事呀。你也看重名誉，可能比我还要看重。"

不知为什么，陈正宏突然想起了大学时读的雨果的《九三年》。他没有让柳茗帮他找这本书，但柳茗后来为林凯飞和叶虹借来了这本书。林凯飞读《九三年》时被陈正宏撞见，陈正宏忍不住开口跟林凯飞借书。林凯飞很为难，他答应过柳茗，不把书借给其他的人。他又能看出陈正宏很想看，只好答应给陈正宏看两天。林凯飞当时有些奇怪，陈正宏正在跟柳茗谈恋爱，他完全可以直接向柳茗开口，他反而嘱咐林凯飞不要把他借书的事告诉柳茗。

陈正宏用两天时间读完了《九三年》，这是他第二次阅读这本书，以前他是读过的。随着年龄和阅历的增长，他对这本书的理解更深了一些。读完之后他意犹未尽，跟林凯飞专门聊过他的感想。两个人都喜欢这本书，但他们的观点不太一致，特别是对几个主要人物的评判。针对郭文该不该放走朗德纳克这个难题，两个人还发生了争执。林凯飞认为郭文是一个懂得爱和仁慈的人，重情重恩，他纠缠在国家利益、阶级利益和家族恩怨中，最终选择给人性和怜悯一条生路。陈正宏认为郭文丢弃和背叛的是历史赋予他的崇高使命。朗德纳克虽然救了三个孩子，体现了内心深处的一丝良心，但他是一个残暴的刽子手、人民的敌人，不值得郭文以自己的生命换取他的自由。他为郭文感到可惜，人是需要理智的，太感性会让一个人失去很多。人与人之间，一旦有了利益牵扯、立场冲突，再好的关系也难逃覆灭的下场。

生活中的陈正宏也一直遵循着这样的处世哲学，不会为别人做出牺牲。他很看重他和林凯飞的友情，但他对林凯飞在毕业分配时顶替柳茗接受不公对待的举动很不理解，他也无法做到像林凯飞和叶虹那样在班会上为柳茗辩护。私下里他可以去为朋友说好话，为朋友疏通关系，但在公开场合，他不可能站出来维护自己的朋友，更不可能以牺牲自己做代价。

想到《九三年》的陈正宏感到很无力，他看到了自己的苍白。"你记得我们当年聊《九三年》吗？"陈正宏问道。

"记得。"林凯飞不明所以地看着陈正宏，他记得那次跟陈正宏讨论这本书，那是他们两个人唯一一次谈论文学作品，他不明白陈正宏怎么把话题转到了《九三年》上。

"你喜欢郭文，我喜欢西穆尔登，西穆尔登非常理智，他在做决定的时候是冷静的……也是冷酷的。"陈正宏接着说下去，"你知道，我不赞成郭文放走朗德纳克。"

林凯飞明白了陈正宏为什么提起《九三年》，他说："我想《九三年》之所以是一部巨作，是因为雨果充分写出了人性的善恶和人在善恶间做抉择时的矛盾彷徨。相对于郭文的选择，我的选择要比他的容易许多。朗德纳克是郭文的敌人，你是我的朋友。我去做这件事，不需要像郭文那样想那么多，我甚至不需要去做选择。"

陈正宏也明白过来，林凯飞这样做，是他的天性使然。就像《九三年》里写的那样，理智是从人类本身来的，感情是从天上来的。郭文在两个选择中煎熬过，依然没有得到一个明确的答案，他是在不知不觉中慢慢走到那个关押朗德纳克的土牢的附近，又放走了朗德纳克。林凯飞很可能真的没有多想，林凯飞从来不会像他这样为各种事情纠结。

"可是……"陈正宏依然不知道他到底该怎么做，他陷在纠结中无法自拔。

林凯飞却用尽可能轻松的语气说："这事就这样定了。或许对一个不久于人世的人，他们会宽大处理，如果让我在公司做检讨，或者通报这事，我……可以接受，希望不会有更严厉的处置。"

"不久于人世？你这是什么意思？"

"我的癌症复发了，而且转移到骨头里。前段时间，我常常感到胃疼，去医院做过检查，发现不是胃里的问题，是肋骨里有了癌细胞。"林凯飞说得很平静，汹涌的波涛退潮之后，他已经平静下来。

陈正宏把他来找林凯飞的原因忘到了一边，他朝林凯飞吼道：

"你为什么还来上班？你为什么不去医院治疗？"陈正宏的头发竖了起来，愤怒得像头发了疯的狮子。

"到了这一步，住进医院又能怎样呢？"林凯飞说，"我不去医院还能做些事情，我有很多想做的事情，我不能全做完，至少可以做完一部分，能多做一件是一件。"

知道结果后，林凯飞辗转反侧了好几天。一帆到了考大学的年龄，他不能让一帆分心，他要尽可能地陪伴女儿，陪伴叶虹。他不想让她们往医院跑，那会让她们心力交瘁。他也想去多照顾柳茗的父母和宽宽，在写给柳茗的信里他不能露出破绽，每次给柳茗写信他都会提到宽宽和外公外婆的近况。出国留学的第一年是最难的，林凯飞希望能在远方陪柳茗走完这一年。为了这些他牵挂的人，林凯飞决定留在医院外。疼痛来临，他可以用止痛药止痛，他要尽可能活得正常一些，也尽可能活得长一些，这样他才可以完成他的愿望清单上的所有愿望。陈正宏身上发生的事不在他原来的愿望清单上，是他刚刚加进去的。他了解陈正宏，陈正宏并不是一个落入污泥不可自拔的人，作为朋友，他要把陈正宏从污泥中拉出来。

陈正宏这才想起林凯飞这段时间脸色苍白，看着很憔悴，他也在林凯飞的办公桌上见到过止痛药，他恨自己怎么没早点意识到，他这么敏感的人这次怎么这么迟钝。

"不，你必须去医院，我现在就把你送进医院。"陈正宏命令道，"我爸可以给你找到上海最好的医生，我要给你最好的治疗，一定能治好你。"陈正宏的父亲退休后返聘回上海的医院，在医院系统有着广泛的人脉。

林凯飞苦笑，摇了摇头。

陈正宏哭了起来，从他记事后他就没记得自己哭过。他从狂躁的狮子变成了无助的羔羊，一只只会哭的羔羊。医生可以无比强大，可以把病人从死亡线上救回来，起死回生。可是很多时候，面对病魔和死亡，医生又是那么渺小，那么无能为力。他是医生的儿子，他太知道这一点了。

林凯飞一如既往地每周给柳茗写封信。叶虹知道了林凯飞的病情，犹如坠入无底的深渊，她这个时候特别想抓住柳茗的手，她特别需要从柳茗那里得到安慰和力量，但她决定跟林凯飞一起瞒着柳茗。春回大地万象更新，他们希望柳茗感受到的是春天的明媚。

奥尔巴尼的冬天很漫长，春天到来时就显得格外亲切，柳茗写给林凯飞和叶虹的信里也多出来很多春光。她说她的一个室友是学植物的，等到北美鹅掌楸开花时，她会跟着这个室友去野外观赏。她会在那里拍几张照片，洗出来后寄给林凯飞和叶虹。

柳茗的时间表排得满满的，她依然挤出时间去看鹅掌楸。去看鹅掌楸有着特殊的缘故，在南京时，她和林凯飞、叶虹带着两个孩子一起去看过鹅掌楸，去过好几次，那些回忆太美好，让她心心念念，难以忘怀。

柳茗跟着室友找到了野生的北美鹅掌楸，在野外生存下来的鹅掌楸简直是擎天大树，树上开满了花，花型跟郁金香几乎一模一样，比柳茗在南京看到的也大出来不少。

研究植物学的室友不断对柳茗进行科普，她说鹅掌楸的雄蕊和雌蕊的成熟期不是同步的，它们不能自花传粉，要靠飞虫、蜜蜂等帮助传粉。雄蕊和雌蕊生于同室，却此生无缘。

"是不是就像两个人遇到了一起，即使相爱，也注定无缘。"柳茗说。

"可能是吧。"柳茗的室友不置可否，她只关心自然界的植物。

柳茗默默地多看了几眼鹅掌楸上盛开的美丽的花儿。那天她拍了好几张照片，寄给了林凯飞和叶虹，她在信上只是描述了野生鹅掌楸跟他们以前看到的鹅掌楸的不同，没有提及"此生无缘"的故事。

转眼间第一学年接近尾声，柳茗一直保持着全A的成绩，欣喜之余，她为下学年的学费犯愁。柳茗盘算着暑假里多打两份工，尽可能在开学前凑够学费，开学后她可以把更多的时间和精力放到学业上。

柳茗在当地的报纸上看到一些不错的机会，她试着打过去电话，开始时都聊得很好，对方很满意，热情劲儿越来越高，可是一到她的学生签证的身份上就卡了壳。接电话的那几个人都深表遗憾，柳茗是他们碰上的最合适的应聘者，无奈她没有工作许可签证。

几次碰壁后，柳茗顾不上失望，决定去试其他的途径，从辞掉工作的那一天起她就勇往直前，绝不会让顾影自怜绊住自己前行的脚步。她能走的路其实很窄，除了学校里的极少量的机会，她只能去中国餐馆打黑工。她也想过去纽约市的唐人街，那里的机会比奥尔巴尼多，可以同时打几份工，当然去那里找工作的人也比这里多很多。柳茗还是决定放假后去那里碰碰运气，只是她去了纽约就不能继续她手上的这份工，她离开后会有别人顶上。

柳茗正在左右为难，她接到她打工的第一家饭馆的涂师傅的电话。涂师傅告诉柳茗他两个多月前也离开了那家饭馆。

"我自己的饭馆马上要开张了。"涂师傅告诉柳茗。

"真的吗？太棒啦！"柳茗很兴奋，新年时听涂师傅念叨过这件事。"没想到你这么快就实现了开饭馆的梦想，真为你开心。"柳茗由衷地说。

"也不算快，我来美国快十年了。下个月我老婆带着儿子过来，我想给他们一个安稳的家。我走的时候儿子还不到两岁，现在马上要上初中，我们该安顿下来了。"涂师傅说。

电话这头的柳茗能感觉到涂师傅的激动，将近十年的分离后，他们一家人终于要团聚了。刹那间，柳茗想到了宽宽，不知道她和宽宽什么时候团圆。柳茗的鼻子有些发酸，眼睛里涌出泪水，有欣喜也有思念，为涂师傅的家人团聚欢喜，也为见不到自己的女儿难过。

"开饭馆要走很多法律程序，你知道我的英文很烂，一定得请人帮忙。"涂师傅继续说下去，步入正题，"在这里我最信得过你，碰巧你马上放暑假，你能不能帮我开这个头，帮我干两个月，我一个月付给你一千美元。"

"好呀好呀，我正在找工作呢。"柳茗马上答应下来，也没有要更多的钱。

"今天是9号，我们12号动身可以吗？"涂师傅问道。

"动身？去哪里？"柳茗一头雾水。

"我忘了告诉你，饭馆开在北卡州，这里有好几家中餐馆，我怕竞争不过人家，正好我当年一起来美国的老乡在北卡，我去北卡考察，最后定在加斯托尼亚（Gastonia），我们这是那里的第一家中餐馆呢。"涂师傅骄傲地说。

柳茗却有些为难，她又得面对之前的难题，去了北卡就得辞掉现在打的那份工。

涂师傅感觉到柳茗的犹豫，赶紧说："柳茗你可千万要帮我，要不我没法开张，我每个月再给你加二百行吗？"

"不是你给的薪水的问题。"柳茗思忖片刻，"嗯，好吧，我们12号去北卡。"

到了12号,为了赶在下班前把事办好,早上四点涂师傅就开车来接柳茗。

涂师傅在北卡租好了开饭馆的场地,在一个小的购物中心里,旁边有一家超市,还有银行、CVS和几家小店,人来人往的地方更容易招徕食客,停车场也足够大。装修饭馆的设计图纸是在纽约曼哈顿找人做的,前一天才做好,涂师傅晚上拿到图纸,赶回奥尔巴尼已是半夜,天没亮又要启程去北卡。不过他的心情很好,精神抖擞,柳茗见到他,感觉他比年初最后一次见到他时显年轻,欢笑舒展开了他脸上的皱纹。

柳茗的心情也很好。她很幸运地找到一个顶她班的女孩,也是从中国来的留学生,只想打暑期工,这样柳茗回到奥尔巴尼后还能在这里接着干下去。这个女孩租的房子马上到期,她8月底要转学去明尼苏达,原打算只租三个月的房子,因为选择面小,她还没找到。柳茗的房子空着,正好可以转租给她。柳茗只让她出两个月的房租,8月份那个女孩去明尼苏达之前还可以住在这里,两个人挤一挤凑合一下就解决了问题。女孩特别满意,既找到了暑期工又有了住的地方,而且柳茗在房租上掐头去尾,帮她省了一个多月的房租。柳茗也很感激这个女孩,帮她保住了工作的机会,还帮她省了两个月的房钱。再加上涂师傅给的薪水,下个学期的学费有底了。

车子开出奥尔巴尼时天刚蒙蒙亮,路上的车不多,飞驰在路上的小车通顺舒畅,犹如两个人的心情。柳茗来美国后第一次出远门,过去的大半年里她一直在打拼,好像从来没有这样轻闲过。这会儿她可以什么都不做,完全放松下来,安静地坐在车里,看着窗外流动的风景。高速路边没有多少人工建筑,多是自然的花草树木,这样的景色让柳茗倍感安宁闲逸。郁郁葱葱的绿树在透蓝的天空下延绵不绝,这又让柳茗感觉到了蓬勃盎然的希望。

车窗开着,新鲜的空气在安宁的气氛里千回百转,柳茗放空了自己,又让这大把的清新的气息充满自己。

两个人一路向南,穿过纽约、新泽西、宾夕法尼亚、马里兰和弗吉尼亚,进入北卡罗来纳,下午时分抵达目的地。涂师傅早就踩好点,带着柳茗直奔当地的卫生厅。

几个政府部门在同一栋楼里,进到大楼没多久,柳茗发现当地人说起话来要比纽约州的人慢半拍,这里的节奏也比纽约慢。不急不慢的节奏中,涂师傅明显着急起来。好在来办事的人不多,很快排到了他们。接待他们的是一个中年男人,身材高大,脸上带着温和的笑容。他认真地审视着所有的材料,提了几个问题,涂师傅一一回答,柳茗再帮他翻译成英语。

涂师傅渐渐放松下来,他以为审批已进入扫尾阶段时,那位温和的工作人员却明确地告诉柳茗,图纸上的厨房部分有很大的漏洞,这个安全隐患不消除的话,他们无法获得开工许可。柳茗跟接待人员交谈了好几分钟,然后把出现的问题转达给涂师傅。

涂师傅一听很沮丧,但他很快镇定下来。"他有没有给我们改正错误的机会?"涂师傅问柳茗。

"他说照规定改好后可以再次申报。"柳茗说。

"很好。快问问他要怎么个改法,有什么规定。"

接待人员很耐心地做了解释,还复印了一份相关规定,交给柳茗和涂师傅。

涂师傅粗粗地扫了一眼柳茗加了标记的设计图,让柳茗告诉那位男士,"我们星期一再来"。

接待人员吓了一跳。"你们是说下个星期一吗?还是下下个星期一?"

涂师傅听懂了这句话,他自己回答道:"下个星期一。"

接待人员疑惑地望向柳茗,柳茗红了脸,避开了他的目光。

那个温和的男人用温和的语气说:"不用这么着急,这不是一件小事,当然你们能按照要求完成修改,下个星期一我也很高兴再次见到你们。"

柳茗向他表示感谢,跟涂师傅一起起身告辞。

出了门,柳茗问道:"你不是在曼哈顿设计的吗?下个星期一都不一定能出新的图纸。"

涂师傅说:"我算好时间了,曼哈顿那边星期六也上班,我们今晚就往那边赶,明天上午到纽约,他们有一天半的时间做修改,肯定能改出来,这样我们星期天回这边,星期一他们一上班我们就可以办这事。"

"这么短的时间能不能保证质量?"

"刚才那个人不是详细跟你说了哪里不符合要求,就照他说的改,有什么难的。"

"你开了十几个小时的车,马上再往回开,你这样太累了,哪能吃得消。"

"没什么吃不消的,这对我来说是小菜一碟,我当年来美国要比这辛苦多了,还担惊受怕,不知道能不能活着进来。"

两个人说着走出办公楼,来到停车场。涂师傅想起了什么,说:"我们先去我租的房子那里拿些材料,这次要把饭馆的材料带全,设计图纸必须万无一失。你正好把你的行李放下来,我们还有时间吃些东西。"

柳茗理解涂师傅的心情,没再阻止涂师傅连夜去纽约的计划。

涂师傅租好了一个独立屋，这栋南北战争之后出生的房子上了岁数，已有了明显的老态，但房子的面积大房间多，学区好，离饭馆也不远，这是涂师傅最在乎的几点。他和太太、儿子住二楼，一楼的三个房间留给饭馆的员工，厅里也可以住人。他物色到的几个人大多没住处，包括只在这里干两个月的柳茗。作为老板他并没义务帮这些人解决住处，这是他对另外一个人的感恩。涂师傅对当年接济他的那个也是从福建来的陈大哥一直念念不忘，陈大哥给了他在美国的第一个家，离开时他恨不能跪下来给那家人磕几个头。

"你真想谢我，就尽可能帮帮后来来的人吧。"陈大哥说。

涂师傅把这话刻在了心里。

加斯托尼亚在北卡算是不小的城市，实际上是座不大的小城。涂师傅带着柳茗来到他租好的房子，这个老房子没有车库，他把车停在街边，帮柳茗拿出行李。

进屋后，涂师傅放下行李，带柳茗快速地看了下房子。"另外几个人还没到，楼下的三间卧室随你挑，你看你想住哪间。"涂师傅说。

"随便。"柳茗说，"我只住两个月，哪间都行。"

涂师傅进了厨房，他和柳茗为了赶时间，早晨出门后还没吃东西。

"对不起啊，家里只有泡面，我们开张后我会好好给你做几顿大餐，你想吃什么我就做什么，保证比任何大师傅的厨艺都高。"涂师傅说着点火烧水。

"这个我信，我没少吃你做的菜。"柳茗也进了厨房，"我最喜欢的是你做的福建海鲜面。"

涂师傅翻找出一包紫菜一包榨菜，冰箱里有半打鸡蛋，加上酱油醋香油之类的调料，煮出来的泡面香气扑鼻，两个人饿了一天，更觉得好吃，狼吞虎咽地一扫而光。

吃饱喝足的涂师傅觉出累来，起身时，他头晕目眩，身体重重地摇晃了一下。柳茗在洗碗，背对着涂师傅没有看到。

"我稍微眯一觉，半个小时你叫醒我。"涂师傅说。

"一个小时吧。"柳茗扭过头来，她看了眼手表，下午六点半。"我七点半上楼叫你。"

"好。"涂师傅答应着朝楼上走，"哎，厅里有电话机，你要不要给国内的家人打电话，北京时间早上六点半，他们是不是起床了？用那个电话可以直接拨号码。"让柳茗跟着劳累奔波，涂师傅过意不去，想为柳茗做些什么。

"好呀。"柳茗应了一声。收拾好厨房她去了厅里，想等到七点时给林凯飞和叶虹打个电话。她一般两个月给他们打次电话，每次说上几分钟的话。

柳茗找到电话机，从钱包里掏出电话卡，放到电话边。用电话直接打国际长途肯定很贵，柳茗不想让涂师傅花这个钱。

柳茗接连看了几次表，一到七点她就拿起话筒。

那边电话响了很多声还没人接。柳茗一般是在星期天早上七点给他们打电话，可星期天该打电话的时间他们很可能在路上。

柳茗心想她应该早点打，那边这会儿是星期五的早上，要去上班的林凯飞和叶虹大概已经出了家门。柳茗正要放下电话，那边有人接起电话。

"喂，我是柳茗。"柳茗兴奋地叫道。

可那边没有回应，柳茗又"喂，喂"了两声，她听见电话里传来了断断续续的喘气声，开始时是微弱的，后来变得粗重，但始终没有说话，哪怕只有一个字。

接电话的人应该是林凯飞，柳茗有种很不好的感觉。"凯飞，是你吗？你还好吗？"柳茗的声音抖得厉害，手也抖得厉害。

　　林凯飞紧紧地握着话筒，握得太紧，攥出了汗。他知道柳茗在等着他说话，他想告诉柳茗他还好，可是怎么也发不出声。癌症复发后，他说话越来越困难，这段时间只能靠写字表达他的意思。

　　林凯飞一遍遍地努力着，也许这是最后一次跟柳茗通话了，他想跟柳茗说上几句话。

　　柳茗在这边听到了艰难的呼吸声，泪水夺眶而出，像决堤的洪水铺天盖地。

　　泪流满面的柳茗拼命克制住自己的哭声。一个想让对方听到自己的声音，一个怕对方听到自己的哭声。

　　林凯飞突然想起他录好的一盘磁带，就在身边的收录机里，林凯飞按下起始键。

　　柳茗听到了用口哨吹奏的《忧愁河上的桥》。

　　上个月看过医生后，林凯飞知道他来日无多，在他的声带终止传送他的声音前，他用录音机录下了这首完整的《忧愁河上的桥》。

　　口哨声在最高点戛然而止。柳茗用完了电话卡里所有的钱，她从来没打过这么长的国际长途。电话筒里只剩下单调的忙音，冷漠且残忍。

　　柳茗扣上话筒，重新拿了起来。涂师傅说这个电话可以直接打到中国，她想再给林凯飞拨过去，她想听完那首歌。号码拨了一半，她停了下来。明天到了纽约后她会马上去唐人街买一张新的电话卡，这次她要买那张时间最长的，一百块钱一张的电话卡。她也会跟涂师傅商量好，即使在路上他们也可以想办法找到公用电话，北京时间星期天早上再打这个电话，那个时间点叶虹和一帆也在家，她们可以告诉她林凯飞的身体状况。

柳茗打电话时涂师傅已从楼上下来。他只睡了半个小时，踏上来美国的路途后，他的身体形成了一个生物钟，极度疲乏时他也可以只让自己睡半个小时。听到柳茗在打电话，他躲进了厨房。厅里没了动静，他想柳茗打完了电话，才走了过来。

柳茗听到脚步声，用手抹去脸上的泪水，扭过头来。涂师傅看到柳茗的眼睛红肿，鼻头也是红的，柳茗抽了下鼻子，强颜欢笑道："你起来了？"

涂师傅赶紧说："你要打电话吗？我去院子里看看，你打完电话后去院子里找我。"

柳茗把话筒放到电话机上。"我过两天再打，我们现在就可以出发。"

车子很快开出加斯托尼亚。

涂师傅看出柳茗心情不好，心事重重。柳茗不说话，他也不知道该说什么，默默地开着车。

夜幕降临，涂师傅连打了几个哈欠。他把车停到一个休息站，"我去买杯咖啡，你要不要？"

"不用，我带了水。"柳茗说。她没有下车，在车里等涂师傅。

涂师傅给柳茗买了些吃的东西，给自己买了一杯咖啡。

"美国的零食你可能不喜欢，还是买些放车里，你万一饿了呢。"

涂师傅连喝了几口咖啡，舌头被热咖啡烫着，他疼得嘶嘶了几声。他把咖啡放到车座边上，启动汽车，收音机跟着发出声响。里面的两个人正在说明天是13号，是个不吉利的日子。柳茗关上了收音机。

涂师傅没太注意，他听不懂他们的聊天，开着收音机是为了给柳茗解闷。

柳茗说:"我们聊聊天吧。"她看出涂师傅很困乏,买来咖啡解困,怕自己开着车睡着。柳茗也很疲倦,什么话也不想说,但她强打精神,聊天可以帮涂师傅抵御瞌睡。柳茗是个穷学生,二手车也买不起,所以没有学开车没有驾照,要不她可以跟涂师傅替换着开车,涂师傅不至于这么累,她现在唯一能做的就是陪他说说话。

"聊什么?你想听什么?"涂师傅问。

"什么都可以。"

涂师傅沉默片刻,问道:"你想听我是怎么来的美国吗?"

涂师傅知道柳茗的心情仍然不好,她像是走出来了,但涂师傅知道她没有,柳茗的笑里带着忧伤。

没等柳茗回答,涂师傅接着说道:"你知道我是坐船来的。"

坐船来的就是偷渡来的,在纽约有不少从福建来的人是偷渡来的。柳茗从未问过涂师傅是坐船来的还是坐飞机来的,涂师傅也从来没有跟任何人讲过自己的这段经历,伤口早已结疤,没有必要再撕开给别人看,这会儿他想用自己的伤痛去安慰柳茗。

涂师傅用尽可能平淡的语气讲述着惊心动魄的故事,他自己的故事。很多次柳茗以为那已是最危难的部分,没想到那只是险象环生中的一个环节。如同一个几十集的电视剧,每一集都有一个让人揪心的情节,可那只是某一集中的一个情节。电视剧很长,从头到尾必定是九死一生。

柳茗默默地听着,黑暗吞噬了他们,他们的哀伤淹没了黑暗。

"这一路太难了,太不容易了。"柳茗轻声说。

"都活得不容易。你呢?"

柳茗想了想,说:"也不容易。"

"以后你叫我涂善存吧,善良的善,存在的存,这是我的名字,家乡的人都知道我叫涂善存,这里的人叫我涂师傅,或者John,我都快忘了自己的名字。"

"以后我叫你涂善存,很好的名字,心存善良。"

"是我爷爷给起的。"涂善存有些得意,语气也轻松下来,"我们要好好地活着,要不,受的罪都白受了。"

"你太太和儿子很快过来,饭馆马上开张,都是好消息。"柳茗说。

涂善存振作起来,轻声吹了几声口哨。

"你也会吹口哨?"柳茗转头望着涂善存。

"是啊,吹得不太好,你想不想听?"

柳茗还没回答,涂善存又说:"我吹一首《大海啊,故乡》,好久没吹这首歌了。我们家在海边,小时候我想长大了当个水兵。"

涂善存吹起了《大海啊,故乡》,一首歌罢,他又开始吹奏另外一些歌,《我爱这蓝色的海洋》《军港之夜》《深深的海洋》《海港之夜》……都是跟大海、故乡和离别有关的歌曲,可柳茗听到的只有一首歌,只有那首《忧愁河上的桥》。

悠长的口哨声中,柳茗突然好想一个人,想得撕心裂肺,想得难以呼吸。她在心里呼唤着他的名字,这个名字牵动起她所有的情感。柳茗望向窗外,涂善存看不到她的脸,她可以任由她的泪水流成河流。

吹着口哨的涂善存也是泪流满面。

清晨的第一道霞光照进车里,照到两张疲惫不堪的脸上。霞光很微弱,两个人却几乎在同时眯了下眼睛,蜻蜓点水般眨了下眼睛,眼皮沉重地拉了下来。

两个人都打了一个激灵,刚惊醒过来,浓重的睡意又席卷而来。

"你太累了,要不我们找个地方停下休息?你睡上半个小时。"

柳茗说。

"我不累。"涂善存拼命打起精神。"半个小时可能会加进来其他的客户,我们明天必须拿到改好的图纸。"

涂善存扭头看了眼柳茗,又说:"你赶紧睡一觉,这样我去弄图纸的时候你有精神在曼哈顿转转。"

柳茗想过在曼哈顿转转,她没去过那里,多少有些好奇,她想留给自己一两个小时的时间去感受纽约。现在她不再有这样的念头,除了去买张电话卡,她打算把其他的时间都花到设计图纸上。涂善存的英文不灵光,昨天去办手续时基本是她接洽的,而且多一个人盯着,更有可能做到万无一失。这次不能再出差错,她要帮涂善存尽快实现他的梦想。

"我稍微闭下眼睛,你累了就把车停下。"柳茗的声音嘶哑,她必须睡一觉了。修改图纸也需要清醒的头脑,天也亮了起来,不会像夜里开车容易犯困。

"你放心睡吧,到了纽约我叫醒你。"涂善存很轻松地朝柳茗笑了笑,柳茗第一次看到他咧开嘴笑,洁白整齐的牙齿发出光来。

柳茗很快睡了过去,没出十分钟,疲乏至极的涂善存也打起了瞌睡。车子撞向路旁的护栏,又重重地弹了回来。

生死之间,柳茗看见林凯飞朝她走来,他的身后是梨花漫野的后山坡。

巨大的声响震醒了涂善存,车子翻转后再次撞向护栏,涂善存拼命往右边打着方向盘,车子的左侧重重地撞了过去,整个驾驶座凹陷进去。

在相差十二个小时的两座城市,上海和巴尔的摩,两辆救护车呼啸而过。救护车里的柳茗听见林凯飞一遍遍地呼唤着她的名字,另外的一辆车里，林凯飞看见柳茗在朝他微笑，他在这微笑中平静地离去。

太阳在地球的两边同时向地平线移动，一个在慢慢落下，一个在冉冉升起。落日和朝阳终于在地平线上交汇，林凯飞和柳茗也在梨花渡重逢。夕阳西下，迸发出万道晨光。夕阳和朝阳间是那座他们熟悉的小桥，落日的余晖和清晨的阳光一起落到小桥上，小桥的倒影，沉入那条漂着梨花瓣的小河。流水潺潺，伴随着悠扬的口哨声，流向更深更远的地方。

后来……

　　柳茗被送到了医院，她左边的肋骨全部骨折，背后脊椎三处骨裂，严重的外伤造成肾出血，双肺都被压瘪，浑身青紫，惨不忍睹。她完全靠外部的仪器维持生命，如果她不能自己呼吸，可能存活不下来。即便活下来，也只能在轮椅上度过余生。

　　五天以后，柳茗恢复了自主呼吸，她坚强地活了下来。她答应过林凯飞，她要好好地活着。无论遇到什么难事，她都要坚持下去。

　　学校派人把柳茗接回奥尔巴尼。柳茗同时看到了叶虹和林凯飞的信，她还在医院时，这两封信就到了奥尔巴尼。叶虹告诉柳茗，林凯飞已经去世。林凯飞走的时候，陈正宏跟叶虹和帆儿一起，陪在他身边。林凯飞走的那一天，正是柳茗出车祸的日子，1993年5月13日。柳茗恍然明白，那一天，当死神来临，有一个人用生命托起了她的生命。

　　以前信的开头都是"柳茗"，林凯飞这次在信里称她为"小茗",这是第一次,也是最后一次。

这封信的字迹歪歪扭扭,写这封信的时候,林凯飞已奄奄一息。

叶虹也寄来了林凯飞给柳茗录的那盒音带,里面只有一首用口哨吹奏的《忧愁河上的桥》。柳茗听了一遍又一遍。三个月后,柳茗奇迹般地站了起来。秋季开学时,她可以继续她的学业。她还多打了一份工,靠自己的双手筹备自己的学费和生活费。

涂善存不幸死于那场车祸,柳茗费尽周折联系上了涂善存的家人,想方设法帮助他们。

1994年的5月,柳茗以全A成绩毕业,获得硕士学位。她和叶虹一起回到梨花渡,按照林凯飞的遗愿,把他的骨灰撒到了那条小河里。

林凯飞写给柳茗的最后一封信

小茗：

　　你收到这封信时，我可能已不在人世。很久以前我对你说过，我不能保证陪你走到你生命的终点，我能保证陪你走到我生命的尽头，现在我可以兑现对你的诺言了。

　　我也说过，朋友间不用说谢谢，可是最后告别的时候，我不想跟你说再见，我想对你说声谢谢，谢谢你给了我这么美好的一生，让我不枉此生。

　　我们终会被历史遗忘，我们很可能都不会被历史记住，可是我们在历史的长河中实实在在地活过。我们有朋友，有我们爱的人，也有爱我们的人，我们一起欢笑，一起面对艰难，一起度过此生。我们有刻骨铭心的感情，这是我们活着和活过的证明。死亡来临的时候我会是平静的，因为我此生无憾，而让我此生无憾的是情感。最让我感动的那份情感是你给我的，用亲情友情爱情都无法形容这种情感，就是一种很纯粹的情感，我经历过，拥有过，也从未失去过。

我最想给你的也是这份情感，我最大的愿望就是看到你幸福。很多时候我在两者之间纠结：干涉你的意愿而保护你的幸福，还是鼓励你自由地选择自己的幸福。有时我真的很纠结，我知道自由选择并不一定能得到幸福，但没有自由选择一定不会幸福。所以我尊重你的选择，看着你坠入情网，看着你结婚嫁人。我能够做到的是尽我所能减轻爱而不得带给你的伤害，伴你疗伤、倾听你的内心、理解你的灵魂、给你吹你爱听的口哨、在你想飞翔时成为你起飞的依托……我愿意去做任何你希望我做的事情。你永远不会一无所有，你至少拥有一份炽热真挚、地久天长的情感。而我在做这些事情的时候，我是幸福的，能为你做些事情让我感到幸福。

你幸福，我就幸福。不要放弃你对爱情的追求，我祝福你遇上那个人，有一天，你会遇上那个跟你彼此相爱也值得你托付余生的人，我也祝福那个你遇上的人。

离开时我没有遗憾，但我有很多的牵挂，我最牵挂的人除了帆儿，就是你和叶虹。让人欣慰的是，你和叶虹也是一生一世的朋友，你们情投意合，一定会风雨同舟相互依伴，这让我放心了许多。

请不要为我哭泣，因为我还能看到你，看到你哭我会很难过。你也能看到我,我知道你喜欢大自然,我会化作大自然中的一缕清风,一只飞鸟,一棵小草,一片树叶……当你仰望星空,我也会在那里望着你。你可能不知道是哪一个,但你一定要记住,我会是其中的一个,我会默默地、静静地保护你。以前我总是远远地望着你,当我死去,我可以在很近的地方守护你。

我也是那座忧愁河上的桥,当你幸福快乐时,我会在那里看着你幸福;当你心想事成,我会为你喝彩;当你感到疲倦,请你来这里歇息;当你灰心消沉,我会为你铺展出希望;当世事艰难,当黑暗来临,痛苦包围着你……我会在你的身旁,就像忧愁河上的桥,我会为你俯下身躯,我愿意用我的生命铸造那座桥,让你渡过所有的难关。

凯飞

1993年5月

后记：生命河上的那座桥

1

《忧愁河上的桥》最初萌芽在1998年的深秋，在北京华北大酒店（现歌华开元大酒店）大堂的咖啡座，一位资深的文学编辑建议我写一个第四类情感的故事。那个晚上我们聊了很长时间，都认为这么微妙、细腻的情感很难把握，她却非常确定我能驾驭这样的情感表达。这样的知遇之恩我一直记在心里，我也一直渴望写出这个作品，用一个好作品回报这份知遇之恩。可是那个时候的我做不到这一点，情感需要故事和人物做依托，即使我有合适的故事，那时的我也不能真正静下心来写作，遇到了也会错过。

这是一个漫长的过程。之后的那些年里，我的人生列车在高低起伏间穿梭，几乎没有靠站的时候，而写作是需要停留的，加上我开始从事其他的行业，跟写作渐行渐远，在华北大酒店萌发的那个愿望也就变得遥不可及。到了2006年，冥冥之中出现的契机和召唤在某一天惊醒了我,在我跟写作几乎形同陌路的时候,那个熟悉的身影突然出现在我的面前,让我感到无比地亲切,又是无比地激动。

原来我对写作的热爱是与生俱来的。

我又拿起了笔,最想写的就是跟第四类情感有关的故事。我开始构思这部小说,只是创作开始后我会跟着人物的情感走,渐渐地走到了爱情上,偏离了第四类情感。这个作品完成后,我利用工作之余陆陆续续又创作了两三部长篇和散文集,我跟写作的关系越来越密切,但我特别想写的那本书一直离我很远。

2012年的某个晚上,有一次我跟我的干姐姐也是我的好朋友电话聊天时,我惊喜地发现,她经历过的一段情感正是我等待了很久的第四类情感。根据她的故事和我的发挥,我写出了一个一万多字的故事梗概。不过我并没有马上写这个作品,这个故事可遇不可求,我遇到后反而得沉住气,沉淀之后再动笔。

2016年5月,我辞掉了大学的工作专职写作,这之后,我差不多每年创作并出版一部新的作品,可是开始的几年里我并没有去写《忧愁河上的桥》。直到2020年,我的人生阅历、情感体验、写作技巧等都积累到一定的程度,我感觉是时候来写这个有关第四类情感的故事了。我没有想到写作这部长篇前后跨了三年,不是没有东西可写,难的是如何把烂熟于心的素材以适当的方式表达出来。小说的截稿日期一拖再拖,孕育了二十五年后,才终于结出了果实。

2

真实的生活是这部作品最深厚的土壤和源泉。柳茗的原型也是那么地光彩照人,不可方物,我直接临摹、复制了她的容貌、神情、姿态和性格。我跟柳茗的原型相识已久,"柳茗"这个形象在我创作这部小说之前就是鲜活的,她的鲜活又让整部作品灵动起来,充满了蓬勃的生命力,从始至终。现实生活中的"林凯飞"也真的在癌症发作濒临死亡时因为"柳茗"的呼唤而活了过来;小说最后的车祸也来源于"柳茗"的亲身经历,发生的日子是同一天,1993年5月13日;"林凯飞"是在更早的时候去世的,我在小说中处理成了同一天,不过"林凯飞"走的时候"柳茗"有过很强烈的感应。北大荒的一些细节是我的另外一个朋友提供的。我个人很喜欢《忧愁河上的桥》这首歌,也曾听过一个人用口哨吹这首歌,我才会加进来口哨的情节……还有很多朋友给我的感动也在这本书里。这些真实的故事给了我灵感和启迪,也为这部作品打下了坚实的根基。虽然我创作的比例高于纪实的部分,但是那些真实的素材和细节造就了作品的真实性和年代感。

小说也涉及工农兵大学生的生活和学习,我出生于1967年,又是在大学校园里长大成人,我开始记事时,我的身边正好围绕着很多工农兵学员。他们的年龄介于我和父母那代人之间,像是一个连接孩童和成年人世界的桥梁。他们也愿意带我玩,给我留下很多美好的回忆。他们是特殊的群体,曾经比绝大多数人幸运,里面也不乏优秀的人才,可是在高考恢复后,他们身上的光环渐渐变成了一个统一的有些黯淡的标签。几个主人公正好是那一代人,是工农兵大学生,在上大学之前,他们已经经历过很多的坎坷,在走出大学校园后,他们可以走的路也不同于几年后的四年制大学毕业生。动笔之前我就决定忠实于故事原型所处的时代背景,在人生的大起大落中更能出故事,也更能衬托出他们之间相濡以沫的情义。小说后半部分的生活更是我熟悉的,对一个六〇后来说,八九十年代是我们的青春记忆,写起来不会感到任何生分和隔阂。

3

我曾在课堂上跟学生们讨论过第四类情感,美国学生很难完全走到这种情感的最深处。我在美国生活了二十多年,越发感觉中国人的情感层面非常丰富,而且非常细腻。美国是一个移民国家,所以我接触到的不仅仅是在美国出生长大的人,放在一个由世界各个种族糅合而成的大家庭里,中国人的情感也独具特色。即使不能完全走进去,在一步之遥的地方也能感受到中国人在情感上的魅力。像费穆导演的《小城之春》所展现的那种"发乎情,止乎礼"的中国式的情感,外国人不仅能懂得,而且能被感动到。2018年上映的 *Crazy Rich Asians*(《摘金奇缘》)是美国电影市场的票房黑马,有个朋友说她的老板去电影院看了三遍,感叹"中国人原来这么有趣"。从那个时候开始,我进入有意识的创作阶段,我想抒写中国人丰富的情感,希望能让世界上更多的人了解中国人的情感,发现中国人原来这么有情感。

作为一个写作者,写情感是我最擅长的,也是我最喜欢写的。《忧愁河上的桥》是我在明确地知道我要写什么、我最想表达什么之后创作的作品。情感是整个世界的通行证,不同国家的人之间最好的沟通桥梁是情感,而且越是民族性的东西越是世界性的,无论在世界的哪个地方,真情实感都是能打动人的。富有中国文化底蕴的情感故事很容易在本土的读者和观众这里引起共鸣,也能给不同种族的人带来耳目一新的感受和独一无二的感动。

中国的时代变迁中,未曾改变的也是情感。这部长篇的时间跨度有二十多年,我当然希望能创作出一部有足够深度的作品,用深刻的笔触去展示一个恢宏的时代。我很赞同作家阿来的一个观点，他认为"小说的深刻是情感的深刻"，我也希望能达到这样的深刻。因为有丰富的来自真实生活的馈赠和加持，这部小说不缺乏故事情节和矛盾冲突，但在创作时，我是在用情感推动故事的发展。我深知情感是故事和人物的最坚实的载体，《忧愁河上的桥》是一部架构在浩浩荡荡的情感上的作品。那些深厚、细腻的情感流淌而过的，又是当代中国时代巨变时期的沧海桑田。

4

每一部作品都凝聚了作者的情感和心血，不能感动读者的书我不会去写，《忧愁河上的桥》又是让我感动最多的一个作品。我写了差不多十本书了，到目前为止，我大概已有四五本书的写作素材和计划，在这些计划中，这部长篇小说是我最有共鸣的一本。怎样去写自己特别感动的东西是一个很大的挑战，我希望能用情感滋养一个作品，托起一个作品，但不想让情感泛滥成灾。如果让情感淹没了这个作品，这个作品就立不起来了。第四类情感的微妙也在毫厘之间，写作时我尽可能把握好分寸，用含蓄的方式表达浓烈的情感，尽量做到收放自如，挥洒出去的情感还能收回来，用最恰当的方式表达出最微妙的情感。

为了更好地做到这一点，整个创作过程中，我用百分之八十的时间去思考怎么写，用百分之二十的时间落实到文字上。在每一个场景中，除了故事、人物、对话等基本要素，我也会考虑人物对话时由心理活动带出的面部表情和动作，他们的表情和动作会像放电影那样先在我的脑海中过一遍，我要考虑我应该从哪个角度去展现，场景如何转换，还有光线、布景、音效等如何配合，重要的戏份要先在纸上写，往电脑里搬运的时候又有了取舍，文字出来后我再做进一步的剪辑……看过初稿的几个人一致认为这部小说的画面感很强，故事很好看，很有格局，我想这完全得益于落笔前的思考和布局，以及充分的准备和写作时的耐心，越是波澜起伏的东西，越需要静下心来去想，去写。

小说完稿后，我去了趟法国，在那里偶然看到两大本厚厚的电影拍摄脚本，有很详细的画出来的电影画面，包括一些动态的分解。我很敬佩这样的创作态度，也突然意识到，我刚刚完成的《忧愁河上的桥》是用拍电影的方式写完的。不是我刻意为之，是因为从小到大，我最热爱的一直是文学和电影，我被电影影响了几十年后自然而然地形成了这样的写作方式。长篇小说的体量远远大于一部电影，但是电影式的写作方式可以让小说更立体，更有冲击力，不仅影响到具体的场景和画面，还会让整体更紧凑，并且环环相扣。

这部小说的创作是一个不断舍弃素材的过程，在每一个段落中，我尽可能抽干水分，不是多写几句话，而是少写几句话，能留下来的，在整部小说中都会起到作用，多余的部分一定要狠下心来删掉。就像每部电影都是从大量的拍摄素材中一点点剪辑出来的，小说精细不到电影剪辑的程度，但是用了这样的方式后，会有很特别的效果。小说原来并不是在车祸这里收尾，我还写了车祸后的一些故事，是很不错的情节。小说的原型看过后，建议我提前收尾，删掉那些已经写好的故事和情节，不是写得不好，是为了让作品有更好的谢幕，以达到最好的效果。听到这个设想的时候，我的脑海里又一次出现一幕幕的电影的画面，影视作品很怕烂尾，长篇小说何尝不是！我知道她说的是对的，几乎没有犹豫就接纳了这个建议。小说中柳茗和林凯飞在北京的告别是重头戏，这场生离死别的情感大戏我酝酿了差不多十年，电脑里和纸上积累了不少的素材，这也是小说最后完成的部分之一。创作一部小说犹如爬山，我从山底一点点爬到了离山顶只有一步之遥的地方，可这一步怎么也迈不出去了，我只能在山顶边一遍遍地转圈。幸好我之前承诺了完稿日期，为了兑现诺言，我用五六天的时间一口气冲到了山顶，完成了全部作品。几场大戏，包括林凯飞写给柳茗的最后一封信都是在这几天完成的。因为时间有限，只有一个精锐部队上了山顶，我打算等反馈意见回来，对第九、第十章做进一步的补充和加强，把更多的兵卒运到山顶。

完成第一稿后，我把小说发给几个业内的合作者和朋友看，希望他们给我提些意见。他们的评价超出了我的预期，对我来说是很大的鼓励，也让我对这个作品放下心来。我没有想到的是，我本来担心后面这一部分有些单薄，第九、第十章的精简反而歪打正着。小说定稿前，我对全篇又做了次修改，让这个作品尽可能少留遗憾，但是不该再加内容加情感的地方我没有节外生枝。我为这个作品放弃的素材大概可以凑出半本书了，为了写出一个好作品，所有的放弃都是值得的。

5

《忧愁河上的桥》是一本写第四类情感的书，也是一本写友情的书，写一本跟友情有关的书同样是我多年的愿望。

第四类情感跟友情和爱情有关，我所理解的这种情感介于友情和爱情之间，离友情更近一些。第四类情感也有些像一个男人和一个女人的友情，书中除了柳茗和林凯飞间的第四类情感／友情，还有男人间的友情（林凯飞和陈正宏），女人／女孩间的友情（柳茗和叶虹，柳茗和郦华，叶虹和梁彩云），以及忘年交（洪阿姨和柳茗）、萍水相逢的友情／患难之交（柳茗和涂善存）等等。很多人一辈子未曾拥有过爱情，可是绝大多数人都会有朋友，哪怕只有一两个。这一生陪伴我们最长的也很可能是友情，我们的每一段路上都会有朋友的陪伴，可能不是同一个人，但他们都是我们的朋友。我们一起走过，即使后来走散了，但因为我们曾经陪伴、温暖过彼此，我们余生的日子里，就有了彼此的温度。

朋友是我们今生自己选择的家人。他们犹如天上的星星，没有耀眼的光芒，也可以离我们很远，我们不去留意，很可能忽略了它们的存在。可是当我们被黑暗包围，我们茫然失措迷失了方向的时候，总会有一缕星光照进我们前面的路途。我们抬起头，总能看到天空中那些陪伴着我们的星星。更深人静时，它们更加皎洁明亮。我们的天空并不需要星罗棋布，我们的夜晚也不需要星光灿烂，哪怕只有几颗星辰，也能照亮我们的一生一世。

《忧愁河上的桥》最终就落脚在这样的情感和陪伴上，特别是落在了朋友间的情义上。

这本写友情的书，也是朋友们帮我完成的。

特别感谢柳茗的原型，她给了我最初的故事和灵感，又"逼"着我不断地超越自己。她的文学素养很深厚，阅书无数又有着丰富的人生阅历，她的不少想法都是建设性的。我也喜欢让她挑毛病，每写完一章都要发给她看，她会帮我找出那些不够好的地方，我再进行修改。她总喜欢说，正因为你写得好，你才要做到更好。小说一改再改后，她欣慰地告诉我，她再也找不出不满意的地方了。那一刻她不再吝惜对这个作品的赞美，我感到欣慰的不仅仅是我得到了一个最重要的读者的肯定，更是我在一个严格的批评者的督促下实现了自我的超越。

我也很感谢我的作品的有声书的演播者杨晨，我们因为合作成了朋友。跟绝大多数创作者相似，我写完初稿后是忐忑不安的。作为中外不少经典文学作品的演播者，她挑书的眼光一向被读者和听众认可和夸赞。我开始时只是想让她帮我判断一下这部新作写得怎么样。她用短短几天看完了全稿，她对这个作品的欣赏让我对这部小说有了底气和信心。她也是一个追求完美的人，对人物和细节的推敲给了我很好的启发，我在修改时一一改进。她认为："……接近结尾的篇章尤其好看，从林凯飞送柳茗开始，行云流水，一气呵成，有条不紊，紧凑呼应。包括涂善存这个人物的处理也繁简得当，使整个故事更加立体、层次更加丰富。结尾出乎意料之外又在情理之中，情节、情绪、情感都铺排得很稳，分寸拿捏得恰到好处，气氛烘托得很到位，文字本身又很克制，真挚真切，令人动容，很见功力，好像电影场景一幕幕出现在读者的脑海中，非常有画面感，引人入胜！"这样的评价避免了我在小说最后那部分的画蛇添足，我在修改时没有在这些地方乱加内容。我在第一稿完成后自己没看一遍就发给了她，她还帮我找出了几十个错别字和笔下误，又提供给我一些更合适的替换词。遇到这样的合作者和朋友真的很幸运。最优秀的人是最有能力的人，也是最认真最脚踏实地的人。

我们做不到完美，但我们应该抱着追求完美的态度去创作。在这些特别认真的朋友和合作者的影响下，我对待作品的创作也更加认真，这是创作这部长篇的另外一个收获吧。

一路走来，感谢所有给我鼓励和建议的朋友们和合作者们，我是在他们的帮助下完成的这部小说。不仅仅是在创作这个作品的这个阶段，而且是几十年的情感馈赠和陪伴。那些感动也不只是来自某一个人，而是很多的人，其中的一些人与我萍水相逢，我们今生很难再次相遇，还有很多的读者和听众，我们未曾谋面，但他们给我的感动却一直陪伴着我。

这些情感都留存、沉淀下来，日积月累，成为这部长篇的血脉、情感和生命。

人生有很多的艰辛困苦，生命河也是一条忧愁河。在忧愁河里浸泡过，才能知道我们的生命河上真的有座桥。在那些险峻之处，总有一些人在那里接送我们，一次次地把我们渡到彼岸。有这座桥在，遇到激流险滩时我们才不会搁浅，我们才有勇气和力量不畏艰难，继续前行。

这座桥是用情感和情义铸造的。

书中的男女主人公曾表达过他们对这份情感的理解：

> 人生走过了几十年，当我往回看时，我最让人羡慕的，不一定是最感动我的，也不一定是我最留恋的，甚至都不是我在乎的。最让我怀恋的是情感，我们留不住岁月，我们能留住的是情感，就那么几份情感，抵得上几十年的岁月。那不是物质上的东西，也不是声名，没有人羡慕，也不需要别人仰视，别人可能都看不到，只在我们的心里。
>
> 这是我们活着的底气和勇气。往前看，会有各种艰险，会有衰老和死亡，我们还敢往前走，也是因为有那么几份情感，有那么几个不会走散的人陪在我们身边，数量

可能不是那么多，有几个就足够了。

……

　　我们终会被历史遗忘，我们很可能都不会被历史记住，可是我们在历史的长河中实实在在地活过。我们有朋友，有我们爱的人，也有爱我们的人，我们一起欢笑，一起面对艰难，一起度过此生。我们有刻骨铭心的感情，这是我们活着和活过的证明。

这也是他们的生命河上的那座桥。
而我们每一个人的生命河上都有这样的一座桥。